U0671663

洞庭湖生态经济区建设与发展湖南省协同创新中心"人文洞庭"项目（湘教通【2015】351号）研究成果

湘西北文化与文艺发展研究中心（湘教通【2012】311号）研究成果

洞庭波涌写华章

改革开放 40 年 ｜ 洞庭湖畔 ｜ 作家作品论

张文刚 著

社会科学文献出版社
SOCIAL SCIENCES ACADEMIC PRESS (CHINA)

目　录

第一章

水韵山风

——山水与故乡书写

第一节　桃花源诗群的生态化抒写

诗歌，这昔日高悬在我们头顶的气势壮观的瀑布，已落地潜隐为心灵河床上的涓涓小溪。在经历了太多的诗歌旗号、口号和争辩之后，诗歌走向了静寂与平和，回归了常态与本真。桃花源诗群就是开在诗歌春天的一树寂静的花朵，以其蕴藉、谦和的姿态，热烈、深挚的情感，明亮而略带忧伤的色彩，在心灵和大自然的春风里驻足和歌吟，呈现出一种生态化抒写的诗性智慧和审美趣尚。

桃花源诗群至少可以从三个方面解读。首先，桃花源诗群是地理的。这群诗人行吟在"沅有芷兮澧有兰"的湘西北，北枕长江之虹霓，南拥桃花之斑斓，东含洞庭之波光，西执凤凰之彩翼，在这天然的诗歌版图里写诗、饮酒、做梦。是他们在抒写诗歌的图腾和密码，是诗歌在抒写他们的足迹和追寻。其次，桃花源诗群是文化的。深厚的文化渊源和底蕴成就了这群诗人的文化胸襟和诗歌梦想。陶渊明的《桃花源记》是一个庞大的具有隐喻意义的文化符号，它不仅上下连接起在这片土地上生长和游历的诸多才情卓异的文人奇士，捧出了一串串璀璨的文化珠宝，而且诗化、美化了这方传奇的山水，使之成为后世者羡慕和向往的仙界福地和精神家园，同时召唤、激发着一代又一代文人墨客浪漫而诗意的文化想象力和表现力。正是在这种精神血脉的流注和贯通中，桃花源诗群展示了自己既具有共性又富有个性的风采。再次，桃花源诗群是诗性的。"桃花"是这群诗人笔下一个共有的诗性意象，它以明亮、斑斓的色彩和温暖、和谐的内涵在其象征的意义上渲染出诗人内心的向往和眷恋，拼贴出一幅幅春意盎然、和谐共生的图景。桃花源诗群是一个具有地域特色并打上了某种文化、审美胎记的诗歌群落，是当今诗坛一个不容忽视的诗歌现象。

桃花源诗群的骨干成员有庄宗伟、龚道国、罗鹿鸣、张天夫、刘双红、杨亚杰、邓朝晖、谈雅丽、余志权、余仁辉、冯文正、唐益红、章晓虹等人。在此之前，生活于斯而"诗名鹊起"的周碧华、黄修林等人所倡导的"新乡土诗"应该说是桃花源诗群的前身。这里不对桃花源诗群作全面的评析，只从生态化抒写这个角度进行一些梳理。

一

表现和谐是桃花源诗群生态化抒写的一个重要特征。生态的最高境界是和谐。自然生态追求的是万物和合、各得其所，生命生态追求的是人与自然、人与人的相融相通、诗意相处，心灵生态追求的是平和宁静、涵纳万象。可以说，一部中国诗歌史就是一部诗学意义上的生态史。农业社会自然生态的原始静穆、民风民俗的淳厚、心灵的单纯和唯美，以及由此激发出来的诗意想象，滋生了早期诗歌的生态化描写。那些吟咏山水、抒发性灵的诗歌大都是表现和谐生态的典范之作。随着时间推移，自然生态在工业文明、城市文明的包围中发生种种改变，社会生态、政治生态被置于中心话语地位，诗人也开始从对自然的歌唱转为对政治、革命和主流话语的关注。从新诗取代旧诗，一直到 20 世纪 80 年代，诗歌在整体上都保持了一种政治书写和英雄主义、乐观主义精神，生态如同在现实生活中一样，在诗歌描写中也遭遇了冷落，甚至被放逐。正如有的学者撰文指出的："20 世纪 80 年代以来，中国自觉意义上的生态诗歌创作由萌芽、发展逐渐走向繁荣，形成了相当规模，产生了越来越大的影响。"① 当 21 世纪人类吹响生态文明的号角，诗歌也必然拨动诗性生态的琴弦。正是在这个背景下，桃花源诗群关注并表现生态和谐与和谐生态。这种和谐，既有自然生态的和谐，也有人与自然、人与人的和谐，更有人自身心灵的和谐。

诗歌永远是大自然和人类心灵的知音，甚至可以说，诗歌就是用文字的符码砌建的一方诗性的自然空间和心灵空间。唯其这样，诗歌写作才成为"诗意地栖居在大地上"的方式之一，成为一种最具有体验性、灵性也最具有诗性的话语活动。桃花源诗群的诗人，用各自的理解和表达方式抒写着"桃花源胜景"，以及人游走、拥抱、销魂于自然万物中的那份自在和惬意。经历了漫长的"高原之旅"回到故乡并一脚踏进"桃花源"的诗人罗鹿鸣，其长诗《屋顶上的红月亮》，一改他在青藏高原时期雄浑、冷峻、滞缓的风格，变得朴素、纯粹、亲切，仿佛现代版的诗歌《桃花源记》。《桃花源记》中的"仿佛若有光"在罗鹿鸣笔下浸润、放大为故乡"灵魂的光芒"：乡村弥漫的纯净之光、人性之光与红月亮的神性之光相融合，召唤着过去甜美的记忆并漂洗着一个现代人的疲惫的灵魂；对美、爱、自由、明亮和静谧的赞美与眷恋，羽毛一般舒放出诗人的心灵之光。由此诗人的心灵和村庄、红月亮相走相亲、相融相谐，呈现出一片大和谐与大智慧，印证了"生存就是一片大和谐"这个至上的真理。这是一个久远的令人倍感亲切的乡村童话，更是现代工业文明社会到来之后一个叫人越发珍惜的寓言。"生态"的意义也从"童话"和"寓言"中得到深层次的体现。当诗人把"高原"赋予他的那份厚重、坚韧和对生活的信念，以及城市经历带给他的那种焦虑和忧思，与乡村叙事、乡村抒情结合在一起的时候，实际上他是在追寻一种记忆中的生态梦想，并渴望延续、放大这一梦想。罗鹿鸣的诗歌在感性中有理性，诗思飘逸腾挪，意象新奇跳转，往往于铺叙中融抒情，在抒情中含哲理。

罗鹿鸣写诗正如他喜欢摄影一样善于"取景抒情"，"镜头"伸缩转换，胜景迭出，情感充沛。另一个久居"桃花源"的诗人龚道国则擅长

---

① 田皓：《20 世纪 80 年代以来中国生态诗歌发展论》，《湘潭大学学报》（哲学社会科学版）2007 年第 2 期。

"写意抒怀"，在看似对大自然的随意点染中表达着内心的诉求。他的组诗《赏桃记》《松雅河记》在对桃树、桃花、河流、泥土等意象的吟诵中，反复渲染、求证并赞美着一个大主题，即"和谐"。"花去果熟/香散甜聚。一棵桃树终其一生/在内心里安居，在枝叶间轻移"（《一棵桃树》）；"我看见草牵着草/相互扎根。叶子/叠着叶子，一片厚实穿着/另一片厚实，爱抱着爱，安身立命"（《亲爱的大地》）。这是一种淡泊自守、相依相亲的景象和境界，是写景，更是写心、写情，写一种大自然与人类的生态理想和生态守望，追求并体现了一种"自然心灵化，心灵自然化"的艺术表达效果。其诗情有一个酝酿、积蓄和爆发的过程，往往在平淡的描写和叙述中出其不意，用具有穿透力的语言点化和升华，把表象引向深入，把疏松拉向紧密，把平淡推向高潮。这不仅仅是一种表达的功力，更是一种诗性智慧的结晶。

桃花源诗群中两位颇有才情的年轻女诗人谈雅丽和邓朝晖，诗风较为接近，都习惯用清丽的语言、优美的意象、舒缓而有张力的节奏来抒发作为女性诗人的那份细腻、微妙而内敛的感情。她们都喜欢对着自然和自我言说，那种自言自语的从容表达，那种心灵的感悟和精神的触摸，那种诗意瞬间的定格和日常细节的渲染，那种移情于景、心物交融的内在化抒写，使她们的诗歌具有一种气定神闲的姿态，一种优雅纯净的抒情气质，一种超越了简单的具象和表象的思想深度。她们在神秘、和谐的大自然面前袒露自己的心灵，表现心灵的和谐，更重要的是表现心灵如何摆脱孤独、寂寞、恐惧、世俗而走向和谐、宁静和愉悦。这个心灵超越、精神升华的过程，得之于自然万物的启悟和救赎，得之于对生命、青春和爱情的感悟和认识。表现经由沉浮、挣扎而抵达心灵的和美与平衡，较之于直接表现心灵的和谐与自洽更加富有动感，也更加艰难。"我身陷入暗流与漩涡的双重包裹/却不惊惧这泥沙俱下的水域/我将近于渔火，相似于渔港码头的一丛芦苇"（谈雅丽《夜航船》）；"那一晚后，我们越加慈悲，善良，/因我们听了一夜的水语/这一夜的水语就是命运的救赎/永不停息的爱和宽恕"（谈雅丽《蓝得令人心碎的夜晚》）；"就像我，就像我们/在每个夜晚不安的河水中/感觉自己在微微地下沉"（邓朝晖《夜晚》）；"我安心于自己栖息的枝头/对于曾经激烈的内心/也已宽恕"（邓朝晖《安居》）。犹如锦缎上的丝线，这样的句子遍布她们诗歌的缎面，以其细腻、柔韧和绵长刺绣出女性诗人困惑中的清醒、窘迫中的坚持和内心的富有与宽厚。

这样描写和谐生态的诗人和诗作还可以列举出很多。张奇汉的"村庄"诗歌在"写意画"似的神韵中描绘出一幅恬静和谐的生态乡村图；宋庆莲的"乡土"诗歌在"梦呓"般轻灵的诉说中表达对大自然、生命以及爱情的感悟和感恩；刘双红、杨拓夫的"故乡"系列诗歌有一种在岁月变迁中与故土灵犀相通的亲近感、负重感和疼痛感；李富军的"桃花"系列诗歌在抒写大自然的清新诗意的同时富含一种历史文化的斑斓和厚重；彭骊娅的"抒怀"诗歌往往在新奇的想象和比喻中打开纯朴、浪漫的心灵之旅，把传统诗歌中的美丽、原初、消逝、等待、叛逆等主题演绎得富有现代感。

二

以一种平常的心态和放低的姿态写作是桃花源诗群生态化抒写的又一特色。赫舍尔指出："正确认识人是正确理解人关于世界的知识的前提。我们的一切决定，无论是认识上，还是道德上的或美学上的，都取决于我们关于自己的概念。"[①] 就生态构建的本质意义讲，人与自然的关系，亦即人如何看待、对待自然以及如何看待自身的位置和作用是至为重要的。只有尊重、善待乃至敬畏自然，也只有去掉人类自我中心、自我膨胀的意识和观念，才能构建和谐的自然生态和社会生态。这种生态观念反映在诗歌创作上，就要求诗人在对待写作以及对待生活的问题上，不刻意抬高、炫耀写作者的身份，"不做作，不卖弄"，秉持一种平常的心态和谦恭的姿态，俯下身子，贴近生活，化平淡为神奇，熔凡俗为诗意。就中国新诗创作来看，曾经不少诗人是以精神领袖、社会拯救者和担当者的身份来写作的，夸大了自身和诗歌的作用，疏离生活而据守心

---

① 〔美〕赫舍尔：《人是谁》，陶仁莲译，贵州人民出版社，1994，第18页。

灵之一隅，架空内容而醉心于语言文字之游戏，结果导致诗歌的"水土流失"，出现营养不良、精神贫血等症状。那么新诗在步入新的生态文明时代后也面临诗歌观念的调整，在写作者心态和身份的转换上，桃花源诗群很有代表性。

在诗歌旅途一直匆匆"赶路"的女诗人杨亚杰，曾出版《三只眼的歌》《折扇》等多部诗集，最近又将近年发表的新作拟结集为《和一棵树说说话》。我曾为她写过诗评《从"抒情"到"书写"》①，认为在她的笔下，诗歌还原为生活的诗性描画和勾勒，还原为童年、乡村、普通人的视角和表达方式，从细节、情境到语言和叙述风格，都弥漫着朴素的诗意。这一点在她近年来的写作中体现得更为鲜明和彻底。她写日常生活，那些微小的毫不起眼的场景、事件和人物，被她有滋有味地书写着，传达出来的也许是一点小感觉、小情趣和小启示，但又分明蕴含着作者的大敏锐、大思考和大智慧。而当她描写身边或记忆中的那些大事件、大场景和大人物时，她又能还原一种生活的现场感、亲切感。她写诗，也是在用诗歌来生活、思考和对话，用生活的语言写诗，用诗歌的情怀生活，在她身上，诗歌和生活儿乎是叠合的。这是一种诗歌观的体现，也是一种生活观的体现，在这种状态中诗人的写作是惬意的、快乐的，生活是幸福的、满足的，心灵是和谐的、滋润的。还有什么比这些更重要呢？初读她的诗作，有点像看一壶"净水"，清澈、透明，似乎看不到什么；续读她的诗作，有点像看一泓小溪，清澈透明的下面招摇着一些"水草"，静卧着一些"卵石"；再读她的诗作，有点像看一条江河，清澈透明的只是语言的浪花，回旋的则是深长的意味和韵味。这是一种追求，也是一种境界。

在抒写日常生活的同时，把写作的眼光和立足点放低，这是桃花源诗群诗人们生态化抒写惯用的策略。放低自我，缩小自我，温良谦让，是对他人的友善和尊重，对事物规律的理解和遵循，对大自然的聆听和敬畏，是一种生存智慧；是为了从大地、泥土以及一切普通的事物和底

---

① 张文刚：《从"抒情"到"书写"》，杨亚杰诗集《三只眼的歌》，远方出版社，2003，第1页。

层人物的身上获得一种启迪，汲取一种力量；同时也是为了寻求一种生活的恰当位置，一种内心的和谐感、满足感和愉悦感。冯文正的《农民工兄弟》《远去的补碗人》《我骄傲的橘子》，龚道国的《在低潮处闲居》《亲爱的大地》以及组诗《祖国，我看见你》，邓朝晖的《低语》《野菊花》《尘世之外》，谈雅丽的《船娘》《北小河》《方圆百里》，熊刚的系列诗歌《铺路工》《架线工》《泥水匠》，诸多作品，在平凡和朴素中提取诗意，从僻野之地和生活底层发现纯粹与崇高，或娴静，或奔放，或朴拙，或绚烂，或贮满幸福和沉醉，或满怀赞美与感恩，营造了一种和乐、静美的氛围，描绘了一方人与自然、人与人诗心相通、诗意共处的生态家园。

三

审视和反思是桃花源诗群生态化抒写的又一维度。对自然万物和人类自身的审视和反思是构建生态文明社会的一种内在批判动力。只有审视和反思，才能发现人类在走向文明的过程中付出了怎样的代价，在和自然的关系上还存在哪些问题和不足，从而调整我们的观念和前进的步伐。作为诗歌，在生态化的抒写方面既要表现并赞美和谐、诗意、谦恭的一面，又要具有一种思考的深度和批判的锋芒。桃花源诗群的部分诗人在写作中具备了这种审视、反思和批判的勇气。余志权的城市系列组诗，就直接审视城市生态，包括物化生态空间、文化生态空间和人际关系生态环境等，表现城市的扩张和掠夺，以及乡村和农民"被城市化"的痛苦和无奈，幽默和讽刺之中有一种悲凉和愤激之情。章晓虹的诗集《城市飞鸟》有相当一部分是写城市生态的，写城市的车轮、高楼、霓虹灯、酒杯等种种物象，意在表现城市的拥挤、灰暗和遍布的欲望陷阱对自然性和人性的压抑、摧残；这种表现是在湖泊、森林、荷花、飞鸟等大自然优美的意象的参照和衬托下完成的，因而隐含的"城市生态批判"和"乡村生态向往"一目了然。张惠芬歌吟绿色自然、健康自然的诗歌，剖析了现代人身上的某种"病痛"和"颓废"，寄寓着对人的心灵生态的关注。陈小玲的诗歌表现自己在城市里的孤独、迷茫、忧郁以及"无处可逃"的窘境，渴望获得心灵的抚慰和精神的救赎。唐益红的诗歌是关于流逝、燃烧、忧虑和救赎等主题的表达，在对时间、人生特别是爱情的审视和反思中，有一种希冀打通古今、融汇万物的气势和怀抱，有一种决绝的姿态和超拔的气质，有一种紧张感、尖锐感和疼痛感。与另外一些女性诗人那种平和温婉的表达不同，她是激烈的、奔放的、燃烧的，她想用这种方式拒绝平庸、浅薄和循规蹈矩，希望抵达内在、自我和深刻。正如诗作《我希望我的衣衫是我的马》所表达的那样，希望生命包括爱情被一匹野性的"能点燃出火焰"的马所包裹，在自我心灵的搏斗和较量中冲出"危机四伏的暗夜"。这种奔腾的、燃烧的情感，是一个现代诗人对自己生存的环境冷静观察、体验和思索的结果。

作为一个诗歌群体，桃花源诗群除了文中所说到的诗人之外，还有一批人数可观的诗歌作者，较为活跃的有张一兵、胡诗词、黄道师、刘冰鉴、刘浩、彭淼、汤金泉、戴希、杨孚春、张奇汉、张晓凌、谭晓春、麻建明、海儿、谢晓婷、曾宪红、张庆久、聂俊、肖友清等，还有张文刚、肖学周、夏子科、佘丹清等一批评论家正在参与其中。近两年，这个群体在《诗刊》与澳大利亚《酒井园》等诗歌刊物频频集体亮相，在《人民文学》《诗刊》不时获奖，在诗坛的影响正在日益扩大。尽管如此，我认为现在桃花源诗群还没有形成自己共同的诗歌主张和观念，诗人之间在艺术表达、抒情方式和所达到的思想深度等方面还存在较大的差异。目前，就我所接触到的诗作来看，从大的方面讲，诗歌在如何把握和处理俗与诗、显与隐、散与聚、言与意、情与理等关系方面还有所欠缺，有时呈现出某种"生态失衡"的状况。就具体的方面讲，有些诗歌描写和铺叙太多，沿袭传统而缺乏创新；有些诗歌较为单纯明朗，而淡化了应有的厚实和深刻；有些诗歌有意象有佳句，但没有一种完整感和场域的气息；有些诗歌善于表达内心的感受和情绪，但没有放进更多的光和影、更多的气象和胸襟，等等，这些都是今后在创作中应该加以注意的。正如龚道国在诗歌《一棵桃树》中所写的，"让一种站立向上下用力/向下去的，一脚踩进了土/扎向深处，坚持着隐蔽和挖掘"，启示我们诗人在创作中"上下用力"，向下，深入生活，贴近泥土，亲近自然；向上，加强修养，陶冶性情，训练诗艺。唯其"上下用力"，桃花源诗群才会像春天斑斓多姿的"桃花"一样，繁花似锦，生机勃勃，美不胜收。

第二节　桃花源诗群的生活化抒写

诗歌，唯有触摸、聆听和感悟，从诗歌语言的村庄抵达一个被创造的镜像世界，好与不好、美与不美，都带有个人的喜好和阅读印记，一旦说出也许就是流逝或者改变。但又不得不说，总有一些诗歌在风沙中坚守下来，成为岁月历久不衰的植物，因而也就具有了言说和传播的可能性。我对桃花源诗群的感受和理解已在 2011 年写成《桃花源诗群的生态化抒写》[①]一文，发表于《文艺报》，就桃花源诗群的特质、诗人队伍和生态化抒写的审美追求进行了简要介绍和概括，引起了诗坛的一些关注。这里，我亦不打算全面评析，仅从生活化抒写的角度谈点阅读体会与感想。

生活化与生态化，虽只有一字之差，究其内涵却大有不同。就桃花源诗群而言，诗歌的生态化抒写是一种"关系描写"，侧重人与自然、人与人的关系，既有现实批判，更有理想守望和诗意建构，是中国传统山水田园诗歌、闲适诗歌精神的一种当代呈现；而生活化抒写则是一种"现实关怀"，侧重现实生活中的场景、氛围和气息，带有更多原生态或草根性的韵味与意趣，诗人观察、感悟和表达生活的过程就是意义追问或心灵自适、精神漫游的过程。应该说，是特殊的地理环境和文化背景赋予这群诗人一种审美眼光和胸襟。湘西北的秀山丽水，尤其是桃花源厚重的文化底蕴和由此滋生的丰富的想象力，从基调和基质上成就了这群诗人的诗歌理想和抱负。"生态化"与"生活化"这两个关键词的拈出，是为了叙述和分析的方便，其实在诗歌中二者有时是彼此渗透、融会贯通的，并没有一个十分明显的分界。

---

① 张文刚：《桃花源诗群的生态化抒写》，《文艺报》2011 年 8 月 22 日。

一

桃花源诗群的生活化抒写，首先体现在物质生活的层面。诗群中活跃着一批女诗人，她们热衷于描写大自然和日常生活，借以表达个人的情趣、生活态度和爱情立场。河流山川、月夜星光，乃至一场雪、一棵树或一只蚂蚁，都能唤起她们的诗情并予以有意味的构思和表达，她们凭借敏锐、细腻和心灵的穿越往往能从自然物象中发现新的意义，并赋予自然山水一种人格化、心灵化的丰盈呈现和灵性表达。从自然意象的撷取来看，她们尤其青睐和擅长运用"花"和"水"系列意象来抒情达意，桃花、樱花、菊花，甚或芙蓉花、油菜花，在其诗歌中或感情浓郁，或性情散淡，或朴素无华，斑斓多姿、摇曳生辉；洞庭湖、沅江、澧水，甚或清水湖、花岩溪，在其诗歌中或灵动深情，或蜿蜒奔涌，或静美如画，水汽淋漓、诗意沛然。对于谈雅丽、邓朝晖、唐益红、章晓虹、龙向枚、陈小玲、张慧芬、张小玲、宋庆莲等女性作者来说，"花"意象掩映着她们诗歌的精神高地，"水"意象生成她们诗歌版图上的蓝色"海洋"，这些都带有鲜明的地域色彩，也烙上了独特的抒情风格。"花"意象和"水"意象是一方地理风物的存在，也是女性身体和心灵的隐喻，成为她们抒写乡愁、寄寓爱情、慨叹流光的象征物。在自然景物的描写方面，谈雅丽和邓朝晖的诗歌风格较为近似，含蓄、轻灵，富有浓郁的生活气息。谈雅丽有着细腻的观察和想象，善于捕捉细节和场景，把生命安放在大自然的怀抱里，凝视、倾听和感悟自然界的一切，表现人身上的自然性、诗性和大自然的神性、灵性，传达出平凡、朴素、深挚和丰富的情感，营造和追寻一种诗歌乌托邦的境界，渴望一种诗意的生活。邓朝晖表达的则是平凡生活中的诗意，善于描写和铺排景致，将诗境与尘境打通，用语言的芳香酿造出一种"微醺"的气息和氛围，传递出祥和、温暖的感觉。近年来邓朝晖的诗歌风格似乎有一些变化，开始从纯净、朴素走向丰厚、神秘与斑斓。尤其是她的那些表现边地和少数民族地区的诗作，在对独特的自然风物和风俗礼仪的描绘中有着较为丰富的内涵和表现力。

在表现日常生活和自我生存空间时，这些女诗人似乎不避唠叨，不厌其烦地罗列和描写生活中的种种道具与场景，从琐碎和非诗中提炼出完整、圆融和诗意。阅读者需要拨开那些看似芜杂的枝叶才能见到潜隐在生活深处的花朵和果实。厨房、客厅、卧室等个人生活空间和油盐酱醋、锅碗瓢盆等生活的必需品成为诗歌的题材，她们以一种满足或欣赏的态度触摸身边的人事和带有体温的日常器物，努力发掘俗世生活中的真情和温暖，从平凡和庸常中找到精神的归依和寄托。邓朝晖的诗集《空杯子》第一辑"安居"中的大量诗作，如《回到》《夜晚》《苍茫》《厨房里》等几乎都是描写日常生活以及对生活的感受与感悟，也有对平凡者、弱小者的关注和赞美，钟情于"微小的世界"和"内心的花瓣"（《这么多》）。在这个熙攘的多元化的时代，正如当年诗人叶芝所言"每一个人都是自己的中心"，众多诗人都在按照自己的方式和理解写作，有些诗人甚至远离生活和时代的烟火气息，以自我为中心，自说自话，沉溺于内心的虚妄和想象的暴力之中，其结果当然是诗歌的日益碎片化、封闭化和小众化。作为桃花源诗群中的女性作者，虽然也有人把诗歌当作一种极度私密乃至自恋的宣泄，但从总体上说诗歌不是封闭的"围城"，也不是孤芳自赏的"后花园"，而是与生活息息相通，是关于生活的诗歌，是生活溶解于内心而又在内心得到升华的诗歌。生活，是她们创作的灵感和对象；创作，是她们的一种生活样态和方式。她们写作诗歌似乎就是一种普通的日常劳动，如同种花、做饭、拖地、洗涤一样，自由自在、随情适意。写作成为她们日常生活中的一部分、一个有机的关联体，诗歌及其写作就是她们每天都要重复的劳动，就是她们打开或关闭的门窗和打扫过后洁净的地面，这种劳动因其精神的活跃和心灵的突围而带给她们更多的身心愉悦。因而对她们来说，诗歌成为表现日常生活和个人生存空间的象征性符码和载体，也表达和确证了自身诗意而快乐的存在。

二

桃花源诗群生活化的抒写，同时体现在文化生活的层面。文化景观、文化事件、文化仪式、文化名人和文化经典等都是这群诗人取之不尽的资源和宝藏，这种文化因子的摄取和提炼使得他们的诗歌带有更多的文化意蕴和鲜明的地域色彩。当然这种文化的内涵和气息，不是简单的添加或拼凑，而是像盐一样无声无息地溶解在水里，成为一种味道和审美趣尚，这也要求作者把那些理性的结晶有机地融入诗歌的感性描写和诗意形式中，让读者在领略诗歌美感的同时接受文化的熏染和启迪。向未（向延兵）的诗歌，有一种浓郁的宗教文化气息。著名诗人雷抒雁、韩作荣、李小雨等都曾为他的诗集作序，把他的诗归入禅诗之列，他说的虽是佛道轮回，"其本质亦是世道人心，对人生的理解和洞悟"①。寺庙袈裟、青灯黄卷、晨钟暮鼓、水中月、镜中花等，都是他的诗作信手拈来的意象。诗人以一颗宁静之心、慈善之心看宇宙、看人生，字里行间充溢着静穆、恭谦和大慈悲，洗濯、宽解着尘世的烦恼、纠结和困惑。他的诗作处处散发着虔诚与干净，"甚至是深刻的安然与浓厚的恬淡"②。唐益红的诗歌，向着时光深处挖掘，越过魏晋直达三皇五帝传说的时代，在对看似原始、蛮荒的村落、河流、田野的描写与想象中，有一种撩人的气息从岁月深处奔涌而出，这就是文化积淀和发散、延续的魅力。陶潜和传说中的善卷是她诗歌中的两位文化巨人，成为她诗歌表现的直接对象或隐性背景，也确立了她诗歌的文化基调和氛围，这就是对洁身自好和善德文化的一种诗性表达和渲染。当作者把这种历史叙述、诗意想象与现实生活对接时，我们就可以看出其诗作的当下意义和价值担当。因而作者在直接表现现实生活题材时，常常会以今观古或依古寻今，试图在"温暖的灰尘"之下打通文化的潜流。

曾有过高原生活经历的罗鹿鸣，对大自然有着神秘的感悟和表达。他写高原的戈壁瀚海，也写家乡小村的青山秀水，他的仿佛现代版《桃花源记》的抒情长诗《屋顶上的红月亮》弥漫着纯净的人性之光和神性

---

① 韩作荣：《背对红尘，梦幻空花——读〈春天的宽恕〉》，向未诗集《春天的宽恕》，长江文艺出版社，2013，第4页。
② 李小雨：《回家与出家的心路——序向未诗集〈回头者是谁〉》，向未诗集《回头者是谁》，长江文艺出版社，2014，第2页。

之光。这样一个对大自然情有独钟的诗人，近来诗歌表现的内容和风格开始有所变化，这种变化体现在诗作有了更多的人文色彩和文化内涵。他最近创作的组诗《汉字越千年》给人耳目一新的感觉。他笔下的汉字有一个动态生成、生生不息的过程，从"字"到"词"，再到"句子"和"段落"，在汉字的扩展和聚合中体现了人的智慧和创造力。汉字既是文化的载体，承载和传续着中华民族文明的烟火，记录和演绎着岁月长河中的沧海桑田和喜怒哀乐，同时又构成文化的一部分，成为文化本身，有着迷人的魅力。作者在对汉字打量和咏叹的背后，实际隐含着对人和社会的思考，正如汉字如何组字成词、连词成句、由句谋篇一样，人也由孤独、游离而融入社会文明的大环境，从而产生巨大的聚合力和能动性，书写历史画廊中的华彩乐章。跨越千年的汉字，在作者笔下就是一部社会的文明史、一个民族的兴盛录。作者构思新巧，想象丰富，笔墨灵动飘逸，特别是运用了大量生活化的比喻，赋予汉字以生命的活力和气息，静态的汉字就变成了通灵的经脉和富有思想感情与人格高度的血肉，令人肃然起敬而又思绪邈邈。诗歌是语言文字的艺术，作者对汉字的审视和玩味，其实还包含了对诗歌语言运用方面的思考，包括如何炼字、遣词，如何造句、结撰和谋篇，所以可以说这首组诗也是对诗歌艺术的叩问和探求。

三

桃花源诗群的生活化抒写，还体现在心灵生活的层面。"诗言志"，诗歌是最能表达诗人内心感悟、体验和志趣的。无论是日常叙事，还是写景状物，都会有内心的映射与应和，表现出诗人的心灵维度和操守。桃花源诗群正如其命名所昭示的，诗人的创作蘸着"桃花"的斑斓和绚丽，在寻找这样一方心灵的净土和乐土，这里充满友善、和谐与美，阳光、温暖，远离世俗喧闹，拒绝庸俗丑陋。作为这个群体中一直坚持诗歌写作的诗人杨亚杰，近些年受"新湘语诗歌"的影响，尝试用富有生活气息和乡土特色的语言表达内心的真实和真纯。从早年的诗集《赶路人》《折扇》《三只眼的歌》，到新近出版的《和一棵树说说话》，不论抒情方式、语言风格怎样变化，唯有一点没有改变，那就是在尘世中的心灵守望和诗意追寻。就如我在诗集《三只眼的歌》序文《从"抒情"到"书写"》①中所说的：作为诗人，当在常人的"双眼"之外还睁着一只美丽的"诗眼"；作为人类，当在日月两只巨眼的眨动之中还睁开虹眼、雨眼、雪眼、星眼，岂止是"三只眼"，应当是无数只眼。杨亚杰近年来的诗作依然是对诗意生活的寻找和坚守，和早年诗作有所不同的是，她不再单纯地借景抒怀或托物言志，更多的是一种内心表白和诉说。她往往借一点小因由、小事件把自己摆在对立面来审视，或把自己作为朋友来倾诉，将内心深处的困惑、矛盾、悔恨或欣喜、幸福、感动等种种情绪和盘托出，毫不隐瞒和掩饰，而这一切都是对如何"做人"的逼问和考量。最近她写作的《我想活成一首诗》简直就是她的人生宣言："我的首就是身子啊亭亭玉立/我的诗就是骨子里散发的香气。"而在她的另一首诗歌《春天里开得最烂漫的花都没有名字》中，对诗坛不重诗歌而追逐名气的做法提出了批评。

诗歌写得越来越纯粹的诗人龚道国，在不断寻求拓展和超越，近年来的诗作有了更开放的视界和更厚实的底蕴，尤其是有了更多内心的体验、沉吟和感悟，将自然物象心灵化、情意化和人格化，追求人与自然、人与人、人自身心灵的大和谐。正如他在新近出版的诗集《神采》"自序"中所言："要感谢大自然的提醒，让我在喧嚣之中安然静下，空明透彻，……我发现，我们置身的事物总有一种神采蕴含其中，让人可以拨去浮尘，找到内心的认同，抵达美好的沉静，能够从中获得身心之适，风骨之韵，气闲之境。"在他的诗作中，物即是心、心即是物，心物交融，能够把自然万物的"神采"折射或沉潜为心灵的光芒，也能把心灵的光芒集束、投映为自然万物的"神采"。诗人杨亚杰曾撰文赏析他的诗作，看到了这一特点："一边用心感悟自然、人生和社会，拓展心灵疆域，提升心灵境界，一边以旺盛的精力和热情，修炼性情，从容写作。"②

---

① 张文刚：《从"抒情"到"书写"》，杨亚杰诗集《三只眼的歌》，远方出版社，2003，第1页。
② 杨亚杰：《带着家园行走——素描龚道国和他的诗》，《芙蓉》2011年第2期。

诗界诸多名家在他的《神采》出版后也给予很高的评价，其中对他"强大的与自然对话的能力""努力接近事物的本质"以及心灵化的表达更是好评有加。

以上从物质生活、文化生活和心灵生活三个层面对桃花源诗群生活化抒写这一特色进行分析，是基于分析的方便所做的概括和提炼，在诗歌文本的实际情形中，更多的时候是相互渗透和浑融的。对于桃花源诗群及其创作，我会予以持续关注，还将从别的角度切入撰写评析文章。

第三节　《坚守十一种维度》：自然的 音符与诗意的坚守

翦伯象最近出版了诗集《坚守十一种维度》①。我读翦伯象的诗歌，感受最深的就是两个词："自然"与"诗意"。自然，是指意象的选择和运用以及描写对象本身，当然也涵括自然清新、通脱典雅的艺术风格；诗意，是指诗歌信仰、生活方式和一种超越当下的未来眼光。自然和诗意是联系在一起的，自然中有诗意的密码，诗意中有自然的音符。作者在对大自然亲近、感悟和表达的同时，也就完成了对诗意的眷顾和坚守。这不是一种传统意义上的浪漫主义的回归，而是一种基于现实思考的富有诗意的理性建构。

翦伯象的诗歌中有一种自然意象思维，即诗人敏锐的触须总是和大自然有着内在的神奇感应和汇通，能够撷取五彩缤纷的自然意象来构思结撰、传情达意。关于意象思维，朱寨先生曾比较过意象思维和形象思维，认为"形象思维"与"意象思维"两个概念的内涵基本上是一致的，不过，两者相较，"意象"比"形象"的外延更有涵盖性，更恰切②。就翦伯象的诗歌来看，他的意象思维总是与大自然的种种联系在一起的。描写自然风物的诗歌自不待言，表现爱情、亲情和乡愁等主题，以及感

① 翦伯象：《坚守十一种维度》，光明日报出版社，2012。
② 朱寨：《艺术思维是意象思维》，《文学评论》2007 年第 3 期。

悟历史人文的作品，无一不是用生动而恰切的自然意象来承载和传达诗意神韵。就地域和色彩来讲，这种自然意象的选择，多是江南灵秀、灵动而诗性灌注的自然之物，充满一种唯美的气息。就艺术和修辞的层面讲，这种自然意象的运用，有中心意象的贯穿，有关联意象的剪接，有辐射意象的推衍，有叠加意象的铺排，有比喻意象的跳跃，有象征意象的虚化，这些都以服从诗思的贯通、意境的浑融和思想的表达为目的。自然意象的广泛运用，既诗化和美化了诗歌的艺术形象，又丰富和内敛了诗歌的思想内涵，还延展了读者的想象空间。这种自然意象思维的形成，应当说与早年乡村生活对诗人心灵的熏染，以及诗人离开乡土后对大自然的殷勤守望并渴盼回归、化入自然胜景的诗心是分不开的。诗歌《光与影的倾诉》品读了一位摄影家的一幅艺术作品，给人的启示是：艺术家只有融入自然，甚至成为自然，才能表达自然、歌唱自然。可以说，诗人就是这样一位穿行在诗歌和大自然之间的"摄影家"。

自然意象在诗意层面上接通了生态的理性之光。大自然本身是一种昭示，也是一种呼唤，以其自身的诗性、神性和自洽导引着人类生活的脚步，指向人与自然、人与人以及人自身的和谐与静穆。鄢伯象用自然意象来象喻现实人生或直接描摹自然生态时，不仅提炼诗意盎然的一面，而且倾注了理性的目光，体现了一种诗意的理性和理性的诗意，诗人和学者的双重身份在诗歌中得到了有机的统一。他用大自然的美丽音符在一个诗人的浪漫心性和一个学者的现实情怀之间架起了一座桥梁。一方面，他极写生活与记忆中美和诗意的一面，并用想象和期待召唤着更高层次上的美和诗意；另一方面，他直面现实，以一个现代知识分子的焦虑和忧思对大自然本身以及现实人生给予冷静的烛照，并寻求一种诗性的融合和超越。因而他的诗歌，既是一种创作和心灵体验，更是一种介入和现实关怀。就这一点来讲，他的诗歌高出了眼下那些一味沉浸在个人内心感受中的幻想型诗人，也高出了那些被现实所裹挟而不满现实的怨愤型诗人。就其整个诗歌创作来看，诗歌和现实的关系，或者说诗性和现实的关系以及二者的张力构成了一种内容和情感上的推进，一种哲学意义上的螺旋式上升。这样就在宏观的诗式结构上呈现出"正—反—

合"的逻辑关联和诗意期待。正，是指立足于生态中健康、优雅的一面，采撷与之相贴切、相对应的自然意象加以融洽自如的表现；反，是指对生态中那些负面形态的东西予以审视和批判；合，是指向大自然的无限诗意寻找药方，在更高和更内在的层面上渴望超越和重建。

对爱情和婚姻的描写在蒉伯象的诗歌中占有相当的分量。诗人一方面用大量优美、明媚而柔性的自然意象表现爱情和婚姻中的浪漫色彩和唯美气息，另一方面又从内部展开对爱情和婚姻的审视与思考。《幸福的水》《平静的蚕》《菊花茶》等作品表现了爱情和婚姻中的幸福和感动，诗歌意象带有更多古典韵味；而《瓷器的裂纹》《中国婚姻正在醋睡》《小鱼的老家》等诗歌则表现了爱情和婚姻中的破碎、迷茫以及心灵的突围与寻找，诗歌意象及传达的感受更富有现代感，也给人更多理性的启迪。对乡情和亲情的表达，往往也是借景抒怀，把内心深处那份细腻而深挚的感情传达得真切感人。《村后的小港》《老屋的炊烟》保留了儿时"翠绿"的记忆和温暖的诗意，也沉淀为诗人一种深深的乡恋情结和寻根意识。《母亲与竹背篓》《清明悼父》则借助寻常的自然景物或生活道具把人性中最朴实、最深情也最温暖的一面表达得朴素而真挚，"母亲是冬天的一株桃树/果子摘走了，只剩一些牵挂"，"父亲只是一株寻常的水稻/熟透后/被上苍收获了"，诗句中最普通不过的自然意象不仅极大地丰富了诗歌形象的内涵，也提升了诗歌的思想境界和艺术品质。同时在这类作品中，诗人在现代文明的背景下冷静地观察乡村的变化，表现人的孤独情怀和迷惘情绪。直接描写大自然的作品，也是从正反两个维度展开，既表现其诗性的一面，又揭示其生态遭到破坏之后非诗的一面。在正反表达的背后，是一种融会贯通的思考，是一种生态重构。这个重构的基础是大自然的诗性和神性，重构的动力是人的心性的诗意化，重构的目标是人与自然、人与人的和谐相处以及人自身的心灵自由。大自然是人的心性诗意化的源泉，也是诗歌作品在从正反两方面用笔之后走向"合"的命题的一个纽带。诗歌因此在内在的融通中拥有了一种未来眼光和超越价值。

这种"自然书写"和"生态书写"不仅是一种诗歌观念，更是一种写作姿态。诗人把自己多年来创作的作品结集为《坚守十一种维度》,这个命名是一种题材和情感向度上的归纳,究其实,所有的维度都是一种维度,即"诗意"的维度。诗人的坚守就是对诗意的坚守。在诗人那里,写作不仅是一种诗意的精神活动和生活方式,也是发现、创建诗意的过程和对理想的守望。说到底,诗人的坚守,就是对诗意人生、诗意内心和诗意宇宙的坚守。有学者分析指出,"80后"诗人,其精神脉象主要体现为困顿感、漂泊感、悲悯感和空心感,那么在我看来,"60后"乃至"70后"诗人的精神维度更多地表现为责任感、使命感和方向感。蒭伯象作为"60后"诗人,对诗意的坚守和内心深处秉持的理想主义就是一个很好的证明。这种坚守,来自诗人心性和人格的修炼。诗人在聆听和表达自然诗意的同时,也接受着大自然的诗意熏陶和诗性启悟。有人认为,抒情诗经过20世纪90年代的叙事和口语的双重冲击早已成为"亡国之君",即便如此,在20世纪90年代的一些优秀诗作中抒情并没有缺席,进入21世纪后,对抒情的重新重视已经提到了诗学的议事日程之中①。在这样的背景下,蒭伯象的诗歌创作对诗意和抒情的坚守就更加难能可贵。他在诗歌《拥有一枚桃子》中写道,"坚硬的桃核保持着自我/它让所有诗人自惭",这是一种感叹和训诫,希望诗人像桃核一样保持自己的本色、立场和精神韧度;在诗歌《接受一小片阳光的关注》中把梁启超比喻为"一小片阳光","很想借他的光洗涤骨头",将自己的生命"烙上阳光的印记"。这些足以说明诗人对诗意的坚守源自自己内心的诗意和人格操守。

诗人是神圣的孤独者。里尔克有一首诗歌题为《你我的神圣的孤独》②,在该诗中表达道:"你何其宽广纯洁而丰足/像一个睡醒的花园","请将金色的大门紧闭/门口等待着种种祝愿"。借以祝福蒭伯象和所有诗人!

---

① 金浪:《80后诗歌的谱系与身份焦虑》,《中国诗歌研究动态》(第二辑),2006。
② 〔奥〕里尔克:《你我的神圣的孤独》,《里尔克诗选》,绿原译,人民文学出版社,1999,第46页。

【作家简介】翦伯象,笔名老茧,1963 年出生于湖南常德。现为五邑大学文学院教授,江门市作家协会副主席。发表诗歌近百首,出版诗集《坚守十一种维度》。

第四节 《逝去的雪》:水孕育的诗情

《逝去的雪》[①] 从南国的花城出版社出发,静静地飘落在我的书桌。在这春末夏初的夜晚,在一片蛙鼓之中,我打开这朵诗意的"雪",握住的是满把悠远而亲切、美丽而神秘的水声。水,这洞庭湖区纵横交错的"根系",这江南水乡风度翩翩的"意象",被青年诗人周碧华深情地托举,植入他诗歌的脉络之中,植入他情感的波涛深处。

水是万物之源。"水者何也?万物之本原也,诸生之宗室也,美恶贤不肖愚俊之所产也。"(《管子·水地篇》)同时,水又是人类德性的象征。"夫水者,君子比德焉。"(刘向《说苑·杂言》)"水,至清,尽美。从一勺,至千里。利人利物,时行时止。道性净皆然,交情淡若此。"(刘禹锡《叹水别白二十二》)水具有丰富的内涵,每每被中国古人用来联想与表现时间、机缘、功业乃至年华、生命的不可复返性,生发出对生命、爱情、事业等价值追求及其不如意的无限感喟,人们在对潺潺流水、滔滔逝川的观照中省思自身,萌生由物观物到反观诸身的自我意识[②]。周碧华笔下的水作为诗歌意象,包含着丰富的意蕴。诗人善于从水的自然形态中提炼出某种人格精神和道德情操:《湘江》浸润着"革命的情调",《资江》展示了"坚韧"的个性,《沅江》弥漫出"超凡脱俗的气质",《澧水》包藏着"深邃的思想"。湘、资、沅、澧四大水系,在他诗歌中串起了湖湘这块神秘的土地,以及这块土地上美丽的风景和独特的神韵。水作为楚地的水,积淀着深厚的文化意蕴。周碧华把诗歌的

---

① 周碧华:《逝去的雪》,花城出版社,1999。
② 王立:《心灵的图景——文学意象的主题史研究》,学林出版社,1999,第 215 页。

手指探进水的深处，触摸到楚文化的辉煌和浪漫气息。在一派苍茫的水域，屈原、陶潜、刘禹锡、范仲淹带着他们的诗文、梦想和人格次第浮现出来，把这一片诗意的水装扮得古色古香而又气宇轩昂。而那浸入江中的"楚辞"，岸上千年不败的"桃花"，洲上摇曳出唐宋情调的"芷草"和"兰"，则构成一种幻美飘灵的意境，散发出浓烈的文化芳香。

由这样一方诗意而又具有文化底蕴的水滋润的土地和人民，是那样神奇和美丽。这里，既盛产温暖的棉，又收割金质的稻；既开放梅的高洁，又托举兰的芬芳；既孕育高贵的面孔，又滋养平凡的背影。江河两岸的人民，在接受水的恩惠的同时也被注入了水的性灵和品格，甚至他们本身就成为流布在大地上的一道道奔流或者宁静、激情或者温润的"水"。"她精心调理的蔬菜和孩子/正端坐在一滴水的边缘"（《汲水的女人》）。庄稼和花朵，现实和未来，心灵和梦想，在生命泉流的浇灌下生长得更加多姿多彩。即使是爱情，也因为接受了水的滋润，显得那样柔情满怀、温馨浪漫，既具有古典韵味又富有现代气息。

这样一方诗意而又满蕴着文化气息的水，这样一方化育万物、荡动着生命意识和爱情光芒的水，以它的空明和澄澈，流淌在人生的岸边，成为安放在诗人面前的一面镜子。诗人常常走出户外，聆听水的吟唱，伫立岸边，目睹自己的影子，审视自己的灵魂。这种个性的袒露，这种对自我心灵河床的逼视，使我们透过诗歌真实性的品格，感受到了诗人在人生道路上苦苦叩问和求索的可贵。

诗人这样钟情于水！即使写《陕北高原》，也要写到"从一首唐诗里奔腾而下"的黄河；即使写《祥林嫂》，也要"沿着悲剧的线索"，走到鲁镇的小河边。特别是诗歌还多处写到水的另一形态——空中的雪和雨、身上的汗、眼角的泪……这是水的凝聚或浓缩，是水的诗意化或情态化。这样就从不同的角度更加丰富了水的内涵和性格。诗集题为《逝去的雪》，是对诗歌内容的一种诗性提示：诗歌捕捉的是水的精魂，是生命的源和流，是对诗意生活的眷恋和向往，是对心灵世界的观照和感悟。诗人这样钟情于水，是和他的生活经历以及诗歌理想分不开的。周碧华出生在虎渡河畔，求学于湘江岸边，供职于沅水之滨。水以其迷人的姿态和声息抚弄着他心中的诗弦，激发了他创作的灵感和热情，于是他"站在一支曲子最抒情的位置"歌唱，站在江南水乡最诗意的河边歌唱。而他追求的是一种纯真的歌唱。他在《跨世纪，我们的诗歌（代序）》中写道："诗人！拍掉身上的尘土/返回真实/用一盆净水濯洗双手和心灵"，"高贵的诗歌/来自于高尚的灵魂/来自于万物深情的呼唤"。诗人追求心灵的高尚、诗歌的高贵，当他把目光投向大地的时候，就掠过闹市的喧嚣、道路上的灰尘和人事的纷扰，眷顾于那永远充满青春气息的一派清波和碧流。

10年前，周碧华在痛苦中开始诗歌创作。出生于乡村、栖止于城市的他对乡土怀有一种近乎宗教的感情，"让我在任何一条陌生的水边跪下/拨开涟漪，寻找家园"（《想起家园》）。他寻找的家园，既是那一方山环水绕乡情浓郁的家园，更是内心深处魂牵梦萦、诗意盎然的精神家园。那里有他所向往的一切，有他的美学理想、文化憧憬、生命渴望和情感寄托。富有意味的是，在他的乡土诗中，家园和水紧紧地依傍和渗透在一起。正如有的学者指出的那样，"缘水而居"的人类对水的依赖，超过了陆地上几乎任何其他自然物，人类文化的一大部类——水原文化，也在水之于人的恩惠祸患中得以创造，从而成为各民族基本而永恒的文化原型之一①。诗人的可贵，在于从具体的意象切入对历史的眷顾和对永恒的守望。水，在周碧华的诗歌中，不仅是与"家园"相依傍、浇灌人类日常生活的诗意存在，而且以其灵性滋养了诗人的才华，给了他激情而又柔婉的歌喉、飞扬的想象和智性的思考，给了他一种典雅浪漫的诗歌怀抱和流动飘逸的现代审美意识。

现实中的诗歌，是不是像他笔下忧伤的洞庭？"那一望无际的光芒，最初的明亮/被谁一点一点收藏？"尽管在他看来，"诗歌已遭污染"（《逝去的雪·后记》），但我们希望他不要"撤退"，而要坚守。因为正如他在诗中大声宣告的："世纪的最后一步需要诗歌的指引/新世纪的啼声不能没有诗意。"

---

① 王立：《心灵的图景——文学意象的主题史研究》，学林出版社，1999，第199页。

【作家简介】周碧华,湖南安乡人。作家、资深媒体人、网络达人。已出版长篇小说《权力·人大主任》《桃花劫》,散文集《春天是件瓷器》《幸福的流放》,诗集《涉江之舟》《逝去的雪》《用雪捂热一个词》,通讯集《踏遍青山》,有7种以上体裁的作品获省以上奖励百余项。

第五节 《走向》:远行者永远青春的背影

初识民间微刊《走向》是在2015年。那年初夏我参加一次文学采风活动,归来后写成一组诗歌,名《城址村赏荷》,旋即被《走向》刊用。也就在这个时候我得以走近《走向》,后来又应邀多次参加其文学活动,这样对《走向》的来龙去脉和办刊旨趣及取得的成绩有了更多的了解。原来,"走向"最初是一个民间文学组织,2001年成立于洞庭湖畔的汉寿县,并自费印行内部刊物《走向》,2004年文学活动因故中止。直到2015年"走向"文学骨干成员相聚于常德又重新启航,并将纸质内刊《走向》转型为同名微信公众号。2015年4月28日,"走向"微信公众号正式推出,常德本土第一个纯文艺微刊《走向》由此面世。目前,该微信公众号正在深度开发其功能,打造升级版的微信平台。

我很喜欢"走向"这个命名。"走向"可作名词解,意即方向、方位,比方说东西走向、南北走向,这意味着一定的地理空间和体量,用作文艺当然有其寓意,寄寓着美好的愿望和期盼;更多的时候"走向"是用作动词,虎虎有生气,凛凛而生风,是梦想、力量和激情的代名词,带有过程性、目标感和归属感,同时这背后也隐含着一种召唤和仪式感。既然名为"走向",就必然有一个渐进和生成的过程。就目前来看,其周围已聚集了相当一批有成就的作家和文学爱好者,并推送了一批优秀的文艺作品,而且仍在继续,仍在生成和壮大,不断展示其开放、包容的魅力。文艺创作是一种极富创造性的个体精神活动,这种精神活动并不是孤立、封闭的,并非孤芳自赏和自娱自乐,需要相互激励、烛照和借鉴，需要引导和富有实效的组织，需要融入社会并对生活发生作用与影响。"走向"作为一个有组织、有追求的网络平台，在不断聚集的同时也在不断唤醒和催生，唤醒心灵的诗意、创作的灵性和对生活的感悟与热爱，催生更多富有艺术个性和思想内涵的作品以及丰富多彩的文艺实践活动。

"走向"的意义是文学的，又不仅仅是文学的。"走向"在其理念中宣示：弘扬优秀文化，尊重自由创作；聚集文艺薪火，致力公益传播；亲近本土人文，倡导深度阅读。这个"理念"是纯粹的、高雅的，又是多维的、贴近生活的。就其组织形式来看，既是民间的、自由的，又是合作的、有序的。有明确的宗旨和愿景，不带结社营私和功利色彩，既有骨干成员的相互合作和明确分工，又与其他社团乃至地方官方媒体合作，联手推介优秀作者和作品，正在产生越来越大的聚集效应和辐射效应。就其作者队伍来看，既有风姿卓立、成绩斐然的知名作家，又有成长中的作者和初出茅庐的文学新人，体现了网络文学媒体和平台的涵容、淘洗和强势助推的功能。就其创作本身来看，既具有鲜明的地方色彩和历史文化底蕴，带有内容上的集中指向性和艺术旨趣、追求上的相似性，又呈现出开放的创作观和艺术胸襟。就其功能来看，既是文艺的、审美的，又是社会实践的、带有公益性的。"走向"在推介文艺作品的同时，还热心组织文艺活动和公益活动。两年多的时间里先后组织文学采风、研讨和联谊活动 50 余次；尤其可贵的是联络、发动文友，为图书馆捐赠图书，为贫困地区的学生捐助学费和生活用品，大大拓展了文学的边界，将文学的审美教化功能延展、跃升为现实生活中的关怀和温暖。

"走向"此次组织编辑的诗歌集《走向·常德诗歌年选》（2015～2016）① 和散文集《走向·常德散文评论年选》（2015～2016）② 是一个阶段的回顾和小结，是一次集中的自我展示和检阅，更是为继续前进、"走向无限可能的旅程"提供参照、滋养和动力。这些诗文我未及一一细细品读，好在很多作者我都比较熟悉和了解，而且平常也留意他们发表

---

① 《走向·常德诗歌年选》（2015～2016），文汇出版社，2017。
② 《走向·常德散文评论年选》（2015～2016），文汇出版社，2017。

在微刊《走向》上的作品。这是一群生活在洞庭湖滨、沅澧大地的作家和文学梦想者，他们深受屈子楚辞、陶潜怀抱的熏染和影响，其志趣高洁、性情脱俗，为文放达而有诗意，脱平庸而向优雅、摈浅薄而求深刻。这里辑录的诗文，一个最大的特点是故乡书写以及浸润其中的浓烈的情感和历史文化色彩。故乡总有区别于他乡的地理地貌特征和精神文化特质，也总是深深地烙印着写作者的独特记忆、感受和思绪。关于故乡的叙述总是和怀旧联系在一起，在故乡的经典叙事中，遵循的是"游子归来"的语法，其模式为"远离—追忆—回归"；以鲁迅的《故乡》为代表，情节大致沿着"回乡—故乡已经变异—再次离乡"的路线起伏，游子在回乡之前因为思乡，不可避免会对回忆中的故乡带有某种意想中的期待，然而当他回到现实中的故乡时却发现时移事异、故园不在，最后只能带着深深的失望与落寞再次踏上离去的路①。由于时代的原因，聚集在《走向》周围的作者，打破了这种模式化的文学书写，往往立足于乡土，尽情挖掘和展示故乡的种种胜景和历史文化。历史厚重的古文化遗址如城头山、汤家岗、城址村，寄寓理想怀抱和具有传奇色彩的千年胜迹如桃花源、夹山寺，别具一格的城市景观如常德诗墙、穿紫河，享誉一方的自然风光如壶瓶山、花岩溪、乌云界，灿若星辰的历史文化名人如阴铿、宋教仁、翦伯赞、丁玲，等等，这些都成为作者描写、歌咏的对象或诗文中的地理标签与精神符码。或溯源人类早期文明的发祥地再现中华民族伟大的创造精神和史诗般的情怀，或书写现实生活中的人文景观表现时代的改革春风，或探寻山水之奇诡、险峻和神秘带给人生的惬意与至乐，或借故乡景致抒写亲情、爱情和乡情，寄寓游子之思和文化乡愁。这种故乡书写既能唤起"本土阅读"心理上的亲切感、认同感和自豪感，又在网络传播中成为介绍和宣传故乡的诗意蓝本。

性灵书写及蕴含其中的浪漫情怀与创造精神是这些诗文的另一个重要特色。就品格而言，表现真情实感，不夸饰，不矫情，自然而然。无论写景状物、记人叙事，还是直抒胸臆，都从本真出发，都是作者内心

---

① 刘大先：《故乡·异乡·在路上——贾樟柯电影的主题探讨》，《艺术广角》2007 年第 2 期。

感受、体悟和情感的真实表达。就风格而言，灵秀、俊逸，极富浪漫色彩。这些作品大多构思精巧，立意高妙，修辞纯正，文字灵动；尤其是善于借景写意、融情入境，从大自然的花鸟虫鱼、日月山川中找到恰切的寄托和象征，凭实化虚，由此及彼，想象丰富，诗意蒸腾。就创格而言，富有自由创作、探索创新的精神。诗歌和散文相较于其他文体有更大的自由度和创造空间，更能深入心灵的幽微和暗角，也更能在艺术形式上追求新变。辑录的这些诗文题材广泛，视角各异，手法多样，表现了丰富的心灵旨趣和思想感情。一批作品在形式上进行了有意味的探索和创造，比如"六行诗""十二行诗""野语文"等，在诗体形式和语言表达方面提供了新的可能和生长点，引起了文学圈内的关注和读者的兴趣。无疑，这种性灵书写是深受湘楚文化、洞庭湖水系文化和桃花源文化的浸润和滋养而形成的。"走向"得天时地利人和。湘西北一角独特的历史文化遗存、地理风俗和神奇传说丰富了作者的描写和浪漫想象；洞庭湖、沅江、澧水相融相亲的水色天光和浩渺烟波，以其宽厚辽远和灵性孕育了作者的灵感、激情和诗意创造；桃花源作为一个庞大的文化符号和精神喻指引发并寄寓了作者无限的幽思、逸兴和追索。这一方地理山川及其特有的魅力与精神气质将激励和催生更多个性创造与灵性书写。

当然这些诗文在构思立意、情感表达和艺术表现等方面还有不少值得挖掘和分析的地方，有待更多的文艺批评者关注和研究。欣喜的是，今后每年"走向"均会组织编辑年选，精选作品，研讨切磋，砥砺前行。我认为，基于地理和文学上的"走向"，经过艰难旅程的淬炼和时光的淘洗，一定会从洞庭湖滨的涓涓细流走向江河和大海，从平原、丘陵走向文学的高原和高峰。

2016年4月，《走向》文艺微刊创刊一周年举行纪念活动，我应邀参加，欣然写就一首"十二行诗"，题为《走向——为文艺微刊〈走向〉周年庆典而作》，录于此作为结束，也表达我由衷的祝愿和期待：

> 集结着这些美好的词汇和事物，
> 比如诗歌、散文，渐渐长高的花草和树木。

云朵一样静寂，恍若隐隐而伸手可触的山脉。

庞大，来自于一根丝线、一眼清泉，
细小的雪花织成满天云锦。
沉醉，只为找到自己的内心和回家的道路。

春天不问身份，是花朵就尽情绽放。
午夜的一声低吟或长啸，
比闪电还快，瞬间照亮另一方夜空。

列队，梦想、美与创造的快乐。
走向，是一种气度和格调，
是远行者永远青春的背影。

第六节　彭其芳散文的意境美

就这样走进一片"桃花"的掩映之中，到处是岁月和心灵绽放的花朵，到处是寻芳觅诗的眼睛。这是一片江南的"桃花"，也是一种文学的境界。在这个境界里，既有通向古典情怀的幽径，又有承载现代诗意的芳亭；既有空灵的抚之若梦的花瓣，又有真切的触之如诗的枝干；既有含玉吐翠的依依柔情，又有经风沐雨的铮铮铁骨。这就是我读湖湘散文作家彭其芳先生的散文最初的也是最美的感受。在散文创作成为作家个人的心灵独语或者成为思想碎片文化化石的今天，踏进这样一方花影摇动的诗化意境，枯寂的心间仿佛淌过涓涓溪流、升起缕缕幽香……

一　诗意美：人生境界的提升

可以说，彭其芳的散文深受古今以来散文中的"美文"一格的影响，特别是接受了"当代散文三大家"①的诗意熏陶，最初的创作甚至未能走出"大家"的影子和气息。但是他毕竟在诗意意境的营造中找到了自己的美学追求。如果说当年杨朔们对诗意的刻意追寻是为了把诗意的光辉黏附到"时代"的画卷上去的话，那么彭其芳对诗意的发掘除了表现时代的主题外，更多的是把这一诗意融入"人"的心灵和精神世界。彭其芳的散文主要出现在20世纪80年代以后。这时文学的目光在对昔日中国社会的狂欢和动荡进行冷静的审视之后，深情地投注到"人"的身上来，或者说从人的诗性的角度思考和表现一种理想的生活形态。彭其芳的散文就是在这样的文学背景下展开对美好的人生境界的追求。著名学者、作家林非在总结新时期之初的散文创作时说："我认为最近几年以来的散文创作无疑是有成绩的，总的发展趋势是健康的，这主要表现为满腔热情地拥抱着时代与人生，自然贴切地抒发着自己内心的体验与激情；追求真情实感多起来了，追求朴实和浑厚的生活气息多起来了，追求对于社会人生严肃和深沉的思考多起来了，追求思想境界和艺术表现的新颖独特性也多起来了。"②可以说，彭其芳是新时期开始散文创作并富于"追求"的众多作家中的一个代表。

作家一双优雅的眼睛在蓝天碧水间搜寻，一颗诗意的心在青山白云间飞翔；然后突然静止，如风姿翩翩的蜻蜓悄然静止于花瓣。于是我们看到作家极写大自然的美以及美中的宁静之态，并把人的种种追求和人格精神投映到这一幅幅静美的画卷中，从而交融成一种诗意沛然而又灵性灌注的意境。在《水府阁眺望》中写江湾村庄"宁静得像失去了自身的存在，与城市里的喧闹、浮躁的氛围形成了鲜明的对照"；在《静静的犀牛湾》中写宁静的江湾"流溢出尘世间少有的闲情之中的甜美"。在如此宁静的画境再安放上人的活动，就立刻使人有了去尘忘忧、澄澈满怀的感觉。在《白鹭的节日》中，写静美的湖光山色之间人与白鹭的和睦相处，在人与大自然的琴弦上轻抚出悠扬的"和曲"；在《洞庭秋色赋》中，写人"对着高远的蓝天举杯，对着千顷波涛举杯"，在一种古雅的意

---

① "当代散文三大家"是指杨朔、秦牧、刘白羽。
② 林非：《散文创作的昨日和明日》，《文学评论》1987年第3期。

境中酿造出淡淡的"酒香"。在大自然的怀抱，人不仅回复了自由天性，更重要的是从山水的个性中生长出超尘脱俗的优美人格。《世上有个野炊岭》借"青山的怀抱"拥抱人的纯真的理性："在这野岭上，没有大腹便便的对财产的占有者，没有佝偻着身子屈服于压力的奴婢，也没有行乞者，卖唱者，吆喝者。要说'穷'，大家都穷，穷得吃的尽在锅里；要说'富'，大家都富，偌大的青山任你拥抱，绚丽的美景任你去欣赏。"因为渗透了人的理性精神，这一方诗化意境在烟雨朦胧中便隐现出奇崛和伟岸。人与大自然的和谐交融，人在青山绿水间的飘逸和超脱，这是智慧的生存，也是诗意的栖息，同时又是文学穿越时间隧道的永恒追求。在彭其芳的笔下，因为有了现代社会的虚假、庸俗、浮躁等世相和心态作为参照，人与自然从性灵到气质的契合便成为一种有别于传统山水文学所提供的人生境界，亦即不是在虚静恬淡中求无为、求无争，而是在诗境仙源里追求一种更充盈更有为的生命存在。

而当把这种大自然的诗意向着人的心灵延展时，我们又看到了一片特异的风景，这便是人的至诚至笃、至善至美的心灵。假如说写人与大自然的浑然交融是为了展示人的性情和理性精神，那么作家写人的心灵的诗化则是为了捧出人性的优美风光和情感的丰富资源。《青青的茶亭》是一篇令人感动得落泪的作品，那棵生长在老家门前的古枫在盛夏里给过往的行人遮阴送凉，同时它也无异于一汪情感的温泉，使那些在路上"挣扎的生命"感到神清气爽，因为在古枫下面奶奶开设了一座免费茶亭，奶奶把她的善良的德行像"茶叶"一样天天放在茶罐里让那些匆匆行客提神解乏，于是郁郁葱葱的"古枫"便成为奶奶慈善的象征，而普普通通的奶奶则成为传承中华民族美德的长青不衰的古枫。另一篇作品《清清的小河》也是通过一位女性展示人性富含诗意的一面，如同清清的小河"在我心中汩汩流过"的是人间至纯至真的情感，外在的美景成为人的心灵的辐射。人的诗意心灵与大自然的融合，这是人类亘古不变的梦想。于是我们才从《边城》中听到沈从文对"人类最后一首抒情诗"的咏叹，从《菱荡》中看到废名对人的内心的微波细澜的捕捉。显然彭其芳也在开拓这样一片点缀着人性花朵的"山水自然"，这样一方纤尘不染的心灵境界。

是优美的意境，也是诗意的人生境界，或者说是通过诗化意境的建构，从凡俗和尘世中提升人的生存境界。这样一朵鲜艳的"桃花"，引导人的目光和心灵向着高处攀缘。作家的审美视野和文字血脉里弥漫着一派古典诗意的芬芳，他试图用传统的、典雅的美——自然的和人自身的美来丰富和修复现代人的生活和心灵。

二 理性美：哲理思辨的包容

桃花摇红，绿树生香。彭其芳的散文在缤纷的花朵之中暗藏着智慧的枝叶，在诗意的意境中也充满着理趣。著名作家王蒙曾说："在文学里头，智慧往往也是以一种美的形式出现的。一个真正的智者他是美的，因为他看什么问题比别人更加深刻，他有一种出类拔萃的对生活的见地，对于人的见地。这样的智者也还有一种气度，就是对人生大千世界的各种形象、各种纠葛，他都能站在一个比较高的高度来看待它。"[1] 应该说，彭其芳就是这样一位智者，他的散文作品充满了发现和思考。从卵石的身上"于普通中发现了特别，于平凡中见到了不平凡"（《一条璀璨的河》）；借助山里那双明亮的眼睛"分出美丑、辨出真伪"（《悟道花岩溪》）；在烈士纪念碑和现实生活的比照中，发现了"伟大与渺小，高贵与卑贱的深深内涵"（《在烈士纪念碑下》）……这些富含哲理的奇花异草，如果拍下来都是平平常常的，但是生长在具体的"意境"中，和一定的人事组合在一起则意味深长，由此引发我们对生活真谛和生命存在的思考。散文作品中的这些智慧果使我们想到当代著名散文作家秦牧。秦牧在他诗意栖居的花城搭建了无数智慧的宫殿。可以说彭其芳是深受秦牧创作的影响的，他在回忆秦牧的散文中说自己读过他不少作品，并感谢他的引导（《两江情》），可见他在秦牧散文世界中穿行的时候一双眼睛也镀上了智性的光芒。

也许更重要的是由此获得一种充满思辨色彩的思维方式，即通过巧

---

[1] 王蒙：《小说创作要更上一层楼》，《王蒙文集》（第7卷），华艺出版社，1993，第255页。

妙的构思来营造一种富有哲理韵味而又情致深藏的意境。构思时，作家常从事物矛盾着的两方面切入。具体来说，他喜欢在"新"与"旧"的对比中拓宽意境的内在空间，在"动"与"静"的互补中展示意境的多种情态，在"小"与"大"的思考中揭示意境的丰富内涵。

作家笔下有"新"与"旧"的系列对比：新街与老街，新塔与古塔，新亭与旧亭，新桥梁与古渡口……在新旧对比中，以旧衬新，用古旧的、苍老的背影来展示此刻如沐春风的生命轮廓，从而传导出历史的沧桑和生活的巨变，并继而引申出新生与衰亡、现代与传统等多方面的对比，思维开阔，笔势腾挪。于是诗化的意境不是在一个平面、一个向度上展开，而是有了立体感和纵深感，同时在对照和映衬中使人的充分的想象和联想得以展示。

彭其芳的散文偏于写大自然的宁静之态，在"静"中体悟人生的自由和恬适、心灵的诗意和浪漫。但从整体来看，他又有一批作品是在"动"中构筑意境的。《天声》从长江的"慷慨激昂"中听到了三峡建设拉开序幕时"气壮山河"的声音，《葛洲坝抒情》从大型水利枢纽工程中感受到"一种显示力度与意志的旋律美"，《柳叶湖上听桨声》在一派桨声的"感应"和"共鸣"中感受历史长河中的欢笑与叹息……我们发现，当作家侧重写人的生活情状寄托人生理想时渲染一个"静"字，而偏于写时代的变化进行社会写真时才带出一个"动"字。这样"动""静"结合，犹如在静美的湖光山色之中"飞来"一只沉勇的白鹭，整个意境在优美之中又多了一线壮观。

在构思造境时，彭其芳往往从小处落笔。一枚卵石，一处江湾，一只白鹭，一片桃花，一线溪水，一方翠竹……细细审视和把玩，慢慢品味和感受，写透它们的诗性和灵气，然后从这里扩展，向着"大处"探寻。桃花之中掩映着理想的梦境，翠竹深处生长着刚直的精神，宁静的江湾"找到了自己最合适的位置"，僻野的山岭让人恢复了"尊严"和"理性"。这种构思立意上"小"与"大"的辩证关系，使其散文既布局工巧、诗情浓郁，又境界高阔、胜景迭出。

三 气质美：湘楚文化的浸润

生活在湘楚大地的彭其芳先生，他的散文无疑也浸润着湘楚文化的意蕴。"以屈原为代表的湘楚文化精神的一个重要特征就是崇尚自然与幻想，在艺术表现上偏重于抒情，充满了浪漫情调。"[①] 彭其芳的抒情散文主要是对着大自然和历史人文歌唱，在浪漫气息中带有一脉湘楚文化的余香。沅澧流域兰芷的芬芳，桃花源里千年的梦境，洞庭湖浩渺的烟波，夹山寺古老的钟声……都在作家笔底酝酿出一种浓烈的含着文化芳香的氛围。与此同时，许多历史文化名人如屈原、范仲淹、刘禹锡、柳宗元等也在一派诗化的意境中缓步登场，他们携带的诗风词雨、梦幻叹息和人格精神，如缤纷的落英化入春泥，发散出一种悠远的若有若无的文化气息。

更重要的是从这样一种意境中弥漫出来的湘楚文化的精神气质：进取向上，奋发有为，忧国忧民，经世致用。虽然在作品中只是一星半点的抒发和倾吐，却让人触摸到一片芳草萋萋的精神高地。在《翠竹新笋》中作家这样写翠竹："那挺拔高洁的身姿，勃勃向上的精神，迎风摇曳的倩影，却另有一番情趣。"在《绿色赋》中作家在描写桃花源里深绿无边的美景后写道："我似乎感觉到自己周身奔流的血液里也注入了绿色的成分，使我精神焕发，步履更快，满怀信心地投身到四化建设事业中去。"在《夜宿珊珀湖》《追求》等作品中作家写到普通人超越了自我的崇高追求。这一方山水的气息，这一方生民的精神，都深深植根在湘楚文化的深厚土壤中。正如作家在《招屈亭》中所表达的那样，"诗人的爱国之心，高尚之志，坚贞之举，正如生命力旺盛的种子"，在一代又一代人的心田"发芽、开花"。

不仅如此，我们还看到作品中包含着具有湖湘地域特色的民间文化风情。作家生活在水乡泽国，他把耳闻目睹的民俗风习连同他个人的真切感受写进作品，制造了一种乡情浓郁诗味醇厚的意境。做年粑、劈莲

---

① 吴正锋：《论沈从文创作与湘楚文化精神》，《求索》2017年第10期。

子、捞鱼虾、摘野菱种种日常的生活情景，被作家描写得极富乡土气和人情味，仿佛一幅幅风情民俗画在江南的墙壁挂了千年，使人感受到一种源自民间的清新别致的文化情韵。对源远流长的湘楚文化的眷顾，使彭其芳散文的意境多了一种高洁的气质。这其实也寄寓着作家的一种生活理想。当现实生活中的人在物欲卑俗中变得浅薄、空虚的时候，当人的心灵在市井尘埃中丧失深度而变得平面化的时候，当某种人文精神和文化品格处在低迷甚至失落状态的时候，彭其芳先生借湘楚文化的余韵呼吸一种芬芳之气，体现一种充盈的人格、一种精神力量。作品中的文化气质因此被赋予一种现代意义。

这样彭其芳散文的意境就具备了三个层次——第一层次：诗意美，对自然景物和人的身心交融的诗意观照；第二层次：理性美，透过自然景物进行哲理的思考和表达；第三层次：气质美，在自然景物、现实人生和乡土民情中发掘文化的潜质和内涵。诗意美，有如一片风姿绰约的桃花，让人流连不已；理性美，则如桃花背后挺拔入云的青山，引人寻奇探险；而气质美，就像青山间飘逸淡远的烟云，使人思绪绵绵。三者的浑然融合，构成了一种诗画并存、情理兼具的意境美。

这样一种美的意境，远可从古代的"性灵派"找到渊源，近可从"三大家"找到范式。但毕竟彭其芳以自己的生活经历、气质修养和审美追求给他创造的散文意境注入了新的质素。从作家屡屡对童年趣事一往情深的记叙中可以看出，他正是始终带着一颗童心的真纯、执着来看待自然和世界的，因而才有那么多诗的发现、诗的感悟。而从"乡野"走出来的他，黄土山冈、一望无际的原野孕育了他飞动的想象，虎渡河清澈的流水淘洗出他一双满含诗意的眼睛，而南楚之地"山川风物，皆骚人所赋"的丰厚的文化积淀滋润了他的心灵，因而他才能创造出这样美的意境、美的梦想。

我们的时代，我们时代的文学，需要这样一种美的"意境"。与其用单纯的理念和图式去征服人的精神，不如用美的"意境"去滋润和感化人的心灵，从而使人变得更纯净、更美好。从这方面说，彭其芳的散文有着其生存的现实的和文学的意义。我们有理由看重这样一位湖湘散文作家。彭其芳先生已出版《桃花源新记》《飞翔的梦》《桃花雨》等多部散文作品集,有相当一部分作品发行到海外,有数十件作品获奖。他的创作越到后来,越入化境。老树新花,祝愿彭其芳迎来创作的又一个繁花似锦的春天!最后让我把他在《白鹭的节日》中写给白鹭的赞语寄赠给他:"你掠过长空的英姿,让人们看到了你拥抱白云的气概,读到了你写在天地之间的挚爱的诗行,同时也品出了你沉着、坚韧的性格。"

【作家简介】 彭其芳,湖南安乡人。中国作家协会会员。著有散文集《桃花源新记》、《飞翔的梦》、《丁玲在故乡》(合著)、《故乡》、《相思带》、《别情依依》、《桃花雨》、《背篓秋色》,中篇小说集《爱神踏着晨光来》、《桃李劫情》(合著)等。

第二章

波光帆影

——现实与人生追踪

第一节　《梦土》：中国农村和农民的命运史

最近，少鸿的长篇力作《梦土》① 分上、下两卷，由湖南文艺出版社隆重推出。这是一部很有思想分量的长篇小说。它以 20 世纪以来近百年的乡村生活为背景，以农民对土地的感情态度为基本线索，表现了家庭生活、村社生活以及影响农民命运的一系列重大历史事件。少鸿怀着对乡土和农民的深厚感情，带着对 20 世纪中国农村社会发展演变的透彻把握，以资江流域一个叫石蛙溪的村庄为视点，以陶家几代人的生活为主体，对那一方历史久远、文化深厚的土地进行了多方位的审视，提供的不仅是中国农民的生活史、心灵史，也是中国农村的社会发展史、政治风云史。

一

走进《梦土》，我们感到无处不在的是农民对土地的一种深深的情意、一种与土地同在的永恒情结。有学者指出，《梦土》不同于中国现当

---

① 少鸿：《梦土》，湖南文艺出版社，1998。

代文学史上写农民题材的小说如《红旗谱》《创业史》《白鹿原》等，《梦土》找到了自己的位置：全书以陶秉坤渴望拥有自己的田土为线索，按照时间的顺序，从清末写到20世纪80年代的当代中国，跨越大半个世纪，在广阔深远的社会背景下生动地展示了陶秉坤从拥有田土又失去田土，再拥有田土又再失去田土，几起几伏，最后他在自家的责任田里飘然逝去，从而揭示了田土对于人类生存的重要意义以及田土与农民的重要关系①。从陶秉坤的身上，我们看到了千百年来农民对土地的魂牵梦绕、刻骨铭心。陶秉坤从一个挑脚夫到拥有属于自己的土地，这中间有土地的得而复失、失而复得，有梦想和失落、喜悦和痛苦。无论命运将他置于什么境遇，他始终不曾忘怀的是对土地的获得，不曾改变的是对土地的痴情。当第一次从伯父手中得到几亩旱地时，他面对土地，"那一刹那间，真是说不出的痛快淋漓！"当他参加农会，得到了他梦想已久的土地时，"他俯卧在地上，双手张开，十指抠进湿润的泥土里"，"他伸出舌头，舔了舔泥土，一股淡淡的生腥味，很真切"。而当他参加农业合作社失去了个人的土地以后，他是那样失魂落魄、举止无措。他是土地一生一世最忠实最纯朴的情人。就连为子女取名，也寄托着对土地的深爱，三个儿子分别名玉田、玉山、玉林。虽然玉田成了读书人，由涉政而归隐，玉林外出闯荡而走上了戎马生涯，但陶秉坤对山林田土的厚望一次又一次实现了。更重要的是二儿子玉山在泥土上踩着他的脚印，重现了他对土地的美好梦想；而他的重孙晓洪陶醉于泥土的浓郁气息并辛勤劳动，则把他对土地的希望和挚爱延展到未来。陶秉坤怀着对土地的恋情，走过了99岁的时光。最后他返回田野，返回内心情感的激流，手里紧紧地"攒着两把土"，静悄悄地离开了人世。陶秉坤对土地的这份感情，我们曾经在表现土改、农业合作化运动等的小说中体验过。这是中国农民在即将或已经获得土地的时候，以一种主人的身份对土地的亲近；是对一种新的土地关系和新的生活方式的向往，是对自身生活的确认和自信。而《梦土》这部小说通过无数场景富有诗情的描写和渲染，把陶秉坤对

---

① 魏饴：《唱给田土的深情恋歌——就〈梦土〉致作者少鸿》，《理论与创作》1998 年第2 期。

土地的感情推向了极致。陶秉坤在对土地的热爱中也获得了泥土的品格：憨厚、质朴、仁爱。他成为土地的一部分，成为土地本身。他对泥土的这种纯朴感情和他自身具有的美好品德，构成了一种弥漫全书的诗性氛围。

毋庸置疑，陶秉坤对土地这种强烈感情的内在动因，是他发家致富的欲望。他辛勤地付出，得到了土地丰厚的回报；反过来，这种回报又加深了他对土地的感情，强化了他的欲望。虽然他的生活起落不定，但总的来说，他的发家致富的愿望实现了。在土改前夕，他成为石蛙溪"首屈一指的富户"；在 20 世纪 80 年代初，他钟爱的土地又回到了他的手中；在离世前，他已是五世同堂，家业兴旺。在历经波折之后，他带着愿望实现后的满足，沐浴着辉煌梦境的阳光，回到了泥土之中。他的一生证明了他所信奉的人生准则："勤俭立家，仁德传人。"作为对他的映衬，伯父陶立德一家由田多地广、生活富足，最后陷入败落和凄凉，这是伯父和堂兄攫取田土而不知珍惜、不愿劳动的结果。这就展开描写了中国农民对土地的两种不同态度，即两种不同的生活态度、命运和结局。

二

《梦土》描写农民对土地的相亲相爱、相望相守，这是它的本义；而它的引申义则是把女人描写成另一方情意缠绵的"土地"。在这方"土地"上同样充满了男人的欲望、幻想和期待。获得的喜悦，拥有的癫狂，失去的剧痛，相隔的苦闷，一如农民对土地的情感体验。特伦斯·霍克斯在《论隐喻》一文中说："隐喻通过形象地而不是从字面上使用一个词或一些词语，承担着两个事物之间的一种关系，也就是说，隐喻是一种特殊意义上的使用词，这一意义不同于字典里所注出的意义。"①《梦土》正是通过隐喻扩展出"特殊意义"。小说有不少对两性关系的描写，在许多地方女人成为"土地"的隐喻。在陶秉坤与黄幺姑的新婚之夜，作者

---

① 〔美〕特伦斯·霍克斯：《论隐喻》，高丙中译，昆仑出版社，1992，第 103 页。

不惜笔墨这样描写："这是一块属于他的肥沃的土地，他充满了耕耘它的激情，他期望它给他丰厚的收获"，"他抬起他的欲望之犁，向他渴念的土地插去"，"在温软肥沃的土壤里，他化为一汪漫流的春水"。女人和土地，是陶秉坤"一生一世都着迷的两件宝物"，倾注了他生命的激情。在这里，男女两性的交融，就像农民贴近泥土一样那么自然、单纯，无忧无虑，酣畅淋漓，大自然在敞开怀抱接纳他们的勤劳的时候，女人躺倒成另一片风景，任他们流连其中。小说中许多两性关系的发生，被安放在野外尤其是在山林草地，女人和土地连成一体，男人在拥有女人无穷魅力的同时，也拥有了泥土的勃勃生机；女人被赋予了土地的神秘内涵，男人体验到人生的双重幸福和快感。陶秉坤在泥土、青草、树叶的气息中，"与土地融为了一体"；陶玉林在"稻草的清香"里，咀嚼着那个夜晚的甜蜜时光；在玉米成熟给人带来的"微醺"之中，陶玉山消解了性的苦闷。如果说对土地的获取是为了发家致富、出人头地，那么对女人的拥有则是为了传宗接代、光耀门庭。这两者都是中国农民源自内心深处最简单明了也最神圣伟大的愿望，是他们生活、生存的主要内容。陶玉山与谌氏结合后，"耕耘的快感听命于播种的欲念"，谌氏在"克子"与"绝代"的咒语中悬梁自尽。玉山则从此孤独地生活着，他的父亲陶秉坤因为儿孙满堂、家业发达，在石蛙溪享有相当的地位，而他虽然秉承了父亲的勤劳善良，但由于子丧妻亡而孤寂无闻。

正像由土地引起的纷争一样，男人和女人之间也充满了纠葛。这中间充满恩怨聚散、悲喜歌哭。在男人面前，女人这方"土地"其实不堪一击，她默默地用温情或哀伤，测出了人性的深度。这里面有刺激的寻求，有善良的奉献，有欲望的宣泄，有丑恶的达成。这样，女人和土地一起，向我们展开了农民生活的主要方面，使我们进一步看清了诚实与狡诈、善良与邪恶、忠贞与背叛这样一些人性内涵。

《梦土》对性的描写，其目的不在性本身。对两性的描写，正如对土地的描写一样，都是为了表现一种生活态度、情感倾向，表现人的尊严和价值，特别是表现人的生命激情和强旺的意志力。女人用她的温柔和富有，土地用它的刚毅和博大，为男人生长出无穷的希望。陶秉坤与黄幺姑做爱时，抬起的是"欲望之犁"，"坚硬而锋利"；而当他举锄开地时，他"觉得锄头并不是身外之物，而是长在他身上的有生命力的器官，是他身体的一部分，他把他坚挺的意志和生命的热望深深地锲入泥土"。男人、女人、泥土已经融为一体。一切都变成了有性灵的东西，耕耘、播种和收获不再是单一的运作和期盼，而是指向丰富的意义层面，成为人的生命力和意志力的外化。可以说，正是这种生命力和意志力，才使得中国农民顽强地生存下来，并生生不息，其成为支撑民族大厦的一种内在伟力。

三

表现对土地和女人的梦想，这是《梦土》的本义和引申义，而这部小说的深层含义则指向政治层面。如果说陶秉坤等人关心的是属于自己的那一小片土地，是自己的家园，是子孙的繁衍、家业的昌盛，那么小说中还有另外一批人关注的是脚下那一大片土地，是民族共有的家园，是民众的命运和国家的前途。《梦土》掘进黑黑泥土的物理层次和单纯的情感层次，深入地下的涌泉和敏锐的政治神经，为地面上那些匆匆走动的脚步提供了深远的历史背景和政治背景。因而，"梦"在单纯朴素之后，便有了庄严和神圣；"土"在质朴亲切之中，便有了辽阔和凝重。从20世纪初到80年代，近百年的长长画卷，陶秉坤们虔诚地跪倒在芬芳泥土前是画卷的中心，围绕土地和女人展开的矛盾冲突与情感纠葛是画卷的主体，而历次政治风云则构成画卷的背景。在这个背景里，站着几个光彩人物。陈梦园作为一个"新派人物"，从当年寻求中国的出路开始，到抗战时"烹汤杀寇"完成英雄的壮举，一生耿介清明、正气凛然。陈梦园的女儿陈秀英，一生则充满磨难坎坷和传奇色彩。她从参加学潮到打游击，从被当作"叛徒"处决到虎口余生化名为于亚男继续革命，从当上县委副书记到被当作有"历史问题"的人接受审查改造，大起大落，大喜大悲，虽九死而不悔，虽百折而不屈。支撑着她的是心中对革命、对党的事业的那份痴情，正如陶秉坤对土地的痴情一样，革命和事业就是她梦中的"土地"。陶秉坤的孙子陶禄生，活跃在新中国成立后的农村政治舞台上，作为一个农家子弟出身的基层干部，虽有过于精明的一面，但他用务实能干感应时代的脉搏，搏击在矛盾的旋涡，成为一个比王金生、梁生宝、刘雨生更具政治色彩的农村新人形象。从陈梦园到陈秀英再到陶禄生，可以看作三代人政治生涯的完整再现，他们的悲喜剧，代表了 20 世纪以来一切仁人志士和革命者的悲喜剧。

如果说陶秉坤等农民把拥有一己之土地作为自己最大的愿望，那么这些在政治的波峰浪谷中穿行的革命者，由于自身特殊的生活经历，在和土地、其他农民千丝万缕的联系中，寻求着中国广袤大地的解放和富足。这种远大的理想和坚贞的信念构成了他们投身革命和政治的力量源泉。如果说陶秉坤们是对土地的情感倾泻，是逼真的感受和体验，是深入其中的快感和极乐，那么这些在革命中奔走的人，是对"土地"的理性思考，是苦心的运筹和谋划，是行走其上的艰难和沉重。由此看来，对政治生活的描写并未游离作品的主题，相反拓展了主题的宽度和深度。作者对政治素材有相当的敏锐和驾驭能力，尽管在下卷对政治事件的再现显得有些密集和拥挤。政治生活的引入，一方面使我们看到了 20 世纪中国社会的历史进程和剧烈动荡，另一方面使我们感受到：一切梦想的生成与幻灭，土地的演变与归宿，农民命运的起落与转折，都与这些政治风云密切相关。

四

除了本义、引申义和深层义以外，《梦土》还有一层相当深刻的象征含义。梦土——人的心灵也是一方被梦覆盖着的土地。"梦"与"土"，幻美与现实，飘灵与沉重，直觉与理性，在人的心灵宇宙里交叉叠合，构成人类最幽深最神秘的景观。每一个人都有自己的梦想、愿望和追求，它对人的生活是一种牵引和推动，是一种激情的勃发、一种诗意的缭绕。且不说前面提到的陶秉坤、陈氏父女、陶禄生等人对土地、对革命寄予的梦想，其他人物如陶家"玉字辈"：玉田的梦是埋头书本、修身养性；玉山的梦是开山垦地、衣食丰足；玉林的梦是离开乡土、闯荡人生。再如陶家几代女人的梦：黄幺姑的梦是用自己的勤劳善良帮助丈夫陶秉坤创家立业；秋莲的梦是用自己的精明贤惠获得丈夫玉田的爱；谌氏的梦是和玉山生儿育女在家族里取得立足之地；陈亦清的梦是牺牲自我成全丈夫陶禄生的事业……每个人都用梦把生活的路照亮。这些各不相同的梦有如陶秉坤时刻感受到的七星岩上闪烁的星光，"在淡蓝色的暮霭里，显得那么灿烂夺目，那么诡秘而神奇"，因而成为人的心宇中的一抹迷人色彩、一缕浪漫诗情。

滋生梦想的心灵土地，也包含着一个人的整个生活，沉淀着一个人的完整性格。在这里，在梦的笼罩之下，也生长青苔和荆棘、黯淡与苦涩。让我们看看陶秉坤。如前所述，他有着不可移易的梦想和种种美好的品德，但是在他的心里，与自尊心相伴的是虚荣心，与慈祥为邻的是作为家长的威严，在对新生活的企盼里又有着对原有生活秩序的维护，在与命运的抗争中又对神灵顶礼膜拜。在这种心灵的制约中，我们看到的其实是一种文化制约。这样我们就不难理解：陶秉坤对作为同宗的两江总督陶澍津津乐道，时刻感受到一点灵光的照射；在家长权威逐渐消减时产生了一种难以言喻的苦闷感和失落感；当命运受挫时建造了一尊心中的偶像——土地庙并虔诚地跪拜……这一切其实是根深蒂固的封建文化对他心灵土壤的无形渗透。

人的心灵，不仅受到它自身的内在制约，而且要面对外部世界施加给它的影响。在现实面前，固然展示出人类面对现实、征服现实的勇气和胆识，但也会暴露出人类心灵的弱点。透过《梦土》，一方面，我们看到了坚贞不屈和脆弱不堪，初衷不改和半途而废，顺潮流而动和抱残守缺，积极进取和退隐消沉；另一方面，在人的心灵面前，现实的局限性也会折射出来。少鸿带着历史辩证观点，用现实主义精神对一些重大政治事件中存在的问题给予大胆的揭示，而且这种揭示是以人物的心灵作为镜子，使我们清楚地看到，在严峻的现实面前，人的心灵是如何受挤压、被伤害的。而当人在外部变形扭曲的生活面前找不到心灵的安放处时，就会退回到过去的梦境之中，体现出一种强烈的怀旧情绪。陈秀英和陶秉坤常常恍恍惚惚，"逆岁月之流而上"，回到曾经体验过的并且一直萦绕于怀的诗意境界，就是因为现实把他们逼向了心灵的一隅。

《梦土》对乡村生活和农民命运进行了多方位审视，呈现出"史"的特质。生命的激情，人生的感悟，政治的波光，历史的烟尘，心灵的挣扎，现实的变异……熔铸一炉，向我们展开了一幅近百年的乡村立体画卷。少鸿是一位很有才华的作家，这部小说除具备他原有创作的特色外，更显示出一种大家之气、一种史诗笔法。我们希望少鸿站在世纪交替这片五彩斑斓的"梦土"上，创作出更多更好的文学作品。

【作家简介】少鸿，本名陶少鸿，湖南安化人。国家一级作家，现为湖南省作家协会荣誉主席。著有长篇小说《梦土》《少年故乡》《大地芬芳》《情难独钟》《溺水的鱼》《郁达夫在情爱之途》《花枝乱颤》《抱月行》《男人的欲望》等，小说集《花冢》《歌王之殁》《文艺湘军百家文库小说方阵·少鸿卷》等。入围第五届茅盾文学奖。

第二节 《大法庭》：具有时代隐喻和象征意义的"话语场"

长篇小说在对生活的再现中总是寓含着更多更深的精神内容，对比中、短篇小说其优势不仅体现在篇幅上，更体现在对文学主旨的深度提炼上。唯其如此，人们才从长篇小说中获得了对于那个时代更多的了解和理性认识。用这样一种眼光来看待杨名夏的长篇小说《大法庭》①，我认为这部小说体现了一种较开阔的文学视野，突破了单一的主题表达和演绎，找到了这个时代最具理性色彩、最威严的话语场和话语结构——"大法庭"，并由此超越具体的人事和矛盾纠葛，展开大范围、深层次的描写，以其象征的深刻性和导源于此的联想的丰富性，使小说内容具有了一定的深度和厚度。

① 杨名夏：《大法庭》，长江文艺出版社，2002。

《大法庭》在其本来的意义上讲述了一个曲折离奇、有头有尾的故事，以及由这个故事展开的对有关人事的审视和审判。一桩平常的命案，深藏着杀机；兄弟亲情的背后，掩盖着不幸。现代经济社会，不少人被金钱、地位和名誉封杀了心中的善良甚至灭绝了人性，小说中私营企业家周道录就是这样一个人。他为了成为"中国的首富"，费尽了心思，用尽了手段，偏离了作为一个企业家、作为一个"人"的正当的竞争方式和正常的生活轨道，成为恶魔和禽兽。他占有国有资产而暴富，制毒贩毒，贿赂当权者，甚至残酷地杀害自己的亲哥哥。小说以"命案"为主线，用起诉、审判、侦察等环节串起一个扑朔迷离的故事。最后惩治罪恶，彰显了法律的威严。围绕法庭的审判，小说展开了对种种社会关系的描写，在法律与权力、金钱的较量中，刻画了执法者艰难的脚步，表达了对法治社会的内在渴望。小说因此由对具体案情的审判上升到对社会现实的理性思考。对邪恶和社会阴暗面的描写虽然给人以心灵的压抑和苦涩，但作品由于超越了"故事"的层面，呼唤并且表达了法律的力量和尊严，其深刻的用意也就在法律和正义的钟声中得以显现。正是立意于"法"的高度，小说中便有了对法律自身的理性审视，期待着执法的公正和清廉，期待着法律的不断完善和法官队伍整体素质的提高。

在这个基础上，通过隐喻和象征，《大法庭》还展示了多重寓意。叶芝在谈到隐喻和象征时说，"当隐喻还不是象征时，就不具备足以动人的深刻性。而当它们成为象征时，它们就是最完美的了"[①]。叶芝认为，象征有感情的象征和理智的象征，感情的象征唤起的是感情，理智的象征唤起的是观念[②]。《大法庭》这部小说的命名及其文学表达既有隐喻意义，又有象征意义，而且偏于"理智的象征"。这样理解，我们就会发现，该小说有着丰富而深刻的内涵。

在本义之外，《大法庭》展示的也是"社会法庭"。这样，"法庭"

---

① 〔爱尔兰〕威廉·勃脱勒·叶芝：《诗歌的象征主义》，伍蠡甫主编《西方现代文论选》，上海译文出版社，1983，第54页。

② 〔爱尔兰〕威廉·勃脱勒·叶芝：《诗歌的象征主义》，伍蠡甫主编《西方现代文论选》，上海译文出版社，1983，第58页。

就淡化了它的具象意义，超越了它的有限的空间意义，向着生活的每一个角落渗透，向着人的完整的世界开放。由此小说扩展和深化了主题内涵。在这个"法庭"中，真正的法官是缺席的，完全由读者的心灵或者"他者"的眼光完成对社会丑恶现象的审视和审判。罪恶后面的权钱交易、友情后面的威逼利诱、生活中的奢侈淫荡种种阴暗中的活动围绕小说的主线一一浮现出来，而公与私、正与邪、对与错不言自明。在对人物的描写中，人格的较量与人性的碰撞，构成了"社会法庭"中的两种"角色"——被审判者和审判者。一类是"被审判者"的形象，如贪婪、虚伪、冷酷的私营企业家周道录，曲意逢迎、不辨是非的法院黄副院长，脱离群众、走上层路线的法官姚子燕；另一类是"审判者"的形象，如忠厚、诚实、讲信用的私营企业家周道吾，坚持真理、慎思明辨的法院鲍院长，秉公办案、一身正气、淡泊名利的法官李宜任。在鲜明的对照中，让后者成为前者威严的"法庭"，完成了对丑陋人格和人性的起诉与审判。不是法庭的"法庭"，不是审判的"审判"，摒弃了故事的因果联系和法律的外在程式，以一种闪电惊雷般的力量穿透心灵的夜空，给人以美好的期待。

在"社会法庭"中，作者还设计了一组"弱者形象"，让"弱者"见证并控诉生活中的丑恶。被邪恶势力利用以及对美好节操坚守的汪于静，被玩弄以及最后觉悟出走的高颖，因痴情导致家庭与事业毁灭的刘莉芳，她们既是受害者的形象，是弱者的形象，在无言中以"起诉者"的身份控诉着罪恶，同时她们又是强者的形象，用自己的抵制和反抗表达了对正义和道义的渴望。

不仅如此，《大法庭》还设置了一个"爱情法庭"，对人物的爱情、婚姻以及由此产生的心灵的微波细澜进行了描写和审视。这部小说从正面刻画了一个"爱情典范"：李宜任既是一个清正廉洁的法官形象，又是一个有责任心和道德感的普通人形象。小说表现了他内心的矛盾和对矛盾的克服与摆脱：当对温柔漂亮的汪于静产生好感并开始迈向情感的旋涡时，他也曾冷静地审视爱情和婚姻的缺陷，体验了一种复杂的心情；而当他抽身而出站到"丈夫""父亲""法官"等多重身份的位置上时，道德和责任则成为他内心的法令，充当了他内心的法官，驱使他克制情感的冲动，从混沌走向清晰。这看起来有违人性，实则顺应了一种更高尚更伟大的人性，即在情感的选择中从"自然人性"走向了"社会人性"，从自我一己欲念的萌动走向了理性思索后的心灵平静。

有时候爱情也是要做出让步和牺牲的。小说中梅子的出现，就完全是为了表现个人情感对理性的服从。在"爱情的法庭"里，爱情可以暂时虚位，但良知和正义必须时时在场，必须凌驾于一切之上以俯视内心的欲望，探照身外的种种事物。梅子放弃国外优厚的生活待遇，远离她心爱的恋人，当记者、进公司，目的只有一个，就是要查明真相，为姐夫周道吾报仇申冤。这表面看起来是梅子要为曾经资助过她的亲人复仇，寻求心灵的补偿，实际上是把爱情和正义、责任放到一起，表现现代人对个人情感的放弃和对法律尊严的寻找。即使她后来与仇人周道录的结合，也实际上是以牺牲个人的情感为代价，以便寻找更多的法律证据，为最后赢得胜利铺平道路。

而在周道录的"爱情法庭"里，"法官"是缺席的，泛滥的是内心的私欲与贪欲。地位、美色和功利成为他俯就爱情和婚姻的标尺。婚恋的反复与游移，是他道德失范、心灵失序的表现。

最可贵的是这部小说深入人的心灵的层面，表现了来自人类自身的"心灵法庭"的力量。从有形到无形，由实在而虚拟，"法庭"进入一个广大而深邃的心灵空间。心灵和心灵说话，自己面对自己，人于是超越外在的羁勒而进入自由的境界，成为自己心灵的主宰，成为自己人生的法官。把自己的心灵当作"法庭"，自我拷问，自我审判，这当然是艰难的。正是因为这种艰难，才使得这种"心灵法庭"的开庭显得重要和必需。有了这样一方"法庭"，人才能在是是非非面前不断地调整和扬弃，才能弃恶从善、迷途知返；没有这样一方"法庭"，人就会善恶不分、本末倒置，就会在泥潭里愈陷愈深以至走向毁灭。小说正是在这样的立意上开掘人物的性格和内心世界的。作为小说正面树立的典型人物李宜任，不仅在法庭内外秉公执法、是非分明，而且又是自己心灵的审判官，时时驻足沉思、反躬自省。正是对自己心灵的时时审视，成就了他作为一个法官的清正和廉明。他有"做人的原则","心里有杆良心秤",要做一个"有良知的法官",这些成为他心灵的法典,工作、生活、情感一应拿来经受这些法典的检验与权衡。不是没有矛盾和对抗,而是他能充当自己心灵的法官审视并战胜自己的弱点;不是没有"心"的失足、"情"的困惑,而是他能走到自己的对面看清自己的位置和处境;不是没有生活的苦恼和工作上的压力,而是他能听到来自自己内心的声音从而在精神上有所超越和升华。正是多方面展开的对"心灵法庭"的描写,使得这个人物呈现出心灵世界的丰富性。

法官姚子燕精明能干,但是把名利看得高于一切,结果在干部竞聘时落选。这对她是一个沉重的打击,她也因此经历了一次心灵的炼狱。她由不理解、发牢骚到自问自审,这意味着她走进了自我心灵的法庭,开始清醒地认识和面对自己。小说最后安排她与李宜任等人对法律问题进行探讨,预示她已站到了新的生活面前,对未来充满了美好的憧憬。而小说中始终处于被审判地位的周道录,时时算计着别人,从没有反思过自己、检讨过自己、审判过自己,他远离了自己心灵的法庭。围绕他身边的几个女人,包括他的妻子到头来对他的指责和控诉,从道德的角度完成了对他的心灵的逼问,使他不断接受来自"现实法庭"和"心灵法庭"的双重警示和审判。

《大法庭》这部小说由于找到了一个具有时代隐喻和象征意义的"话语场",因而给人带来某种心理暗示和想象空间,使读者在接受的过程中从具象到抽象、从文本到现实,捕捉到多重思想意蕴。一般的读者可以从故事性中读出"大法庭"的神圣和庄严,接受一次文学化的法制教育;深一层的读者可以超越故事,从法庭内外错综复杂的社会关系、人际关系和人自身心灵的曲折性、矛盾性中读出"大法庭"的象征性含义,获得更多的人生感悟和心灵启迪。当然,如果《大法庭》在艺术表现上能够进一步突破和创新,则小说的主题表达会更艺术化、审美化。

【作家简介】杨名夏,1963 年出生,湖南石门人。法官,承办过数起有影响的案件。反映法官生活系列的长篇小说有《大法庭》《大叫板》

《大悲情》《法官本色》。多次获丁玲文学奖。

第三节 《乡情》：社会主义新农村的
"报春花"

2006 年常德市文联、常德市作协、常德丁玲文学创作促进会联合举办了农村现实题材文学作品征文大赛，其获奖作品结集为《乡情》一书，由中国文联出版社 2007 年 6 月出版。该书收录诗歌、散文、小说和报告文学作品共计 70 余件。我应邀担任评委，认真阅读了所有参赛作品。下面我就收录在该作品集的获奖作品进行简要分析，并谈谈我个人的一些思考。

一

辑录在《乡情》中的获奖作品，我认为主要有如下四个方面的特色。

一是立足现实，深入体察，表现了农村生活的巨大变化，散发着浓郁的时代生活气息。当前中国农村正发生着有史以来最巨大、最深刻的变革，伟大的时代为农村题材文学创作提供了宏阔的视野和丰富的资源。我曾在分析湖湘作家蔡德东的小说时这样表述过："文学创作应当守住自己的'根'。这个根就是土地，就是现实，就是对人生的关怀，就是对真善美的讴歌，就是对人乃至整个民族的心灵的净化和精神境界的提升，就是对作者自身人格情操和艺术品位的坚守，就是基于对传统珍视的艺术新变和突破。"[①] 这些获奖作者正是守住了这样的"根"，秉承了我国新文学以来乡土作家关注农村、关爱农民的优良传统，用散文、报告文学、小说和诗歌的形式表现了社会主义新农村已经发生、正在发生和即将发生的巨大变化。昔日美丽的梦想正在变成现实，神奇的传说被赋予

---

① 张文刚：《把文学的根扎深》，《光明日报》2001 年 8 月 1 日。

了时代的崭新内涵。在作者的笔下，农村这种神速、深刻的变化不仅体现在诸如兴办企业、种植养殖、开山筑路等这些外显的可以触摸的物质生活层面，同时还体现为精神层面上的拓展和深化。科学精神的培育，法制意识的涵养，和谐乡村的建设，这种触及农民思想观念和乡村灵魂的描写与展示，使作品具有了一定的深度和厚度。不仅如此，作者们还凭借对乡村物质文明和精神文明的聚焦，上升到对农民传统美德的开掘和弘扬以及对"人"的价值和尊严的确证与维护，进而从人格的层面完成了作品主题的深层次的表达。

二是塑造了一批农村新人的形象，特别是一批农村基层干部的形象。这里有水稻育种专家、种植养殖能手、植棉模范、科技标兵，特别是有一大批勇于和乐于带领广大农民致富的农村基层干部。作者着重发掘人物的精神"亮光"和心灵"诗意"，表现了他们勤于思索、除旧革新的科学精神，积极进取、勇于探索的创新精神，无私无畏、襟怀坦荡的奉献精神。这种精神被时代的激情所感召和引领，同时又点点滴滴汇集到时代的壮阔的大潮中来，成为一朵朵美丽的浪花。也正是这样一朵朵美丽的浪花，装扮了乡村，改变了乡村，成为推动社会主义新农村物质文明建设和精神文明建设最内在、最持久、最诗意的力量。与此同时，有的作品还塑造了一些"转变中的人物"，表现他们经由内心的苦闷和挣扎，在对旧的思想观念和生活方式的扬弃中走向更加宽广的视野和新的生活。这种转变的完成，一方面更加凸显了农村新人和农村基层干部的精神魅力和人格力量，另一方面更加彰显了农村现实生活前进的步伐。

三是诗意地描写了湖乡的自然地理和人文历史，打上了常德这一方水土特定的空间烙印和精神胎记。作品描绘和展示了洞庭湖畔农民生产、生活的美丽的自然环境：橘乡，柳城；红菱湖，桃花山；澧水渔歌，沅江帆影……这一切，既勾勒出农民诗意栖居、与自然和谐相处的朴素的身影，又凝聚着农民的智慧、勤劳和对生活的无比热爱与向往。不仅如此，作品还捕捉到浸润在这片土地中的历史传说、人文掌故和民间文化风韵：太白湖的传说，香炉岩的神话；德山脚下的历史余绪，善卷故里的英雄新篇；常德丝弦，澧州大鼓……深厚的历史人文传统和民间文化形式不仅为这方土地上诞生的新时代的画卷找到了精神渊源，而且使这片神奇的土地显得更加厚重和富有历史文化底蕴。

四是坚持现实主义的创作手法和创作精神，在传统的基础上有所拓新和创造。忠于现实，描写现实，寻找现实生活中蕴藏的深刻内涵；发现典型，塑造典型，通过典型浓缩时代精神；寻找细节，刻画细节，在细节的真实中放大人物的内心世界和生活的意义。与此同时，有些作品采用象征、隐喻、心理描写、意象描写、双线结构和诗意化的艺术表现手法，使作品具有了现代主义和浪漫主义的某种艺术形式与精神质素。

二

缘于《乡情》一书，我谈谈个人对农村现实题材文学创作的一点思考。

第一，应将抒情笔法与现实品格融会起来，全方位、深层次地表现农村现实生活。就我们常德来说，诗意的大地孕育了我们诗意的文学想象力和表现力：且不说浩浩汤汤的洞庭湖为我们孕育了博大的胸襟和奇幻瑰丽的想象，飘逸而过的沅江和曲折蜿蜒的澧水为我们书写了动人的诗行，绵延不绝的武陵山脉为我们贮备了"便引诗情到碧霄"的豪迈和奔放，单单千年不灭的"桃花梦"就为我们这片神奇的土地注入了无限美好的憧憬和向往。正因为如此，获奖作品大多表现了一种诗意的生活、理想的生活、激情洋溢的生活。这是应当充分肯定的。但我们也必须看到，有些作品过于理想化、理念化，因而显得有些"空"和"飘"，不够真实，不够贴切，缺乏对农村生活原生态的展示，缺乏对生活的丰富性和复杂性的把握，特别是缺乏一种乡村历史批判精神、现实批判精神和文化批判精神。虽然有的作品也在对乡村历史的回溯中涉及某种思想批判和观念批判，但还局限在比较浅显的层次，并且主要是作为新时代、新生活、新思想的一种对照和映衬，因而缺乏那种震撼人心的力量。可以说，新农村建设是新中国成立以来的第三次农村变革，这也意味着农村题材文学创作将出现第三次高潮。正如有的学者所分析的那样，20世纪50年代起以土地改革和农业合作化为历史契机，文学写作向历史运动奉献了自己的全部理想与热情；20世纪70年代末以"联产承包责任制"

为先导，引发了农村题材文学创作的历史反思精神①。那么今天的农村题材文学究竟应该怎样书写？中国农村，正处在一个由传统农业向现代化农业过渡的时期，到处都在发生着深刻的变化，这些变化涉及亿万农民的生产方式、生活方式、思想观念与文化道德操守，因而也必将导致他们在是与非的判别、得与失的取舍、守旧与创新的抗衡中有着更深的矛盾、困惑、焦灼乃至痛苦。我们的作家、艺术家不应回避乡村生活中存在的苦难和沉重，不应回避农民心灵世界的丰富、复杂和厚重，而应该以高度的责任感和使命感，在讴歌现实变革的同时探寻到乡村的精神内核，真正抵达乡村的灵魂世界。

新文学以来的农村题材文学有两个基本的价值取向：以鲁迅、赵树理等为代表的现实书写和以废名、沈从文等为代表的诗意表现。鲁迅所开创的现代乡村书写主流传统，在写实的基础上抽象和象征，进而挖掘乡村的文化精神和性格特征；以废名和沈从文为代表的现代抒情乡村小说，侧重表现乡村的牧歌性、田园性和神性的一面②。今天在新的现实面前，我个人认为农村题材文学创作应将诗意笔法和现实品格二者内在地融会起来。正如有的学者指出的那样，乡土文学的灵魂在乡土意识，而乡土意识的基本含义包括"理想的感情"与"批判的感情"这样的情感立场。那么将二者融会起来，就是一方面要大力发掘和表现乡土社会中的真、善、美，以及自然的、淳朴的和诗意的东西，并以此作为我们今天宝贵的精神资源；另一面要走进乡村世界的内部，谛听乡村的脉搏和农民的心跳，真实地再现乡村社会的变革以及农民的生存状态和精神历程。而且二者的融会，还肩负着一种责任，即用诗意的光芒和色彩去照亮正在"行走"中的中国乡村大地。我们可以去回想一下柳青的《创业史》、丁玲的《太阳照在桑干河上》、周立波的《山乡巨变》、贾平凹的"商州系列小说"、高晓声的"陈奂生系列小说"、路遥的《平凡的世界》、张炜的《古船》等一大批表现农村生活的优秀作品，在表现农村现

---

① 石一宁：《对当下农村题材文学创作的期待》，《文艺报》2006 年 6 月 6 日。

② 贺仲明：《乡村生态与"十七年"农村题材小说》，《文学评论》2006 年第 6 期，第 59 ~ 64 页。

实变革、表现诗意生活和美好人性的同时，也真实地再现了乡村生活的复杂性和农民心灵世界的丰富性，正如张炜的长篇小说《古船》这个题目所象征的那样：变革中的中国乡村社会——是现实的，也是历史的；是古色古香的，也是驳杂和苍凉的；是诗歌的乐章，也是戏剧的舞台；既与时代大潮相推移，也和古老的土地相伴随……应该说这些经典农村题材名著给了我们许多宝贵的启示。要将诗意笔法和现实品格融会起来，这就要求作者像当年的柳青、赵树理那样真正以"农民身份"深入生活、感受生活、理解生活。当代著名作家陆文夫曾经形象地说，文学创作的"胜负如何，是靠两条腿决定的。一条腿是生活，一条腿是对生活的理解"，"对于创作来说，光有生活而没有对于生活的深刻的理解，那就等于没有生活"①。可见，对生活的发现和深刻理解，是一个作家创作出优秀作品的必要前提。

第二，应将表层叙事和内在开掘结合起来，使作品更加饱满、更加灵动、更加富有思想深度和艺术感染力。文学作品固然要叙事，要从事件的层面、情节的链条、场面的铺排和细节的安设等方面入手，但仅仅这样是远远不够的，还需要深层次的挖掘，或者恰到好处的点化，还需要丰富的联想和想象，或者留有审美的空白和余味……当然，作品内涵的深度呈示，也许并不需要许多主观的议论或评价，更不需要贴上标签，有时候，一个隐喻、一个象征、一个细节，或者一种结构方式、一种对比、衬托或诗意叠加，就足以拓展作品的思想空间和审美空间。有学者指出，现在农村题材的"题材"价值在弱化，其"载体性质"被强化②。这也就是说，借农村题材这个"载体"来艺术地演绎、传达自己的某种观念、思想或情感。现在的问题是，有些作品还满足于对事件的铺陈和罗列，满足于情节的推进和细节、场景的安排，缺乏对人物心理和精神动因的深刻描写和挖掘，缺乏那种足以显示人物个性的语言刻画和足以显示作者个性的叙事风格，缺乏对作品内涵的锤炼和主题的提升。这是

---

① 陆文夫：《人过中年话提高》，《深巷里琵琶声》，上海文艺出版社，2005，第314页。
② 席扬：《"主角置换"与"指向位移"——90年代农村题材创作片论》，《当代文坛》2000年第1期。

农村题材文学创作的作者在今后的创作中应该引起注意的。

第三，应将个人书写和地域创作贯通起来，既形成个人的比较稳定的写作风格，又能加入到地方群体创作中来，从而形成鲜明的地域特色。远的不说，就说我们常德，20 世纪 80 年代以来，在各个文学门类涌现出了一批有个性有成就的乡土作家：传承现实主义创作优良传统的陶少鸿，其乡土小说在对农民和土地关系的描写中有着厚重的历史内涵和文化内涵；从秦牧、杨朔、刘白羽等当代抒情散文作家那里汲取营养的彭其芳，其乡土散文在美文的特质中捧出了时代的浪花和人性的花朵；置身于乡村社会、自觉为农民创作的黄士元，其乡土戏剧在喜剧化的表达和演绎中揭示了农民在时代变迁中的心理历程和命运轨迹；和文学湘军中的其他诗人同声相应的周碧华、修客、杨亚杰、龚道国等人，其新乡土诗歌融入了新的时代内涵和审美品质……从这里，我们看到了常德农村题材文学创作的美好前景。我希望，我们常德的地方作家在湖湘文化的滋养下，怀着一种乡土意识和家园意识，敏锐捕捉和传达地方历史文化特色，形成一种具有地域特色的审美眼光和审美追求，使这一方美丽的正在发生巨大变化的乡土，成为我们作家宝贵的题材资源和精神资源；在这个基础上，寻找并确立我们的话语资源。这样，就能形成我们的创作特色和创作个性；这样，我们这一群活跃在湘西北的作家和广大文艺工作者就会成为文学湘军中的重要一翼。

第四节　《映山红遍》：一部接地气的报告文学作品

著名作家彭学明撰写的长篇报告文学作品《映山红遍》近日由湖南人民出版社出版，这是一部聚焦民间艺术团体和草根艺术家的力作，用真实生动的材料和本色而具有穿透力的语言表现了常德这方美丽神奇的土地上的民间艺术之花和民间艺人之魂，内容丰富，感情充沛，诗兴洋溢，是当今文学贴近生活、接通地气的一个范本。群众艺术文化的发展作为我国目前文化工作的重点，不仅对国家以及人民生活的良好发展有着非常重要的作用，对于我国的社会文明建设也有着不可取代的地位①。常德目前活跃着2000多个民间艺术团体，近年来常德市委、市政府接连组织举办"百团大赛"，吸引了成千上万的草根艺术家积极参与，也极大地丰富了群众的文化生活。这一民间文化现象，赢得了省市领导乃至中央领导的重视和好评，也受到了从地方到中央多种主流媒体的关注。那么作为一种文学的描写和表现，《映山红遍》将遍布乡野的民间艺人和艺术喻为"映山红"，标举其旺盛的生命力和洗尽铅华的诗意，不仅给艺术的发展和繁荣以有益的启迪，也为今天的先进文化建设和群众文化建设注入了一缕新鲜的春风。

《映山红遍》用文学的形式思考了包括艺术传承与艺术创新、艺术自立与引导扶持、民间艺术与时尚文化、群众艺术与社会和谐等在内的诸多问题，尤其是不惜笔墨对艺术与百姓人生的关系进行了生动的描写和深入的讨论。常德丝弦剧团团长朱晓玲说：民间艺术不能是博物馆艺术，群众文艺不能没有群众基础，民间艺术必须与群众的心灵和审美达成一致②。津市的荆河戏剧团、临澧的百家乐艺术团等都遵循"演老百姓喜欢的，为老百姓演"的服务宗旨，因而深受老百姓欢迎和喜爱。作者在客观采写的基础上阐释道：要为老百姓认可和接受，艺术就得"接老百姓生活的地气、心灵的地气和情感的地气"③，就得从老百姓的生活中发现艺术、挖掘生活中的艺术之美。正因为"接地气"，"为群众写，让群众爱"，一切问题都迎刃而解：艺术在群众的喜爱和涵泳中得到传承和弘扬；基于大众的价值维度和审美取向催生和激发了艺术的潜力和活力；群众的参与让艺术有了根基和气场，有了广阔的市场和前景；老百姓从贴近自身的艺术中得到精神陶冶和心灵净化，从而达到人心向善求美、社会安定和谐的艺术教化效果，充分发挥"正能量"的作用。

艺术的风采源于艺术家的生命追求。作者饱含深情地叙述了民间艺

---

① 邹立新：《也谈群众艺术人才的培养》，《大众文艺》2012年第18期，第213页。
② 彭学明：《映山红遍》，湖南人民出版社，2014，第158页。
③ 彭学明：《映山红遍》，湖南人民出版社，2014，第90页。

人在艺术道路上的生命历程和追寻。正是一个又一个民间艺人对艺术的痴情和坚守、把艺术融进自己的生命，才成就了一道道绝佳的艺术风景。艺术可以使老年人老有所为、老有所乐。影视明星瞿颖的母亲丁家珍引领的银龄艺术团，帮助一批老年艺人克服了生活中的种种困难和疾病的折磨，艺术馈赠给他们生命的光华和心灵的快乐。艺术可以使孤儿有爱有家、孤儿不孤。在肖宏国任团长的九龙孤儿艺术团，艺术的翅膀和梦想使一只只孤雁成为飞翔于天际的雏鹰。艺术也能改变人的生命航道，使浪子回头、迷途知返。临澧县打鼓说书的民间高手肖伍曾是一个混迹于社会的浪荡青年，是艺术的熏陶和教化帮助他向善向美，成为一个有涵养和品位的人。作者用一个又一个鲜活的事例说明：艺术神奇而伟大的力量激活、丰富和完善了人的生命感觉和心灵世界，净化和提升了人的精神境界和艺术品格，同时也延续了人的艺术生命和梦想。在长期对艺术的追求和守望中，艺术家的生命和艺术融为一体，生命变成了艺术，艺术变成了生命，或者说艺术就是生命，生命就是艺术。作为花鼓戏国家非物质文化遗产传承人的杨建娥，把常德丝弦移植到戏剧中，传承和发展常德丝弦20余年；常德丝弦国家非物质文化遗产传承人谌晓辉，是"常德一根少不得的丝弦"[1]，作为武陵区少儿艺术团首席编导，她和杨建娥一样把艺术生命的种子播撒在后起之秀和孩子们的心田。这些都是民间艺术得以薪火相传的精神火种。

《映山红遍》在展示常德民间艺术的繁荣景象时，对常德的地理风物和历史文化进行了诗性描写和开掘。如果说广大民间艺人对艺术的追求和自觉传承、对生命激情的演绎和对精神家园的守望是民间艺术之花得以舒放、灿烂的"内力"，文化环境的清明和地方政府的引导及扶持是民间艺术得以发展、繁荣的"外力"，那么地理风物的诗性和灵性、历史文化的丰富与厚重则孕育和滋养了这一方土地上的艺人和艺术，成为一种"背景力量"和"生态力量"。作者以"外来者"的身份感知和体验常德的一山一水、一草一木，几乎涉猎和描写了常德的著名自然景观和历史

---

[1]　彭学明：《映山红遍》，湖南人民出版社，2014，第161页。

文化积淀。桃花源的浪漫奇幻，太阳山的鬼斧神工，夹山寺的风雨幻象，壶瓶山的原始森林和流泉飞瀑，刘海砍樵的美丽传说，孟姜女的悲情遗梦，城头山遗址的城市文明和稻作文化，等等，都被作者悉数道来、如数家珍，恰到好处地镶嵌在光彩夺目的民间艺术长廊里，起到了一种烘托、映衬和渲染的作用。这样，对地理风物的诗意描写和对历史文化的浪漫怀想就与倾力表现的民间艺人和艺术呈现出一种诗性契合和内在感应的关系，使得作品通篇弥漫着一种诗性氛围和艺术气息。

作者采用一种诗意的结撰方式来传达艺术的或者说诗性的内容。这种结构方式，从艺术展示的角度看，可以命名为"花瓣式"结构，而从人物描写的角度看，可以概括为"串珠式"结构。所谓"花瓣式"结构，是指作者将常德的地方艺术种类和艺术团体如同花瓣一样一瓣一瓣打开，巧妙地组合成五色斑斓、丰盈迷人的艺术花朵，装点出民间文化的盛宴，散发着泥土的清香和青春的气息。京剧、汉剧、荆河戏、常德丝弦、湘北大鼓、车儿灯、土家族山歌，常德市海燕歌舞团、汉寿东方龙歌舞团、澧县春之歌艺术团、草坪艺术团……每一个花瓣都是那么明丽而富有特色。"串珠式"结构，是指作者将那些草根艺术家、剧作家和基层文化工作者一个一个串联起来，构成一串历历在目、光彩照人的珠宝，蕴含着时代的光芒和理想的光辉。

【作家简介】彭学明，土家族，湖南湘西人。现任中国作家协会创联部主任。多次任茅盾文学奖评委和鲁迅文学奖评委。主要代表作有轰动全国的长篇纪实散文《娘》，散文集《我的湘西》《祖先歌舞》以及长篇报告文学《映山红遍》等。

第五节 《澧州，一个筑梦的地方》： "中国梦"的文学阐释

习近平总书记在 2012 年参观《复兴之路》展览过程中首次对"中国

梦"的基本概念与内涵做出诠释："从近代开始，实现中华民族的伟大复兴是整个民族的最伟大梦想，其中凝结着几代中国人的共同夙愿，代表了全体人民的根本利益，更是每个中华儿女的殷切企盼。"在实现"中国梦"的伟大征程中，文学艺术作品理应发挥应有的作品，为"中国梦"的实现呐喊助威。以"中国梦"为主题的文学征文获奖作品集《澧州，一个筑梦的地方》马上就要出版了，澧县作协主席谭晓春作为该书的执行主编，盛情邀请我为这本集子写序，好在此前我应邀担任评委，已经熟悉了集子中的作品，觉得有话可写，于是欣然答应了。

晓春主席一直坚持文学创作，早年即有诗名，取得了不凡的成绩。可以说，他把诗文创作中的激情、诗意和敏锐的眼光带到了该作品集的策划和编辑中。作品集收录了30多位本土作者的作品，这些作品有着质朴的面孔、鲜明的地域文化特色，而又与时代声息相通。作品集以写实为主，从体裁来讲，报告文学居多，兼有散文、诗歌等样式。在书稿编排的体例上也颇有讲究，主要按行业或职业划分为12个板块，仿佛12道各具特色的菜肴组成的一个文化拼盘，琳琅满目，色香味俱佳。尤其值得称许的是放在篇首的文章——刘尚慧撰写的报告文学《一座城市的裂变》，这可以说是一篇诗意化而又带有纲领性的文章，既演绎了一座城市的历史、现实和未来，又诠释了这方土地上人们梦想的深厚积淀和内在动因，以凝练的文字、舒放的笔墨，从自然器物到人文精神层层掘进，写得大气而诗意沛然，作为12道菜中的"头菜"，以"城市梦想"的华丽描写和瑰丽遐想，带给我们阅读的喜悦和悬念。

"梦"是全书的主线，也是全书的主题。这里有油菜梦、葡萄梦，有慈善梦、诚信梦，有警察的神鹰梦、教师的飞翔梦，有村支书的坚守梦、养殖户的致富梦、大学生的创业梦……所有的文章几乎都可以上升为一个梦的三部曲：寻梦—筑梦—圆梦。寻梦，人生有梦，为梦想而来，怀揣着漫漫长夜里的"一把火"；筑梦，认准了目标和方向，苦苦地坚守，唱响寂寞行旅中的"阳关三叠"；圆梦，是寻梦和筑梦的合理延续与归宿，演奏着人生交响的"华彩乐章"。作者着力表现的是寻梦、筑梦过程中的曲折、艰难与美丽，借用杨浮森的报告文学《曹传松的考古梦》中的小标题来形容的话，寻梦是"风雨兼程"，筑梦是"锲而不舍"。而且，寻梦与筑梦也在不断更替和轮回，在寻梦中筑梦，在筑梦中寻梦，不断前进，不断创新，不断超越。而每一次圆梦并不是终点，都只是一个新的起点，孕育着新的梦想和新的希望。梦，确证了人的精神追求和生命存在的价值；而星星点点的梦投映在宏大的天幕上，则汇聚成"中国梦"的星系和图谱。从这一点来说，这方土地上的梦，哪怕是微若萤火的梦，也有着深远的叙事价值和时代意义。周继志的散文《走出父亲的眼界》，写的是大学生洪楗淞回乡创业的"蜂蜜梦"，这不仅是一次艰难的选择和人生历练，更是一次超越，对父辈创业观念和方式的超越，在寻梦和筑梦的过程中，主人公克服了来自身体、物质条件和生活方式等方面的种种局限和困难，终于"圆梦"，而当取得成功后又开始了新的畅想和规划。文章朴素清新、率性自然，通过纵横对比、议论深化，既写出了生活的原汁原味和人物丰富的内心世界，又揭示了生活中的人情世故和人生际遇中的某些哲理，更为可贵的是把淳朴、厚道、真诚等诸种美德像"花粉"一样酿成青春岁月的"蜂蜜"，清香四溢。

这是基层梦、凡人梦和现实梦。该书中的作品大多立足乡村和乡土，写乡村医生、乡村教师、村支书、地地道道的农民，也有部分作品表现基层警察、环卫工人、民营企业家等。这些平凡人的梦想往往源自一种渴望改变现实环境、人生命运的急切心理，源自一种简单、朴素而美好的愿望；是一种平平淡淡、真真切切的梦，不华丽，不虚空，甚至也不远大，却令人信服、感动和敬佩。这些梦又是时代梦、英雄梦和理想梦。作者把凡人梦和时代联系起来，描写个人的梦想与社会和时代的密切关系，时代催生着梦想，梦想改变着时代。这种最底层也最韧性的力量，在改变人生处境和命运的同时也塑造着自身的品性和形象，最终获得社会和民众的认可与嘉许，因而平凡梦、现实梦也蕴含着崇高的因子和理想的光辉。许申高的报告文学《是谁给我温暖的家》报道的是地方企业家刘清的"爱心故事"，以他为核心的"爱心团队"成就了"励志家园"的温暖与温馨，也成就了他们自身的种种殊荣和光环。这部作品如涓涓细流，娓娓道来，以对德性力量的昭示和动情的叙说洗涤着尘世的肺腑。

还有刘尚平的报告文学《中国好人易宗志》，写的是农民易宗志"打工十五年，还清良心债"的感人事迹，"诚信"是他为人的根本，也使他荣登"中国好人榜"。周小云的报告文学《花之梦》，是献给"感动中国2013年度人物"的"油菜花父子"的深情赞歌，这对生活在澧水流域的"油菜花父子"沈克泉和沈昌健，"三十年花开花谢，两代人春来秋往"，成功培植出了"超级油菜"，"一粒种子，蕴含着世代相传的梦想"。不用多举例，这些梦是平凡的、现实的，又是高尚的、伟大的。

　　这是一部文学的"交响曲"，回旋着这样一些雄浑、深情的"音符"：责任、奉献、创新、诚信、爱心、善良、美……这些"音符"，是追梦、筑梦人精心守护的花朵，也是我们每个人都应秉持的信念和操守。要实现国家富强、民族振兴、人民幸福的"中国梦"，我们就必须拥有并传承这些宝贵的精神财富和美德善行。诗人兼批评家锡德尼曾说过，"它（指诗）胜过历史，不但在提供知识方面，而且在使心灵向往值得称为善良、值得认为善良的东西方面：这种促使人去行善、感动人去行善，实在，就使桂冠戴在诗人头上"①。文学的表现首先是一种价值的传递。作者从纷繁的生活中着力挖掘和提炼这些美丽、闪亮的"音符"，就是为了传递一种精神的力量，传递一种"正能量"。犹如天上的云霞和溪涧的浪花，这些"音符"亮丽、温暖和丰富了"交响曲"的内涵，提升了文学的思想高度和思想境界。

　　这是梦的写实，也是梦的文学和诗意表达。作品集中的多数作品都经过了精心的打磨，有着较高的艺术水准。不少作品，多侧面、多角度地描写和表现人物，掘进人物的心灵世界和命运肌理，表现寻梦、筑梦的目标、过程、结果和动因，表现人物与地理环境和时代环境的深刻联系；特别是一些作品，通过对矛盾的挖掘和铺排，把人物放在"对立两极"中来刻画和塑造，如在生与死、亲与疏、公与私、得与失、进与退等极富张力的场域中，表现人物性格和内心的丰富性与复杂性，因而人物形象更真实、更鲜活，也更有感染力。几乎所有的作品都强调生活实

---

　　① 〔英〕锡德尼：《为诗一辩》，伍蠡甫主编《西方文论选》（上卷），上海译文出版社，1979，第238页。

感，能够贴近生活、还原生活，采用调研、访谈等形式，捕捉真实而感人的生活细节和生活场景，富有浓郁的生活气息和时代色彩。有部分作品，具有较强的抒情性，运用拟人、夸张、对比、通感、象征等修辞手法或表达方式，调动人的阅读感受、情感体验和文学想象；同时在抒情性的背后，也常常富含淡淡的哲理和思绪。陈军的《神鹰之梦》，可以说是作品集中写得最好的一首诗歌，用诗质的感觉、诗意的想象和诗性的语言，化解、消融了"写实"与"抒情"之间的矛盾，写得从容、洒脱、飘逸而又富有生活的实感。廖梅芳的散文《紫云英的春天》，由于在构思和表达中引入了"紫云英"这个美丽的象征意象，因而大大增添了文章的诗意效果和哲理蕴涵，散淡、清雅、年年开花的紫云英，与平凡、执着、脚踏实地的人生梦想相互映衬和渲染，营造了一方诗意而又有淡淡哲理意味的空间。

从思想性到文学性，这部作品集有许多值得称道的地方。可想而知，这是众多作者心血和智慧的结晶。这群生活在洞庭湖之滨、太青山脚下的本土作者，为完成这些作品，付出了辛勤的劳动。如果没有对生活的亲近和拥抱，没有对人物的悉心体察和热爱，没有对时代精神的敏锐感知和对社会变革的深层思考，没有感情的倾注和渗透，就不会产生这样一批优秀的作品。可以看出，这是一群有着相当实力的基层作者队伍，这种实力，不仅仅是一种文学技巧和艺术表达，更体现在文化滋养、价值取向和精神追求方面。他们追梦、写梦、赞梦的过程，就是用文学的方式演绎和阐释伟大的"中国梦"。

第六节　未央抒情诗的宽广音域

未央是一位被写进了中国新文学史的诗人。他的诗歌创作以其崇高的旋律、燃烧的激情和对时代生活的贴近而加入"政治抒情诗"的行列。从中既可以听到新诗史上殷夫、田间、郭小川等诗人响彻云霄的歌唱，又可以分辨出未央个人一以贯之的抒情方式和风格。文学总是受孕、诞生于某个特定的时代，这就决定了其必然和那个时代有着千丝万缕的联系。"一个诗人应该在他的作品里丰富地深入地反映一个时代的社会生活，一个时代的精神。"① 尽管某些人把诗歌的领地圈定为个人心灵的一隅，尽管有些人打着所谓艺术的旗号对不少革命作家、进步作家进行贬抑，但是文学的脚步、诗歌的姿态绝不会因此而有所改变，文学历史上曾经出现过、拥有过并且打动和塑造过那个时代群体心理的文艺作品，总是有其存在的必然性和合理性。带着这样的认识，我们来看未央的诗歌，就会有许多新的发现和感受。

未央的创作跨越两个时期：一个是 20 世纪 50 年代初期，他刚从朝鲜战场归来；另一个是 20 世纪 80 年代前后，他怀着苏生的喜悦伴随着祖国的巨轮跨入新的时代。特殊的生活阅历，特定的历史背景和心理背景，造就了未央诗歌特有的抒情形态。综观他的诗歌，从内容上大致可以分为四类：第一类是战争烟云篇，以《枪给我吧》《驰过燃烧的村庄》等为代表；第二类是心灵愿望颂，以《希望之歌》《我要唱一支颂歌》等为代表；第三类是乡村变迁歌，以《还是这块田，还是这块地》《秋光》等为代表；第四类是生活审视录，以《假如我重活一次》《塘头水，一个小小的山村》等为代表。而无论哪一类型的诗歌，就其内在精神而言，都回旋着"时代的音乐"，辉映着"理想的光芒"。今天我们溯游而上，把舟子停泊在未央诗歌的水域，不仅能再一次观赏他当年那些被传诵的名篇佳作所激起的浪花，而且能把这"一滴水"和整个诗歌的"海洋"联系起来思考。

诗歌是生活的幻象。诗歌对生活的表现，是经过了诗人心灵的熔炼和锻造的，是一种诗性意义上的生活。而生活有广狭之分，一种是专注于个人的生活，以自我为诗思飘转的中心，极写人生的体验和感悟；另一种是钟情于时代的生活，把自我作为一滴露珠悬垂于时代生活的青枝绿叶上，用诗意的眼光打量天空的流岚和地上的脚步。严格地说，生活虽有这种广狭之分，但是并没有深浅之别。用个人生活的镜像去映照时

---

① 何其芳：《话说新诗》，《文艺报》第 2 卷第 4 期，1950 年 4 月。

代生活的面容，用心底的狂澜去接纳天风海雨，同样会有深度；仅仅停留在对外部生活的描摹，或者以代言人身份空洞地言说和欢呼，也会显得肤浅。从这种认识出发，我们来看未央的诗歌，就会感受到一种弃绝狭隘和郁闭之后的广阔与开朗。

未央的诗歌紧贴时代的脚步，往往以重大的历史事件和具有典型意义的社会生活为诗歌创作的背景，通过对极为平凡的人事和生活场景的叙述与描写，经过铺设、点染或开掘，传达出时代的精神和愿望。20世纪50年代初，诗人抗美援朝归来，就写下了《平常的事》《他还不是英雄》等诗歌，从"平常"和"普通"中发现理想和崇高；改革开放伊始，诗人就从"田地"命运的变迁打量"人"的生活的改变，从偏远"小寨"的青春活力感受"祖国"心脏的跳动。出身农村的诗人，对农村生活和农民命运怀有一种特殊的感情与敏感。诗坛"归来"后，他没有像多数诗人那样抚着自己的伤口哭诉个人命运的不幸，而是更多地关注变革的现实和现实的变革。虽然写下的诗歌不多，但是每一首诗歌都是时代生活的记录。诗人不是以知识的拥有者和梦幻的创造者的身份进入一个超验的诗歌世界，而是以一个普通人，甚至是以一个普通农民的姿态走动在春风骀荡的祖国的田野上。《还是这块田，还是这块地》推出的"现实镜头"是："禾苗像一片透亮的翡翠"；"历史镜头"是："瘦骨伶丁，禾枯草密"；在画面的切换中最后定格在这样一个"特写镜头"上："是因为有一双满是老茧的手"。《秋光》在美丽秋色的勾勒和农村"新人新事"的记叙中，表现了乡村生活的巨变，并且把乡村生活上升到一个高度："这里演奏着时代的音乐，/这里闪耀着理想的光芒。"从"过去"到"现在"的跨越，从"现实"到"理想"的跃进，无数普通人用心底的愿望搭起了一座又一座桥梁，所以在《我要唱一支颂歌》中，诗人把"颂歌"献给了"为理想倒下的战士""在恶浪中苦斗的勇士""胸怀大志的改革家"。这样，在对时代生活的托举中，又有一种历史的纵深感和沧桑感。

可见，未央诗歌的题材是平凡的、普通的，而开掘出的题旨是重大的、深邃的。以小见大，用实写虚，成为诗人表现时代生活的一种构思方法。许多时候，诗人在层层铺垫、渲染后，跌宕、深化，在时代的画卷中直接托出"祖国"的形象。于是一切描写和叙述都是为了完成一次思想的飞跃和情感的升华，所有的音符都奏鸣出"祖国颂"的宽广音域。"莫说我们的寨子很偏僻，/脉搏和祖国的心脏一起跳。"（《小寨》）"这不正是我们伟大祖国的姿容：/处处力争上游，时时飞速前进。"（《田径场上》）"为什么跑得这样快？/是听到了伟大祖国的命令。/骏马飞驰一日千里，/我们的脚步和时代一同前进。"（《短跑》）而有些诗歌如《祖国，我回来了》《歌唱你，祖国的十月》《祖国的眼睛》等更是直接的对祖国的礼赞。这种深深的爱国主义情感，构成了未央诗歌的主旋律。如果淡化了具体的时代背景和话语背景，我们也许会觉得这种抒情有些空泛，语言也显苍白；而如果把这种情感复活在历史境遇的河床之中，我们就会觉得其是珍贵的、真诚的。

不止于此，诗人在对时代生活的关注中，还不断开拓诗境，完成对具体人事和单一主题的超越。表现战争也好，表现变革也好，对历史和心灵的审视也好，诗歌的寨子里还居住着诸如正义、和平、真理、觉醒、希望这样一些美丽的愿望和思绪。人类情感为诗歌准备了一座宝库。失去了情感，也就失去了诗歌；而失去了诗歌，也就为情感的抒发和宣泄关上了一扇动人的窗子。人类一切美好的、健康的感情都可以纳入诗歌语境。激情和柔情、豪情和悲情、乡情和恋情、亲情和友情……都是诗歌河道里迷人的浪花。未央和他同时代的许多诗人一样，抒写的是感人肺腑、催人奋进的激情、豪情和深情。这种情感是与诗人描写的时代生活内在地联系在一起的，是诗人的心灵对祖国母亲的倾诉、对时代壮潮的接纳、对理想生活的渴望。有内心的细细体味，但更多的是暴风骤雨般的宣泄；有对苦难和伤痛的轻轻咀嚼，但更多的是对欢乐和信仰的追寻。

未央和郭小川、贺敬之都是"放歌型"抒情歌手，在表达方式上有许多相同之处，但又有不同。他们一方面都擅长直抒胸襟、放声歌唱，另一方面也善于选择画面、情节和细节来包容、隐藏更深沉的感情。郭小川、贺敬之喜欢运用象征以及现实与历史的穿插交织、具象与抽象的组接互补来表达沉思中的欢乐、沧桑中的变化；未央则喜欢通过对具体情境的选择、多重形象的叠合和心理空间的开拓来表达欢乐中的忧思、平凡中的诗意。具体情境的选择，为抒情找到了一种逼真的情景依托，也为抒情中的联想、想象提供了广阔的舞台。这种具体情境，也许是一种空间上的精心安设，也许是一种时间上的刻意截取。"提炼、构思简单而又有典型性的一两个'镜头'——最紧要的情节，用简洁的描述把强烈的感情在场面中表现出来，是未央采用的主要手段。"① 未央的代表作之一《祖国，我回来了》之所以如此感人，就是因为抒发了一种强烈的感情；而这种感情的抒发，又是因为选取了"车过鸭绿江"这样一个具体情境。"车过鸭绿江"，就把辞别与归来、江东与江西、战争与和平、惦记与思念、担忧与喜悦等种种情形和心理活动扭结在一起，为诗人的放歌找到了一个最佳"位置"。《一个姑娘在发言》安排祖孙三代人在讲台上"控诉"的相似情境，串起了抗日战争、土地改革和"文革"三个历史时期，意在挖出腐朽的思想根源；在声声控诉里，诗人激愤的感情也灌注其间。未央的获奖作品《假如我重活一次》，那种反思、忏悔和悲怆在心灵独白的真诚之中格外动人，一个主要原因就是这一切是一位长者在"弥留之际"的思绪。这样一个典型情境的安排，显然为诗人的抒情营造了一种浓烈的情感氛围。诗歌形象的叠合，也为情感的多维指向和强力辐射提供了可能。诗歌形象不应是单一的、平面的，也不应是驳杂的、混乱的。诗歌的中心形象和映衬形象、表层形象和深层形象、实在形象和虚拟形象构成了形象的叠合，在激活情感的同时也丰富了诗歌的内涵。

未央的不少诗歌都找到了具有内在关联的多重形象，如《你好，新中国的同龄人》中"一代人"与"新中国"形象的融合，《祖国的眼睛》中一位贫穷的母亲"含泪的眼睛"与一个就要站起来的"伟大的民族"二者的叠印，《朝鲜三颂》中"朝鲜"与"锋利的刀""铁壁铜墙""挺秀的金达莱"多个形象的辉映，都比较好地为诗人的抒情找到了多个切入点和多

① 张钟、洪子诚等：《当代中国文学概观》，北京大学出版社，1986。

层次的思维面。而心理空间的开拓，则制造出情感的波澜起伏。未央的诗歌侧重从外落笔，在描写、叙述和议论中抒情。人物、事件或画面的转换与连接，主要依赖于联想、想象等心理因素。这样，心灵翅膀的每一次飞翔或颤动，都必然带来情感的起落与变幻。毫无疑问，强烈的感情源于对生活的深深热爱。未央的"战争"组诗，是怀着对祖国、对朝鲜人民的爱而奋笔疾书的；"心灵"诗篇，是怀着对明天的憧憬和对理想的渴求而放声歌唱的；"乡村"颂歌，是怀着对乡土、对农民朴素而深挚的感情而演奏的；"反思"作品，是怀着历史的伤痛和对现实的隐忧而书写的。未央是以战士、农民、知识分子等多重身份来拥抱生活、礼赞生活的。

　　未央的诗歌作为"政治抒情诗"，表现了国家、政党、社会主义、阶级性和人民性，表现了时代的愿望和激情，表现了民族的神圣和尊严，这些构成了他诗歌主旋律中强劲的音符。而同时，未央对人性的发掘与审视，又使他的歌唱在高亢之中有着雄浑宽广的音域。人性，是文学长青不衰的主题。作为最贴近人类心灵和情感的诗歌，更能触及人性的根须。可是在新诗史上，由于受到社会思潮和主流文化的规约，一些诗人不敢涉及人性层次。而在文学实践中因表现人性而受到冷落甚至迫害的事实，也构成了许多人的心理障碍。未央的部分诗歌对人性的叩问，显示了他的艺术胆识，也是他作为一个诗人向着人的心灵真实和人格真实的回归。他的"战争"组诗，剥开战争的烟雾和鲜血，发出了对人性的深情呼唤。这可以他的《我的良心》一诗为代表：在战场上与敌人相遇，喝令对方放下武器"举起手来"，走向新生与和平，这背后写出了丰收的田园景象，写出了母亲和孩子温馨的呼唤。这样就凸显了"人"的相通相亲的一面，把战争的硝烟味消解在对人类幸福生活的向往之中。也正因为这样，他的这一类作品超越了"战争"的外在层次，而进入人类心灵的博爱和温情之中。未央的"反思"类作品，也是在穿过历史的、社会的曲折隧道后，进入对人性幽深景观的触摸和谛听。这可以他的《假如我重活一次》为代表："我"在弥留之际的反思指向社会、生命、情感、人性等多个层面，"我"一生的历史，就是"感情的火焰"逐渐熄灭的历史，就是心灵不断被权力、虚荣、冷漠充填的历史。这种反思的立足点，就是对"人"的本性的思考。

未央的部分诗歌因为急于倾吐和表达，所以缺少对"诗境"的营造。同时受时代话语的影响和制约，诗歌语言也显得不够丰润。当然诗人也难以超越时代的思想潮流、审美风尚，特别是一个把自己定位于"放歌型"的诗人，更是看重诗歌与社会政治的密切关系，难以在诗歌的审美性方面刻意追求。不论诗歌怎样发展，不论人们围绕诗歌怎样展开争论，优秀的诗歌总是植根于时代的沃土，总是源于对生活的热爱和对理想的期盼，总是发之于内心情感的波涛而又深藏着人类共同的愿望和追求。应该说，未央的诗歌实践给今天的新诗创作以诸多有益的启示。

【作家简介】 未央，原名章开明，湖南临澧人。曾任湖南省文联副主席、作家协会主席。湖南省第四、五、六届政协委员。1950 年开始发表作品。著有诗集《祖国，我回来了》，长诗《杨秀珍》，短篇小说集《巨鸟》《桂花飘香的时候》等。

第七节　常德丝弦新编曲目唱词的
主题类型及多维价值

风靡大江南北的常德丝弦，作为一种民间说唱音乐形式，既有优美的旋律和唱腔，又有雅俗共赏和内涵丰富的唱词，二者相得益彰。有学者在分析常德丝弦音乐的功能时认为，它有叙述与抒情相结合的特点，既能表现历史故事，又能说唱民俗民风，而且在创腔与演唱中都以传情达意为主，特别讲究"说中有唱，唱中有说，腔从字出，音随韵转"的润腔方法[①]。这种音乐上的特点也引导着唱词的创作和发展方向。我们可以从很多方面对唱词进行分析，比如语言的运用、意境的营造、结构的

---

① 雷正和、欧阳义怀：《常德丝弦音乐研究》，中国文联出版社，2003，第 5 页。

安排以及鲜明的地方性特征和诗性特质，等等，但我认为，从唱词的主题内涵及其所传递的价值着手是我们走进并涵泳常德丝弦的一个重要入口。常德丝弦曲目从其内容来看，可分为传统曲目和新编曲目。就我们所能收集到的新编曲目看，常德丝弦唱词所表现的主题丰富多样，我将其归纳为三大类，即时代性主题、地域性主题和超越性主题。下面从主题的呈现、主题的艺术传达及其价值等方面逐一分析。

一 主题的时代性

（一）时代性主题的呈现

一个时代有一个时代的文学，这不仅是就其文体衍化、推陈出新而言，也应该而且必须包含文学艺术作品内容的更迭和新变。诺贝尔文学奖获得者日本作家大江健三郎说："不是作家选择时代，而是时代选择作家。这就是时代赋予作家的历史使命。也就是说，作家接受时代赋予他的重任，倾其一生通过作品的主题，参与时代、表现时代。"[①] 常德丝弦艺人在整理、改编传统曲目的同时，也在积极探索并创作新的曲目。因时而为，顺势而动，与时俱进，这是常德丝弦词作者的自觉追求和价值取向。常德丝弦新编曲目文学创作集大成者黄士元，在总结创作经验和体会时说："我认为作品的生命是由创作者的心灵世界来决定的——正义感、责任心和他所投入的全部真诚。"[②] 在接受地方电视台的采访时，黄士元谈到丝弦要把握好三个"度"——广度、深度和温度，主张作品要创新，要贴近时代、贴近生活、贴近人民。正是像黄士元一样的许许多多词作者，带着时代的良知赋予的"正义感"和"责任心"，创作出了一批反映现实生活和时代变迁的优秀曲目。

新中国成立以来，常德丝弦在文学剧本和音乐创作以及表演形式等方面不断探索的同时，其创作的新曲目就内容来说也在呼应着时代的召唤。如果从新中国成立初期的《夸货郎》（叶蔚林作词）、《风雪探亲人》

---

① 〔日〕大江健三郎：《"我"从日本寄出的信》，岩波书店，1996，第190页。
② 黄士元：《戏自生活出，情从真中来》，《人生有戏——黄士元作品集》（下卷），中国戏剧出版社，2017，第299页。

（湖南省曲艺团作词）等作品算起，到 20 世纪 70 年代产生全国性影响的《新事多》（山柏等作词），再到后来以至当下的新编丝弦曲目，可以连接起一幅完整的时代画卷和诗意盎然的生活图景。《又唱新事多》（鲁小平作词）、《农大哥如今大变样》（佘致迪作词）、《姐姐去打工》（古先作词）、《花的童话》（佘致迪作词）、《山村喜宴》（黄士元作词）等一大批作品，让我们感受到中国社会的崭新风貌和改革开放的春风：社会主义的新道德新风尚，新农村的巨大变化，八荣八耻的荣辱观，生态发展、科学发展的理念，以人为本的思想，等等，在极富生活气息的唱词中得以生动而集中的呈现。

从《新事多》《又唱新事多》这个丝弦姊妹篇中，可以看出中国农村乃至整个中华民族的飞速发展。两首作品都是通过今昔的鲜明对比，全方位地表现农村的巨大变化，但显然《新事多》描写的是 20 世纪七八十年代的农村，农村的发展还在新的起跑线上，还呈现出小农经济和相对封闭的格局；《又唱新事多》描写的是 21 世纪的新农村，农村不再是"满山栽果木""工厂一座座"，也不再是"新盖的楼房几多阔""年轻人爱听流行歌"，而是门户大开、春风扑面，已进入机械化、互联网时代："如今修通了致富路，车水马龙像穿梭""如今新农合真正好，俺百姓心里好快活""温馨的家园笑语多，打开电脑销山货""文化兴农热浪高，好日子越过越红火"。这些概括描写，是词作者深入体察生活、感悟生活和发现生活后的感性表达和理性抽绎，是生活由渐变到巨变的深情欢呼，是窥一斑而见全豹的激情书写。常德丝弦以表现具有浓郁生活气息和地方气息的农村生活见长，同时也涉及生活的其他方面和其他人物，比如城市生活、打工者一族、退伍军人、老年人群体等，在直接或曲折的描写中传达时代的变革和心声。

无疑，这些极富时代感和生活气息的描写带给我们的是满满的正能量。有的作品歌颂共产党的好干部深入生活、扎根基层，与人民群众同甘共苦。《俺书记的办公桌》（诸扬荣作词）借一张"办公桌"来构思，这张办公桌不在高楼大厦和象牙塔，而是无处不在、无时不有，是县委书记生活和生命的一个有机组成部分，"湖宽水阔装得下，田头地角放得落""心里揣着一团火，豪情恰似洞庭波"，一位洞庭湖滨的领导干部勤于调查研究、勤于学习和总结、不畏艰辛的形象跃然纸上。这是 20 世纪70 年代的作品，浸润着特定时代的雨露和光辉，至今读来依然让人感到真实、亲切和振奋。有的作品立意于生态发展的高度，用曲折有趣的故事解读"科学发展观"的时代主题。《山村喜宴》从招商办厂挣大钱到因地制宜谋发展，故事的转折也是人们观念的转变和心灵的洗礼，"以人为本兴大业，要让那山更翠水更清地更绿天更蓝"，这正是新时代"绿水青山就是金山银山"理念的生动演绎。有的作品讴歌致富路上的领头人。《我们村的退伍兵》（周志华作词）描写一位退伍军人不忘农民本色，不慕城市繁华，带领留守的村民种植葡萄，艰苦创业、共同发展。这是对共同富裕奔小康愿景的艺术诠释。

不回避生活中的矛盾，甚至大胆地揭示生活中存在的问题和阴暗面，也是常德丝弦新编曲目唱词表现时代主题的一个重要内容。揭露和批评是为了扬弃、净化，在其内在的立意上和弘扬正能量是相通的。剧作家黄士元提倡戏剧的"批判精神"，认为"我们的戏剧创作，如果能在科学批判精神与艺术创作智慧的结合中直面人生、演绎人生，那么才有可能产生新的传世流芳的名作、名著和精品"①。黄士元的戏剧创作包括丝弦创作践行了这种文学主张，他的不少作品在明暗对比和矛盾冲突中渗透着"批判精神"，在批判中构建和弘扬新的人生观、价值观和世界观。他创作的《待挂的金匾》在对"官民"关系的表现中，批判了某些干部作风漂浮、忽视百姓冷暖甚至加重百姓负担等种种不良现象，浓墨重彩地表现了领导干部的觉醒意识、自省意识和自我批判精神。

（二）时代性主题的艺术传达

文学艺术的本质是审美。文艺作品的主题都必须通过审美的方式来暗示和传导。表现有关时代、社会人生主题的作品更要避免直露的表达，需要巧妙地借助一些艺术手段和方法来呈现主题。

---

① 黄士元：《浅谈戏剧与观众》，《人生有戏——黄士元作品集》（下卷），中国戏剧出版社，2017，第 305 页。

对比是这类主题作品常用的艺术手法。对比手法的运用，能打开想象的空间，收到以少胜多、无言胜有言的艺术效果。如前所述，《新事多》《又唱新事多》等作品，就是通过鲜明的对比来反映农村生活的巨大变化，通篇用"从前""如今"这样两两对照的句式，不仅生动展现了农村从贫穷迈向富裕、从封闭走向开放的种种景象，而且流露出那种发自内心的自豪和喜悦之情，给欣赏者带来强烈的感染，从而唤起历史记忆、现实感慨和未来憧憬，对党的富民政策、惠民政策以及农民的勤劳、智慧发出由衷的赞美。《花的童话》以一个小女孩为叙述对象，通过其前后两次不同的举动完成主题表达：一次是小雨中摘下一朵美丽的栀子花，一次是大风里扶起一排倒下的花篱笆，一"摘"一"扶"的行为对比，折射出心灵的丑和美，而且一前一后的不同举动又表达了觉悟和成长的主题；最后由"知耻花""光荣花"过渡上升到"八荣八耻"的时代主题，自然而然，水到渠成。

借用相声等曲艺中的"抖包袱"手法，强化时代性主题的表达。为增加戏剧效果，设置悬念，吸引观众，常德丝弦新编曲目常用"系包袱""抖包袱"的艺术手法，曲中显奇，小中见大，从而表现现实主题。黄士元喜欢采用这一艺术手法，他的许多作品往往先设置谜团，制造紧张气氛，激发观众的期待心理，然后打开"包袱"、解开困惑，给人峰回路转、柳暗花明的豁然之感。如进行普法教育的《特别新娘》和思考"官民"关系的《瓜中情》等作品都恰到好处地采用了这种手法。周志华作词的《我们村的退伍兵》围绕"相亲联姻"大做文章，利用词义的多义性和模糊性，有意制造错觉和戏剧效果，把故事情节一步步引向高潮，然后抖开"包袱"，原来"相亲联姻"并非指个人的婚姻大事，而是指为批量待销的葡萄找"婆家"，签订直销合同。如此，将作品的境界打开，由个人的爱情婚姻的小格局上升到带领村民共同致富的大境界，主题也就更加高阔和深远。

这类主题的作品使用最多的还是戏剧中的冲突法。作为地方曲艺的常德丝弦，在保留曲艺特色的同时，词作家和剧作家也在不断探索，创作出了一批丝弦小戏和丝弦戏，融合了戏剧的表现手法。这里所论皆是偏于曲艺的丝弦或丝弦小戏。表现时代主题的作品，其唱词于抒情中带有叙事风格。其叙事，常常在矛盾冲突中推进，矛盾冲突是推动故事和情节发展的内在动力，也是制造悬念、营造氛围的必要手段。这种矛盾冲突有外在和内在之分，更多的时候是内外交织、同步推进。黄土元的作品在这方面最有代表性。《山村喜宴》主要是一种外在的矛盾冲突，即人和人之间的矛盾冲突，其实质是观念的冲突：乡民们抱着传统的发展观，希望引进外资办工厂；而镇党委书记秉持生态发展观，主张因地制宜谋发展。矛盾的解决是乡民们接受了新的发展理念，矛盾冲突推动了人的观念的转变和思想的进步。《枕头风》设置了一个"对立面"，当官的丈夫时刻面临着妻子的劝善、训诫和较量，妻子的"枕头风"成为丈夫权力欲、金钱欲和美色欲的"防火墙"。实际上，"枕头风"是一面镜子，是另一个"自我"，所以在这个作品中，这种外在的矛盾冲突也可理解为人自身心灵的矛盾冲突，人灵魂深处的纠结和拷问，是内心里的风暴和雷电，斗争的结果是自己战胜自己，回归人生的正确轨道和航线。《特别案情》直接表现人自我内心的矛盾冲突。一个司法所长在面临情与法的两难选择时，滋生一系列激烈的内心冲突，"人情虽重法如山，今日里执法先唱黑花脸"，最后依法处理了动手打人的岳父，在众乡亲面前弘扬了法律精神。以上这些作品，外在的冲突中隐藏着内在的情感冲突，内在的冲突中也交织着外在的矛盾斗争，甚至一种矛盾冲突看起来是对立面之间的，其实在比喻或象征意义上又是自我的、内在的。说到底，这些矛盾冲突在本质上是新与旧、进与退、公与私、曲与直、情与理等之间的冲突，是社会发展、时代进步过程中必然会出现的社会现象和心理现实。正因如此，在矛盾冲突中刻画人物、推动故事情节的发展就能更好地表现现实主题和时代主题。

（三）时代性主题的价值

"文章合为时而著，歌诗合为事而作。"（白居易《与元九书》）作家在关注时代、表现时代，用文字捕捉时代的光影并定格在文本中的时候，这种时代主题、时代精神必定带给读者和观众诸多感悟和收获，发挥其应有的作用。我认为，常德丝弦新编曲目唱词的时代性主题其价值主要体现在三个方面，即认识价值、激励价值和反思价值。

时代性主题的作品直面现实和时代变迁的生动画卷，带给我们的是对生活及其本质的认识。兼有抒情性和叙事性的丝弦唱词是一扇扇艺术的窗口，从这里我们可以看到社会的发展、时代的进步；看到推动社会发展和时代进步的阳光雨露以及被唤起的精神风貌和不断被改变的思想观念；看到改革和变革的渐变性、曲折性与艰难性；看到生活的复杂性和心灵的种种矛盾纠葛。这种被艺术作品激发出来的认识，是我们投身社会实践、参与现实变革的理性力量和精神动力。

这类主题的作品主要以地方生活为视点和原点，通过对现实生活主流和本质的把握，进而触摸到时代生活的脉搏。其主旋律是讴歌时代和人民，弘扬正能量，辅之以对现实矛盾的揭示和对社会问题的批判。这样一方面让我们受到鼓舞和启迪，另一方面又让我们自省、批判和扬弃。因而作品在具有认识价值的同时，还具有激励价值和反思价值。从这个方面说，丝弦唱词发挥着"旗帜"和"镜子"的作用。是一面"旗帜"，激荡着时代的春风，昭示着人心之所向，招展着变革现实、战胜自我的信念和勇气；是一面"镜子"，照见社会肌体上的伤疤和灰尘以及人心灵深处的阴暗、纠结和痛苦，揭示人和人之间错位、扭曲与紧张的关系。无论是激励，还是反思，其目的都是让我们共享时代发展的喜悦，共创美好的生活，共担激浊扬清的责任。

二　主题的地域性

（一）地域性主题的呈现

常德丝弦作为地方曲艺作品，在"地方性写作"中必然会渗透"地方性生活"和"地方性知识"。"人类的知识必然具有'地方性'，即知识生产的社会文化环境，因为生产这种知识的主体不可能不处于特定的文化环境中。"[①]"地方为人们提供了一个系物桩，拴住的是这个地区的人

---

① 陶东风、徐艳蕊：《当代中国的文化批评》，北京大学出版社，2006，第17页。

与时间连续体之间的共有的经历。随着时间的堆积，空间成了地区，它们有着过去和将来，把人们捆在它的周围。"①可见这种地域性就是特定区域的时空交错，人的经历与活动在时间的堆积中产生、发展和留存下来的一切，包括生活方式和生活样态以及历史文化等，都会带有可以标示的共同的印记。常德丝弦新编曲目的唱词用文字发现、发掘了这个"系物桩"以及"它的周围"的人事和文化遗存，记录了常德本土以及湖湘大地的地理风物、历史文化和人文精神。

常德的一些风景名胜和地理名物在丝弦唱词中得到了流光溢彩的展现，如《常德风景》（于沙作词）、《春来依然桃花水》（康健民作词）、《春暖桃花源》（欧阳振砥作词）、《武陵谣》（水运宪作词）等作品就是地方风物的艺术名片。《常德风景》选取常德的四大景区桃花源、夹山寺、柳叶湖和花岩溪，从历史到现实，从乡村到城市，从山寺到湖溪，有如诗如画的自然风景，也有神奇传说和人文掌故，"意境深远"而又"韵味悠长"。在常德最有代表性的景物是名扬海内外的桃花源，"一个传说荣耀了列祖列宗，一个童话忙煞了古今游人"（《春来依然桃花水》）；"风也香，雨也甜，桃花源里住一夜，多活那个二十年"（《春暖桃花源》）。词作者运用手中的五彩画笔，多方面尽情地描画、赞美桃花源这个人间仙境、世外桃源。有的词作者描写常德城区的地理风物，用富有空间感和历史感的名物或景物勾勒出城市的风俗画和韵律图。如水运宪作词的《武陵谣》，从城市的"门"和"街"入手，写到笔架城、招屈亭、丝瓜井、四眼井，再荡开笔墨写城市所依托的地理山水——白鹤山、太阳山，渐河水、沅江水，整个作品像"数来宝"一样，把武陵这座历史厚重、特色鲜明的城市描写得古香古色而又具有现代感。

常德是一座有历史文化底蕴和内涵的城市。从远古尧舜时代隐居德山的善卷，到行吟沅澧感时忧国的屈原，再到被贬为朗州司马的刘禹锡，以及历史上寻访洞庭湖和桃花源等名胜的无数文人雅士，还有历史遗存的城头山、夹山寺和新时代修建的常德诗墙，等等，把常德这方土地渲

---

① 〔美〕迈克·克朗：《文化地理学》，杨淑华等译，南京大学出版社，2003，第138页。

染、浸润得厚重雅致，极富文化内涵和个性。王群作词的《德眼看天下》是表现常德历史文化的一个代表作。"德"是常德历史文化的一脉馨香和一汪清泉，从善卷的善德操守发端，到今日"德行天下"的常德精神的提炼，勾连起历史和现实的品格与追求。该作品立意于"德"，高屋建瓴，草蛇灰线，融通古今，通过具有代表性的地方景物和人物铺展了一幅有关常德的历史文化画卷；不仅如此，从"德眼看天下"这个标题来看，还有推衍、扩展之意，寄寓着关于"德"的现实情怀和理想怀抱。余致迪作词的《常德是个好地方》从民风民俗切入地域文化：沅水号子、澧水号子是水乡儿女的生命呐喊和情感宣泄，同时又见证着他们的人生之旅和命运沧桑；擂茶、米粉、武陵美酒是人们日常生活祥和、火辣、有滋有味的象征，更是特定地域饮食文化的标签和符号；沅芷澧兰、红树青山更是把常德渲染得古色生香、诗意盎然。还有《擂茶歌》（宋杰作词）、《粑粑歌》（夏劲风作词）等作品具体地描绘了常德喝擂茶、做粑粑的生活场景，富有浓郁的地方特色和生活气息。

常德丝弦是常德文化的一个重要组成部分，富有鲜明的地方特色，许多作品直接描写、解说和赞美了这一地方曲艺奇葩。徐泽鹏作词的《说唱丝弦》全面地介绍了常德丝弦，包括其舞台表演、曲牌、唱腔、乐器、语言、传承、代表性作品，以及产生的重要影响和成功申报国家级非物质文化遗产，篇幅不长却内容丰富，给人一个完整而美好的印象。"远方的客人你到常德来看一看，听我把那丝弦再给你唱一段"，"让你听得甜甜美美醉心田"。可以说常德丝弦就是一壶美酒，在时间的地窖里酝酿、珍藏，展露于地方舞台和大江南北，醉了无数观众和听众。还有《走常德，听丝弦》（毕春泽作词）、《好想丝弦妹》（杨亚杰作词）等作品，以极为抒情的笔调展示了常德丝弦和丝弦演唱者的青春芳华与艺术魅力。

一方水土养育一方人。常德丝弦新创曲目的词作者大多是常德人，有些一直生活在常德，有些在常德生活、工作多年后离开了常德，这其中有不少词作者是文学湘军乃至中国文坛的实力作家和诗人。基于人生经历和对故乡本土的深厚感情，词作者们在描写"常德风景""常德映像"的同时，对与德山为邻、与沅芷澧兰为伴的"常德人"展开了诗意描写，折射出地理山川的灵秀和时代的光影。水运宪作词的《常德人》，表现祖孙四代都是常德人，爷爷住在城里"上南门"，"下河挑担沅江水，举灯照亮笔架城"，爸爸住在德山"孤峰岭"，"武陵美酒不醉人"，"我"住在紫桥"幸福村"，"洞庭明珠亮闪闪，诗墙唱出万种情"，孙子"漂洋过海出远门""带回满腔报国情"，这个既有时间线索又有空间布局的抒情短章，表现了生活的沧桑感和厚重感，讴歌了人杰地灵的常德和"一代更比一代行"的常德人和常德精神。常德人的性格特点和精神特质是湖湘文化孕育的结果。有的作品历数湖湘大地的风流人物，既是在更宽的视野仰望湖湘星空，也是在为常德人和常德精神寻找和提供一种源远流长的文化基因。黄士元作词的《生在潇湘多自豪》，从炎帝、舜帝起笔，古往今来英杰不断、雄才辈出，政治、军事、文化、科技等领域群星灿烂、风流独占，作品激情洋溢，立意高远，大气磅礴，抒发了"生在潇湘多自豪"的喜悦之情、豪迈之情和"再出发"的期许之情。

以上是为了分析的方便，对地域性主题进行了归纳和概括，其实在作品中这些主题的呈现往往是交融在一起的，地理人文、历史文化、民俗风情和人物活动有机地再现和统一在作品中，彼此烘托、印证和深化主题的表达。

（二）地域性主题的艺术传达

铺排、渲染是地域性主题表达的常用手法。这种手法能起到增强、叠加的作用，达到审美强化和延宕的效果。《常德风景》用"四唱"的结构形式，四种具有代表性的景物相互烘托、渲染，有如"四重唱"，共同演绎着常德的美丽画卷，激发观众和听众的热爱和神往之情。《常德是个好地方》，用"这个地方到底他在哪里？哪里有这么一个好地方？这地方的名字就叫常德，常德是个好地方"的句式前后反复三次，串联起常德的自然美景、地方资源、民风民俗和历史人文，层层铺排、推进，由地理名物掘进文化、精神层面和人的性格禀赋，使人们对常德有一个比较完整和深入的了解。《武陵谣》全是地名排列，有点类似快板，如数家珍，把常德武陵城区和周边的景物一一道来，朗朗上口，别有韵味。而

《生在潇湘多自豪》又全是人物的铺排，古往今来一个个名耀中华的人物，点缀着湖湘璀璨的星空，一方面聚合、延续着这方土地的精神基因和智慧之光，另一方面又提升着这方土地的文化气质和品格。很多时候词作者使用对仗和排比的修辞手法，增加气势、渲染气氛。或两两相对，类似古代骈赋的句式，有精工造势之美；或排比句式，连绵往复，有大河奔流之势。这样在铺排和渲染之中主题得到强化和深化。

比喻、象征手法的运用，往往使抽象具象化、具象抽象化，主题也因之得以扩展和提升。胡传经作词的《德山有德》通过一连串的比喻将"德"这个抽象的道德概念具象化、形象化和诗意化："德是国宝国富强，德是家传家业旺，德是人品人高尚，德是民风民和谐"；"德是高山流水青松白雪金秋枫叶"。于人、于家和于国，"德"都是宝藏和珍品，这样就从偏居一隅的小小"德山"出发，赋予"德"以崇高的地位和不朽的情怀。象征是文学艺术的法宝，巧妙地运用能把具象导向抽象，丰富作品的内涵。"象征建立在某些基本固定化的隐喻的基础之上，它是人们所说的文化的语言，是一种文化传统——宗教，习俗，民间信仰和某些集体记忆与经验模式——在其语言载体之中给予事物间以普遍联系的意义网络。"[1] 少鸿作词的《我爱洞庭莲》既是写"亭亭玉立湖水边"的莲，更是写"扎根洞庭千百年"的顽强意志、"秋去叶残志不残"的坚定信仰、"出泥不染情高洁"的人格操守，也是写洞庭湖边的另一朵"莲"，即"更有清香送人间"的丝弦艺术及其散发的芳香之气。"莲"带来的象征意义是朦胧的，也是开放的，我们可以结合诗境、语境去联想和生发。

拓展与升华，也是常德丝弦地域性主题作品常用的艺术构思和表达方式。雅捷作词的《靓靓的武陵》由武陵的自然风光拓展、升华到"历史和文化""人生和国家"，自然的和人文的、物质的和精神的、地方的和国家的在一首短小的词作中融为一体，扩展了地域性主题的内涵和容量。张志初作词的《从从容容不回头》歌唱的是常德籍辛亥元勋蒋翊武，唱词把蒋翊武从"为了家乡芷兰美"到"为了江山披锦绣"，从"认准

---

① 耿占春：《失去象征的世界——诗歌、经验与修辞》，北京大学出版社，2008，第43页。

一条路"的人生探索到"走向共和路"的铁肩道义，在丰富、拓展歌唱对象的胸襟和气质的同时，也升华了作品的思想高度和境界。

（三）地域性主题的价值

地域性主题作品的价值主要体现为审美价值、传播价值和生成价值。常德的风景名胜，源远流长的德文化传统和风尚，历代文人墨客在常德留下的足迹和文字瑰宝，具有水乡特色和灵气的艺术表演形式，纯朴的民风和丰富多彩的民俗活动，"德行天下"、与时俱进的常德精神，等等，都被写进了常德丝弦，这些在极大地满足人们的审美需求的同时，也在推介和传播常德。在审美中传播，在传播中审美，审美价值和传播价值是统一的。常德丝弦新编曲目的唱词在全方位、多层面地传播常德风景、常德历史、常德文化、常德发展和常德精神，一句话，传播常德故事和常德声音。这种艺术传播的作用是巨大的，人们得以从丝弦曲目走进常德这座"桃花源里的城市"，聆听"德是高山流水青松白雪"的"德音"和佳话，领略澧水号子、沅水号子和洞庭渔歌的神韵，了解常德独具魅力的历史文化和"德行天下"的时代风采。这种艺术传播是美的、潜移默化的，比起其他媒体的传播，影响更深远、更持久。

除了审美价值和传播价值，还有生成价值。观众在接受审美陶冶、智慧启迪的同时，内心自然而然会生成一种喜悦感、自豪感和认同感，并把这种内心的感受和感情变为参与现实、变革现实的动力，从而生成新的实践成果。文学艺术的价值就在对人的心灵发挥作用的前提下，对社会和现实人生发挥作用。作为地方性主题的丝弦作品，在对这种具有地域特征的对象性的表达中，用审美感染和价值理性影响人的心理及行为选择，其审美生成和实践生成的过程又是一种创造和构建，一种超越地域性局限的渴望和表达。

三　主题的超越性

（一）超越性主题的呈现

我国著名文艺美学家胡经之教授指出，艺术审美价值的本质集中表现在艺术的超越性、艺术与未来的接通上。"艺术是人超越有限存在而与人类大同远景'先行对话'的中介活动"①。俄罗斯美术理论家康定斯基认为，还有一种同样发源于当代人感情的艺术，"它不仅与时代交相辉映，共鸣回响，而且还具有催人醒悟、预示未来的力量。其影响是深远和广泛的"②。真正优秀的文学艺术作品，其实都有超越时代和现实的一面。因为人性固然是具体的，但人心与人心又是相通的。只要写出了人性的真实，并且达到了应有的深度，哪怕一千年后的读者读到它，也会以其人生的经历乃至生命体验读出其中蕴含的意义，并且把这意义充实起来、丰富起来③。古今中外，表现这种超越性主题的文学艺术作品可以说数不胜数，诸如表达爱情、乡愁、人性、宇宙、命运等，虽历经时空的阻隔其思想魅力和艺术魅力依然光华万丈。常德丝弦新编曲目唱词的超越性主题主要表现在童心、乡愁、关爱、奉献和人格情操等方面。

童心是最宝贵的赤子之心，是人人皆有的初心和快乐之源。一批丝弦作品表现了童心、童趣，如《童年》（诸戈文作词）、《打水仗》（杨亚杰作词）、《月亮粑粑》（徐泽鹏等作词）、《马马嘟嘟骑》（徐泽鹏作词）等，或以童年为视角感知成人世界的慢时光、老故事，或体验无拘无束的自由快乐，或仰望星空引发美丽遐想，或天真烂漫享受人伦亲情。这些作品无俗气、无尘埃，构建了一方有别于"成人世界"的纯净天空。有些作品吸收了童谣的素材和话语表达方式，如《金打铁，银打铁》（徐泽鹏作词）、《街街走》（胡传经作词）、《虫虫飞》（张深奥作词）等作品，朗朗上口，明白如话，极尽童年的天真之气和烂漫之态，有着我们熟悉的面孔和气息。还有些作品在表现童心童趣的同时，包含了更为丰富的内容，如励志、修身等。

每个人都有自己的乡愁。乡愁主题是文学艺术的一个永恒主题。常德丝弦新编曲目中的童年题材，许多作品同时又是乡村的、乡愁的。炊

---

① 胡经之：《文艺美学》，北京大学出版社，1999，第 134 页。
② 康定斯基：《论艺术的精神》，中国社会科学出版社，1987，第 16 页。
③ 陈国恩：《论京派文学的时代性与超越性》，《福建论坛》（人文社会科学版）2010 年第 3 期。

烟、夕阳和月亮，牛铃、鸡鸣和萤火虫的淡淡身影，嬉水斗乐、禾场夜话和富有生活气息的童谣民谣，种种乡村自然景象和人物影像在被作为儿童题材表现的时候，实际上也内在地潜伏和流淌着乡愁的基因和血脉，在童心童趣的背后唤起我们望乡、思乡、恋乡和回乡的种种情愫和冲动。同样是童年题材，有的作品用富有浪漫气息的构思表达了地理和文化双重意义上的故乡之思和故土之恋。《我们一起跳月亮》（鲁小平作词）在乡愁中表达了"两岸盼统一"的主题，富有诗意的日月潭、阿里山在"小伙伴"的欢跳中伸手可触，作品强调和突出了两岸的"同一性"，"一样的祖先一样的根，一样的童谣暖心房"，"一样的乡俗一样的情，一样的明月照故乡"，浓浓的乡愁被欢愉的童心消解和淡化。另外一篇作品《每逢佳节倍思亲》（徐泽鹏作词）同样是在乡愁中抒写团圆主题。作品用中国的传统佳节连接起两岸深情，赛龙舟、吃月饼、团年饭等习俗是中国人家人团聚、欢度节日的重要仪式，也成为一种种族指认、亲情缔结的符号和象征。词作者构思巧妙，深情泼墨，在反复的吟唱中把乡愁推向高潮："遥望大海声声唤，一腔深情寄浪尖。"

对人及人性的关注、审视和表现是文学艺术家的责任和良心，也是文学艺术作品超越世间万象而达至普遍性、永恒性主题的一个重要入口。无论是偏于叙事还是偏于抒情，无论是哪一类题材，常德丝弦新编曲目唱词都能在具体的社会环境和时代背景下刻画人的活动、人的丰富的内心世界和情感，表达关于"人"的厚重主题。有的作品传达爱和人内心深处最真挚的关切，如《悄悄话》（杨学仁等作词）、《我让座，我快乐》（胡传经作词）等从童年视角出发展开叙事和抒情：关爱他人、帮助他人的涓涓细流在幼小的心灵里激起美丽的浪花，纯化和净化着社会环境、风气以及自我内心。有的作品表达感念和知恩图报，如黄士元作词的《奇特的录音带》，描写父母双双为聋哑人的女大学生用村支书赠送的录音机录下父母劳动时的喘息声，每个夜晚悄悄躲在被子里收听，"听一声不忘父母情如山，放一遍叫我立志在校园"，把父母和乡亲们的深情和恩德转变为努力学习和奋斗的动力。有的作品表达了孜孜以求、默默奉献的精神，如《中秋之夜》（黄士元作词）、《人梯》（邵启发作词）、《明月照山河》（钟士英作词）等或表现基层文化人对事业的痴心不改，或表现父母兄弟和老师甘做人梯的可贵情怀，或借明月从象征意义上表现"燃烧"和"奉献"的品格。有的作品表达人生的追求和向往以及由此带来的快乐与诗意，如诸扬荣作词的《俏婆婆上大学》，写一群老年人并没有停下追求的脚步，而是老有所学、老有所乐，用知识的霞光和求索的星光装点黄昏的天空。更有作品站在"做人"的高度，表达人的心性品德和人格操守。佘致迪作词的《花枝俏》描写一位如花的导游姑娘在车祸发生时为了保全他人的生命安全，临危不惧，先人后己，不惜以流血和伤痛作为代价。徐泽鹏作词的《当兵的人》，写一位军人在遭遇尴尬和委屈的时候，没有丧失"做人"的尊严和精神高度，依然出手相帮，帮助他人克服困难、化险为夷，从而带动了他人的觉悟和思考："做人不能离根本，相互理解相互帮助天长地久，地久天长。"

（二）超越性主题的艺术传达

利用叠句或复沓的艺术手法，既朗朗上口、便于歌唱，又渲染氛围、增加语势。这在童年题材的作品中多有所见，如《童年》《打水仗》《金打铁，银打铁》《街街走》《月亮粑粑》等。"回回讲的牛郎织女星，回回讲出了泪花花。回回讲的牛郎织女星，回回讲出了泪花花。"（《童年》）"金打铁，银打铁，打把剪刀送姐姐。金打铁，银打铁，打把剪刀送姐姐。"（《金打铁，银打铁》）"月亮粑粑跟我走，跟我走，我跟月亮提笆篓，提笆篓。摇摆手，摇摆手，走啊走，走啊走。"（《月亮粑粑》）这些当然不仅仅是语言修辞上的美和美感，也不仅仅是表达和强化某种感情，更是在回环反复中试图掘进我们共同的记忆宝库，表达一种超越个体生命体验的大众体验和共性体验，引发缕缕思绪和强烈的共鸣。其他题材的作品也有这样的叠句或复沓，这也是丝弦唱词及其他歌词一种常用的艺术表达方式。

用个性化的语言塑造形象、传情达意。这种个性化首先是角色化，词作者根据人物年龄和身份的不同运用不同的语言，写谁像谁，写谁是谁。表现儿童生活的作品其语言自然天真、生动活泼；表现老年人生活的作品其语言不乏沉稳健朗、幽默率性；表现校园生活的作品其语言雅致明快、内涵丰富；表现乡村生活的作品其语言质朴本色、富有泥土气息和原生态的韵味。语言的个性化其次是地域化。运用方言说唱是常德丝弦的一个重要语言特色。这是洞庭湖畔的常德方言，不同于湘方言，属于西南官话，在水韵山风沅芷澧兰的浸润和熏染下其语言富有鲜明的特色，既刚健又甜软，既通达又内敛，既明白易懂又耐人寻味。语言的角色化加上地域化，就把特定地域的特定人物表现得贴切适度、活灵活现。这类超越性主题作品，其唱词是通过特定时空的特定人物的描写，从语言的个性化表达进入对具体性、对象性的超越，完成主题的演绎和呈现。

情境化也是这类主题作品常用的艺术手法。通过设立一个或多个具体的情境，或铺垫、渲染，或映衬、反转，或起兴、咏叹，慢慢把感情推向高潮，从而凝练升华主题。《每逢佳节倍思亲》用四段唱的反复形式，将场景选取在中国的传统佳节端午节、中秋节、除夕和大年初一，这些节日本身就隐含着故事，具有极为浓烈的情境因素和一触即发的抒情性，叠放在一起相互烘托更加营造出思乡的氛围和渴望团圆的心理。《当兵的人》以风雪天作为故事的背景，天寒地冻与人情冷暖相互映衬，由开始的寒冷以至冰冻，机缘巧合慢慢转为人心的温暖和人性的通透，进而完成关于如何"做人"的主题的表达，自然而然，水到渠成。《奇特的录音带》由好奇到释然，瞬间展开的故事真相使神秘朦胧的情境忽然变得明朗而具有丰富的内涵，由具体情境生发而又超然于具体情境的诗意主题得以呈现。这种情境化的艺术表达，还包括使用传统的起兴手法，即通过起兴为叙事的展开提供一种诗化的情境，通常用来起兴的是与之关联的景物、诗句或抒情化的吟唱。如《打水仗》《我让座，我快乐》《花枝俏》等许多作品均运用了起兴手法。

（三）超越性主题的价值

超越性主题作品的价值主要体现为启迪价值、净化价值和升华价值。启迪价值是对人的心性和智慧的开启及引导。丝弦唱词关于童心、乡愁和人性世界等永恒主题的表达，自然会引发人们对原初和终极、存在和意义、时间和空间、传统和现代等带有哲理命题的思考，启迪我们不忘初心和本源，记住乡愁和历史文化，追索人存在的价值和意义。

这种超越性主题还具有净化价值和升华价值。无论童心、乡愁还是对人的心灵世界和情感世界的揭示，一方面净化人的心灵，另一方面又升华人的境界。当我们跟随童年的脚步，一同望星月、听蛙鸣、打水仗、一同跳月亮、唱童谣、马马嘟嘟骑，感受那些神奇的想象和神性的光辉，体会自由自在的人生和心境时；当我们遥望故乡，听任亲情和历史文化的呼唤，叩响心灵的回乡之旅时；当我们透过纷繁世相看到平凡生活中的默默付出，情有所牵的感念和回报，高蹈于尘俗之上的奉献与担当时……我们会在真切的感受、领悟和反思中接受心灵的净化和淘洗，涵养做人的情怀和境界。净化是心灵性的，是接受外物的感化和启迪，是反躬自省和自我过滤；而升华则是精神性的、人格层面的，是基于审美熏陶和理性认识的自我拓展和自我提升。而无论净化还是升华，都是通过艺术的方式，赋予人一种完整意义上的建构和追寻。

第三章

浪遏飞舟

——人性与灵魂透视

第一节　《爱历元年》：从陌生回到原点

一

　　毫无疑问，王跃文的长篇小说《爱历元年》① 是一本描写情爱的小说。书名"爱历元年"有着耐人寻味的寓意。在人生婚恋的悲喜剧中，每个人都有自己的恋爱原点，亦即"爱历元年"，而且一般而论，这个原点或者"元年"都是美好的、值得纪念的。从这里出发，有的人不断发展、丰盈自己的爱情生活和心灵世界，与所爱的人携手到老；有的人渐行渐远，最终偏离爱情和婚姻的轨道一去不回头；有的人在尴尬的人生境遇和心灵迷惑中苦闷徘徊，离开原点最后又回到原点。《爱历元年》描写的正是后一种情形，主人公孙离和喜子，这一对曾有过甜蜜爱情的夫妻，在事业上苦苦奋斗，一个成为专业作家，一个成为大学教授，可谓风光之至，但是在爱情婚姻的旅途上却经历了从浪漫诗意的顶点跌落到情感冰点，再到自我救赎、回归原点的曲折过程。就像他们的名字所暗含的那样：由近乎离散的无奈到回复原点的欣喜。这看似简单的回归，

――――――――――

　　①　王跃文：《爱历元年》，湖南文艺出版社，2014。

实则是一种超越，是经历恩怨风雨和心灵磨砺之后的自我净化和自我完善。

进入婚姻围城后，孙离和喜子似乎瞬间就变得"陌生"，成为陌生的熟悉人和熟悉的陌生人。"他俩甜蜜了没多久，慢慢就开始吵架。大事也吵，小事也吵"，以至"有时候会忘记争的是什么，反正拧着对方就是赢家"。这种夫妻关系日趋紧张和陌生的结果，就是各自有了婚外恋情。于是两性之间的亲近与陌生被迅速置换。孙离与李樵因为"采访"相识而感情闪电升温，旋即走进两心相悦的暴风骤雨；喜子和谢湘安由于同事关系，在经历几次偶然事件之后，随即卷入两性狂欢的洪流。本应属于夫妻之间的种种亲昵和缠绵，由于夫妻之间的"陌生"而转移到了"他者"身上，"陌生人"似乎不需要太多的过渡和铺垫就成为"宝贝"和"亲人"。夫妻之间的陌生不仅加深了相互的隔阂和婚姻关系的危机感，同时还衍生了"副产品"：父母和儿子之间不断加剧的陌生感；对自己身体和心理的陌生感。在父母没完没了的争斗中，儿子变得越来越冷漠和叛逆，也越来越陌生。在紧张的夫妻关系以及乐此不疲的婚外恋情中，孙离慢慢对自己的身体感到"陌生"，前列腺，失眠症，使他"越来越不能控制自己"；喜子常常滋生的一些奇怪的念头和想法，使她对自己的心理意识感到"陌生"，变得自己都不认识自己了。在现代社会，人生仿佛就是这样一个不断被陌生化甚至被异化的过程。陌生化以及情感的转移，当然有着种种原因。首先来自人的一种"现代性焦虑"，现代社会所宣示的诸多不合理、不公平的现象，以及加在人身上的种种压力和束缚，在改变人的心境和命运的同时，也使人寻找合乎自己的途径释放内心的重荷，以求得暂时的心理满足和快慰。其次是一种社会风习和潮流的影响与裹挟，伴随经济发展和文明进步，人们越来越追逐对财富和声色享乐的占有，也越来越丧失了维护幸福和恪守道德底线的能力。再次，从更内在的方面来看，是人的固有心理和欲望的驱动，喜新厌旧的人性弱点和欲望的洪水猛兽，如果不加以节制和防范，则必然改变人的生活链条和心灵生态。

演绎人生的陌生感和荒诞感，当然也能表现出作品的社会价值和审美价值;《爱历元年》的可贵之处更在于，作家合乎逻辑地描写了人物的情感"回归"，并由此传达出一种温暖的气息。心灵生态的失衡，也唯有借助心灵的力量来调节和修复，才能达到新的平衡与和谐。当喜子沉醉于婚外恋情带来的喜悦和神秘的时候，内心的愧疚和忏悔也把她推向了人生选择的十字路口，在经过内心深处十分痛苦的挣扎之后她慢慢回归平静的家庭生活。相对于喜子的"主动撤退"所呈现出的决绝姿态，孙离体现出的是一种"被动回归"的无奈，是一种没有选择的选择。在孙离的婚外恋情中，合与分就像一场"醉酒"的宴会，醉不需要理由，醒也不需要理由。当李樵提出"分手"的时候，孙离陷入了被动的尴尬和极度的痛苦中，而在李樵那里则是平静的、无所谓的。熟悉、亲近的人瞬间又变得陌生。这是一个值得思考和追问的通过婚恋体现出来的"现代性问题"。作家并没有给予小说中的人物更多的道德评判，只是让人物在自身生活逻辑的演绎中去认识自己、反思自己，从而调整自己，也唯有自身的反省和调整，才足以投射出灵魂深处的光芒。这一点在喜子的身上体现得更为充分和彻底。小说最后用"错"和"病"来结局，是一种水到渠成的客观描写，当然同时又是一种立场：有错就得"纠错"，有病就得"治病"。孙离和喜子的儿子出生时由于医院过错与别人家的孩子"错抱"，不仅仅是亲情关系的错位，也指认了孙离和喜子自结婚后感情的背离和错位，因而带来一系列的后遗症；要摆正位置，不仅是简单的交换或归位，还需要长期的心理疏导和矫正，这是一个艰难的过程。小说借孙离的弟弟孙却身体上的"病"以及病痛之后的大彻大悟，实际上暗示人的膨胀的、失范的欲望也是一种"病"，一种更摧残人、折磨人的病。孙却的病除了就医外，乡村游历成为他身体康复的一剂药方；同样，孙离和喜子心理上的"病"除了从外界斩断病源外，还需要"心灵乡土"的静养和滋补，那种来自记忆乡土的淳朴良善的心灵与人格深处的洁身自好和道德操守是防治和解除心理疾患的"美丽山水"。孙离和孙却两兄弟的名字也预示着他们到头来离却、了却情场、商场乃至于官场的种种是非和羁绊，回归本来拥有的安宁幸福的生活。王跃文在近年的一次访谈中曾说自己出生于乡村，对乡土怀有深厚的感情，"正脉脉含情地回望着乡村"①。这也许意味着作家今后的创作就题材和价值取向而言会有所转向，《爱历元年》应该说就是这种转向的开端，美丽乡村包括内心深处的乡土记忆和自然神性都在召唤着作家"还乡"。

二

《爱历元年》借男女之间的情爱之旅，表现了丰富的人性内涵。小说中有这样一个精妙的比喻，当别人怀疑孙离的推理小说的意义时，"他感觉这个世界就像放多了沐浴露的浴缸，人坐在里面看到的只是厚厚的泡沫。他的写作就是要撇掉浴缸上面的泡沫，直抵水底真相"。引申来看，《爱历元年》就是要撇掉情爱的以及种种人生世相的"泡沫"，直抵人的本来面目和人性的真相。王跃文被称作"官场小说第一人"，他本人并不认同，因为他认为自己"写的不是官场现象，而是官场人生，是社会生态系统"②。"官场"只是一个题材的入口，人生百态构成的社会生态系统才是文学表现的舞台；从这个意义上说，《爱历元年》和王跃文的官场小说是相通的，都是通过人情世故表现"社会生态系统"，只是这里的"官场人生"，被置换成知识分子的情感历程。与权力欲望、物质欲望等一样，情感欲望也是以占有和享乐为目的。这种欲望，用小说中的一个物象来形容的话，就是"蚂蚁"："一只蚂蚁正顺着樟树皮的裂纹，急匆匆地往上爬"，欲望的蚂蚁，总是在残缺的地方突围和攀升。跟其以往的小说一样，王跃文主要把笔力投向"人性的暗角"，揭示和批判人性的弱点。正如小说中主人公观赏芦苇景色时看到的一首打油诗所写的那样："芦苇虽美景，小心藏歹徒"，人正是这样的"芦苇"，莽莽苍苍，芦花飞扬，而心灵深处也许藏着"歹徒"。《爱历元年》就表现了"歹徒"在人内心里的蛰伏、蠢蠢欲动以及对道德底线的跨越，无论是夫妻、情人之间，还是朋友、长幼之间，作为人其真实的一面如谎言、伪装、嫉恨、

---

① 夏义生、龙永干：《用作品激发人性的光辉——王跃文访谈录》，《理论与创作》2011年第2期。
② 吴义勤、方奕：《官场的"政治"——评王跃文长篇小说〈大清相国〉》，《理论与创作》2007年第6期。

冷漠、臆测、小心眼儿、小手腕儿等种种心理意识和行为举止被毫不掩饰地勾画出来，成就了丰富、立体的人生画卷。

小说在表现"人性的暗角"的同时，也在努力发掘"人性的光芒"，并力图借此照亮人性的幽暗。喜子的觉悟和警醒，在情欲面前的毅然止步，孙离的被迫接受分手，在忍受痛苦之后对温暖现实的贴近和融入，孙亦赤流浪途中对亲人的牵挂和念想，对"回家"的诗意吟唱，孙却摆脱名利场，回归清净生活的畅想，等等，都是一种人性的突围，是走出心灵"暗角"的一种努力和追求，值得肯定和称道。当然，这种突围是极其艰难的，是一种自我斗争、一种心灵搏斗，要以牺牲个人的快乐和自由为代价。这种免于沉沦和毁灭的自我救赎，是自我反思和批判的结果，是穿越心灵暗区的一缕晨曦，导引人到达更加敞亮而美好的世界。王跃文曾谈到"敬畏"，他说，敬畏既有现代人的自我约束，也有现代人的自我救赎。这是一种道德力量的外化。有信仰、有原则的人才会有所敬畏。很多人把所有的信条都放弃了，没有任何原则和道德底线，只剩下欲望。欲望像一个至尊魔咒，人成了欲望的奴隶，成了权、钱、色的奴隶。有敬畏的人也是一个能自我认识、自我反省的人。人有欲望是事实，但人的美与生命的价值则往往是超越这种"唯实"后所表现出的自由与庄严，人需要对自我进行洗濯①。可以说《爱历元年》表达的就是这样一种欲望失范之后对生命和情感的"敬畏"，通过自我认识和自我洗濯后达到一种"自由与庄严"的生命境界。

如果按照当前某些流行小说的写法，完全可以写成一个夫妻离散的悲剧，或者婚姻重组的喜剧或闹剧，可是王跃文没有按照这个俗套来构思，而是在表面一池静水实则波翻浪涌的节奏和韵律中，写了一曲夫妻相互背离之后又和好如初的正剧。作者以一种平静、带着几分纯净和浪漫的情怀与眼光来看待和描写情爱生活，因而就没有那种低俗和庸俗的格调，即使是爱情幻想和性爱描写，也显得较为含蓄和内敛，甚至还有几分诗意。比如写孙离对异性的幻想，总是隐现着"兰花"的形象。在

---

① 夏义生、龙永干：《用作品激发人性的光辉——王跃文访谈录》，《理论与创作》2011 年第 2 期。

他所接触的异性中，刘桂秋、李樵、妙觉等女性都在"兰花"的映衬下，显得楚楚动人和值得念想。兰花以其雅洁的气质和幽香的气息照亮了他内心的混沌和期待，因而对女性的幻想和爱恋也几近升华为一种君子品格和典雅情怀。这种含蓄蕴藉和诗意化的想象与表达，还体现在一种文化氛围的营造和渲染上，诗词歌赋、琴棋书画、谈佛论道，有时候被恰到好处地穿插在文本中，成为对世俗生活的装饰、渗透和洗涤。这种诗性的、温暖的气息，还反映在作者通过情爱的触须延伸到社会世相，表达对社会人生的关注和关爱。作者通过艺术形象表达出来的对某些社会问题的忧虑和批判，对社会底层卑微者的体恤和关怀，都体现了作为一个作家的忧患意识和悲悯情怀。正因如此，当我们跟随主人公的步履踏上"回归"的路程，向着美好的"原初"贴近和超越时，我们的心中在升腾起一股暖流的同时对社会和人生也会寄予无限的希望。王跃文曾这样表白："文学也许应该超逸出生活的真实，给人以理想和希望。"[1] 这是作者所追求的一种愿景，同时也是我们这个时代所应追求的文学理想。

不仅如此，意义还体现在艺术的层面。从陌生回到原点，也可以理解为拒绝形式主义的陌生化表现，拒绝那些人工雕琢和刻意安排，回到最朴实、最本真和最自然的表达，应该说这也是艺术的"原点"。文学艺术的起源和生活密切相关，本身就是生活的一部分。近现代以来，一些作品以反理性、反秩序为旗号，通过变形、拼装、夸张、跳跃等"现代""后现代"的艺术表现手法来揭示现实生活和人性，虽然也给人以新颖的审美感受，但似乎和普通人的生活隔得较远。王跃文的高明之处，在于以平淡、自然的笔法将几乎原生态的生活和盘托出，让欣赏者没有任何阻隔地融入其间，在感同身受中理解生活、感悟生活，进而创造生活。在他这里，也有"现代性""后现代性"的东西，但主要不是作为一种手法和技巧，而是一种犀利的眼光和内涵的沉淀，是对生活本质的把握。王跃文的这种回归艺术原点的风格，不仅是一种艺术修养，更是一种创作观念和价值追求。

---

① 刘起林：《官场小说的价值指向与王跃文的意义》，《南方文坛》2010 年第 2 期。

三

正是借助对日常生活的描写，表现人的感情纠葛和心灵历程，因而在艺术构思和表达方面体现出鲜明的个性追求和特色。往大一点的方面讲，王跃文笔下的生活气息和情致有点"红楼遗韵"；往近一点说，从王跃文的艺术表现和风格中可以看到鲁迅的幽默、机智、悲情和讽刺，老舍的逼真而细腻的描写，钱钟书的精妙的比喻，当然还有融合现实主义精神和理想、浪漫情怀的艺术追求，从中可以感受到巴金、沈从文、汪曾祺等大师的流风余韵。

从陌生回到原点，是生命和情感的跌宕与回归，原本可以在故事情节的安排上大做文章，可是作者偏偏没有刻意经营故事情节。夸张一点讲，这是一本没有故事只有真实、没有情节只有情感的小说。或者说，它没有完整、清晰的外在的情节链条，只有生活的"场域"和气息，只有内在的情绪流和情感流。情感的发生、发展、高潮以及突转或渐变，及至沉潜、回归而趋于平静与和美，这就是小说内在的情节。那些猎奇求异的读者可能会失去阅读的兴趣与耐心，只有那种善于体验、感受、咀嚼生活和人生况味的人方能受到浸染和感动，并领略小说内在的韵味和魅力。如果借用小说中一个常用而具有动感的句式"越来越"造句的话，就主人公孙离和喜子的生活与关系而言，在小说的前半部分是"越来越"走向紧张和陌生，在小说的后半部分是"越来越"达成谅解与和谐。这就构成小说的一种情绪节奏和情感线索，从这方面来说，小说的结构是完整的，也是完美的。这样一条隐形的"情感线索"串联起来的是日常生活的场景和琐事，有时在这条线索的诸多节点上是一种相似、相同的生活场景与情景的"复现"和照应。喝茶吃饭、赋诗作画、散步休闲等生活内容以及赌气争吵、思念玄想等生存状态和心理状态被作者不厌其烦地描写，成为涵容情感而又过滤、沉淀情感，还原人性的"容器"。推动内在情感发展的动力是人的欲望和对欲望的节制，这是一种"内生力"，是一种比外在的逻辑推理导致故事情节的发展而更为强大和持久的力量。可以说，《爱历元年》采用的是还原人的心理意识和欲望的叙事策略。

正如有的学者分析的那样，"王跃文的小说，有着丰盈的日常生活细节描摹与纤毫毕现的心理刻画，细微到人物的一个眼神，一个称谓，一颦一笑，连语调与姿势等不经意之处，他都不含糊交代，而是着力描绘"①。《爱历元年》作为一部情感小说、生活小说，当然就更注重心理刻画和细节描写。文本中有大量的对心理感觉和心理现实的描写，这种描写把心理和"此在"与"彼在"联系在一起，即描写人物生活现实的改变带给人的强烈的心理印象和感受，以及人物过去的生活情景在心理上的重现和强化，进而通过心理媒介传达出更为深广丰厚的内容。人世间最能使人产生心理变化的，从现实功力的角度讲也许除了金钱和权力外，就是男女之间的"爱"，这种爱能让人上天堂，也能叫人入地狱，还能令人在天堂和地狱之间进退两难、苦苦挣扎。《爱历元年》通过男女情爱表现出来的心理活动，正是这样一种情形。孙离与喜子初恋时节的怦然心动以及婚姻关系阴晴分合带来的心理反差，孙离与李樵、喜子与谢湘安婚外恋情存续阶段的欲生欲死，喜子努力挣脱不伦恋情的心理搏斗，孙离与情人被迫分手后的失魂落魄，等等，都刻画得极为细腻和逼真。同时在这种心理刻画中，常常把现实和记忆、想象和真实、快乐和痛苦等情景和情绪打通，形成一种错位或强烈反差，让人物的心理活动更加微妙深隐、跌宕起伏。与王跃文的官场小说一样，这部作品也表现出对生活细节及人物行为依据与心理逻辑的特别关注②。作为情感小说、生活小说，《爱历元年》的细节在承载着一些象征和寓意之外，从整体上看具有十分浓郁的生活色彩和气息。结婚生子、衣食住行、锅碗瓢盆，"一地鸡毛"似的生活，在教人脾气变得"越来越坏"的同时，也赋予小说细节平淡甚至琐细的意味，有时候还近于拖沓和冗繁。同样，诸多描写两性之间幽会、亲昵、思念、期待的细节，在服从人物的个性和心理刻画的同时，有时也给人一种甜腻的感觉。

---

① 刘起林：《官本位生态的世俗化长卷——论〈国画〉的价值包容度》，《理论与创作》1999 年第 5 期。
② 刘起林：《官场小说的价值指向与王跃文的意义》，《南方文坛》2010 年第 2 期。

从陌生回到原点，体现在艺术思维与表达上也有许多创新之处。夫妻关系的紧张导致陌生化，以及婚外恋的发生、发展带来的欣喜和狂热，这些东西在人们的识见和经验世界里是太熟悉不过的事情，对于"熟悉"的内容，作者偏偏进行"陌生化"的处理，即饶有兴味、不厌其烦地进行逼真、细腻的描写，如散步、吵架、喝茶、吃饭，及至亲吻、做爱、等等，都被作者拉长、放大或放慢节奏来写。功夫也许就在这里，把人们司空见惯的日常生活进行艺术的审视和表现，从个人的生活琐事触及社会现实，表现人的"当下"处境和心境，从生活的表象进入心灵的深度和人性的富矿，这些都需要相当的铺展能力和聚焦才能。王跃文曾说："我平时观察生活，也是力图冲破重重话语魔障，力图直抵真相和本质。"① 可见这种艺术表现能力，其实来源于对生活的细腻观察和深刻感知。同时，在作者的艺术思维及表达中，还常常有"突转"及复杂化的描写，即从陌生切换到熟悉，或者从熟悉切换到陌生，以及描写熟悉中的陌生和陌生中的熟悉。迅速转换或感觉的复杂化、多样性描写，在造就艺术的新奇效果的同时，表现了生命的自由与局限以及种种复杂难言的生命体验，对生命和社会有着更多本质的探询。作为一部情感小说和生活小说，由"放"而"收"的内在情感线索，也带来结构上的铺垫、悬念设置与前后勾连和照应。亲子关系的"错位"、孙离的"桃色风波"、江驼子的身世和结局，等等，在前面看似不经意的描写中，实际上草蛇灰线、环环相扣，到最后抖开包袱、曲终落幕。这些虽算不上艺术上的出巧和创新，但作为一部长篇小说，特别是作为一部情感小说和生活小说，也似乎是必不可少的，在呼应、助推内在情感线索发展的同时，完成了对人物命运的塑造和艺术结构上的照应。

【作家简介】 王跃文，湖南溆浦人。国家一级作家。现任湖南省作家协会主席。著有长篇小说《国画》《梅次故事》《亡魂鸟》《西州月》《龙票》《大清相国》《落木无边》《苍黄》《爱历元年》等，中短篇小说《官

---

① 夏义生、龙永干：《用作品激发人性的光辉——王跃文访谈录》，《理论与创作》2011 年第 2 期。

场春秋》《没这回事》《官场无故事》《湖南文艺湘军百家文库·王跃文卷》《王跃文作品精选》《王跃文自选集》《官场王跃文》《漫天芦花》《蜗牛》《天气不好》《今夕何夕》《漫水》等。中篇小说《漫水》获第六届鲁迅文学奖。

第二节　《百年不孤》:"仁德"的文学书写

　　湖南省作家协会名誉主席少鸿创作的长篇小说《百年不孤》[1] 出版后引起了文坛和社会的广泛关注。《百年不孤》在百年的时光画卷中,唯美地刺绣出两个穿越时空的大字:仁德。小至个人修为,大到国家情怀,仁德之光烛照于内心、灿然于乡野、辉耀于家国。个体生命的仁德与善行传承着中华文明的火种,折射出儒家文化内在而持久的魅力。小说不以事件和外在的矛盾冲突为线索,而立足于人物的心性禀赋和道德操守,以时间的推移和人物的性格、命运为经纬,生动地勾画了几代人的心灵历程和命运旅程,在风云变幻的时代底色上书写人物的心灵史和命运史。人物德行的内在光辉、美丽的乡村风物和极具文化内涵的民风民俗,赋予作家独特的审美视界和艺术表达,作品弥漫着浓郁的诗意和生活气息。小说具有的温度、厚度和高度,与我们今天弘扬的社会主义核心价值观以及文化建设和生态建设相契合,具有重要的时代意义和文学价值。

　　一

　　子曰:"德不孤,必有邻。"南宋朱熹在《论语集注》中解释此句说:"德不孤立,必以类应。故有德者,必有其类从之,如居之有邻也。"孔子的这句经典名言被写在《百年不孤》的扉页,不仅昭显了小说的重要主题,也成为贯穿小说的内在线索。小说着重塑造的文学人物岑国仁,

---

[1]　少鸿:《百年不孤》,湖南文艺出版社,2016。

就是"仁德"的化身。在百年行走的光阴中，他是富有的、满足的。虽然在特殊年代他也有内心深处的苦闷和孤独，有被历史血腥和政治运动裹挟的难堪，但总的来说，仁德成就了他"好心人"的美誉，成就了他生活的平静和内心的平和。对岑国仁而言，仁德是一种生活观念和胸襟，是一种内化于心的信仰和追求，更是一种道德践履，是教化人心、催生花果的春风和阳光。因此从更内在的层面来看，他不仅不孤独，而且可以说是快乐的、惬意的、幸福的。仁德在心，一念常温，内心的温暖和丰盈令其自得其乐；日耕夜读，与世无争，用仁德教化子孙、感化乡民，在良好的家风与和谐的人际关系中获得心灵的畅快与愉悦；善有善报，福有福音，在子孙和乡邻的尊敬与爱戴中获得极大的满足感和幸福感。

岑国仁的仁德不是孤立的。作家将其置放于岑氏家族，历经数代人，延绵上百年，既写出仁德形成的深厚的家风渊源，又展现仁德在日常生活中的细微表达和温婉面孔，更表达仁德的代代传承及其践行的艰辛不易。德德相依相存、相传相续，是生命香火传续中的精神香火，是家人之间相互切磋和磨砺的玉石，是维护家族和美、乡邻和谐的隐形磁场。以岑国仁为轴线，上有赈济灾民、捐助学堂的岑吾之，教化子孙、善待他人的岑励畬；同辈中有志在军旅、保家护国的岑国义，信仰坚定、以身殉国的岑国安；下有投身教育、善良贤淑的岑佩瑶，心胸开阔、与时俱进的岑晓红。这个人物系列既是一个家族的血缘谱系和命运脉络，更是一部立德、守德、传德和习德的家族宝典。行走在这样一方城池之中，每个人都要从文化典籍和家族训诫中汲取人生养料，更要在生活的细枝末节和心灵的细波微澜中信守道德操守；每个人都是自洽适意的生命个体，也是感召和激励他人的精神火炬。正是在这样一个场域中，岑国仁抱德守仁，既被照亮，又泽被后人。小说中时隐时现的岑吾之（吾之公），可以说是这个家族也是这方乡土的道德领袖，其以善立身、以德传家的家训一直为后人所遵循，其善行美德成为家人和乡邻的精神指南。可以想见，岑国仁在后世者的心中无疑是另一个被遵从和拥戴的"吾之公"，是另一个道德典范。如此推演，代代相传，仁德之薪火辉映门庭、烛照乡野，心灵的原野朗月高悬，人生的旅程未有穷期。所以与其说作家是在精心刻画一个文学典型，不如说是通过对文学典型的刻画为仁德塑像、为道德文明立传。

正是通过这样一个文学典型及其包含的丰富意蕴，小说探测到中华文明的脉动和气息，诠释了儒家文化对家族、乡村和国家的深刻影响与重要作用。作为一个以耕读为乐的乡绅，岑国仁身上体现出来的诸如勤劳、节俭、孝友、宽敬、善良、仁慈等种种美德，正是儒家文化的集中体现。在家庭伦理秩序的构建、维护和传统社会的治理中，儒家文化发挥着无可替代的作用，不仅以其观念形态，更以其实践品格。儒家文化从治家执政的理念方略，到待人接物的眼光心性，再到落脚于生活的细微处，无不呈现出强大的渗透力和影响力。而在乡村社会治理和乡村文明建设中，儒家文化正是通过像岑国仁这样的乡绅贤达的教化、示范和影响而发挥积极、持久的作用。从这个方面说，《百年不孤》表现的岂止是"百年不孤"，而是"千年不孤"，即中华文化的潜流在滋养人心和社会的同时也获得丰盈而长存不衰。

也正是基于这样一种文化的深度和高度，小说在构思立意上超越了一个人、一个家族乃至一个乡村的描写，上至国家和天下苍生，把宗族和乡村中的小仁小德扩展为"以天下为己任"的大仁大德和家国情怀。"儒家所追求的精神意旨一脉相承，不仅包含仁义、忠孝、信睦、宽敬等儒家道德工夫论，而且还强调文治武功，家国安泰，涵摄力强，辐射面广，也很有境界。"① 从《百年不孤》人物的安排和题旨的开掘中，足见作家对传统文化的深刻理解和领悟。岑国义、岑国安以及与岑氏家族有着密切关联的杨霖（杨华毓），皆出生入死、舍身为国，心怀大志和坚定的信仰，在"家国同构"的层面上演绎出儒家文化的宏大胸襟和宏阔境界。这就是作家的高明处，突破仁德的一己之念、一己之为，把仁德辐射开来，用文学的方式揭示了"修身齐家治国平天下"的内在联系，仁德也被赋予更丰富、更圆融、更具魅力的内涵。可以说，《百年不孤》是少鸿的另一部《大地芬芳》，这个"大地"就是从乡贤到仁人志士身上体

---

① 余治平：《耕读传世家，宗范立善德——以淮安余门家风族规、辈分字谱为个案的儒学考察》，《江南大学学报》（人文社会科学版）2016 年第 4 期。

现出来的美德善行和信仰追求，就是"惟吾德馨"的沃野，就是"以心奉祭""以血滋养"的事业，就是日日躬耕、时时审视的心灵世界，其散发出的芬芳之气历久弥香。

二

《百年不孤》作为一部长篇小说，表现了人物命运的完整性、人性的丰富性和性格的差异性，而且这些都聚焦并映射仁德的丰富内涵，又被仁德的宏旨所统摄。正因如此，众多人物既有可辨识的共通的一面，又有鲜明的性格特征和不同的命运结局；也正因如此，小说达到了相当的艺术高度，呈现出作家非凡的观察力、理解力和表现力。如果说长篇小说是一棵枝繁叶茂的大树，人物及关系图谱就是主干和枝叶，优秀的作家既要把枝干刻绘得棱角分明、曲折有致，也不忽略任何一片有生命力的叶子。少鸿称得上是这样一位优秀的作家，他笔下的人物显得厚重、细腻，富有质感和美感。

小说刻画的主要人物岑国仁，从青年时代毅然逃离带着血腥的官场回到家乡双龙镇，到历经风雨寿终正寝，人物的命运串联起整个20世纪的重大历史事件和政治运动。岑国仁的心理活动和行为选择，其内在的动因和参照就是仁德，一切符合仁义道德的他就会千方百计地去争取和践行，反之则厌恶与唾弃。从亦耕亦读的乡绅到胼手胝足、在泥巴里讨生活的种田汉，命运的大起大落使他失去了很多，包括后来失去土地、房舍、仓廪，甚至失去做人的尊严、地位和自由，但有一样宝贵的东西没有失去，那就是做人的良心。一个从有意疏远外部世界回到山水田园的读书人，经历了半生的耕读时光之后不得不被时代潮流裹挟，岑国仁的命运史就是历史和时代的变迁史。作家刻画了典型环境中的典型人物，人物身上所负载的信息和能量足以让我们解读、破译历史的神秘面孔和时代的风雨阴晴。体现在这个人物身上的完整性，不仅仅是其命运结局的完整性，也不仅仅是时代的完整性，更是通过人物命运和时局变迁体现出来的德性的圆满和完整。

岑国仁的父亲岑励畲可以说是一部活着的传统文化典籍，他不仅用自己的言行阐释了仁德的丰富内涵和深远影响，更注重用善德美行的理论话语教化、训诫子孙，在子孙成长的道路上充当了引路人和示范者的重要角色，同时对待长工和乡邻亦极尽仁慈之心。直到最后安然而逝，生命的油灯虽已燃尽，但他播撒的仁爱的种子依然开花结果、灼灼其华。作家着重刻画的岑国仁和岑励畲，都是颠覆性的文学形象，突破了某些农村题材小说对同类形象的塑造范式，把人物置于历史语境和特定环境中予以真实而生动的刻画，不是从单一的阶级、阶层的固化身份出发，而是立足历史文化的深度视角来把握人物的性格和命运，把握人物性格和命运的统一性和完整性。可以说小说中出现的所有人物，几乎都是一个完整的生命体和圆融的文学形象。即使那个像野草一样出没于深山老林的雷雨生，其热情仗义、豪侠耿直的性格也被刻画得入木三分；尤其是描写他在听到离散多年的女儿回来时喜极而泣、悄然病逝的细节感人至深："坐在床上，咧嘴笑着，右手伸出摊开在被子上，掌心躺着一只明晃晃的银镯子。"寥寥数字，就把一个等待、满足、无奈、凄凉而又心地善良的山民形象用细节的力量烙印在了读者的脑海里。

少鸿擅长揭示人性的丰富性。唯其如此，文学形象才贴近并高于生活形象，并因此深深感染和打动读者。几乎可以作为道德化身的岑国仁，也有内心的犹疑、彷徨和挣扎，也有自己与自己斗争和较量的时候。愈这样就愈增添了人物形象的现实感和真实性，也愈显示出一个人在向善、为善的道路上的艰巨性和曲折性。岑国仁在日常生活中的自我检视和自我反省，其实本身也是一种美德和善行，是维护、修复和强化仁德必不可少的功课和心灵仪式。小说中即使像何大闰、廖光忠这样的次要人物，作者也描写得极为生动传神。他们在酸甜苦辣的生活中有喜剧性的一面，有时显得滑稽乃至荒唐，但内心深处又存留着善良的微火和余温。作家把握了生活的亦是艺术的辩证法，写真善美不是一味美化和净化，写假丑恶也不是脸谱化。这种辩证法带给读者的是对生活和人生的完整把握与理解，是对人自身的客观审视和思考。

在人物的安排和塑造上，作者遵循差异化原则，写出了人物性格的同与不同，写活了形形色色的人物。在一个家族内部，"吾之公"的后人由于道德操守、人生信仰不同，导致性格和心性脾气以及命运结局各不相同。这里面最重要的一个尺度就是仁德。守仁德、传仁德者，心性平和、家和事顺、为人敬仰；违仁德、弃仁德者，性情乖张、命运阻塞、被人鄙夷。岑仲春和其子岑励僖沉迷于打牌赌博、吸烟土，追求玩乐和享受，这个过程是其性格扭曲、人性逐渐沦丧的过程，也是其与家人和社会慢慢脱节、陷入无助乃至绝望的过程，到头来免不了凄风冷雨、家道败落。由是，其人性的萎落和黯淡更加衬托出岑励畲一家人谨遵祖训、恪守仁德的可贵。表现这种家族内部的分化以及人物性格和命运的差异性，表面上看是为了塑造不同的文学形象，体现人物个性的差异，深层次的用意则是为了标举和彰显仁德对人生的必要性和重要性。同样，岑国仁的后辈当中人物的性格和命运走向也不完全一样。岑佩琪和岑佩瑶兄妹俩都接受祖父岑励畲和父亲岑国仁的礼仪道德的教化和熏陶，但后来岑佩琪在特定时代革命话语的洗礼中成为极左的代表，走向了悲剧命运；而岑佩瑶则信守仁德立身的训条，过着安稳而幸福的生活。小说表现人物性格和命运的差异性，还寄托了一层深意：仁德不仅是传统和环境的产物，更是自身修为的体现；只有律己、修身方能秉持仁德之火，照亮自己也照亮他人。

三

《百年不孤》塑造有德性的人物，把人物置于优美的自然环境和纯朴的乡风民俗中，字里行间弥漫着浓郁的诗意。可以说这既是一部演绎人物命运的长篇小说，又可被视为一篇叙述乡村风土人情的散文、一首风云变幻心灵激荡的叙事诗、一部流光溢彩的道德寓言，读者在感知时代变迁、人生悲欢以及接受道德教化的同时，也享受到诗意的熏染和陶冶。这部小说的精神旨趣是现实主义的，但又不同于一般的客观现实主义，而是唯美的现实主义、抒情的现实主义。

小说描写的故事背景是乡土的，带有更多的原生态和原始性，遗存着更多的古风雅韵。小说开篇叙述岑国仁逃离政界回到故乡，那个叫双龙镇的地方，河边水车转动、古柳低垂，吊脚楼、青石板、风雨桥，简直就是一幅山水写意画；再配上"聚善堂""厚生堂"这样一些传统院落，又增添了厚重的历史文化气息。这既是人物生活起居的地理空间，又是其心灵安放的精神空间，更是激发、孕育美德善行的诗性空间。这一方水土与人物的内在德性相契合、相映照，相得益彰、和谐圆融。

仁德是更高的诗意，是诗意的山峰和最高境界。无论是从吾之公到岑励畬、岑国仁等人身上体现出来的修身养性的仁爱之光，还是岑国安、杨霖等人身上充溢的济世安邦的家国情怀，都上升为一种人格的诗意、信仰的诗意。这种诗意弥漫、发散着中国传统文化的芳香和魅力，应和而又超越了地理山川的诗性。作家意在通过人格和信仰的诗意建构另一方美丽的山水自然，指涉人的精神家园和心灵山河。由此可以看出，地理空间中的山水风物也被赋予了更多的象征意义，比如"青龙溪"，清澈通透，暗示了中华文化的潜流一脉相承；"风雨桥"，为乡邻遮风挡雨，可视为美德善行的缩影；"聚善堂""厚生堂"更是文化传承中的风物胎记和精神脸谱。

在这样一方自然环境中生活的人，其行为方式和活动以及由此积淀而成的乡风民俗也是诗意的。小说不厌其烦地铺叙了乡村大量的民俗仪式，虽然其中如沉潭、冲喜、叫饭、喊魂等带有旧时代的印迹和迷信色彩，但大多数民俗活动是健康的，如开秧门、划龙船、赶山、哭嫁、报日、回门、抓周、合长生，等等，具有浓郁的地方性和生活气息，沉淀着丰富的文化内涵。这些民俗中有的是一种生活仪式，寄托着内心的向往和美好愿望；有的是一种生命力宣泄和释放的方式，是力量和意志的象征；有的是对一种合作精神的张扬，体现乡民的淳朴善良以及彼此之间的和谐关系。总之，这些乡风民俗在更深的层面上接通了生活和生命中的诗意，成为乡村栖居的精神符号与文化标识。说到底，传统民俗文化是深受儒家文化影响而形成的民间文化、底层文化，折射着儒家文化、主流文化的精神气质，负载着历史、社会、文化、地理、民族心理等多方面的信息源，对其加以文学的描写，有着重要的价值。小说中乡风民俗的有机融入和诗意呈现显示了作者深厚的功力，不仅表明作家对乡风民俗了如指掌、情有独钟，更体现在对乡风民俗细腻、传神的描写，尤其难得的是从乡风民俗的仪式感中开掘其内含的诗意性；即使是描写那些带有腐朽气息和迷信色彩的风俗，也在服从人物性格塑造的同时暗含作家的批判立场。

少鸿主要是通过环境描写、细节刻画、意象选择、意境营造、语言呈现等表现方式来达到诗意效果的。在其小说中，其实这种诗意已经不是一种简单的艺术传达，不是一种单纯的技巧和修辞，而是一种立场、眼光和胸襟，是一种充盈于心的能量和情感，是作家长期积累和修炼所达到的一种艺术高度。显然，小说展开的地理背景带有作家生活和生命的印迹，注入了作家的体认、感悟和温度。少鸿曾自叙"自己是个乡下人"，始终"眷念着老家那片峡谷中的土地"。故乡的山风水韵和洞庭湖区的波光帆影，濡染和滋养着作家的性情和审美胸襟，他的乡村叙事都有一种内在的诗意。正如他自己所言："乡村生活于我来说，最大的获益是有了最真切的生命体验，感受到了人与大自然最紧密的联系。站在泥香四溢的土地上，你可以听见万物生长的声音，看到四季轮回变幻的色彩，你会感到你与大自然融合在一起，你就是它的一分子；置身乡村生活中，你必须亲手种植庄稼养活自己，并因此而体悟生活之艰难，生命之坚韧。总之一切体验都会让你感到人生既忧伤又美好。这其中就会有审美意识自然天成，它不知不觉地渗入到你的心灵中，进而影响到你后来的生活与写作。"① 这种渗透到骨子里的诗意一旦与描写对象的德性和诗性碰触到一起，就会形成一种隐形的磁场和巨大的能量，需要通过与之相应的表达和书写来传导和释放。

四

在加强文化建设、提高国家文化软实力的今天，党中央高度重视对优秀传统文化的传承与弘扬。2014 年，习近平总书记在中共中央政治局第十三次集体学习时的讲话中指出，中华文化积淀着中华民族最深层的精神追求，代表着中华民族独特的精神标识，"为中华民族生生不息、发

---

① 张文刚：《写作既是心灵修炼，也是精神自慰——少鸿访谈录》，《创作与评论》2013 年第 11 期。

展壮大提供了丰厚滋养。中华传统美德是中华文化精髓，蕴含着丰富的思想道德资源"。近日，中央发布了《关于实施中华优秀传统文化传承发展工程的意见》，其中强调把优秀传统文化贯穿国民教育始终、滋养文艺创作、融入生产生活，形成人人传承发展中华优秀传统文化的生动局面，在全社会形成参与守护、传播和弘扬优秀传统文化的良好环境。文艺创作需要优秀传统文化的滋养，同时又肩负着传播优秀传统文化的责任和使命，这种传播是通过艺术的、审美的方式和春风化雨、潜移默化的方式来完成的。《百年不孤》将文学形象的生动塑造和乡风民俗的诗意描写，接通传统文化的肥沃土壤，从中开采出"仁德"的金矿和宝藏，以此作为今天道德建设、思想文化建设的镜鉴，其立意高远、意义非凡。可以说，少鸿的《百年不孤》是一部道德教化的文学范本。

不仅如此，《百年不孤》的乡村叙事为今天的乡村建设尤其是乡村文化建设提供了有益的思考。在社会主义新农村建设中，提倡"乡风文明"，提高农民的思想、文化、道德水准，形成家庭和睦、民风淳朴、互助合作、稳定和谐的良好社会氛围。优秀传统文化如何在农村得到传承和发扬，人与人以及人与环境之间如何协调好关系，健康文明的乡风民俗如何培育和传承，等等，这些都可以在小说《百年不孤》中获得某些启迪。比方说发挥乡村中老一辈人和读书人的示范及传承作用，通过他们留住、传播中华文化中的美德善行；重视家风、家训和家教在家庭文明和村社文明建设中的重要作用，引导农民树立良好的道德风尚；成立互助组和民间社会组织，帮助那些需要帮助的人；开展文化活动、传承健康的民俗风习，营造良好的乡村氛围；打通和外部世界的联系，采取多种方式和手段，全面提升农民的科学、文明和道德素养；等等。《百年不孤》不仅是 20 世纪中国农村的一幅风云变幻、人心向善的画卷，也为今天和未来农村的发展和文化建设打开了一扇宝贵的门窗。

不用说，《百年不孤》通过仁爱德行传达出来的生态意识也契合现实和未来的发展。"亲亲而仁民，仁民而爱物。"（《孟子·尽心上》）当人类特有的情感和道德在超越了人类社会而贯注于宇宙万物时，便具有了生态伦理的蕴涵。儒家的仁爱思想具有特有的推理逻辑与方法论原则，包含着深刻的生态智慧①。小说故事发生地双龙镇是一幅宁静、和美的乡村图景，人和大自然乃至万物相亲相依、不争不扰，得山水之乐，享自然之美，获衣食之福。这种自然生态为乡村人际关系生态以及人的心灵生态提供了滋养。在儒家这里，一个人要行仁爱之道就必须具备一种生命智慧和实践操守。一个彬彬有礼的君子不是在封闭的环境中被塑造出来的，而是在悟道与行道的过程中被塑造出来的，这就离不开与他人的照面，与他人的"仁"发生互动②。在《百年不孤》中，岑国仁"人好，名声好"、惟贤惟德，其仁德也是在和乡邻的"互动"中完成和被塑造出来的。乡邻相处和睦、敬德从善，即使在特殊的年代，人们依然相互关心、善恶分明。这种良好人际生态的形成，当然离不开岑氏家族的熏染、示范和感召；也正因如此，在岑氏一族潦倒落难的时候，乡邻都尽其所能暗中保护。这种德有德福、善有善报的因果表达，也正是对仁德之心、善良之举的最高肯定和奖赏。岑国仁得百年福寿，历经风雨和劫难而始终不改心志，用善良、平和之心看待世界和人事，昭示了一个人的心灵生态对人生命运的重要性。

　　《百年不孤》把创作的视角转向农村社会中的乡绅及各色人物，通过其命运浮沉的描写凝聚到仁德之主题，展开中国社会的百年画卷，承接传统文化的内在气脉，接地气、有温度，厚重大气，体现了一个作家的使命感和担当精神。2014 年 10 月，习近平总书记在文艺工作座谈会上的讲话中指出："我国作家艺术家应该成为时代风气的先觉者、先行者、先倡者，通过更多有筋骨、有道德、有温度的文艺作品，书写和记录人民的伟大实践、时代的进步要求，彰显信仰之美、崇高之美，弘扬中国精神、凝聚中国力量，鼓舞全国各族人民朝气蓬勃迈向未来。"可以说少鸿的这部作品正是响应总书记号召的一次成功的文学实践。其意义不仅仅在于作品本身，更在于启迪作家艺术家要创作出优秀的文艺作品，就必

---

① 刘海龙：《儒家仁爱思想的生态伦理价值——兼与西方生态伦理思想比较》，《孔子研究》2010 年第 6 期。

② 方德志：《基于"仁爱"德性的儒家伦理构成之现代阐释——以道德情感主义的视角》，《华中科技大学学报》（社会科学版）2010 年第 6 期。

须树立正确的人生观、创作观和审美观，努力成为时代风气的"先觉者、先行者、先倡者"。

第三节　昌耀：高天厚土的神性歌唱

聚敛太阳的激情，摄取冰峰的圣洁，采摘内心深处孤独、沉默、忧伤的花瓣，酿成诗歌的虹彩；以驼峰为舟，以鹰翼为帆，穿行在历史与现实、生命与灵魂的高原；既有古代边塞诗人的雄放和苍凉，又有现代西部诗歌的厚重和幽深；用具有神性的诗歌语言歌唱和哭泣，所有的光芒凝成雨夜一道惊空的闪电，尔后生命的脚步又如奔马匆匆远去……这就是昌耀，这就是从洞庭湖滨来到西部高原的昌耀。昌耀逝世后，他的诗歌被当作一种"诗歌现象"格外引人注目。著名诗人邵燕祥认为"昌耀是以自己的语言、韵律唱自己的歌的为数不多的诗人之一"，"昌耀不是那种善于推销自己的人。他甘于寂寞，远离官场和尘世"[1]。诗评家燎原认为昌耀峥嵘奇崛的艺术个性"像青藏高原一样"，"由于一般人难以企及的海拔高度，反而成了幽闭自己的关隘"[2]。骆一禾等人认为"昌耀先生的诗歌作品是中国新诗运动里那些最主要的实绩和财富之一"[3]。我们透过昌耀生前出版的《昌耀抒情诗集》《命运之书》《昌耀的诗》等诗集以及他逝世后出版的《昌耀诗文总集》，可以看出昌耀的确是一位优秀的诗人，时间的"河床"将会测出他诗歌所达到的高度。昌耀用极具个性的富含诗意的双手托起了一方莽莽苍苍的"高原"，托起了一个美丽而厚重的诗歌意象，这是一方延绵不断的生命高地，是一方涌动不息的灵魂古堡，是呼喊，是沉默，是狂歌，是叹息，是斧砍刀削的悬崖峭壁，是精雕细刻的雪峰冰山。

---

[1]　邵燕祥：《有个诗人叫昌耀》，昌耀：《命运之书》，青海人民出版社，1994，第1页。
[2]　燎原：《西部大荒中的盛典》，青海人民出版社，1992，第80、120页。
[3]　骆一禾、张扶：《太阳说，来，朝前走——评"一首长诗和三首短诗"》，昌耀：《命运之书》，青海人民出版社，1994，第3页。

一

在昌耀诗歌中，高原是作为一个泛意象而存在的。有时候出现的是高原这个显形意象，包括它的替换意象荒原、古原、草原、裸原、莽原、岩原、雪原等；而有时候高原只是一个隐形意象，充当了诗歌话语特定的空间背景。诗人以凝重饱满、激情内蕴的笔调描写了神秘、充盈、美丽的高原，表达了一种深深爱恋的诗化的情感倾向。高原意象，在昌耀笔下主要包含这样三个层次的含义。

第一个层次：作为自然的"高原"——"好醇厚的泥土香呀"

昌耀把诗歌带到他赖以生存的这块"天地相交"的地方，对大气磅礴、五彩斑斓、灵动多姿而又充满古朴原始气息的高原景物进行了剪贴和点化：冰山雪岭，荒原古壁，红狐大雁，旱獭鹿麂，夏雨雷电，雪豹冰排，奔马的汗息，羚羊的啸吟，驿道的驼铃，古寺的钟声……构成了一种鲜明的画面感，或是伸手可触的特写，或是棱角分明的远景，或是万物性灵的灌注和流溢，或是众生内力的跃动和奔突。一方面诗人极写高原的粗犷、凛冽、壮观以及蕴藏的无穷的生命力：

> 四周是辉煌的地貌。风。烧黑的砾石。
> 是自然力对自然力的战争。是败北的河流。是大山的粉屑。是烤红的河床。无人区。是峥嵘不测之深渊。……
> 是有待收获的沃土。
> 是倔强的精灵。（《旷原之野》）

不必计较他的诗体形式，因为他急于把感受深刻的高原印象记录下来：众多景物的排列构成一种流淌不绝的悲怆情韵和傲岸精神。另一方面，诗人又写出了高原的柔情和浪漫气质。这里有柔美的天空、幽幽的空谷、静谧的夜晚，有染着细雨和青草气息的爱情。

而同时诗人又时时撩开高原历史的帷幕，在"沙梁"那边展示出美如江边楼船的骆驼、青铜宝马和断简残编。就这样诗人用奇瑰的诗歌语言打开了高天下神奇的"一角"：荒蛮而妩媚、粗犷而多情、坚韧而古雅、野性而诗意的高原！

而行走在高原的诗人，又着重突出了三样景物：山、鹰、太阳。山以其高耸、鹰以其飞翔、太阳以其灼烁给"高原"意象增添了魅力和内涵。诗人反复沉吟："我喜欢望山。"他为"望着山的顶巅"而激动，为"边陲的山"造就了胸中的峥嵘块垒而自豪。而"从冰山的峰顶起飞"的鹰，双翼抖落寒冷，使人血流沸腾；诗人也常常神游天际，"享受鹰翔时的快感"。高原上的太阳如同神明：

> 牧羊人的妻女，每日
> 要从这里为太阳三次升起祷香。（《烟囱》）

可见高原上的这三样景物，构成了诗人的心灵向往和精神图腾，也构成了高原人的胸襟和气度。由此，山、鹰、太阳不断向上拓展，引领人的目光向着至高至美延伸，成为"高原上的高原"：庄重超迈，激情横空，光芒四射。

第二个层次：作为生命的"高原"——"大漠深处纵驰一匹白马"

对大自然的贴近，必定也是对生命的抚摸和谛听。高原的原始气象和神秘气息，人与自然的亲密与对立，人的弱小和微不足道，似乎回到了人类的初始阶段，因而人便有了更多的对生死的体验、对苦难的体味、对宇宙大化的体悟，有了更多的人生的悲壮、悲怆、感伤和痛苦。

在强大的自然力面前，人也渴望而且在不断变得强大。昌耀诗歌的生命意识首先体现为一种"巨人情怀"和"英雄情结"。《高车》一诗显然是诗人生命理想的寄托："高车的青海于我是威武的巨人。/青海的高车于我是巨人之轶诗。"在该诗小引中诗人还写道："我之难忘情于它们，更在于它们本是英雄。"巨人和英雄以其形体和精神的高大屹立于天地河汉之间，永远怀着"生命的渴意"，"踏着蚀洞斑驳的岩原"，"驻马于赤岭之敖包"，"俯首苍茫"，聆听河流的"呼喊"和冰湖的"坼裂"，感受"苏动的大地诗意"。巨人情怀和英雄情结归根结底是对生命的关切，是对生命运动中体现出来的意志和毅力、激情和憧憬、崇高和伟岸的敬重，也是对高原体内流布的孕育了人的生命的"倔强的精灵"的崇拜。这种英雄情结和生命英雄主义的仪式化，"与西部壮烈的土地、强悍的人种形成恰如其分的对应与契合"，使得昌耀诗歌和西部文艺所共有的开拓奋进精神显得"更内在、更激烈、更持久"①。

英雄崇拜导致人生一种前行的姿态。由此我们看到的抒情形象大多是一个"赶路人""攀登者"的形象：驼峰、马蹄、汗水、血迹、太阳般的燃烧、死亡般的沉寂。诗人借以逐渐走进高原和生命的深处，走进花朵和雪峰的灵魂。于是诗人惊叹于"一个挑战的旅行者步行在上帝的沙盘"（《内陆高迥》），沉吟于在草场和戈壁之间比秋风远为凛冽的"沉沉步履"（《天籁》），骄傲于"我的裤管溅满跋涉者的泥泞"（《干戚舞》）。《峨日朵雪峰之侧》把生命的征服、坚守和渴望表现得惊心动魄：

> 这是我此刻仅能征服的高度了：
> 我小心翼翼探出前额，
> 惊异于薄壁那边
> 朝向峨日朵之雪彷徨许久的太阳
> 正决然跃入一片引力无穷的山海。
> 石砾不时滑坡引动棕色深渊自上而下一派訇鸣，
> 像军旅远去的喊杀声。我的指关节铆钉一般
> 楔入巨石罅隙。血滴，从脚下撕裂的鞋底渗出。
> 啊，此刻真渴望有一只雄鹰或雪豹与我为伍。
> …………

可见，"赶路"和"攀登"是一种生命的坚持，也是一种心灵的飞

---

① 李震：《中国当代西部诗潮论》，青海人民出版社，1993，第70页。

翔，从前行和攀登的身影中体现出来的强悍和苦难仍然是一种英雄情结。

当"巨人"俯首苍茫的时候，就自然滋生了一种"悲怆"的情绪。昌耀诗中的"旅行者"常常听到"召唤"，也常常陷入"回忆"。召唤使之超越痛苦和苦难，而回忆则使之在岁月和道路的褶皱里抚摸高原的伤口和心灵的疼痛。于是便有了飞翔与盘桓、呐喊与沉默、疾行的铁蹄与疲惫的身影。这种"英雄式"的痛苦既是个人的、高原的，也是整个西部的、整个民族的。《听候召唤：赶路》一诗就表现了这种多重形象叠合导致的内心的伤痛：沿着"微痛如听箫"的记忆牵来了一条历史的"血路"；"血路：一支长途迁徙跋涉的部落。/血路：一个在鞍马血崩咽气的母亲"。

而当卸去一切外在的东西，这种生命意识便直接指向对人的"存在"的思考。不是哲学意义上的发问，而是一种感性的直观，一种穿过岩石、旷原的生命诘问，一种透过鸟啼、雪孕的神秘思绪，是生命的时钟置于辽阔的原野发出的"嘀嗒"之声。速朽与永恒、古老与年轻在生命的镜像前更加澄澈。一旦拆解了生死的密码，对有限的"存在"便倍加珍惜，伴随着生命的"前行"和"攀登"就有了一种至上的精神渴望。这同样是一种深藏的英雄情结。

景物的精神内涵和人的生命意志、心灵渴望的交融奏鸣出一种大漠雄风的"英雄气"，一种回肠荡气的"高原魂"。这种刚烈不屈、自强不息的精神是西部高原时刻涌动的春潮，也沉淀为一个民族性格的精魂和骨架。昌耀笔下的西部高原，是一种原始的生命力的象征，是人类社会的缩影。而作为一种精神现象，这种生命力的纵驰和横溢，则潜伏着西部高原特有的文化传统，即父性文化传统。历久形成的父性文化的因子，在耕种、战争、迁徙和繁衍的轮回中，有如"巨人"的身影和气息笼罩着原野。在那里，"父性主体神如那轮不朽的西部太阳，照耀着那养育生命、养育创造力的亘古荒原，照耀着那野性狂烈的野马群"①。

---

① 李震：《中国当代西部诗潮论》，青海人民出版社，1993，第70页。

第三个层次：作为灵魂的"高原"——"彼方醒着这一片良知"

高天厚土之间呈放的是毫无遮蔽的随时接受阳光和云彩爱抚的诗意灵魂。《听到响板》写在"一片秋的肃杀"中听到"响板"："骤然地三两声拍击灵魂"。还有什么比这来得更直接呢？躯壳隐去，是一片灵魂的原野！而高原这种地理上的高度，对尘世的超脱而对青天的逼近，使这一方生民具有一种仙风道骨之感：

> 不时，我看见大山的绝壁
> 推开一扇窗洞，像夜的
> 樱桃小口，要对我说些什么，
> 蓦地又沉默不语了。（《夜行在西部高原》）

这是灵魂美丽的洞开和无言的诉说。诗人就沉浸在这种美好的氛围里：

> 他启开兽毛编结的房屋，
> 唤醒炉中的火种，
> 叩动七孔清风和我交谈。
> 我才轻易地爱上了
> 这揪心的牧笛和高天的云雀？
> 我才忘记了归路？（《湖畔》）

在高原，语言是多余的，只有高山、灯火、音乐直接和心灵对话，和灵魂共舞。

高原，"世代传承的朝向美善远征"的高原，把爱、美和良知托向了高天云霞、冰山雪莲。昌耀的抒情长诗《慈航》以"不朽的荒原"作为舞台，以个人的"伤口"和时代的"暴风"作为背景，在心灵的"慈航"中演奏的是"爱"的千古旋律："是的，在善恶的角力中/爱的繁衍与生殖/比死亡的戕残更古老、/更勇武百倍。"

当横扫一切的暴风

将灯塔沉入海底，

旋涡与贪婪达成默契，

彼方醒着的这一片良知

是他惟一的生之涯岸。

他在这里脱去垢辱的黑衣，

留在埠头让时光漂洗，

把遍体流血的伤口

裸陈于女性吹拂的轻风——

是那个以手背遮羞的处女

解下袍襟的荷包，为他

献出护身的香草……

在诗人眼中，高原就是"生命傲然的船桅"，就是"灵魂的保姆"，就是"良知"的"彼岸"和"净土"。这首诗涵容了古今、生死、善恶、苦难与爱情、夜晚与黎明、"昨天的影子"与"再生的微笑"等多重意蕴，而主旋律则是不断出现的对爱、美和良知的深情礼赞。高原，是这样一方"灵魂"的净土："雪线……/那最后的银峰超凡脱俗，/成为蓝天晶莹的岛屿。"《慈航》是一首非常优秀的诗作，可以说在中国新诗史上占有重要的地位，但是这首诗及其价值还没有被充分地发掘出来。"昌耀的《慈航》一诗，至少可以说是没有得到足够评价和充分重视的作品。如果我们对这样的诗依然保持沉默而不给以应有的肯定，让岁月的尘垢淹没了它的艺术光彩，或者是在若干年之后再让人们重新发掘它，对于我们这一代人来说，起码不是一件光荣的事，或者应该说是一种批评的失职和审美的失误。"①

在昌耀的诗歌中，自然的高原、生命的高原和灵魂的高原是浑融的、共生共存的：自然中蕴藏着巨大的生命力，回荡着灵魂的呼喊；生命中

---

① 叶橹：《杜鹃啼血与精卫填海——论昌耀的诗》，昌耀：《命运之书》，青海人民出版社，1994，第 336 页。

内含着自然的悍野、诗意和冰清玉洁的灵魂；灵魂就是高天下一片裸陈的未被污染的土地，就是这土地上走动的芸芸众生。从荒原、古原到雪线、银峰，诗人在不断提升着这样一方"高原"，这样一方富有情义和灵性的高原。作为生命的高原和作为灵魂的高原，如同"山"、"鹰"和"太阳"一样成为"高原上的高原"：挺立、飞翔、闪烁。高原不再是一个单纯的地理上的概念，而是灌注着生命和灵魂、历史和文化、地域和种族、人性和神性等多种因素的复合体，是一个浪漫而悲壮、诗意缭绕而令人刻骨铭心的高原。

二

昌耀置身高原，深深地爱着这"群峰壁立的姿色"，这"高山草甸间民风之拙朴"。而当他以一个现代知识分子的身份来审视和反思"高原"的蛮荒、驳杂和粗砺时，则又满怀忧思。这种审视和反思主要有以下三个向度。

第一个向度：历史反思——"我将与孩子洗劫这一切"

高原保留着更多历史的陈迹和化石，上面刻写着贫穷、衰朽、战争、残忍、隔阂这样一些文字。原野上有"未闻的故事"，"哀悯已像永世的疤痕留给隔岸怅望的后人"；有"被故土捏制的陶埙"，吹奏着"从古到今谁也不曾解开的人性死结"。诗歌中一再出现的"城堡"已成为一个象征，成为另一个封闭的、荒凉的古原。《哈拉库图》表达的是"城堡，宿命永恒不变的感伤主题"：

> 一切都是这样寂寞啊，
> 果真有过被火焰烤红的天空？
> 果真有过为钢铁而鏖战的不眠之夜？
> 果真有过如花的喜娘？
> 果真有过哈拉库图之鹰？
> 果真有过流寓边关的诗人？

是这样的寂寞啊寂寞啊寂寞啊

在诗人看来，光荣的面具已随武士的呐喊西沉，城堡是岁月烧结的一炉矿石，带着暗淡的烟色，残破委琐，千疮百孔，时间似乎凝固了，"无所谓古今"，"所有的面孔都只是昨日的面孔。所有的时间都只是原有的时间"。站在城堡上，抚摩历史"高热的额头"，诗人满怀着美好的期待："仰望那一颗希望之星/期待如一滴欲坠的葡萄。"《空城堡》用"我"和"孩子"两代人的眼光——"现实"和"未来"两重身份，看待和走进"城堡"：

　　而后我们登上最高的顶楼。
　　孩子喘息未定，含泪的目光已哀告我一同火速离去。
　　但我索性对着房顶大声喝斥：
　　出来吧，你们，从墙壁，从面具，从纸张，
　　从你们筑起的城堡……去掉隔阂、距离、冷漠……
　　我发誓：我将与孩子洗劫这一切！

诗人对历史的态度是矛盾的，一方面眷顾于高原"昨天"拓荒者的足迹和音乐的盛典，敬畏于历史的古老和肃穆，另一方面又在"太寂寞"的感叹中含有对历史凝固的反思和超脱。

第二个向度：现实反思——"神已失踪，钟声回到青铜"

现代文明的脚步在给古老的高原带来青春活力的同时，也使高原的精神海拔开始陷落。地表在倾斜，诗意在流失。"偶像成排倒下"，"伪善令人怠倦"：

　　不将有隐秘。
　　夜已失去幕的含蕴，
　　创伤在夜色不会再多一分安全感。

涛声反比白昼更为残酷地搓洗休憩的灵魂。

人面鸟又赶在黎明前飞临河岸引领吟唤。

是赎罪？是受难？还是祈祷吾神？

夜已失去修补含蕴，比冰霜还生硬。

世界无需掩饰，我们相互一眼看透彼此。（《燔祭》）

不少人失去了精神追求，失去了内心的激情，陷入迷狂，变得空虚、浮躁和平庸。"生命不能承受之轻"与高原的厚重底蕴构成反差。"荒原"已失去了其原初的质朴和内在的富有，逐渐延伸到人的精神领域，成为荒凉的代名词：

淘空，以亲善的名义，

以自我放纵的幻灭感，而无时不有。

骨脉在洗白、流淌，被吸尽每一神经附着：

淘空是击碎头壳后的饱食。

处在淘空之中你不辨痛苦或淫乐。

当目击了精神与事实的荒原才惊悚于淘空的意义。（《淘空》）

在外界因素和自我心灵的作用下，精神被慢慢淘空；"骨脉在洗白、流淌"一句，则暗含着高原历史精神的富有和饱满，赋予淘空这种"现实存在"一种悲剧性的色彩和意义。

对现实的反思，也就导致对高原昔日生活的回瞻，在历时性的心理跨越中构成一种对比："然而承认历史远比面对未来轻松。/理解今人远比追悼古人痛楚。"（《在古原骑车旅行》）

第三个向度：自我反思——"谁能模仿我的疼痛"

诗人的自我反思，以及由反思带来的孤独、焦灼和痛苦，表明诗人作为一个知识分子的那份清醒和对人格的坚守。当人声喧嚣、欲海横流时，诗人问自己："是否有过昏睡中的短暂苏醒"（《划过欲海的夜鸟》）；

当在暗夜里因痛苦而哭泣时，诗人告诫自己："人必坚韧而趋于成熟"（《夜者》）；当止步于岁月的"断崖"而感觉自己是"苟活者"时，有"莫可名状之悲哀"（《深巷·轩车宝马·伤逝》）。更多的时候，自我反思和高原反思是联系在一起的。他的《伤情》组诗，所"伤"者，绝不仅仅是个人情感的失落，更是对高原蒙尘纳垢的伤感，同时也包括对个人精神历程的检视："我以一生的蕴积——至诚、痴心、才情、气质与漫长的期待以获取她的芳心"，可是"她"却投向了那个"走江湖的药材商"的怀抱；被"良知、仁智与诗人的纯情塞满"的人，被嘲笑是"城市的苦瓜脸""田野上的乌鸦嘴"。显然这些都是诗化的寓言故事。

在现代精神荒原面前，诗人自己也有一种被"淘空"的感觉，因而感到恐惧、虚脱和焦渴。《生命的渴意》为古原上"到处找不到纯净的水"而痛苦，并期望着一种"醒觉"。可见诗人的反思和理性批判是为了寻找纯净的"水源"，以润泽干枯的原野。实际上，诗人是抚摸着整个中华民族的版图，既痛苦地承受历史和现实的沉重，也深情地据守历史和现实中的诗意。他不容许理想中的"高原"诗意摇落，止步不前。他常常听到"巨灵"的召唤："巨灵时时召唤人们不要凝固僵滞麻木"（《巨灵》）。这种来自幽冥之中的雷霆之声，其实也是诗人心底深情的呼唤，是古老中国经久不衰的呐喊。

三

高原，在昌耀笔下是一个被生命化了的意象。他"以沉郁、苍劲，也以高致、精微征服了诗坛；在他的诗中，土地所繁衍的一切已与心灵、语言融为一体，他，是大西北无数生命的灵魂"[①]。对高原意象的钟情，源于诗人的人生经历、追求和对艺术的看法。具体来说有以下三个因素。

第一个因素：人生追求——"向着新的海拔高度攀登"

喜欢"望山"的昌耀，一生活在仰望中，活在渴求和寻找中。他的

---

① 韩作荣：《诗人中的诗人》，昌耀：《昌耀的诗》，人民文学出版社，1998，第1页。

面前永远有一座不断接近而不能最终抵达的高山，他苦苦地跋涉着，他的诗歌就是他"在路上"的向往、惊赞和内心独白。《僧人》一诗可看作他的人生宣言。他宣称自己是一个"持升华论者"，他把自己比作托钵苦行的僧人，带着信仰向着"高山极地"攀登。这个"新的海拔"，就是他在别的诗中一再提到的灵魂的寓所和精神的家园。这就不难理解他的巨人情怀和英雄情结。他的"巨人"与"英雄"梦想，实际上是他的一种精神投射，是对平庸和"平面"的拒绝，是对诗意、激情和心灵高度的追求。

于是诗人常常寻找另一个"自我"。他借呼喊的河流寻找着自己的"另一半"：

> 这里太光明，寒意倾斜如银湖。
>
> 峭壁冻冰如烛台凝挂的熔锡。
>
> 这里太光明，回旋的空间曾是日珥燃烧的火海。
>
> 我如何攀登生满鸟喙的绝壁？
>
> 我如何投入悬挂的河流做一次冬泳？
>
> 我如何承受澄明的玉宇？
>
> 太纯洁了。烟丝不见袅袅。
>
> 穹顶兀鹰翼尾不动，不可被目光吞噬。
>
> 这里太光明。
>
> 我看到异我坐化千年之外，
>
> 筋脉纷披红蓝清晰晶莹透别如一玻璃人体
>
> 承受着永恒的晾晒。（《燔祭》）

这个在"光明殿"里的"我"，就是已经登上了"新的海拔高度"的精神自我。由此可见，诗人笔下的高原不仅仅是地理上的高山厚土，同时也是诗人心中诗情氤氲的高原，是诗人的梦幻城、理想国，或者说就是诗人在向着"新的海拔"攀登过程中的另一方精神的高原，是诗人抵达至善至美的人生境界过程中的美丽村庄。

第二个因素：艺术信仰——"我们都是哭泣着追求唯一的完美"

诗人是一个理想主义者，生活中是这样，艺术上也是这样。诗人曾表白道："我一生，倾心于一个为志士仁人认同的大同胜境，富裕、平等、体现社会民族公正、富有人情。这是我看重的'意义'，亦是我文学的理想主义、社会改造的浪漫气质、审美人生之所本。"（《一个中国诗人在俄罗斯》）对于诗的功能，他作了这样的解释："诗，不是可厌可鄙的说教，而是催人泪下的音乐，让人在这种乐音的浸润中悄然感化，悄然超脱、再超脱。"（《与梅卓小姐一同释读〈幸运神远离〉》）于是他怀着如同地火的"内热"，"梦想着温情脉脉的纱幕净化一切污秽"（《烘烤》）。他把艺术的理想和生活的完美统一在"梦想"中，有时候就免不了失望，就感到无奈和伤心。但诗人是执着的，始终打着他的理想主义的艺术旗帜。

第三个因素：生命历程——"我们早已与这土地融为一体"

昌耀，这位 20 世纪 30 年代出生于湖南常德的诗人，经历一段军旅生活后于 1955 年自愿参加大西北开发来到青海。1956 年调青海省文联任创作员，参加创办文学杂志《青海湖》，并担任编辑工作。1957 年，在青海贵德乡间体验生活时，为勘探队员创作的诗歌《林中试笛》被诬为"反党毒草"而被打成右派，先后在湟源、浅山等地劳动改造，继而因写下近万言的《辩护书》而罪加一等被投进西宁监狱。1959 年，被流放到祁连山深处的劳改农场，在这里度过了 20 年痛苦而漫长的岁月[1]。昌耀是以一个"外来者"的身份进入青藏高原的。陌生感和距离感使他得以更加诗意地、更加清醒地观察和感知高原生活，而他因诗歌带来的生活磨难又使他贴近并逐渐融入那一片荒蛮而神奇的土地。"他感受着自己现实的生命，并一层层地向着深处伸触渗透，感触着历史焰火之下庞大的生命文化根系，感触着远古流民的目光和血脉。"[2] 诗人在这片土地上要指

---

① 罗鹿鸣：《昌耀小传》，《桃花源诗季》2010 年夏季刊，第 210 页。
② 燎原：《西部大荒中的盛典》，青海人民出版社，1992，第 120 页。

认的，是一种精神属性的生命。诗人脱掉了个人苦难的"外衣"，也消隐了自我的凡身肉胎，只剩下教徒般虔诚的"灵魂"，与高原的灵魂对视和对话。

难怪他这样深深地爱着"高原"！对高原的爱，就是对生命理想和艺术理想的挚爱，就是对人生历程和心灵历程的珍视。爱使他忧伤，不是因为个人的幸福或苦难。深入骨髓的伤痛来自高原上极端的美和美的悄然流失。诗人灵魂的哭泣和"语言的哭泣"，使他的诗歌充满了一种无法抵挡的"疼痛感"。踏入昌耀用诗歌雕刻的"高原"，观赏者也会随时放弃"阅读"，而像诗人那样代之以精神的触摸和灵魂的喊叫！极端的美，会让人有一种晕眩的幸福的疼痛感；凝固的历史和美的流失，又给人一种迷茫的伤心的疼痛感。诗行的跳跃有如钟摆，心灵的疼痛被置入一个广大的时空。一切都聚合了、收敛了，高原以一种扑面的诗意和一种透骨的感伤，花朵般地窒息和重锤般地击打着心灵；此时感应着诗歌气息的心灵就成为另一片"高原"，像诗人那样"娇纵我梦幻的马驹"。于是诗美的获得也是一次能量的耗损，心灵的疼痛也是一次精神的升华。杭州诗人卢文丽1990年为昌耀的《淘的流年》（后因为种种原因诗集未出版）作序，有这样美丽的文字："他笔底那特有的神奇的青海高原，一次比一次强烈地震撼着我的心。作为一个把生命付诸于美和真理，怀有天地自然之大爱的诗人，他所有的冷峻、坚毅、沉雄不露，超脱一切私利和计较的宽博胸怀，令世俗的虚浮尘器一触即溃黯然遁离。这来自于一种内心的力量，正如他在一封信中所写，是一种愈挫愈奋的创造精神，为着美的理想而不稍作懈怠的意志，一种善恶抗争的魅力。是的，正是这种内在的生命力和创造力，他的诗歌才具有如此震慑灵魂的作用，使人脱低级而向高尚，脱卑俗而向纯粹，永远焕发着勃勃的生机并为人们所钟爱。"[1] 这段话是透彻的，既是一个读者获得阅读震撼后的心灵随笔，更是作为一个诗歌知己为昌耀所作的人格造影和精神画像。

---

[1]　昌耀：《昌耀的诗》，人民文学出版社，1998，第422页。

四

是这样一方绵延的西部高原，这里有着直观的纯粹性和极端性，仿佛在显示某种方向给人以提示，夺人心魄、摄人灵魂。"它不是暧昧含混的山水与人群，它有严峻清醒的选择性，它不是陈腐乏味的人文蕴含，它的原始、高贵、神秘和牺牲色彩有着新鲜的信仰力度。它滋生浪漫与传奇，是奇迹的诞生之地，它白银与黑铁的英雄时代仿佛仍蛰伏于民间，歌谣与花束、甘泉与舞姿、刀戟与野心、人种的穿流、语言的汇聚、伤与飞、灵与肉、难色与狂欢……这些还没有被技术和机器所销蚀。"① 正是这样一方西部高原，使昌耀获得了一种心理上的"势"。居"高"临下，他就能看清"青藏高原的形体"，就能握住黄河的源头，就能听到"巨灵"的召唤；就能在对高原的占有中获得一种生命的"高度"，获得一种从容的心境，获得一种"灵魂的乐音"，从而去消解个人的苦难、孤独和寂寞，由此也影响到他的思维和语言表达。高原的裸露、旷远、朴野和神秘，使诗人的目光在感觉和理性的流转中有一种神性的光芒。对高原圣洁诗意的陶醉，对历史悠远钟声的倾听，对岩层中蛰伏的宗教气息和文化氛围的感悟，使诗人能够超脱一切外在的羁勒而进入心灵的自由状态，深入事物的本质而达成物我的内在契合。同时，天地的高远宏阔给诗人带来了思维的跳脱和跌宕，造就了诗歌的凝重之气和飘逸之态。生与死、动与静、刚与柔、美与丑、历史与现实、物质与欲望、真切与虚幻、快乐与痛楚、经验与超验……种种体验、感觉、思绪包罗胸中，奔突流走，化为诗性空间的层峦叠嶂、断崖峭壁，从而构成了诗歌的张力场，也激活了读者的审美想象力和领悟力。有人认为昌耀已进入"意态写作"的区间，与"情态写作"不同，即不再单纯以自我的外化生成经验性意象，而是依据"抽象与内聚"的原则生成超验性意象②。这个分析切中了昌耀一种独特的思维方式，即带有寓言特质的思维方式。实际上昌耀是将情态写作与意态写作并置，他的思维常常在实与虚、情与意、

---

① 韩子勇：《西部：偏远省份的文学写作》，百花文艺出版社，1998，第75页。
② 李震：《中国当代西部诗潮论》，青海人民出版社，1993，第95页。

此与彼之间流转和跳跃。

昌耀的诗歌语言也具有"高原"特色，显示出有触感的"韵律"。他的诗歌在体式上非常自由，他是一个"大诗歌观"的主张者和实践者："我并不强调诗的分行……没有诗性的文字即便分行也终难称作诗。相反，某些有意味的文字即便不分行也未尝不配称作诗。诗之与否，我以心性去体味而不已貌取。""无论以何种诗的形式写作，我还是渴望激情——永不衰竭的激情，此于诗人不只意味着色彩、线条、旋律与主动投入，亦是精力、活力、青春健美的象征……"① 所以他的那些诗句参差错落的诗歌和那些根本就不分行的诗歌，更能传达出一种高原特质和气息。昌耀的诗歌语言不是流畅的表达，更不是滔滔不绝的倾诉，而是节制和涵泳，甚至显得有几分郁闭和滞涩。这是置身高原的一种独特的叙述方式——浑莽、凝重、危岩高耸、参差连绵，从而更好地表达了诗人雄浑、沉郁、深挚的感情。有学者撰文认为昌耀是一个"口吃者"，并对此进行了精神分析：是灾难让昌耀成为一个口吃者，是灾难的后遗症让昌耀自始至终都在口吃的氛围中进行创作，它让昌耀在更多的时候不是去说，而是去体验、去观察，他说出的句子是不连贯的，因为他嘴巴的反应跟不上他本来已够慢的观察，这时观察本身不得不无可奈何地停下来，等待嘴巴那艰难的吐词②。这个推测和分析应当说是比较准确的。昌耀自从几首小诗惹祸后，在长达 20 多年的流放、劳改期间，作为一个"异类"，他的嘴长期被剥夺了，语言上的交流被认为是多余和额外的。据说，在青海广袤无垠的土地上，孤独的昌耀甚至渴望有一只狼过来和他交谈。曾经在青海生活过多年的诗人罗鹿鸣与昌耀多有接触，他在《迟到的怀念》中写道："在我们眼中的昌耀，的确迂腐，也显得拘谨，与他的诗冷峻的一面有些相似，却与其诗旷达的一面相去甚远。"③ J. G. 赫尔德说，大自然用她那双善塑的手，充满母爱地为其作品——人——添上了最后一笔，这一笔是一个伟大的箴言："不要独自一人享受，而要

① 昌耀：《昌耀的诗》，人民文学出版社，1998，第 422 页。
② 敬文东：《对一个口吃者的精神分析——诗人昌耀论》，《南方文坛》2000 年第 4 期。
③ 罗鹿鸣：《迟到的怀念》，《桃花源诗季》2010 年夏季刊，第 214 页。

用声音表达出你的感受！"① 当昌耀不能用声音流畅地表达时，强烈的感受和情感在胸中左奔右突，继而化为艰难的言说。这是一种滞重、痛苦的表达。

昌耀因此而区别于古代山水诗人和现代其他西部诗人。古代山水诗人主要是在对大自然的陶醉之中寻求心灵的放达或隐匿，而昌耀对大自然的表现有一种精神维度和人格高度作为支撑，不仅能俯身融进大自然的雅韵诗意，而且能够超越具象，在更大的时空中注入现代理性精神。即使是古代边塞诗人也只是把"边地"的惨烈和悲壮作为人生境况或战争气氛的一种渲染，也就缺少昌耀这样对审美对象多层次、深层次的审视。当大批现代西部诗人立足时代激情或着力开掘西部古老文化时，昌耀更多地深入西部自然背景下的生命体验和心灵游历之中，而且自觉地以西部高原为思维和情感的依托，表现自我以及人类一种梦幻般的对"精神海拔"的企羡，一种永远的生命凝眸和心灵向往。金元浦在怀念昌耀的文章《伶仃的荒原狼》一文中，用诗意、激情而又富有理性的笔调分析了昌耀如泣如诉、如歌如吟的诗歌，他指出，面对神秘、蛮荒的大自然，昌耀进行了超越悲剧的直接审美升华，诗人将西部的大自然直接作为鲜活而沉默的生命进行审美观照，使之直接成为诗人审美解悟的对象，这样，"西部大自然内部的生命之流，它的生命的节奏和生命的律动，与人类的生命的节奏和情欲的律动、与作者内在的审美情感之流在结构上达到异质同构"②。可见，昌耀不同于传统诗歌的"托物言志""以物喻人"，而以直接审美表现自然与人生的内在节奏和韵律为目的，通过一种审美飞跃达到一种心物交融、主客无分、自然与人合一的整体境界。并在这一审美意境中，通过对时间的感悟，在瞬间体验到一切生命的永恒本质。在意象的选择上，以"高原"这一巨型意象作为背景，在多层次复迭意象构成的蕴涵丰富的情感流中，让读者获得一种朦朦胧胧、不可言传的审美意味。正如有的诗评家所说的：读昌耀的诗，你会发现真实的人生之旅，被放逐的游子寻找家园的渴意以及灵魂的力量。

---

① 〔德〕J. G. 赫尔德：《论语言的起源》，姚小平译，商务印书馆，1998，第3页。
② 金元浦：《伶仃的荒原狼》，《诗探索》2000年第3~4辑，第229页。

现实精神、理性的烛照、经验与超验，有如"空谷足音"，充满了魅惑。那独有的声音既是现实也是虚幻，既有古典的儒雅，又颇具现代意味。昌耀就是昌耀，他不是任何艺术观念的追随者，他以虔诚、苛刻的我行我素完成了自己，以"仅有的"不容模拟的姿态竖起了诗的丰碑①。

【作家简介】 昌耀（1936～2000），原名王昌耀，湖南桃源人。1955年调青海省文联，后调任中国作协青海分会专业作家。其代表作有《划呀，划呀，父亲们!》《慈航》《意绪》《哈拉库图》等。出版的诗集有《昌耀抒情诗集》（1986）、《命运之书》（1994）、《一个挑战的旅行者步行在上帝的沙盘》（1996）、《昌耀的诗》（1998）等。2000 年诗人过世后有《昌耀诗歌总集》行世。昌耀在中国新诗史上是一座高峰，其历史地位已为人共识。

第四节 卢年初：机关生态散文的差异性描写

卢年初是"带着村庄上路"②的。我曾撰文认为，卢年初笔下的"村庄"与其说是一个地理上的村庄，不如说是一个寓言的村庄、童话的村庄，它的出现、生存和发展，昭示了文明的化育、繁衍和升华，村庄的历史浓缩了整个中国农村甚至中国社会的历史，而作者从村庄中提炼出的美善、生命的活力和热情以及一切人性的亮色，把村庄推向了理想化、诗意化的极致③。在经历了人生的辗转和奔波而进入"机关大院"之后，卢年初转而着重描写机关生态。机关生态，亦可看作官场生态、权力生态。当"生态"一词离开自然的怀抱而进入社会、人生和艺术的门

---

① 韩作荣：《诗人中的诗人》，昌耀：《昌耀的诗》，人民文学出版社，1998，第 3 页。
② 卢年初：《带着村庄上路》，湖南文艺出版社，2003。
③ 张文刚：《"村庄"的意义——读卢年初散文集〈带着村庄上路〉》，《三湘都市报》2004 年 2 月 9 日。

槛，就抽象为一种状态、样态和情态。用散文的体式描写机关生态，意味着切入社会肌理、日常生活和人情世态的内部，展示"另一世界"的存在样态和生存景观，给人一种新的视角和思索。"机关"以其特有的景致、物理和人情赋予他的散文一种社会生态学和心灵生态学的意义，进而由昔日"诗意的自述"转入"冷静的解说"，完成了从写作内容到叙述风格的全新转变。

与乡土生态散文的"无差异"描写不同，卢年初的机关生态散文着重描写了一种"差异性"。卢年初在他的乡土散文中，倾注笔力描写了乡村的美丽风景和农民身上一脉传承的美德，并由地理的、乡土的村庄上升为心灵的、精神的村庄，寄托了作者对乡土文化和乡村品格的殷殷眷顾。而在机关生态散文中，乡土的无差异性变为威严、神秘光环笼罩下的权力等级和众生百相。机关，是权力的聚集地，是欲望滋生和心灵震荡的竞技场。作为机关人，卢年初切身感受到了机关的一切，那些外显的权力扩张的投射物，那些约定俗成、秘而不宣的"祖宗章法"，那些内隐的心灵畸变和心灵疼痛，那些千丝万缕、无处不在的关系网，这一切在其差异性中维系着机关生态的平衡。这种差异在表现形式上各有不同，但从根本上讲源于权力和地位的差异。权力和地位是"机关大院"和"心灵大院"的君主，操纵着人们的行为方式、言语方式乃至思维方式，从而自然而然地把人区分开来。散文《办公室》随处有这种描写，比如写"座次"："三个人组成一个组，靠窗的位子秘书和一个老资格的副科级干部占据，我只能面窗而坐，随时听从指挥。我瞟了几个组室，差不多都是这么一个摆布，有些东西悟出来那是很后面的事情，领导要坐在亮处，坐在里面……"而当机关自身的这种差异性经由"乡下人"的眼光打量时，就变得更加意味深长了。卢年初常常引入"乡民"视角和"乡土"视角，让乡民乃至乡村来发现、看待"机关"和"官场"。这种视角的引入，就形成了一种更大的反差，即机关生态与乡土生态、官场景象和乡村景象的差异。在散文《机关大院》中，从老家来的老叔，对"轿车"的盘问，对"门牌"的数点，对"狮子"的惊叹，特别是对"官"的陌生、好奇和敬畏心理，无不彰显出乡土与机关的疏离和隔膜，更深层次地折射出乡村文明脚步的迟缓和某种超稳定的文化心理。在《办公室》一文中，"我"因为"坐办公"在老家成了"新闻"和"人物"，并被邀请前去参加庆典剪彩活动，这更是对一种"集体潜意识"的揭示，在乡民的敬畏和仰视中隐现出社会阶层、文化心理所带来的差异。

卢年初的机关生态散文侧重于从物质生态空间着笔并延伸到人物的心灵生态空间，表现物质生态所隐含的地位、权力对人的心灵的影响和改变。心灵生态不是抽象的哲学和理论原则，而是一种心境、一种情志、一种意识、一种生活方式[1]。卢年初的机关生态散文就是对"生活方式"、"心境"、"情志"和"意识"的逼真描写。在机关，和权力、官场相浸染的"物"也似乎成为权力、地位和身份的象征，抽象为一种符号和代码，成为一种"圣物"而非"俗物"，内蕴着一种生命的沧桑感和神秘感。会议室的"震慑力"，代表着"规矩"，显示着"权力"（《会议室》）；机关路的"行政化"，成为"办公室和会议室的延伸"（《机关路》）；"办公室是一个圈子，是大圈子里面的小圈子，很多年后，不论走到哪里，都还会涌动着类似江湖义气的滚烫"（《办公室》）。这些外显的体现着权威和尊严的物化空间，在人的呼吸与共的牵连中，被赋予了人的气息和灵性，从而也见证了人的生命历程和命运轨迹。在物被"人化"的同时，人也被"物化"。人在机关生态的制衡和规约中，不断失去其丰富性和多样性，成为"单面的人"甚至"静态的物"，刻板地、机械地按照官场中的程式和内心的指令来行事。当"我"在某单位任常务副职后，"我开始正襟危坐"，"要彻头彻尾地坐成办公室形态"（《办公室》）。"办公室形态"当然是一种物化形态、一种官场形态、一种失却了生命的激情而变得冷冰冰的公众形态。人的"形态化"，无疑是人生的缺憾和悲剧。所以作者一再用"禁锢""孤独"这样的词来形容机关人特别是某些领导干部的生存状态和精神处境。在散文《机关路》中，不仅机关路被"行政化"，人也被这条路"同化"。人与物的"同化"，实际上意味着人自身心灵和人性的"异化"。显然，这种"异化"外在于自我的秩序、等

---

[1] 王立志：《过程哲学与心灵生态国际学术研讨会综述》，《哲学动态》2011 年第 3 期。

级和权威对人的心性的侵蚀和改变。于是，在机关生态表面的宁静与和谐之下，是人的心灵生态的失衡、失重和失态。人的心灵生态就成为浮出水面的"冰山"，是作者聚焦和思索的本源。

散文的生命在于真实。只有当作家把自我的心灵真实地袒露在读者面前的时候，散文才会具有持久的撼人心魄的魅力。卢年初的机关生态散文不仅表现了人的心灵的物化和异化，更重要的是毫无保留地托出了自我心灵的全部秘密。"我"对机关生态的感知、体味和顺应，及至最后的游刃有余，这个过程既是一个艰难适应的过程，也是一个自主应对的过程。在这个过程中，有着人生的种种限定和无奈、规约和超拔、艰辛和悲凉。在机关大院里的"精神荣耀"，离开机关大院后回到"娘家"的"优越感"，负责会议报到的"喜悦"，第一次坐在主席台的"自豪"，成为单位一把手后用书籍对自己的"装饰"……作者把自己的心理活动描写得细致入微、纤毫毕现。长期机关生态对人的历练和锻造，"我"也被"物化"，成为机关生态中的一个元素。作者将内心深处的矛盾，对自己在机关生态中拒斥而又同化、顺从而又不安、感慨而又有几分获得后的满足等种种矛盾心理，作了淋漓尽致的描写。《机关路》发出了这样的感慨：随着"我"的阅历和资历的增长，"我"的身份和地位也逐渐得到了确立和公认，"我对这路上的一切更加熟悉，走在路上打招呼的人越来越多，我感到一种被承认的荣耀，我活得像这马路上的某个音乐符号似的颇有韵味"，"我在这条路上走了许多年，自然也被这条路同化"。显然，机关路，也是官场路、人生路和心灵路。"我"被路"颠覆和出卖"，从深层次来讲，是被自己的心灵"颠覆和出卖"。这既是作者个人的人生经历和心路历程，也是一般机关人、官场人所亲历的道路和必须面对的现实。

生态描写，意味着一种责任意识和批评精神。卢年初抛弃了过去乡土散文对诗意的营造与寻觅，还原为对生活的一种原生态的描写和冷静的叙述，既有共性的提炼，又有个别刻画。不正面描写官场，而通过机关的种种物象来映射机关人的生存状态和心灵状态。主要用物象或事件来布局谋篇，而又无处不见"人"、无处不见"人心"。看起来散淡，却又意脉内蕴。幽默、讽刺中见深沉和苍凉，冷静的叙述和描写中浸润着一种反思精神和批判的穿透力。无论是对机关物质生态的打量，还是对机关人心灵生态的审视，抑或对自我心灵的剖析，都标举着构建机关生态和谐与心灵生态和谐的良好愿望。作者以"在场"的悉心观察和切身体验，对"机关生态"做了一次看似平淡实则深刻的意蕴贯通的文学表现。

【作家简介】卢年初，湖南常德人。中国作家协会会员，一级作家。著有《旧事》《水墨》《帷幄》《从乡村到城市：一路疼痛》等书，代表作品入选国家多种权威选本、大学教材、中央电视台《子午书简》节目、全国高考语文试题等。2012 年获第一届湖南省文学艺术奖。

第五节　白旭初：根植于人性沃土的微小说

微型小说，又称小小说、微小说、闪小说等。近代以来，微型小说作为一种独立的文学样式在西方兴起，并迅速流行于欧美诸国。20 世纪初，微型小说进入中国，对华夏文坛产生了重大而深远的影响。尤其是近 30 年来，微型小说发展迅猛，日益显示出过人的优势和旺盛的生命力，并以绝对实力跻身于小说家族的"四大金刚"，与长篇小说、中篇小说和短篇小说分庭抗礼①。《小小说选刊》主编杨晓敏认为，"小小说（微型小说）是平民艺术"，将微型小说（小小说）定位为大多数人都能阅读（单纯通脱）、大多数人都能参与创作（贴近生活）、大多数人都能从中直接受益（微言大义）的艺术形式②。在现代社会，漂泊的心灵常常需要一种依凭。一朵白云，一钵盆景，三两颗星星，就可以使我们的心灵驻足。微型小说就是这样的白云、盆景或星星，以其飘逸、包孕和凝

---

① 龙茜：《论欧美微型小说对中国微型小说的影响》，《社会科学家》2010 年第 6 期。
② 杨晓敏：《小小说是平民艺术》，河南文艺出版社，2009。

练加入文学的山水之中，给观赏者一种美的享受。微型小说因其适应现代生活节奏的精短的篇幅，在文学和生活中占有重要的位置。从这个方面说，耕耘在微型小说园地中的白旭初捧出的那些姿态各异的文字"盆景"，不仅为文学的百花园添彩增色，也为生活中奔波的人们提供了一方方心灵小憩的驿站。

作为新闻工作者的白旭初，有一双观察生活的敏锐的眼睛，有一颗和时代的脉搏共振的心灵。他的小说有相当一批是对社会问题的追踪和揭示。当然这种追踪和揭示不是新闻报道般的直露，而是含蓄的、具体而微的艺术表达。住房问题、就业问题、子女教育问题、家庭关系问题、官场中的形式主义和吃喝风问题，等等，连同时代的风雨阴晴、天光云影被他迅捷而巧妙地植入他的艺术"盆景"。这就体现了他直面社会人生的勇气，并从而使他的小说具有一种包含时代色彩和社会责任感的重量，因而也使他的小说具有一种"新闻性"的内在质素。但小说不是新闻，作为微型小说更无法像鸿篇巨制那样贴近历史和社会的心跳因而具有史诗的蕴涵，体式也就限定了内容的表达。所以白旭初的小说打动人的应该说不是这一类"社会问题型"小说，使人感兴趣的是他的另一类小说，即"人生处境型"小说。这类小说着意强调人生处境的尴尬和无奈，从而越过了社会问题的门槛，渗透了哲学文化的内涵。《我为你作证》由河边垂钓作故事框架，从"钓"这一动作和密码中，演绎出人生"钓"与"被钓"的难堪处境。《老林》在"名片"上做文章，写人在对职衔的追求中掩藏的虚荣和悲哀。《求人》展示生活中一种常见的现象：求人和被求，生活位置和秩序的变动使被求者也求人，因而陷入苦恼之中。尴尬与无奈，是人在现代社会中不得不常常面对和接受的一种处境，它既有社会历史的原因，又有文化心理的原因，还有人自身性格方面的原因。这样描写人生，就避免了小说思想内容的浅薄和人物形象的失重。

白旭初写得最棒的还是"人性解剖型"小说。他把笔触深入亲情、友情和爱情之中，探寻伦理道德的呼吸和脉搏，触摸人性的善良和邪恶、温暖和寒冷。《四川佬》写出了"农村人"不被"城里人"理解的朴拙和勤俭，虽只是一星半点的勾勒，却表达了人性的至善至美。《团圆饭》

中母亲的期盼，是盼望一个洗心革面、重新做人的儿子归来，是盼望人性的复归。而《小保姆》中，冷漠和对种种人性弱点的戒备导致了悲剧的发生；《夫妻舞伴》中，夫妻间设防、限制和束缚以致人性缺氧而"头晕"。这样写，写出了作者对美好人性的讴歌，对健全人性的呼唤，对畸变人性的痛心。现代人步履匆匆，在负荷沉重的跋涉中，更需要一种发自内心的善的支撑，需要一种心灵与心灵交融的爱的扶持，需要广阔的大地上处处开满人性美丽的花朵。这不是神话，物质文明的繁荣必将提升人类的精神境界和道德水准。这样，作者对人性的凝神观照就使得其小说"盆景"有了一片植根于人性沃土的绿意，有了一种超越浮华和浅俗而引导人心向善向美的魅力。微型小说中的名篇《永远的蝴蝶》《最后一片叶子》就是因为流布着人性的温泉而被人广为传诵。那么可以说，白旭初也在有意识地开凿这样一口动人的深井。

　　微型小说可以说是小说中的"诗歌"，篇章的短小迫使其在精致上下功夫，构思、结构、故事、人物、语言等都特别讲究。它不追求故事的完整但讲究构思的精巧，它不在意人物性格的鲜明但力求展示人物丰富的内心，它不在情感的向度上精益求精但在思想的含量上千锤百炼。美国评论家罗伯特·奥佛法斯特提出微型小说应当具备三个要素：一是立意新颖奇特；二是情节相对完整；三是结尾出人意料[1]。白旭初深谙个中道理，他懂得微型小说创作的艺术奥秘，在创作中他糅合了戏剧中的误会、巧合、突转和诗歌中的象征、暗示以及小说中的悬念设置、心理刻画、场景描写等多种手法，因而不少作品可列为微型小说中的精品。从机器轰鸣的车间走出来的白旭初，更多地熟悉基层生活，他的作品选取的是那些习见的平凡的生活题材，特别是善于从家庭生活的窗口打量社会生活的千姿百态，即使是那些"社会问题型"小说也不是从正面切入，这样就在浓郁的生活气息中给人一种亲和力。为展示人生处境的难堪与无奈以及人性深处的矛盾回旋，小说还常常有意设置一些"相似性"的生活场景，使人物在"无可奈何花落去，似曾相识燕归来"的情境中尽

---

① 〔美〕罗伯特·奥佛法斯特：《谈小小说》，《百花园》1987 年第 4 期。

情表演，从而写出了人物心理真实的生活依据，因为生活本身往往就是这样循环演绎，何况现代生活的车轮更容易把人载入喜剧性的情境。这一点，我们可以从现代新感觉派小说中找到源头。

白旭初用他的小说"盆景"构筑了两座美丽的"住所"——近年来他出版了两部微型小说集，即《我为你作证》①和《夫妻舞伴》②。祝愿白旭初将更多更精美的"盆景"搬上文学和生活的"阳台"。

【作家简介】白旭初，湖南常德人。湖南省作家协会会员，中国微型小说学会会员。其新闻作品多次荣获国家、省级广播电视优秀节目奖，1998年受到中国记者协会表彰。其小说被《小小说选刊》《微型小说选刊》《读者》等转载百余篇次，并被收入《当代小小说名家珍藏》《中国大陆微型小说家代表作》《中国小小说300篇》等70余种选本。多次荣获《百花园》《微型小说选刊》等刊物举办的全国小小说征文奖及全国小小说年度评选奖。

---

① 白旭初：《我为你作证》，江西高校出版社，2009。
② 白旭初：《夫妻舞伴》，百花洲文艺出版社，2015。

第四章

云飞霞绕

——智性与哲理表达

第一节　少鸿的寓言体小说

少鸿创作中的现实主义情怀和风格，铸就了他在文坛的分量。近年来，他开始了新的尝试，一方面用现实主义手法创作完成了一系列优秀作品，另一方面又用智慧的积木搭建了一座座美丽的"寓言城"。这就是他发表的一批数量可观的寓言体小说。当我们在他的"寓言城"中漫步时，既领悟到丰富的哲理寓意，又获得一种全新的艺术感受。

一

对某种永恒话语的叙述，是少鸿寓言体小说的一个基本内容。这种永恒话语的表达，既借助具体事相，又超越具体事相。它是作者循着自己的思考，结合世间万象而演绎成的一套寓言符号系统。那些具体的人事，是现实中不可能发生的，但在寓言情境里又出现得合情合理，从而超越具体的人事，把某一事理推向极致。超越的共通性在于，皆以一种"顶点思维"来寻找存在的"最终的唯一性"。因此，"超越"的最原始意义就等同于无条件性的、整体性的、"形而上"的追求。即否定此在的有限性，力图通过超越现象，拯救本质，达到永恒的理想世界①。具体说来，少鸿寓言体小说对永恒主题的思考，主要表现在三个方面，即美、爱和自由。这类主题，是被文学艺术千百遍重复了的，但在少鸿笔下，被表现得那样生动活泼而又极富现实感。

《美足》《恶手》等篇是对"美"的沉思。《美足》写了一个真实的人物和一个虚幻的人物，即画家和画布上的女子。画布上的女子是画家创造的，当最后获得一双"美足"时，竟按捺不住对"外面景致"的向往，来到市声嘈杂的街心公园，后被画家追回，请上画布，一双美足遂被绳索套住。这实际上引发人们思索：创造美，但不能禁锢美、约束美；美的东西只有与现实生活拥抱并为大多数人所欣赏，才是真正的美。《恶手》借西方文学艺术中的古典人物，发出了"拯救美"的深沉呼唤。蒙娜丽莎为了生存，竟顺从了丑恶，那迷人的"微笑"在金钱的罪恶面前改变了内涵。那个一直思考"生存，还是死亡？"的哈姆雷特，过去向篡夺王位的叔父复仇，今天向亵渎美的人宣战。在多变的现实面前，"美"怎样才能保住她永恒的魅力？怎样才能在与"恶"的纠结和对抗中不至失去她神秘的光辉？这就是本篇小说蕴藏的寓意。

小说《蓝眸》凝视的是"爱"的天空。它延续了中国古代文学中的爱情浪漫型主题：爱可使生者死、死者生。这里同样是表现爱情的神力，爱可使无生命的复活，使有生命的冷凝。一个孤独的女模特在被人当作有生命的实体得到珍爱时，凝固的美居然复活了；当不被人看重而受到冷落时，又回复为模特。那个情感冲动的孤独男人为了"赎罪"，最后依偎着女模特变成了一个男模特，以一种古典浪漫式的姿态，表达了他的忏悔与忠诚。这篇小说对"爱"的含义的揭示是深刻的。人可以促成爱的产生，也可以导致爱的毁灭；在心灵的感应中，爱可以从纯洁走向激情的巅峰，在功利的牵制中，爱也可顺世俗滑入悲伤的低谷；对爱的允诺，也许只是情感与情感碰撞的火花，对爱的忏悔，才是理性对情感审视后的升华……一个"爱"字，照亮全篇，且"爱"的内涵又如此丰富，殊为难得。

对"自由"的表现，在这里主要是对人的自由个性的表现。在现实

---

① 孟湘：《生命超越：文学最深层的永恒主题》，《徐州师范大学学报》（哲学社会科学版）
2009 年第 4 期。

生活中，人如何才能顺应自己的天性自由发展？如何才能摆脱种种外在的拘束回复到心灵的活泼天真之中？如何才能穿越世俗的屏障迈向人生的乐土？这些问题，读了《鱼孩》《裸奔》《歌王之殁》等小说之后也许能够得到解答。《鱼孩》是对"童年世界"的俯首。童年本应自由自在，可是《鱼孩》中的一群孩子却受到种种限制。他们由对水中快乐游动的鱼产生羡慕之情，到最后投身水中，变成了鱼。这个构思虽算不上很新颖，但是所揭示出的社会问题有着普遍意义。《裸奔》是对"成人世界"的逼视。《裸奔》中的"他"是电视台《仪表与风度》专题节目的主持人，在长期的举止言行规范中，有一种潜意识的束缚感、压抑感，于是他开车到城外的一片森林里，冒着雨、迎着风裸奔，此刻他才回复到一种真正意义上的自我，感到无拘无束、畅快无比。这里，森林、雨、风等自然景物以它的豁达、洒脱与自由吸引着人类向它贴近，并与人的自然天性相融合。这篇小说启示人们，在文明的规范之中，也应摆脱某些人为的做作、刻意的追求，让个性得到自由而健康的发展。《歌王之殁》写得非常诗化，歌王无与伦比的歌声出自具有唐诗和宋词韵味的峡谷，一旦来到城市，那种近如天籁的歌声也就不复存在。这里除了表现作者对古典田园式情境的诗意眷念以外，主要还是在乡村与城市的背景下思考人的个性问题。以上三篇小说都是在人与大自然的关系中表现出作者对人的自由个性的关怀。这无疑使我们联想到现代文学史上废名、沈从文等作家的某些乡土小说。

二

少鸿的寓言体小说的哲理化倾向是很明显的。文学艺术的内容和主题具有层次性，理论家一般认为，哲理意味是其最高层次，因为"伟大的哲学、文学和艺术作品……在一致性的高级层次上，它们对人类面临的一系列为人类相互关系和人与自然关系所提出的基本问题表现了各种全面的态度"①。美国学者万·梅特尔·阿米斯认为，"任何一本小说都要

① 〔法〕吕西安·戈德曼：《文学社会学方法论》，段毅等译，工人出版社，1989，第83页。

描述对人生的看法，因而也就要与哲学问题建立某种联系"，"伟大的小说家就是一位哲学家"，他还把小说的思想内容归纳为三种类型——逃避型、忍让型和理想型，"逃避使思想萎缩，忍让则视思想为无用和软弱。但是一个有实现可能的理想却能促使我们去思考如何实现这一理想，而使我们置身于这种精神境界可能就是文学最高的社会成就了"①。这些都说明了文学作品中哲理（哲学）的重要性以及在哲理表达中所持有的一种人生态度。

少鸿寓言体小说中的哲理性集中表现为对人生和人类命运的思考与表达。当然这种哲理不是纯抽象的，而是活生生的，甚至可以说就是生活本身，它包容在某一生活情境之中，让人感悟得到、把握得住。《梦非梦》讲的故事我们可以不必计较，但透过故事对"人"的思考却使我们感慨不已。人究竟生活在梦中，还是现实里？小说用了这样一系列模棱两可的词："好像、似乎、也许、可能……"人对自身生活的真实性持怀疑态度，"梦和现实在这里已失去界限"。本来，人本身就是生活在一个迷离恍惚的境界里，从何处来，到何处去，置身何处，有何所为，往往令人感到无可解答，是一个永恒的令人类困惑的话题。似真似假，是梦非梦，梦即现实，现实即梦，此种情景常常是我们每个人都会感觉到的。小说在"梦"与"现实"的边缘落笔，把人类与人生的境遇提升到了一种哲理性的高度。通过《梦非梦》与另一篇小说《卦非卦》，可以看出作者接受了老庄哲学思想的影响。作品中的易理禅思，让人读出一种智慧与从容。《卦非卦》写一个人的命运起伏转折、大起大落，这种命运的改变又与他对"命运"的相信与否密切相关：相信命运，则由命运捉弄，人生也就反复无常；不相信命运，则能轻轻松松，诸事如意。正如小说中言："所有的卦都是灵验的，所有的卦都不灵验。卦就是卦，卦又不是卦"，"信则有，不信则无"。对梦与非梦、卦与非卦这样一类对立范畴的思考，在少鸿寓言体小说中处处可见。生界与死界，人性与自然性，真我与假我，幻想与现实，城市与乡村，都是少鸿乐意表现的，而且在这

---

① 〔美〕万·梅特尔·阿米斯：《小说美学》，傅志强译，北京燕山出版社，1987，第138～144页。

种对立两极的纠缠、对抗与渗透中表现出了作者的真知灼见。小说《替身》中的作家与市长，一个是真我，一个是假我，实际上已涉及"双重人格"。作为肉体的人和作为灵魂的人，作为公众场合的人和作为家庭中的人，是人的"一体两面"，往往是相互矛盾而又相互统一的，这就导致人的精神上的烦恼和痛苦。

三

对永恒主题的传达以及对哲理意蕴的追求，使少鸿的寓言体小说超越了简单的社会功利层次，呈现出一种智者的风范。在少鸿的寓言体小说中，作为智者，作者不是凌虚蹈空渺茫难及的，他是站在现实的土地上，一方面用如炬的目光洞悉纷繁的社会世相，思考那些超越时空、诉诸思辨的问题，另一方面一颗心浮沉在人事的哀乐之中，表现出对现实人生的深切关怀。说到底，少鸿的寓言体小说，是借了寓言的形式来发表对现实人生的种种看法，"寓言城"亦是"现实城"。少鸿着重表现的是现实生活中人的精神处境和外部生活处境以及二者之间的种种联系。少鸿提供的现实不是尽善尽美的，生活在其中的人，其精神状态也并非一个模式。有对现实的抗争与逃离，《鱼孩》和《裸奔》表现的是对"别一世界""别一境界"的向往，受束缚受压抑于此，寄希望寄梦幻于彼；有的是挣脱逃离现实而不得，《美足》讲述的是人在通向自由的道路上，纵有一双"美足"也无法寻觅到心灵的归宿；有的在现实面前以牺牲美好的人格为代价，弃置人类美德的光辉而俯就丑恶，如《恶手》；有的在现实面前自我审视，扬弃人性中的弱点而走向内心的纯洁与高尚，如《蓝眸》。特别值得一提的是另一种情形，即在现实面前，人通过自我调节心境，换取另一种眼光来看待不尽完美的现实。前面涉及的《卦非卦》就是这样，主人公由信卦到不信卦，心态改变了，生活也就随之改变。另一篇小说《人羽》，用超现实的故事，表现了人与尘世的离弃与接纳关系：人抛弃尘世，尘世就会抛弃他；人热爱尘世，尘世就会向他敞开胸怀。一切都取决于人的态度：尘世不是美好的，但人的心境可以是美好的；心境改变了，现实给人的就会是一个全新的感受。

对现实人生的理性审视，使少鸿的这类小说富有一种批判精神和悲剧意味。现实的不尽完美，人的正当欲望的难以实现，人自身弱点的无法摆脱，美的受阻与恶的潜行，等等，这一切都被作家纳入了一个个生动的寓言故事，在不动声色的叙述中，让人感受到一种沉重的东西，一种覆盖在永恒话语和哲理韵味之中的东西。这就使少鸿的寓言体小说获得了重要而丰富的思想价值。它不仅让人超越具象，心游万仞，发奇思妙想，得智慧娱悦，而且让人贴近现实，情系人生，兴喜怒哀乐，获思想启迪。这就与时下某些纯"写实"、纯"体验"、纯"状态"的一类小说有了很大的不同。

四

作为寓言体小说，毫无疑问，少鸿吸收了古代寓言的艺术营养，其小说具有寓言的基本特征。同时很明显，从少鸿的寓言体小说中，可以看出少鸿受到了法国新寓言小说的影响。法国新寓言小说的代表作家如尤瑟纳尔、图尔居埃、莫狄阿诺等，他们在寓意传达、艺术构思、题材选择等方面的特点，都给了少鸿一些有益的启示。不仅如此，少鸿的寓言体小说还广泛地借鉴了西方现代派特别是魔幻现实主义、超现实主义、荒诞派的某些艺术表达方式。奇特的想象、夸张和变形，隐约深邃的象征和暗示，反常而合乎理性的细节和情节，构成了一幅幅五彩缤纷、似真似幻的人生图景。

在艺术上，有两点特别值得我们注意。一个是艺术构思。少鸿的寓言体小说在构思上呈现出一种倾向，即借助一个"变"字来推动情节的发展，完成寓意的表达。无生命与有生命的互变，美与丑的转化，此一境界与彼一境界的打通……变化多端，扑朔迷离。在这里，现实与幻想已失去了它的界限，小说的内在艺术空间得以扩展，读者的思维也不再局限在现实生活的单一平面。作者关心的不是"变"的结果，而是"变"本身。为什么会"变"，向着什么方面"变"，才是作者所要追问的。在当前多变的纷纭现实中，人的心灵一刻也不会安宁。对世俗的背叛，对尘世的厌倦，对孤独的体味，对束缚的挣扎，对恶的诱惑的无法抵挡，对美的呼唤的深情眷恋，都有可能成为"变"的原动力。少鸿笔下的"变"，不同于西方现代派小说中的"变"，它不是人被"异化"的结果，没有那种丑陋感、压迫感和恐惧感，没有那种非理性的东西。相反，它往往向着美善的一面变化、发展，向着人的善良愿望和健康人性变化、发展，这样就构成了人的某种内心欲望的达成，实现了人和现实关系的一次新的调整。即使有时候美也走向沦丧，恶促成了变的产生，但给人的也不是绝望；"恶"的引入是为了让人们认识到"美"在保持自身品格的过程中要付出的沉重代价。

另一个是人物刻画。少鸿的寓言体小说不重人物塑造，甚至许多人物连姓名也没有，完全是符号化。字母、数字、人称等成为人物的代名词。《人羽》中的主人公是"1"，《魔屋》中的人物是"A"，《卦非卦》中的人物是"G"，《替身》中的人物是"我"，《裸奔》中的人物是"他"……这些人物充当了寓言情境中的道具或手段，作者并没有把他们塑造得如何有血有肉、如何典型化，只是借了这些人物生活命运的神奇变化，提供出某种真实的或可能出现的生活现实，并引导人们越过这些具体的人事，去思考某种深层次的内涵。即使某些人物勾画得比较具体，作者也并没有延续人物塑造中的"性格—心理"模式。还有一些文学人物，从古典的文艺殿堂里走来，在现实生活中演绎出新的故事，使小说获得了一种厚重的历史感和文化韵味。如蒙娜丽莎、哈姆雷特、唐璜等人物的复活，给小说增添了奇丽的色彩。

毋庸置疑，少鸿的寓言体小说，显露了它存在的生命力。寓言体小说属纯文学范畴，在典雅生动的艺术外观形式之下，凝聚着丰厚的寓意，它是思想与智慧的产物，同时又造就思想型、智慧型的读者。在某些文学作品变得越来越轻的时候，我们的时代也需要有重量的作品。文学不仅要用它的通俗满足人们的休闲与娱乐，而且需要用它的精致典雅、厚重端庄满足部分人高层次、高品位的审美阅读与期待。寓言体小说存在的价值正在于它思想上的含量和艺术上的技巧。少鸿苦心营造的"寓言城"，不管时光怎样变换，都将以其恒久的魅力，留住人们的目光。我们希望少鸿在关注现实、表现现实的同时，建造出更多更美的"寓言城"，以让我们疲惫的心得以短暂的休憩。

第二节　曾辉乡土小说的创作辩证法

文学作品如何接纳情理，如何处理情理关系，这在古今中外文学史上有过许多生动的论述，但文学在它的实践过程中，又常常感到困惑。今天，文学创作面对农村日益丰富的现实生活，既要表现生活的有情状态，表现农民的愿望、情绪和心理真实，又要从中发掘出本质的东西，使情有所归依；既要表现生活的有序状态，表现时代的倾向、精神和发展态势，又要充满生活的丰富性和多样性，使理有所支撑。这就给作家提出了更高的要求。有学者分析指出，我们一方面要注重文学活动中的感性心理因素（情感、感知、体验、联想、想象等因素），另一方面，即使强调非感性因素，如思维、认识、意志等，它们也都要溶解为或是通过以情感为核心的感性因素才能进入文学①。在文学艺术创作中，理性（非感性）的东西必须通过感性、情感来传达和传导。

新中国成立初期农村题材的小说创作，出现过一些情理兼容的优秀作品，但由于时代和审美方面的原因，也有许多作品仅是某种理性精神的传达，主题单一，人物单薄，结构类型化和模式化。及至"文革"期间，农村题材小说被高度抽象化，火药味多而人情味少，概念化多而生活化少，高大完美多而普通平易少。新时期以来，人的正当生活方式、情感冲动和内心秘密，不再被文学视为渺小和异端。但是农村小说仍然受到两个方面的冲击：一方面是某些作品写得很思辨很玄奥，理性色彩相当浓重；另一方面是某些作品写得很诗化很空灵，是一种纯抒情的笔调。文学允许多方面的尝试，但在情理的容纳上还要看文学所描写的对象。作为以表现农民为主体的小说，就要紧扣农民的思维特点、审美趣味和生活方式来写。那种纯思辨或者纯抒情的写法，不是对农民生活的

---

① 李育红：《重新审视文学审美意识形态论》，《文艺争鸣》2008 年第 3 期。

提炼也不会为农民所接受和欣赏。

　　一直生活在农村的中年作家曾辉，随着创作实践的深入和创作理论的丰富，逐渐抛弃了早期创作重理轻情的倾向，看待生活和表现生活更加富于辩证思维，能够将情理有机地融合起来，情中寓理，理中含情，浑然交融。他最近出版的第三部长篇小说《情中情》①，是他乡土题材小说的代表作，在对情理的艺术把握上就体现了他的创作辩证法。

　　《情中情》是农村改革题材小说，有时代理性精神的高扬，但又不是概念的演绎和空洞的歌唱，而是对生活进行多方位的表现和开掘，有情有理，情理兼容。情与理的交织共存，在小说的主题、人物及结构等方面开辟出了丰富的审美空间。

一

　　《情中情》既写了农村改革的声息和走向，又写了生活的丰富形态，在情理际会中，开掘出了主题的深刻性和多义性。

　　改革，是《情中情》所要表达的一个重大主题。在大山中兴办煤矿，这是孟姜乡农民改革意识的体现。小说以兴办煤矿作为中心事件，写出了农村改革的艰难性和必然性，以及伴随着生活变革的种种心灵的躁动。生活的内在发展决定了改革必然被推向前进，但农民心理的定势和固化，又使他们其中的部分人不能与生活的发展同步，在情感上与之疏离甚至格格不入。然而时代理性力量的渗透和推动是强大的，特别是当事实的发展证明了理性抉择的正确性时，所有的情感和心灵又会被这盏理性的灯所照亮。

　　改革主题只是小说的表层主题。由于作家严守现实主义的创作方法，细致逼真地描写了农村生活的丰富形态，特别是逼近了农民的生活方式和心灵世界，因而在改革主题之下，有一种更深刻的主题，即文化主题。

　　文化，潜隐在生活之中，成为某种模式，支配着人的思维、情感和行为。《情中情》不放过平淡的日常生活，不放过情感的细波微澜，通过

---

① 曾辉：《情中情》，中原农民出版社，1990。

对一些风俗场景、习惯性动作和生活细节等的描写，触及丰富的文化内涵，从中可以看出文化对农民的心理、行为的深刻影响。叶大妈是使小说的文化意义得以表达和扩展的一个关键人物。她生活方式的程式化，无不隐现出文化的影子。为解除危难，她便借助神仙道人；为求安祈福，她便想到风水脉气；饭桌上，她总是有固定的座次；犹豫时，她总爱说"跟着别人走"。当然这种文化心理并不局限在她一人身上，她的行为有时是在某种规定情境下产生的，而且得到了周围不少人的默认。刘月梅是一个过渡性人物，她站在叶大妈的心理阴影之中，顺承了上一代人的思想观念。她的许多行为与叶大妈基本上是叠合的，这表明了传统文化心理的凝固性。但刘月梅又毕竟有些不同于叶大妈，她开始对某些习惯性的东西表现出情感上的怀疑。作为第三代人的姜利利，她接受的文化影响和传统的文化心理之间拉开了距离，因此她对祖辈的行为举止敢于作理智的批评和嘲讽。

在小说中，文化的主题并没有游离于改革的主题之外，而是改革主题的一种很重要的补充。改革的艰难也好，改革过程中人们心灵的种种矛盾也好，其原因不能仅仅从现实中去寻找，应深一层地从文化中去探寻。文化是制约现实和心灵的一种隐秘而又强大的力量。

爱情，在《情中情》中不是作为调料和刺激，而是构成了独特的精神现象，成为与改革主题、文化主题相关联的又一主题表达。作家写爱情，不是如时下某些流行小说，写一种情的混沌和混乱状态，而是写健康的情，写情中的理性因素。青年男女在封闭的山村中敢爱，有些甚至爱得火辣辣的，但也爱得很节制、很理智。这种理智，不是传统婚姻理性的规范和束缚，而是人自身的道德感和责任感。姜利利就是一个大胆追求爱情幸福不受任何拘束的农村开放女性。她一方面情炽如火，另一方面又有很强的自控力。爱情中的理性，还表现在爱情交往中葆有某种价值尺度。李凤花是因王拓"人格的崇高"而萌生了爱情，姜利利是因祝一忠的不尽如人意而与之分手，这中间爱的尺子其实也是理性的尺子。这与现代文学史上某些充满"浓重的肉的气息"的小说不同，人在爱情面前不是"漂亮的选择，肉感的冲动"，而是充满理智的抉择。抉择意味着精神痛苦，这种痛苦是伴随改革现实处境和改造传统文化心理而产生的，它是时代演进中妇女命运的真实反映。

二

《情中情》既写了人物身上的理性因素，又写了人物心中的情感状态，在情理复合中，表现人物性格的丰富性和特殊性。

无疑，人的内心深处总有着情与理的二元组合。当情与理化为人的表情、语言和动作时，就与周围的人及世界发生了多种多样的联系，就构成了和谐、摩擦或者对立，人与人也因此而区分开来。《情中情》比较好地把握了人物身上的情理内容及其相互关系，归纳起来，主要写了以下几种类型的人物。

一是情理开放型。情理开放，就是指个人的思想感情与时代、社会息息相关，不在内心的闭锁中叹息，也不在屋檐下等待观望。王拓就是这种情理开放的典型。他情志高洁、胸怀远大，而又脚踏实地、开拓进取。他是时代改革大潮中踏浪而来的一个光彩夺目而又真实可信的人物。作家在表现他情理开放的过程中，也写出了他内心的犹豫和情感的波动。他虽然对改革充满信心，但有时也不免感到"惶惑和担心"，在心中不停地问自己："你敢扛这面大旗吗？"正是这种内心的真实祖露，使人物远离了神性。现代作家洪深在《小说中的人物描写》一文中指出，作者描写人物要"从他们心底许多举动中，（一）选择那改善个人和社会关系的行为；（二）选择那理智的行为；（三）注意那理智的行为中的考虑的犹豫期"。曾辉是懂得这个创作道理的。他既写了人物"理智的行为"，又没有放过人物"考虑的犹豫期"，这样就使人物的性格摒弃了"扁平"而变得丰富，使人物的情理能与读者的心灵接通。小说中的情理开放型人物，还有姜永顺、孟凡理、姜利利等。

二是情理冲突型。社会生活的激荡变化总是造就许多矛盾、痛苦甚至混乱分裂的心灵。文学越是关注这种复杂的心灵，就越能塑造出典型化的人物，越能表现外部生活发生的重大改变。告别私有制的社会转型期，造就了梁三老汉、陈先晋等旧式农民复杂的心态，生活发生逆转的社会动荡期，塑造了许茂古怪的性格，那么在农村由封闭走向开放的改革年代，姜雨湖心灵的苦闷、烦躁和矛盾冲突就是很自然的了。姜雨湖是新中国成立后农村题材小说创作中继梁三老汉、陈先晋、许茂等之后又一个典型化程度较高的农民形象。儿子承包煤矿时，他愤愤不平；拆屋搬迁时，他暗自落泪；独守老屋场时，他慨然长叹……这些都表明他内心里有着剧烈的冲突。姜雨湖的内心冲突，说到底是一种情理冲突。从理智上说，他对现实生活处境不满，并希望有所改善；从情感上说，他又企求安稳，不愿触动自己的利益。理智，使他走出门槛，关心外面的变动；情感，使他退回内心，固守着原有的生活方式和信条。情理对立，使他心中装着一个热辣辣的"夏天"而焦躁不安。但他的心窗毕竟是向外微微开启的，他并没有完全封闭自己，这就意味着他的性格是可以得到改造的。他内心里的混乱就是他性格发生重大变化之前的必然征兆。高尔基在《论文学》中说过："如果我们要改造他——我们就是要改造他的——我们就不应该把这个今天的普通人物简单化，我们应该把他内心的混乱和分裂，把他的'情感和理智的矛盾'，对他自己'和盘托出'。"[①] 姜雨湖在内心理性的召唤和多种外力的共同作用下，最后终于完成了性格的"改造"，走向了情理和谐。

三是情理封闭型。封闭，使人目光向内、心胸窄小。叶大妈虽然淳朴善良，但她并不怎么关心外面的事情，只要一家人大吉大利，她就心满意足。她的理，是应情而生的，她的思考和行动最后都指向情感的满足本身，而情感又没有越过家门。如果说叶大妈的情理尽管封闭，但还比较单纯，那么李木林的情理不仅封闭，而且自私。他的理，通向的是自己的利益，是自我膨胀；他的所谓情，是随理而动的。为了满足"理"的需要，他可以压抑、扭曲甚至火绝情感。他反对改革，主要是从自己的地位和名声方面考虑的，他行为的动机，来源于琐碎的欲望。那么只有当生活的发展真正触动了他的观念，改变他对人生的看法，他的情才会从狭隘中超脱出来。他后来的转变，虽然还缺乏一个过程，但用发展

---

① 　高尔基：《论文学》，人民文学出版社，1978。

的眼光看还是令人信服的。

三

《情中情》，情字起，理字收，由情入理，情理交汇，使小说结构摇曳生姿、波澜起伏。《情中情》的结构表面看起来比较散淡，因为没有曲折复杂的故事情节，它只是由习见的生活情景和场面组接而成，但从情理的角度来考察，就会发现结构上的内在联系和起伏变化。

《情中情》开卷描写爱情，着重写姜静因婚姻问题引起的精神失常，以及周围人的情感状态。有心灵压抑的苦恼，有贫困导致的悲痛，有路遇不平的愤怒，有无钱治病的伤心。这些感情纠结在一起，冲撞着，但找不到解脱的出路。王拓的出场，有如夜空的一道闪电，人们的心灵从这一瞬间开始被镀亮。这当然不是说王拓有什么神功伟力，只不过是他带来了一种理性精神、一种开阔的眼光和雄健的气魄，使人们看到了希望。所以问题仍然在于不是农民如何落后，而是农民需要领头人。从这个意义上说，王拓是一种高度理性化的象征体，一种引导性力量的化身。也就是从这个时候开始，王拓把人们置于一个新的现实环境之中，生活的平静被不断打破，人与人之间以及人自身在情理上不断发生矛盾冲突。在这种矛盾冲突的推进中，现实经过理性改造发生了巨大变化，代表时代发展方向的理性精神逐渐成为一种支配的力量，这个时候农民的精神和情感开始被提升到了一个新的高度，最后，情与理合，小说定格在王拓的内心独白上："建设好可爱的家乡，去追求美好的人生。"

情理的变换推移，给小说的结构带来了起伏转折。小说的前五章，重在写情，写情的阴郁和沉重，从结构上看，显得比较平稳。王拓在第六章出场，小说结构突然振起，变得开阔。随之在情理交汇中，结构呈波浪式推进。最后小说结构在壮美的旋律中扬起，挺拔峻峭，催人奋进。

除了结构上的情理变化和交织推进的特点之外，作者还通过一些巧妙的艺术手段来传达情理。

通过线索安排表达情理。小说采用"社会－家庭线"与"事业－爱情线"的交织来串联生活故事，表现情理的内在交融。作品主要表现孟姜乡这个小社会在农村改革过程中的理性选择，又在这个小社会中着重描写姜永顺的家庭，以及这个家庭的每个成员在社会剧变中的心灵激荡。相对来说，社会是一个理性参与和竞争的场所，而家庭则是感情寄寓和心灵袒露的地方。《情中情》从家庭生活落笔，慢慢延展，深入社会，又在社会生活场景的开合中穿插家庭日常生活的细腻描写，让读者既能把握时代生活的脉络，又能触摸到人物情感的波澜。同时小说写了人物的事业追求，以及在这个追求过程中的一系列爱情心理。事业被爱情温润，爱情被事业加固，理中情、情中理的渗透使人物的事业和爱情显得崇高而动人。

通过意象转换表达情理。意象总是耐人寻味的，它不只是诗歌的花冠，也是小说的珠宝。它可以诗化小说的情调，扩大小说的思想空间和境界。著名的意象派诗人庞德认为意象是一种"理性和感情的集合体"，这个见解是深刻的。有学者认为，"意象派是古典性的、客观的，强调明确、直接，意象本身就是一切，一切含摄在意象中"[1]。《情中情》描写了许多耐人寻味的意象。小说开篇描写的"夜"意象，是现实生活沉重的投映，也是观念形态中阴影的覆盖。在这个环境里，人们有着惊恐、压抑、苦闷种种复杂的情绪。随着生活的展开，小说在夜空中点燃了灯光、捧出了月华。"灯"与"月"是黑夜中最美好的象征，它映照在那偏远的山村，无疑是一种时代精神的闪烁，农民们借此看清了脚下的路和生活发展的必然趋势。随之，喜悦和激动、希望和信心也被引发出来。但前进的路上并非一帆风顺，"雾"升起来了。雾，来自生活的角落和某些人的内心深处，人们也因此有过短暂的困惑和迷茫。最后，"雾气"消散，"早霞"映照，天空晴朗。整个小说，在意象链上嵌着夜、灯、月、雾、霞这样一些主要意象，在它们的转换中，结合小说描写的具体内容，可以看出包孕其中的丰富的情理内容及内在关联。

通过情境设计表达情理。在这里，情境设计主要有两种方式，一种是情境的柔化。王拓去做姜雨湖的思想工作，小说安排的是一个诗意的

---

[1] 傅孝先：《西洋文学散论》，中国友谊出版公司，1986，第225页。

情境：美丽的夏夜，姜雨湖躺在竹椅上乘凉，王拓和他散散淡淡地拉着家常，但就在散淡中含着深情，在深情中有着劝解和开导。如果换成另外一个情境，让王拓慷慨陈词，硬着头皮干巴巴地说服教育姜雨湖，显然不会收到这样动人的效果。王拓明知李木林不与自己配合，但他每一次与李木林见面，都不是剑拔弩张、声色俱厉，然而仔细体会，又会发现谈笑和温婉之中有强硬和刚厉。情境的柔化，可以使理从情出、情理兼得。情境设计的另一种方式，就是情境的对比。情境的对比，往往不言情而有情、不言理而理自现。姜静病重无钱医治与李木林搜括民财修建私房的对比，姜雨湖老屋场上的空寂冷落与他人稻场上欢声笑语的对比，等等，都极富情理的深度。

　　通过心理描写表达情理。《情中情》的心理描写，很少是纯理性的解剖，往往写得含而不露、机智巧妙。借人物的眼中景，表现人物的思想感情，使景从心出、情从景得，这是作者心理描写的一个主要手段。姜静大病初愈时听到"知了"叫的一段描写相当传神。那夏日浓荫里的天籁之声不仅化解了她的"愁绪"，而且寄寓了她心灵的秘密和向往。同样，王拓眼中的月亮由"十分朦胧"转为"清清的光辉"，也是人物心境的巧妙暗示。正如艾米尔所说，"一片风景就是一种心理状态"。《情中情》还写到人物心理的潜意识层次，它是通过情感的变形和夸张来写的，而就在这种描写中，更加隐秘地切入人的理性意识。另外还有一些心理描写显得幽默风趣，或者含有哲理意味。

　　除此以外，还通过习俗渲染、象征表达、议论生发等来传达情理。习俗在其风土人情中凝聚着较多的传统观念和心理意识。象征在其抽象寓意中也浓缩着某种特定的情感。小说中"房子"的象征极好地表现了人物情理冲突的心理空间。正如梁三老汉的"房子"的梦想是一种愿望的达成，李顺大"造屋"的几起几落是人物命运的暗示，《情中情》借"房子"的拆迁，表现了在新的形势下农民的心理走向和生活变迁。议论的适度加入显然使作品的理性色彩增强了。作者的议论不是画蛇添足，而是情到极处的一种很自然的语言表达，所以它往往是顺情入理、因势点化，是情中理、理中情的融合。

《情中情》出现在改革开放之初，作者用情理交融的辩证思考和艺术表达及时反映了农村改革的先声和呼声。这种情与理的渗透以及二者的交融不是刻意添加或凌虚蹈空的，而是一种内在的自然而然的呈现和巧妙传达，它是作者长期在农村体验生活、观察生活之后，把心中的感受和认识、体悟和思考转化为艺术思维与艺术形象的结果。在小说中，尽管有时候"理"还可以掩隐和内敛一些，但总的来说，情理浑然一体，带给人心灵愉悦和思想智慧。

【作家简介】曾辉，湖南澧县人。中国作家协会会员。曾任常德市文联党组副书记、副主席，湖南省作家协会长篇小说创作委员会委员。著有长篇小说《八月雪》《财女》《情中情》，长篇纪实文学《情系桑梓》，报告文学散文集《人梯第一步》《七松魂》等。

第三节 杨亚杰诗歌的人生况味和寓意

一

杨亚杰最近辑成一本诗集，名为《三只眼的歌》①。此前，她已出版诗集《赶路人》。作为一个在诗歌旅途匆匆赶路20余载的女诗人，不论文学的季节如何变换，蛙声四起绿荫匝地的夏也罢，蝉鸣疏落雁横寒空的秋也罢，她始终怀抱生命和诗歌赋予她的激情，奋然前行。这注定了她的寂寞和孤独。不单文学之景观斗转星移，整个社会的生态环境和精神领地也烟笼雾罩。诗意早就在常人的路上失落。不少人睁大"两只眼睛"，把功名和利禄当作人生至上的追求。一个从《诗经》以降被诗意熏蒸了数千年的华夏古国，"飞流直下三千尺"的激情和怀抱也日见消瘦和空落了。在这样的背景下，杨亚杰手持一面灌注古典诗意的镜子，映照

---

① 杨亚杰：《三只眼的歌》，远方出版社，2003。

心灵的姿容和生活的脚步，就显得更加难能可贵了。

作为诗人，当在常人的"双眼"之外还睁着一只美丽的"诗眼"；作为人类，当在日月两只巨眼的眨动之中还睁开虹眼、雨眼、雪眼、星眼……岂止是"三只眼"，而应当是无数只眼。宇宙之与人的精神遇合而诞生无限诗意，就在于人类有这样无数只尚未关闭且永远也不会关闭的"眼睛"。在写《三只眼的歌》之前，杨亚杰在人生和诗美的路上就已经开始四面搜索、八方寻找，诗歌因此呈现出一种内容和情感上的丰富性。她用一只眼瞩望"理想的国度"，这里有大海和花朵、自由和圆满；她用一只眼打量"灰色的影子"，这里有坟墓和陷阱、寂寞和伤痕；她用一只眼直逼"媚态的笑脸"，这里有树的距离和路的迷宫，有"一旦相逢／握手就见血痕"的感慨和忧愤。她写了理想、现实和人生境遇，不是那种单纯的轻灵小唱，也不是那种一味的阴郁感伤。生活的光色和心灵的感应被转化为一种富有时代感和现实感的主题。但这些诗歌大多是诗人苦思冥想的结果，有些诗作可以说是为着某一题旨或情思而幻想与激发出来的，也就是说尚缺少真切的生活体验和唯我独有的创作视点作为支撑，于是就免不了追赶并融入诗歌潮流和审美时尚，个性也就随之湮没在"沿途"的绿荫和繁花之中。虽有时"女性意识"也赋予诗人一种特别的眼光，写出了像《仪式完毕之后》这样一些好诗，但同样未能超出同时代诗人的歌唱。敏锐、清醒、大胆、目光的多维度扫视和思维的多向性出击，分明开始了一次艰难的孕育。

二

《三只眼的歌》诞生了。杨亚杰的诗歌个性和才情就从这里开始显露。以个人的生活和情感经历作为线索，用"天部"、"人部"和"地部"来结撰，在叙事中抒情，在抒情中寓理。还是那份内在的激情，却能平淡出之；还是那些平常的意蕴，却能找到贴切的载体。不再单纯是梦中的幻异之景和心中的美丽意象，也不再纯粹是人生表白和愤世嫉俗的情怀。诗歌还原为生活的诗性描画和勾勒，还原为童年、乡村、普通人的视角和表达方式，从细节、情境到语言和叙述风格，都弥漫着朴素的诗意。诗歌已经开始体现出一种可贵的独创性，从诗歌命名到整个诗意建筑，从诗体样式到语言表达。而更令人思索的，还是《三只眼的歌》中的寓意。

"一只眼的歌"命名为"天部"，从出生写到走出家门，遭遇"大海"。所有的天真、单纯、神秘、渴望在大自然的天光云影中都被摄进"一只眼"中；这"一只眼"便如露垂悬着黎明，如花盛开着春天，如月朗照着夜空。这"一只眼"是向上的，仰望着蓝天白云、月色星影，正如幼年站在"小背篓"里："你的下巴搁在/篓沿正好让眼睛露出来/陆地上绊脚的石块/污秽的水坑正好看不见"（《小背篓》）。童年是美好的、快乐的，是一尘不染的。"天底下"就是自由的家，"石头"是亲密的朋友，"大雪"是美丽的情怀，而"流星"则飘忽着神秘的遐想。那些写给母亲、哥哥的诉说亲情的诗，那些写给蓝花花衣、悠悠纺车的托举清纯和至真至善的诗，那些写给割谷、摘毛栗的歌唱劳动和成长的诗，那些写给板壁屋、棉梗火的表现古朴和温暖的诗，既是诗人的真实、美好的记忆和一生享用不尽的财富，又聚合、延展为人所共有的童年情结和乡村情怀。因而这些诗歌能让所有充满自然天性和真趣的人感到亲切、温馨。"天"的力量是不可阻逆的，宇宙鸟语花香和社会的天风海雨注定同时融进人生的道路。杨亚杰用相当的篇幅描述了 20 世纪中期那一段特殊岁月的奇异景观和精神现象，而同样是以"一只眼"烛照当年自我的真诚和单纯，以及那份生命的疼痛感和幸福感。

"两只眼的歌"命名为"人部"。那只对"天"仰望和歌唱的眼睛在"密密匝匝的人群里"显然不够用了，于是在生活的镜像前睁大两只"辛苦的眼睛"，仰视也一改为平视甚或火辣辣的逼视。从日月汲取灵光的那只"天眼"依然在，依然有那么多美的瞩望和流连。这主要体现为自我在人生路上的渴求、守护和追寻：对知识和人生价值的强烈渴求，对自信、自尊和美好人格的小心守护，对命运前景和心灵归宿的苦苦追寻。作为普通人，作为诗人，作为女性，那种"傲世出尘"的风骨，那种"奋然前行"的姿态，是尤其令人感佩的。而这一切就注定了她的孤独，灵魂里的孤独。因为当她用"另一只眼睛"打量众生时，人的虚伪之相、平庸之态、欲望之火使她感到难堪、羞愧而手足无措。小时候的背篓、那个桃花源中的世界不复存在了。这是一种更真实更残酷的存在，对此诗人有一种冷眼旁观的清醒和透彻的认识。因而诗人的孤独是一种获得精神超越之后的孤独，是一种"美丽的孤独"。

"三只眼的歌"命名为"地部"，蕴含的内容更为丰富。"天"给人以幻想，"地"才是生命的依托。天荒地老，万物归一。一切都向着"地"沉落和遮藏，"地"于是穿透物质的外壳而成为一种灵性灌注的象征体：历史、现实、生命、灵魂、自然、文化……浑然而成灵息的寓所。诗人睁开"三只眼睛"、睁开无数只眼睛向着大地俯瞰和突进。这是深入自我内心和事物本质的一次全方位的透视。写长江、泰山、未名湖、圆明园一类名胜古迹，不单是赞美和感叹，更是把自己摆放进去，表现山水对自己精神的孕育和灵性的激发；写绘画、音乐、舞蹈、戏剧一类艺术大地上的奇葩，思考的是生命的燃烧和灵魂的痛苦；写那些沉淀地心深处的伟大的人格和不朽的诗魂，是为了铸造和提升自己以及民族的灵魂。同时也描写了大地上平凡的事物、平常的心态，甚至也描写了丑陋和罪恶。这一切都获得了生活的原生气息和厚重的历史感与现实感。

三

《三只眼的歌》有叙事的框架，但并非叙事诗。叙事是零碎的、细节式的，提供的是抒情、感悟的背景或线索；而"天、人、地"三维组合的宏大结构和宏阔视野，又把事件和情境纳入一种哲学思考的范畴；每首诗由两节构成，加上标题就成三处风景，与"三只眼"暗合。这些都是杨亚杰苦心经营后的独创。绚烂之后对平淡的回归，虽也接受了第三代诗歌和新写实小说等文学潮流的影响和启示，但又不是简单的模仿。实际上是诗歌逐渐融入了诗人生命的本真状态，成为一种朴素而带有诗性的生活方式，于是就有了从有意而为之的刻意"抒情"到自然而然的随意"书写"，从匆匆"赶路"的激情奔涌到俯仰宇宙的从容表达。这也是顺时而动的一种诗歌策略。商业、浮躁的时代容不下太多的抒情，人们需要的似乎不是情绪的野马而是心灵的港湾，得以在紧张和劳累之余放松和休息，这时候诗歌最好成为清茶而不是烈酒，成为随手可触的平常之物而不是遥远的海市蜃楼。20 世纪 90 年代的诗歌发生的整个精神个性的改变，就是对激情与崇高的远离和对平淡与凡俗的贴近。

杨亚杰的诗歌显得生活化、朴素化，但又不乏骨子里的激情和血脉里的火焰。她用平凡习见的事物和场景做成湘西的一只"小背篓"，而把自己染过梅香浸过溪魂的心放在背篓里，用永远的童真编织梦想；长大的、成熟的是她的"眼睛"，是那一双歌哭与共的"肉眼"和那一只自在如风的"诗眼"，是从超越世事纷争、洞若神明的"天眼"，到回归生活、感悟众生的"人眼"，再到追根溯源化入悠悠诗魂的"地眼"，这是从天性到人性和神性的延续与深化。是众多的"眼睛"使诗人打开了自己的心窗：是个人独有的体验，也是历史风雨和时代情绪的表达；是向着记忆的搜寻，也是对着现实的逼问。这就与当年盯着天空高呼"我不相信"和守望内心"和梦对话"的诗人不同，也与当年睁着两只尘俗的、欲望的眼睛穿行在个人的衣食住行或意识幽冥中的诗人不同。作为女性诗人，也有对女性心灵、生存和命运的关注，但又不是带着固有的性别意识含泪泣血的诉说和呐喊，更多的是以"普通人"而非女性身份介入生活，观察与思考、潜泳和奔走，甚至有时候那份冷静的烛照、恍然后的豁达与大度更带有几分男人气质，这就有助于她更完整更深入地走进事物的内心、触摸生活的本质。正如华兹华斯所说，"诗人是以一个人的身份向人们讲话。他是一个人，比一般人具有更敏锐的感受性，具有更多的热忱和温情，他更了解人的本性，而且有着更开阔的灵魂"①。

在诗歌精神和诗歌艺术上，她受前人的影响比较多，也比较杂。一个"多眼"并置、前瞻后视的诗人当然不会安于守着哪一家哪一派。杨亚杰的诗歌有浪漫气息、现实情怀，也有现代主义诗歌的眼神；她受到古典诗歌和新格律诗派的影响，又受到早已被中国诗人尝试借鉴运用的十四行诗的启示；其诗歌体现出来的入世精神以及对多种技法的综合运用，明显有七月诗派和九叶诗人的风度，而内心激情的漩流和对日常生

---

① 《十九世纪英国诗人论诗》，人民文学出版社，1984，第 13 页。

活、平常心态的靠拢，则可看出当年舒婷一代的姿态和第三代诗人以降诗歌的面孔。值得引起注意的是，广采博纳也可能导致个性的消解甚至丧失。作为诗人，不仅要在纷繁驳杂的生活中"守着自己"，在艺术精神和艺术个性方面也要"守着自己"。

用"一只眼"的单纯和天真守望过去的岁月和心灵的天宇，用"两只眼"的敏锐和澄澈打量人生的旅途和人事的沧桑，用"三只眼"的神秘和超然深入事物的本质和生活的真谛，就会在"赶路"的短暂一生，从容自在，俯仰自如，怡然自得，虽然可以不必是一个诗人，但一定是一个充满诗性的人。杨亚杰的诗歌给人的哲理启示就在这里。

【作家简介】杨亚杰，笔名雅捷，女，湖南慈利人，祖籍河北巨鹿。现任职于常德市文联。系中国音乐文学学会理事，中国诗歌学会会员，湖南省作家协会理事，湖南省诗歌学会副主席。有诗歌、散文、歌词等作品在《人民文学》《诗刊》《青年文学》《诗选刊》《诗歌月刊》《文学界》等纸媒发表，多件作品在中央和省级电视台（电台）演播。出版诗集3部。

第四节　龚道国诗歌的情理融通

诗歌，作为心灵的图像，首先是抒情的。在文学的家族里，诗歌以其抒情的歌喉和品格确立了自己特殊的位置。从中国"诗言志"的传统来看，诗歌在抒情的风格里又有着丰富的内涵。优秀的诗歌也总是在拥有情感花朵的同时拥有更高远的天空，拥有天空的流霞和云霓。刘勰就曾说过："人禀七情，应物斯感，感物吟志，莫非自然"（《文心雕龙·明诗篇》）；"志思蓄愤，吟咏情性"（《文心雕龙·情采篇》）。现代诗人艾青认为："连最抒情的作品，也一样是以很明确的理智作为基础的。""节奏与旋律是情感和理性之间的调节，是一种奔放与约束之间的调协。"① 但诗歌发展到今天，许多诗作要么装扮成纯抒情的模样，要么充当纯理性的标本，过于轻灵与过于厚重使诗歌自身远离了那些满含期待的心灵。从这个视点来看，青年诗人龚道国的诗歌创作应该说带给了诗坛一种有价值的思考。他的诗歌是抒情的，但又不仅仅是抒情；是说理的，但又不单纯是说理。在"情"与"理"之间搭建了一方心灵的舞台，有音乐的旋律，也有理性的道白；有诗性掩映的帷幕，也有思绪延展的空间。他曾以宫哲为笔名出版了《红枫飘过》《情理至上》两本诗集，最近又以本名推出了其诗歌精选集《音乐茶座》。在"情理至上"的旗号下，他一边品味着音乐和心灵的诗意，一边聆听着岁月和人生的脚步。

一

一缕透迤的抒情线索有如盘旋在山间的道路，串起了龚道国诗笔下的风景，这就是他用朝圣般的诗歌向着自己心中的信念攀登。信念，犹如春风夏雨月光烛影，使他诗歌的园子里充满诱人的景色和温馨的气息。

"生命里总有一盏灯/你所有的信念/就是那一点遥远的光明"（《灯》）；"一点光明就是一点温馨/守住信念就会有一片美丽的风景"（《心旅》）。信念已聚焦为生命的"灯"，内心所有的努力都是为了穿过黑暗向它走近；信念也簇拥成人生的"风景"，成为追寻者美丽的精神依托。于是在诗人的眼里，就永远这样一个神奇的"远方"和"高处"，"穿过""抵达""寻访""向上"这样一类诗意闪烁的词语就不断呈现并汇聚成诗歌内部一股奔突的精神河流，继而托举出一位从历史的烟波里踏浪而来的求索者的抒情形象。"今宵必须穿过空旷/穿过又穿过/趁一夜星光/抵达远方"（《穿过草地》）；"面对更远的高山/我必须告别从前"（《河边》）；"我与潮共舞飘舞在潮上/但要让桅杆升起来/或者我就是站在桅杆的位置/或者我就是桅杆/我升起来"（《我因而高歌》）。对信念的追求，就这样更多地被对远方的凝望和对高处的向往所置换，并在诗意

---

① 艾青：《诗论》，人民文学出版社，1980，第 79 页。

的情境中通过动态化的抒写来延展这样一道理性的目光。不是空洞的说教和直白的呐喊，而是在心灵的潮汐中托举远航的风帆。

在前瞻的姿态中，诗人又不得不正视现实处境。要向着心中的信念和理想迈进，就得在艰难甚至险恶的人生处境中"坚持""挺住"，正如《雨夜》中描写的："道路上的泥泞缠绕着脚步/造就一个个艰难前行的影子""当雨水打湿眼睛的时候/泪水却英雄般地挺住"。对信念的坚守与对环境的抗争，都需要一种内在的人格力量。由此诗人张扬了一种带有儒家文化色彩的人格精神。在《方竹》中借竹表现一种刚直之气："看是圆的摸是方的/方竹是儒家大典"；在《孤峰塔》中借塔表现一种诗意情怀："纵然沧桑/也不悲伤/向大地证明一种存在/向人格证明一些高度/离尘嚣远些/离心灵近些"。

更多的时候，诗人把信念诗意化、激情化，用比喻的花朵把现实和理想组接在一起。"诗歌的本质，就在这一点上：给予无形体的观念以生动的、感性的、美丽的形象。"[①] 在龚道国的诗歌中随处可以触摸到黑夜里的灯光、寒冷中的火焰、乌云里的闪电，并进而感受到心灵的自由、生命的坚韧和信念的温热，以及穿透平庸照亮卑琐的高洁之志和豪壮之气。"仰望空旷之地/我的奔放至高至远/泛流在街道上的圣物/是这个时代自豪的音符/这灯是黑色中关于夜的见证"（《街灯》）；"这辽阔的田野比早晨的清新/更富有诗意/霜打的绿色/在以寒冷凝聚火焰"（《路过田野》）；"头顶上有瞬时的闪电/更多的是乌云/所谓乌云也只是一些/居高临下的小人"（《听雨》）。

这种对信念的执着追求，是抒情个体对生命意义的叩问、对心灵归宿的寻访、对灵魂圣境的仰视。立意是在尘境中对人的精神、品格和信仰的提升，渴望"灵魂里闪出一片光芒"（《夜中的花朵》）。即使是写爱情，也着眼于个性的自由舒展、风雨洗礼后的馨香、灵魂与美好事物的上升。这种对信念的追求，不仅是个体，也是社会和人类内在的一种永不停息的精神渴望、一种超越现实的诗意向往。信念，源于生命的激情

---

① 〔俄〕别林斯基：《别林斯基全集》（第11卷），苏联科学出版社，1953，第591页。

和理性的思考。当诗人把信念纳入诗歌意境中表现的时候，就集合了感性和理性、情感和理念。这样对信念的歌咏，既是情感的抒发，是抒情者心灵"花朵"的盛开，又是理性的表达，是思索者手持一盏"明灯"对人生的照射。英国浪漫主义诗人威廉·华兹华斯有这样的表达："我记得亚里士多德曾经说过，诗是一切文章中最富有哲学意味的。的确是这样。诗的目的是在真理，不是个别的和局部的真理，而是普遍的和有效的真理；这种真理不是以外在的证据作依靠，而是凭借热情深入人心……"① 龚道国正是凭借诗意化、激情化的描写表达了人生至上的哲理和真理。

二

任何诗人都既要忠实于自己内心的声音，又要贴近时代生活的脉搏。虽然诗歌不必对现实生活作过多客观繁复的描写，但也要把诗歌的窗子开向生活的原野，把内心的感悟和愿望与外界的市井人声和清风明月相融合。只有这样，诗歌才能打破"梦呓"和"独语"，置身于更广大的空间。龚道国的诗歌表现了自我而又迈出了自我，在自我与社会的相激相荡中表达对世界和人生的理解及看法。歌德曾思考过文学和现实生活的关系，"不要说现实生活没有诗意，诗人的本领，正在于他有足够的智慧，能从惯见的平凡事物中见出引人入胜的一个侧面"。"一个特殊具体的情境通过诗人的处理，就变成带有普遍性和诗意的东西。我的全部诗都是应景即兴的诗，来自现实生活，从现实生活中获得坚实的基础。我一向瞧不起空中楼阁的诗。"② 从根本上说，龚道国的诗歌来自他所处的现实生活，并借助"足够的智慧"发现生活、感悟生活和表达生活。

居住在城市的繁华与喧闹中的诗人，首先关注的是城市的生存境况。既有对城市生活迅速崛起的欢呼，也有对市场经济带来的严峻现实的正视，而更多的是对行走在现代城市中的"人"的犀利解剖。在《夜晚面容晃过》《现代社会》《歌厅或者夜总会》《所见所感》等诗作中对人的

---

① 《十九世纪英国诗人论诗》，人民文学出版社，1984，第15页。
② 《歌德谈话录》，朱光潜译，人民文学出版社，1978，第6页。

精神的空虚、人格的虚伪、举止的做作以及内心深处的欲望和由欲望导致的沉沦与异化，给予了毫不留情的揭示和批判。在深深的担忧和焦虑之中，诗人希望在现代人心中重建或确立美好的人生信仰。

于是诗人在城市中怀想和歌唱，怀想英雄与崇高，歌唱真实与平凡。《想起远逝的人和岁月》在对英雄的缅怀中感叹"多少人睡在自己坚实的深处"；《凤凰山》把"英雄的影子"投映于"特定的历史"，审视脚下的土地，"血潮"曾经"怎么一滴一滴地咆哮"；而《平常的感悟》是对朴素、平凡、清纯的抚摸和聆听。这种怀想和歌唱是诗人在城市的一隅开出的"药方"，希望用高尚、饱满、真诚的人格精神去填补和疗治某些人内心的虚弱、苍白和伪饰。

更多的是突围。穿过城市，诗人把目光向着城乡接合部、向着乡村延展。与其说这是一种描写地域和范围的转移与拓展，不如说是人生信念与理想越过喧嚣城市与汹涌欲望之后的一种诗意投射。心与物的和谐交融，带来的是喜悦、恬适、舒坦和满足，诗歌也呈现出平和、宁静的气息和姿态。来到《城郊》，诗人看到"傍晚的绿/吹出一阵暗香/手与手挽在一起"；目睹《芙蓉》，诗人嗅到"在远离城市和历史的郊外/翠绿的裙裾纤纤蹴动/在远离歌声的阳光下暗自幽香"；走近《八十五棵橘树》，诗人咏叹"母亲坐守其中/绿了风烛残年"。这样一个诗意的乡村，"每一瓣心香都属于家园的"，"每一颗果子都是欢乐的"（《最是真诚的方式》）。诗人写乡村，仍然着眼于"人"，一种回复到本性、回复到完整意义上的"人"，一种迥然不同于城市人的返璞归真、怡然自得的"乡村人""自然人"。《带着心儿走》在陶渊明式的田园氛围中追求物我两忘的境界；而《田园》在写意画式的点染中横空一笔——"稻秆怀抱纯金的思想"，这是对人的内心的充实和富有的期盼。这样的乡村和田园，就在和城市的鲜明对照中构成一种诗化意义上的人生，同时也成为诗人人生信念和理想的一种具象化、诗意化的暗示。

理性的展示和诗性的表达由此构成。对现实人生的逼视和直言，是一个有良知的诗人的理性精神的袒露，是作诗更是为人的一种不可或缺的勇气和锋芒；而对诗意世界的走近和歌唱，是一个抒情诗人才情的显露，体现诗人内心丰富和柔情的一面。

三

在龚道国的诗笔下，情和理的依存与交融不仅仅体现在内容方面，也体现在艺术的传达上。读他的诗歌，既是对艺术感觉的检验，又是对心性智慧的测试。从这方面说，他的诗歌达到了一个较高的艺术境界。

描写的感觉化和抽象化，是其诗艺情理交融的第一个表征。诗人喜欢对具体的事物、场景进行细微的描写，又能敏锐地捕捉一些包孕性极强的原型意象或新创意象，进而谋求一种整体性的氛围和意境效果。诗人往往摒弃单一描写角度的切入，摒弃形象或意象的单线推进，追求多角度甚至散点式的抒写，追求多种形象或意象向中心地带的辐辏，追求感觉的丰富性和多样化。在这个基础上，再适当地点化和深化，亦即适度地抽象，上升到思想的高度。从这里不难看出他受到英美意象派诗歌的影响，但比意象派点到为止、纯客观的描写要深刻和丰富。或许他接受九叶诗人的精神滋润更多，那种对感官形象的捕捉和理性精神的渗透更多地让人想到九叶诗人的诗歌。九叶诗人追求"思想感觉化"就是使思想呈现为一种经验形态，把人们经验过程中知性与感性紧密契合的思想感受，按照现时发生式戏剧地展示出来，不是说明式的抽象"传达"。读者通过经验感觉，进入特定的情境，激发起思想感受，就达到了现代诗所期望的美学效果。他们力图使诗"说理时不陷于枯燥，抒情时不陷于直露"，思想感觉化符合形象思维的特点，形与意浑然一体，显示出思想的厚度和意象的弹性[①]。如龚道国的诗歌《在雾中》使人联想起九叶诗人唐祈的名诗《雾》。《在雾中》一诗，对雾的描写是形象的，而且变换视点，用"流动着空气的血"形容不断聚合的大雾，然后又用"乳白色的沧海"形容被大雾笼罩的城市，其间又顺承"沧海"的比喻扩展思维的火花："交织着鱼类的抗争/吃掉或者被吃的一幕/背着阳光进行"，这已经开始抽象，切近某种事物和现象的本质，而最后又用议论深化，"雾

---

① 杨斌华：《简论四十年代"九叶"诗派创作》，《复旦学报》（社会科学版）1987年第2期。

比光明更加白亮/雾比黑暗更不透明",智慧的语言穿云破雾,照亮了诗歌的内在空间。

构思的诗化与智化,是其诗艺情理交融的第二个表征。龚道国的诗歌创作,一方面思维的触须常常以特有的方式延伸,找到一个富有诗情画意的"切入点"和"感悟源",另一方面在随感而发诗思飘转的过程中又隐现出智慧的光芒。现代派诗人兼理论家艾略特写道:"最真的哲学是最伟大的诗人之最好的素材;诗人最后的地位必须由他诗中所表现的哲学以及表现的程度如何来评定。"① 这样的表达说明了诗歌必须有智慧的思考和哲学内涵。龚道国在对诗意的发现中善于沉吟和思辨。《听雨》于端午听雨的喜庆中听见屈子的行吟,听见从历史的深处顺流而下的命运的声音;《河边》伫立在人生和时光的河边,叩问人生的道路和归宿;《坡上》写人在坡上孤独而艰难地上升,昭示人生的道路就是一方"斜面","走上坡顶才有最后的高度"……谷地、城郊、对岸、背影、老屋等都是诗人构思的触发点。而诗人的智慧在布局谋篇中又常常以思辨的姿态出现。这种思辨既有对对立面、矛盾体之间的纠结、对抗和转化的审视,又有越过表象对本质的触摸。城市与乡村、白天与黑夜、沉沦与上升、静止与飞翔、生存与死亡等成为诗人构思运笔的两极,在一种潜隐的内在张力中给人诸多理性的思索。

创作手法上的浪漫主义、现实主义和现代主义的渗透,是其诗艺情理交融的第三个表征。当他抒写心灵感受、表现主观情怀时,流露出浪漫主义的色彩和气息,灯光月照、花影梦痕、雨韵雪意便渲染出内心的一派空明、澄澈和斑斓的诗情,衬托出精神的富有和追求的美好。他对乡村田园富有诗意的描写,可以看作他内心情怀和理想人生的寄托。而当他把笔触转向现实特别是城市生活时,色调旋即变得凝重,情感也显得忧郁,一支诗笔也就从梦的光影和音乐的旋律中抽身而出,以一种现实的力度穿刺生活和人的内心里的阴影和壁障。当诗人剥开城市和人的面具发掘那些病态、畸形的东西的时候,实际上就融合了西方现代主义

---

① 转引自傅孝先《西洋文学散论》,中国友谊出版公司,1986,第15页。

诗歌的表现手法。

也要看到，龚道国的诗歌在展开"情"和"理"的双翼时，有时候理性的光芒压倒或消解了抒情的色彩。诗人注重于对形象、情意背后思想和哲理的发挥与挖掘，这固然激活了读者的想象力和理解力，但同时也就相应地伤害和削弱了诗的质感和美感。这是诗人在今后创作中应注意的。

四

龚道国的诗歌穿行在情理之间，其意义可以从现实和诗歌自身两个方面来看待。

在现实生活中，虚伪对真情的掩盖，冷漠对温情的剥夺，欲望对理想的排斥，内心的喧嚣、混乱甚至分裂对理性和秩序的肢解，导致了情感和信念的流失、目光的短浅和思想的贫血，导致了人的功利化和平面化。龚道国的诗歌显然从两个方面实施了对现实人心的一种拯救：用"情"的手臂搀扶那些内心虚弱、精神萎靡的人，用"理"的纤绳打捞那些在生活的河流中丢弃了崇高、朴素、纯洁、真情的人。走近其诗歌的人，也一定会扪心自问：究竟在哪一个夜晚哪一条道路哪一件事物哪一个细节迷失了自我、消失了自我或改变了自我？作为直接作用于心灵和情感的诗歌，这种润物无声的现实意义是必须给予充分肯定的。

从新诗的历程和现状来看，诗歌创作似乎偏于两端，有的以抒情见长，有的以说理为工，而从总体考察又以情感的宣泄为主调。风雨忧患的20世纪为心灵的放歌提供了广阔的舞台。从"五四"时期抒发个性的狂歌，到湖畔诗社、新月诗社的轻灵小唱，从三四十年代烽火燃烧的悲壮之歌，到五六十年代朗月高照的豪迈之歌，从朦胧诗派的忧患之声，到席慕蓉的甜蜜心语，无一不是悬挂或潜隐着情感的瀑布和流泉。其间也有象征诗派、现代诗派对情感的节制和对理性的建造，有九叶诗人对感觉的捕捉和对哲理玄思的体悟。而80年代中期新生代诗人对日常生活的描写显然也含有对激昂或甜腻的抒情风格的放逐，当然他们又缺乏对生活的深度透视，满足于对现象和琐事的平面罗列。近年来所谓"知识分子写作"和"口语写作"之间的战争其实远离了对诗歌本体的讨论，成为一场争夺诗坛霸主地位的较量。把龚道国的诗歌放在这样的背景下考察，其诗作在对情感拥抱的同时又接纳理性，在对思想含量占有的同时又营造诗境，这应该说给了新诗创作一种有益的启示。早先那种"诗到情感为止"的论调，忽视了诗歌更深刻的底蕴；后来所谓"诗到语言为止"的观点则走得更远，完全无视诗歌内容的存在。诗歌应远离派系之争，应摆脱偏执甚至极端的观点，用务实和创新精神去建构诗歌的审美空间。

坐在"音乐茶座"聆听龚道国的诗歌，在心灵花朵缓缓开放的过程中，看到飞鸟的翅膀正优雅地滑过天空——是诗歌，是音乐，是心灵，也是思想和智慧正在翩翩起舞。

【作家简介】龚道国，湖南澧县人。中国作家协会会员，湖南省作家协会理事，曾任常德市作家协会主席。著有诗集《红枫飘过》《情理至上》《音乐茶座》《神采》，散文集《穿过大雾》《心灵尺度》等。作品入选《新乡土诗派作品选》《诗探索年度诗选》《湖南青年诗选》《新时期湖南文学作品选·诗歌卷》《中国诗歌精选300首》《中国散文精选300篇》《最喜爱的中国散文》等多种选本，组诗《祖国，我看见你》入选诗刊社新中国成立六十年新诗珍藏版。

第五节　余仁辉诗歌的智性思考

诗歌不是直露的呐喊，不是悦己式的自言自语，更不是空洞无趣的说教或思想征服，它首先是抒情的，同时又是感性的、包蕴的。尤其在人们的心理和感觉变得越来越细腻、敏锐和丰富甚至含混的今天，诗歌以怎样的姿态占据阅读者的精神领地，这是一个问题。我读余仁辉的诗歌后，觉得他诗歌的最大特点是情智相谐、余味曲包。"情"，在他是一种浪漫主义的抒情方式，"智"，是一种知性表达和智性之光，在轻灵、飘逸的抒情风格里包蕴着厚重、硬朗的质地，在敞开的诗性庄园中遮藏着一些值得我们玩味、思考的现象或价值取向。英国文学研究专家王佐良在1991年出版的《英国浪漫主义诗歌史》中指出：浪漫主义所追求的目标到今天也没有全部实现①。王佐良教授所理解的浪漫主义是抒情式的理想与人世苦难感的结合，像拜伦、雪莱、济慈这些浪漫主义诗人在优美的抒情里都有一个坚实的思想核心，即对于人的命运的关心。20世纪30年代中国诗界"主情"和"主智"诗歌主张的争论及创作转向，是基于浪漫主义和现代主义诗歌流派和诗歌风尚而言的，其实二者并非隔绝而是内生共融的关系。基于此，从情智的角度分析余仁辉的诗歌，以期带给今天的诗歌创作以启迪。

余仁辉的诗歌写作是一种"知识分子写作"，他是以自己广泛的阅读和深厚的文化素养、文学功底作为基础的。从其诗作来看，他在接受中国传统抒情诗歌深刻影响的同时，也浸染了西方浪漫主义诗歌的抒情气息，并兼取现代派诗歌的写作技巧和审美原则。更重要的是，他把所接受的滋养变成一种修养和气质，内化于心，和自己的日常生活经验、感受和感悟一起生成富有个性的抒情方式和表达方式。这种知识分子写作身份的确立，于精神层面上也显露出自己的特色，那就是思维的敏锐、活跃和多维，独立观察以及深入思考，在提取诗意的同时抽丝剥茧，抵达事物的内核和灵魂。如此就使他有别于那些完全从自我经验出发写作的诗人，能够站在一个更高的文化、审美和精神层面来选择和熔铸自己的写作风格。

余仁辉诗歌抒情的浪漫性从描写的内容看主要体现为对自然神性和童心的眷顾与讴歌。和传统浪漫派诗人一样，他热衷于对山水田园的描写，作品具有一种牧歌性。尽管作者也有大量的游历诗、即景诗，塞北和江南是他眺望和抒情的窗口，但更具特色的是，他的诗歌常常立足于故土，带有童年心性的印迹、回忆与现实的诗性穿越和轻柔而灼热的抒

---

① 王佐良：《英国浪漫主义诗歌史》，人民文学出版社，1991。

情气息。洞庭湖畔的波光水韵、淳厚的民风民俗以及丰富的历史文化遗存成为他运思提笔的地理依凭和精神支点，故乡同时又是一个超越性存在，是一个精神和文化符号，激励并召唤着诗人的"还乡之旅"。在这种情感归依和精神漫游之中跃动的是诗人一颗天真烂漫的童心，自然风景的流泉中处处飞溅着充满真趣和野趣的浪花。大自然和童心催生了诗人丰富的想象力和创造力，也使得其诗歌意象的运用多取自山水自然和地理风物，并且在意象的呈示和内在转换中带有更大的空间性和诗性张力。这些又从艺术的角度丰富了诗歌的浪漫色彩。

面对大自然和童心歌唱可以给读者带来清新的诗意，但还不足以让我们触摸生活的更多侧面和棱角，并由此满足我们对于诗歌文本的期待视野。优秀的诗人总会在抒情的同时聆听并传导更多的声音，用一种睿智的目光打探生活的底蕴和奥妙，在情感的放与收、表达的诗与思以及诗歌的形式与内容等诸多方面体现自己的艺术才华和修养。王佐良在分析英国浪漫主义诗人威廉·布莱克（1757～1827）的诗歌时说，布莱克擅长用最简单的文字以最形象的方式说最深刻的道理，简单得像童话，富于乐感如儿歌，而形象则是或明亮如金阳，或沉郁如黑夜，但都是来自大自然的所谓原始性根本性形象，而且在创新中接触到一些根本问题，如良善与邪恶、天真与世故、肉体与灵魂，等等[①]。余仁辉的身上具备了作为一个优秀诗人的潜质。他的诗歌在浪漫抒情的文字中融进了自己更多的感悟和思索，这就是他的智性表达。其主要表现就是作为一个知识分子的识见、洞察力和丰富的内心世界，以一种"下倾"和"跟进"的姿势感受来自大地和芸芸众生的悲喜哀乐，以及穿透事物表象抵达内核的智慧和智巧，看待世间一切存在、运动和变化的辩证思维和哲理表达。正如他的诗歌《芝麻开花》所描写的那样，"把点点滴滴的心事／藏进一座座小房子"，这些"点点滴滴的心事"就是他诗歌的智性之光，那些藏在花叶之中的芝麻大小的"果实"，常常在不经意中带给我们惊奇和暗喜。刘勰在《文心雕龙》"隐秀"篇中提及中国传统诗歌一个重要的美学

---

① 王佐良：《英国诗史》，译林出版社，1997，第 222～223 页。

范畴"隐",指出"深文隐蔚,余味曲包",意即诗文中的隐藏之美能收到余味无穷的审美效果。余仁辉诗歌中思想和智慧的吉光片羽当然是通过意象和意境来寄寓和艺术传达的。

具体来说,他诗歌的智性触须主要指向现实悲悯、文化探寻、命运追索和时光之思等方面。一个有良知的诗人是不会逃避现实而躲进自己心造的城堡里的,余仁辉尽管也有沉醉于自己浪漫遐想的瞬间,但始终没有忽略和忘怀现实的存在。他的诗作表达了对诸如生态失衡、城市扩张、生存不易等沉重话题的思考,甚或高考之痛、自然灾情等都被拢入笔端。更多的时候是将目光对准社会底层、僻野之地或生活的一角,如《麻雀飞起又落下》《蛙鸣从城市漫过》《后山》等,通过对普通人物和事物的象征性描写,表达自己的忧思、悲悯和关切,以及内心的惆怅和期盼,着重发掘人性的亮色和温暖,呼唤社会的道德良知,抒写正能量。同时其诗作浸润着历史文化的暗香,如《再见司马楼》《诗墙是条江》《停弦》等,一方面在对自然物象的描写中巧妙地融入历史上与之关联的文化名人、名作或经典意象,另一方面直接以文化景观或神话传说、民间风俗作为诗歌题材,既拓展了诗歌的审美维度,又体现了诗歌的地域文化特色。另外,他的许多诗作,如《目睹一个人慢慢老去》《左右》《风》《木箱》等都是对时光、生命和命运的触摸与思索,或情理相谐,或随物赋形,让人借此有更细微的洞见和更豁然的胸怀。他最近出版的诗集命名为《时光散落》,显然就带有某种抽象的意味,"时光"是历代诗人吟诵的一个重要主题,也是一个关乎人的生命和命运的哲学命题,最能涵纳诗人神秘、辽阔的思绪,也最易引发人的沧桑之感和终极之思。诗人这种智性表达本身又包含着一种哲学思维,在诗意的聚合和智识的潜隐中有一种从容、澄澈和超迈,有一种辩证思考。他的诗作中,尘境与诗境、来路与归途、具象与抽象、必然与偶然、时间与空间、有限与无限,等等,都在作者的精心布局和有意味的铺垫、衬托与渲染中得以打通,让人得意忘言、思绪邈邈。

抒情与言志,是一个传统的诗学命题,又是一个延展的具有无限包容性、常说常新的命题。无疑,诗歌是用来抒情和言志的,问题是在一个诗人乃至一首诗歌作品里如何平衡、协调好二者的关系？这是值得我们诗歌作者和诗学研究者关注的。余仁辉的诗歌实践给了我们诸多启示，虽然他的有些尝试未必是成功的，但这种在新的诗歌语境和现实语境下的艰苦探索和努力，是值得肯定的；况且近年来他的作品显然经过了不断的自我磨砺、调整和超越，在浪漫抒情与智性表达以及二者的圆融方面愈显成熟和老到，风格特色也愈加鲜明，这就更值得称道。

【作家简介】余仁辉，1975 年出生，湖南汉寿人。湖南省作家协会、湖南省诗歌学会会员。著有散文随笔集《余味》、诗集《时光散落》等。

第五章

轻舟溯流

——传统与诗意承接

第一节　《抱月行》：艺术传承与诗意传达

　　关于非物质文化遗产的保护，近些年来引起了理论界和实务工作者的高度重视，有学者还提出要建立"非遗学"，指出其作为一门学问创建的可能性、必要性和独特视野①。理论工作者的探讨主要集中在"非遗"保护的重要性、操作性、立法及原则等，具有学理的深度和广度，迄今尚很少见到用文学和艺术的形式来表现"非遗"保护的曲折历程和艰辛程度的。少鸿近年出版的长篇小说《抱月行》②就用文学的形式表达了对"非遗"保护特别是民族民间艺术传承的思考。小说借"月琴"这一演唱形式来构思立意，在人物命运的演绎中完成对艺术传承的智性思考和诗性表达。其思想意义和审美意蕴已超越单一的艺术形式及其具象描写，上升到对生活方式、人格心志和艺术精神的观照，接通诗意的存在而又弥漫着诗意的气息。整部小说以琴始，以琴终，以琴、情贯穿，浑然一曲悠扬婉转、感心动耳、内涵丰富的月琴调，弹拨雅声俚曲、离合悲欢，在大起大落、缜密勾连中完成了诗意的表达。

---

　　① 苑利：《呼唤"非遗学"》，《人民日报》（海外版）2010 年 9 月 28 日。

　　② 少鸿：《抱月行》，花山文艺出版社，2008。

一

　　艺术样态和表演形式的保存及传承，往往要经过数代人的苦心研磨和薪火相传。我们今天看到的许多艺术形式比过去更加丰富完善，而这背后凝聚着无数艺人和艺术名家的智慧、心血和创造。用文学的形式把在艺术发展和传承过程中的人的活生生的情状发掘出来、表现出来，让我们体会到每一种文化遗产和艺术品类保护和传承之不易，从而愈加珍惜今天所能见到的一切文化符号和精神产品，显然是十分有意义的。少鸿的《抱月行》用文学形象和文学手法揭示了艺术传承活动中带有普适性和规律性的问题，给今天的文化保护及传承活动以诸多有益的启迪。

　　从艺术传承的主体角度来看，人的自觉、自信和自励是艺术活动得以开展、承续和创新的关键。《抱月行》中塑造的文学典型覃玉成，从艺徒到艺人，又从艺人到民间艺术家，其成功来自他自身的用心和努力，来自他的爱好、坚持和纯真的情怀。兴趣是成就艺术追求的不竭动力。覃玉成对月琴的喜好简直到了痴迷而忘我的程度。从新婚之夜"听琴"，进而"追赶"琴师，再到拜师学艺，最后成为民间艺术家，驱动他的是对月琴表演艺术的迷恋和情有独钟。小说开篇写覃玉成不是陶醉于洞房花烛夜的喜悦，而是"移情别恋"沉醉在月琴"那些好听的音律里"，以至于在追赶琴师的时候他感觉自己"整个人成了一把月琴，丁丁冬冬的乐音源源不断地从身体里跳了出来"。这样的描写一方面传达了覃玉成的艺术感觉和艺术心性，即他沉迷于月琴的诗性缘由；另一方面昭示出在诗乐传承的长河里，那些诗性的"浪花"在催生和召唤后来者与传承者。这是一种选择，也是一种遇合。每一种艺术形式的保存和传承都在不断经历着这样的心性选择和精神遇合，是个人的意愿和情趣，更是艺术的"宿命"和使命。也只有达到一种心性相通、物我两忘的境界，才能在艺术活动中变得持久和纯粹。坚持是成就艺术追求的有力保障。当覃玉成拜师学琴登堂入室之后，他就一刻也没有离开过月琴，月琴是他投映在大地上的"影子"，是他的另一个诗性的"自我"，是他的精神依托和存在。无论逆境还是顺境，无论快乐还是忧伤，他都坚持学琴、练琴。在这个过程中，除了师傅"口传心授"、耳提面命之外，更多的是学习者个人的领悟、揣摩和"习得"。文化的传承包括有意识的教学和学徒对师傅技艺的静态观察两种，这种曲折的学习、实践及传承过程印证了法国人类学家皮耶·布迪厄（Pierre Bourdieu）提出的"习得"的概念，即社区中的成员从先辈那里吸收并实践某种规范，并在其一生之中遵循这种规范，这个过程带有个人色彩或是融入了个人策略①。艺术是个人化、心灵化的创新活动，覃玉成终其一生沉迷于月琴的艺术经历便形象地阐明了这一点。而要得到真传，借助艺术"逍遥"于天地之间，还要求从艺者有一颗澄澈、纯净的心。纯净是成就艺术追求的至高境界。任何带有私念和私欲的艺术活动，都难以成就大风范、大格局和大气候，只有心无杂念、通体透脱，才能领悟艺术的奥妙，抵达艺术的胜境。南门秋师傅的"心要纯净""人琴一体"的教诲，道出了学艺的奥秘。覃玉成学琴的过程，就是克服内心的种种"障碍"，由"隔"到"不隔"再到逐渐融入艺术对象的过程，以至于后来在表演活动中，"他的感觉里只剩下自己和月琴，而通过弹与唱，他和月琴融为了一体"。人与艺术的相伴相亲、相融相通，使人成为艺术的"部件"和"符号"，人的灵感和才情得到最大限度的释放，同时也赋予艺术以人的生命和情感，艺术得以深入并感染、感化和感召人的心灵世界。这是生命的艺术化和艺术的生命化，是艺术得以存续和发扬的至境。有学者在分析少鸿的另一部小说《花枝乱颤》时说："作家不过分强调社会意义，而重视人的主体性，看重人的精神世界，是其成功之处。"② 这一分析同样适合对《抱月行》的评价。

从艺术传承的外部视角来看，艺术活动受制于外部世界。艺术是社会生态和文化生态的存在物，每一种艺术标本都会展示出它生存和流变的社会环境与人文环境。在和谐的生态群和生态链中，艺术就会健康地发育和生长，反之艺术之花就会受到伤害甚至萎缩凋零。《抱月行》展示

---

① 〔英〕罗伯特·莱顿：《物质与非物质：传承、断裂、延续与共存》，关祎译，《中国社会科学报》2012年2月14日。

② 余丹清：《指对真实还原人性——评少鸿的长篇小说〈花枝乱颤〉》，《湖南文理学院学报》（社会科学版）2007年第5期，第81~82页。

了中国社会从战乱频仍到改革开放长达半个世纪的历程，以及这个历程中一群民间艺人的艺术信仰和追求所需要面临和面对的种种境遇。南门秋的妻子青莲貌美如花、琴艺出众，结果在战争的烟云里被侮辱、被损害，残酷的现实不仅剥夺了她优美绝伦的琴声，而且使她陷于神志不清、精神分裂的痛苦境地。即使这样，她对月琴依然是敏感的，也唯有月琴能让她安静，月琴声仿佛灵魂里的月光，能够使她的眼神变得"柔和"。当走到生命尽头的时候，她全然不顾周围的枪声和险恶处境，操起许久不碰的月琴，如醉如痴地弹奏《梁祝化蝶》，直到和心爱的人在战火中变成两只"蝴蝶"，融进"蔚蓝的天空"。这个场景是极富韵味且具有震撼力的。"琴声"与"枪声"的较量，既渲染艺人对艺术的痴迷和至死不渝，又形象地揭露了血腥岁月对艺术的扼杀和窒息。艺术的突围只有借助传承。南门秋夫妇的艺术生命和精神并没有随着肉体的消亡而消逝，而是像"蝴蝶"一样在艺术传承中飞得更高、更远。当时光推进到"文革"时期，艺术受到排斥，覃玉成"将月琴挂到墙上"，一挂就是许多年。这些都说明了社会生态的失衡和失调给艺术生态造成的损毁和破坏。只有在风清月朗、社会清明的时期，艺人和艺术家才会充分发挥自己的艺术才能和潜能，艺术才会备受呵护并焕发出光彩。《抱月行》还绘声绘色地描写了艺术生存和发展的文化生态环境。"唱月琴"作为一种文艺演绎方式之所以在当地民间流传和盛行，是因为有一个生态场，那就是民众的喜爱和追捧。小说安排了许多月琴演奏的场景，每一个场景都细致地描绘了听众的表情和反应。听众的热爱和迷恋，助推了艺人的演绎技巧的升华和艺术的繁荣发展。艺术的传承需要一个"生态场"，大众的参与是这个场域中重要的因素。正如有的论者指出的那样，在非物质文化遗产保护的过程中，要关注大众文化，关注民众在日常生活中所表现出来的创造力，要重视民众的参与和推动，形成保护的社会潮流，并融化成生活的一部分，成为中华民族"文化自觉"和"文化自信"的一部分①。从宏观层面来看，文化生态主要是指文艺政策和大的文化环境。小

---

①　方李莉：《"非遗"保护新高度：从"文化自觉"到"文化自信"》，《中国社会科学报》2012 年 2 月 13 日。

说对此也有表现。新中国成立后的曲艺会演，改革开放后文艺政策的调整，都极大地激励了艺人的创造热情。

从艺术传承链的角度来看，艺术的存续并非一朝一夕之功，而是通过数代人的接力传递并发扬光大，才葆有光鲜的面孔和鲜活的生命力。特别是在民间，民族民间艺术的传承主要依靠代代相传、口耳相传，每一个链环都是重要的，都是不可或缺的。《抱月行》以民间艺人覃玉成为中心，上下串联起几代人的艺术梦想和追求，构成了一个传唱月琴的文化磁场和文艺链环，一脉相承，乐音传续。在覃玉成的寄女覃琴那里有一个断裂，这是时代造成的。当覃琴的琴弦暗哑的时候，后辈覃思红用一种文化自觉理性地肩负起了上辈人的重任，考取了一所大学的音乐系，用月琴去谱写新的人生篇章和艺术篇章。

二

对艺术的追求和坚守是一种生活态度和生活方式。人在生活中有很多种选择，或满足于世俗生活的快适，或得意于人生仕途的春风，或逍遥于心性世界的自由与浪漫，或超脱既有的一切而进入一个鸟语花香的精神空间。《抱月行》描写的就是一个摆脱了一切羁绊而被音乐所"囚禁"的民间艺人覃玉成，在他的意识中，追慕月琴只是满足他的个人喜好和天性，并没有上升到生存论和价值观的高度，但是他对音乐的宗教般的虔诚无疑使他的生活有别于常人而迈入了诗意生活的行列。

本来摆在覃玉成面前的是父辈给他安排的既有的生活方式，即把"一方晴伞铺"的事业做稳做大。显然"伞"以其遮风挡雨的功能承担着象征意义，即有形的、物质的、个人的天地，是有边界的实物，可以给人带来风雨无忧、衣食不愁的生活。可是覃玉成偏偏"不喜欢做生意"，认为家像"一口枯干的古井"，他的兴趣只在那触之生情、闻之动容的月琴。同样，"琴"也赋予了一种象征，即情感世界、精神世界和审美世界的象征，是无边界的存在，可以给人带来心灵的愉悦和精神的享受。对"伞"和"琴"的选择，实际上是对一种生活方式的选择。荷尔德林曾在《人，诗意的栖居》一诗中写道："人充满劳绩，/但还/诗意的栖居在这片大地上。"海德格尔在其论著中，反复强调的是"筑居"与"栖居"的不同，"筑居"只不过是人为了生存而碌碌奔忙操劳，"栖居"是以神性的尺度规范自身，以神性的光芒映射精神的永恒。有学者认为"诗意的栖居"不仅是自由地居住在大地上，还应当包括"以审美的人生态度居住在大地上"，审美态度的人生境界可称得上是一种与圣人境界相当的最高人生境界，是在人的层次上以一种积极乐观、诗意妙觉的态度应物、处事、待己的高妙化境①。覃玉成对"琴"的选择，就是选择一种审美的"栖居"方式，渴望用音乐的光芒映射自己的心灵世界，就他自身而论是一种最高的人生境界，是"高妙化境"。覃玉成的选择有点类似小说《边城》中的傩送对"碾坊"和"渡船"的选择，"碾坊"和财富、地位等联系在一起，而"渡船"则与人性的自由发展相关联，当然摆在傩送面前的是对爱情的选择，最后他选择的是出走，是一种不可知的命运。相比之下，覃玉成能够主宰自己的生活，毅然决然地选择了"琴"而放弃了"伞"，即选择了诗意栖居的生活方式。如果不做出这个选择，覃玉成就会像林呈祥一样守着伞铺、土地和女人，默默无闻，终老一生。林呈祥可以说是覃玉成的"替身"，是满足而且陶醉于世俗生活的"覃玉成"，覃玉成不愿或不能做的事情，林呈祥一一为他做了，而且做得有声有色、有滋有味。小说作者巧妙地运用了"置换"的艺术手法，把一些看似巧合或偶然的东西描写得合情合理。实际上摆在覃玉成面前的有"三重世界"，一重是诗性世界，一重是平凡世界，还有一重是匪性世界。那个劫富济贫、声色凌厉的二道疤就是匪性世界的典型。覃玉成不会选择二道疤那种阴暗的生活，不愿选择林呈祥那种平淡的生活，只能而且必然选择诗意的生活，这种选择不仅担当了艺术传承的重要使命，而且展示了社会底层人物的诗意存在和诗意人格。

一旦选择了诗意生活的方式，这种诗意就有一个积聚、扩展和放大的过程，就会释放出巨大的潜能，悦己娱人，怡情养心。覃玉成不仅自

---

① 杨全：《诗与在——"诗意的栖居"何以是最好的存在》，http://www.confucius2000.com/poetry/syzsydqjhyszhdcz.htm。

己享受着音乐带来的精神快慰，而且随着琴艺日增，他的演奏给观众和听众带来了心灵的愉悦。这是诗意的传递、激发和叠加。音乐还可以拯救人的生活，给陷入物质困顿和精神迷茫的人带来欢笑和慰藉。在大饥荒的岁月，覃玉成用月琴给家人奉献了丰盛的"精神宴席"；在特殊的年代过后，覃玉成用月琴帮助遭受心灵重创的寄女覃琴唤醒了失去的记忆。这是诗意的想象、渗透和对精神的疗救。对覃玉成来说，更为重要的是琴艺及其诗意的栖居给他馈赠了一份美好的爱情。在学琴的过程中，覃玉成与同样喜爱月琴艺术的南门小雅互生爱慕之情，最终和小雅结为连理，在艺术的世界里比翼竞飞。二人因琴生情，因琴深情，共同喜爱的琴艺生发也深化了他们之间的感情，使得这种感情有着稳固的基础。在覃玉成的生活中，琴即小雅，小雅即琴，月琴为他绽放艺术的奇葩，小雅为他弹奏爱情的和美之音。他们陶醉于月琴和爱情之中，琴瑟和鸣，超越了尘世中一般男女之情的欲念，净化为艺术世界里相伴相守的两柱"琴弦"、相依相亲的两枚"音符"，他们就是艺术本身，是诗意生活的守护者和创造者。艺术提升人也解放人。最后在如醉如痴的月琴演奏中，覃玉成彻底释放了自己、解放了自己，找回了完整的自己。

三

《抱月行》不只是单纯地描写艺术传承活动中的人生际遇和生活方式，更为重要的是立足于"人"这个根本，通过着力写人的心性和情怀来表达对艺术和人生的思考。对艺术传承活动的描写只是一个外在的线索，对人的德性和操守的刻画才是内在的脉搏，或者说艺术的美、生活的美和人格的美、人性的美是相表里、相依存的。所以作者花费大量的笔墨描写主人公的善行和德性，这种从人物内心深处回旋出来的"天籁之音"丰富和深化了艺术传承活动中的优美的"琴声"，也使人物的诗性生活具有了厚重的内涵。

覃玉成从新婚之夜追赶琴师的第一天起，南门秋师傅就教诲他，"学艺先从做人起"，劝他征得家人同意后再来学琴。这好比是演奏前调弦一样，见面之始师傅就给他的学艺和为人定了一个"调"。也正是顺着这个

"调"，覃玉成一路走下来，不仅学有所成、声名大振，而且善行义举、有口皆碑。在艺德方面，他谨遵师傅教导，"受人之请，就要尽力而为"，"正人不唱邪曲"，"只伴喜，不伴丧"。及至后来，曾经是他的同门师兄而后当上了副市长的季维仁为讨好上司要他用月琴"伴丧"时，他为维护师傅的"规矩"和做人的准则，断指自残，用生命捍卫艺术的纯洁和人格的尊严。"断指"的细节表明了一种冲突，即传统文化与现代商业文化、官场文化等的冲突。

在为人方面，覃玉成自始至终弹拨出来的是"善之音"。仁爱与善德是立身之本，也是习艺之基。孔子说过："人而不仁，如礼何？人而不仁，如乐何？"（《论语·八佾》）在孔子看来，仁是礼乐教化的基础。如果一个人的内心没有真诚的道德感，没有仁爱的思想，礼和乐的规范对他又有什么意义呢？因为他只是用礼乐作装饰，难免流于虚伪。覃玉成对生母的近于迷狂的思念和寻找，对养父母的尊重与孝敬，特别是不计恩怨收养寄女、寄孙女，并且为了更好地抚养寄女，果断地劝妻子打掉身孕，这些无不体现他有一颗感恩图报的心、一种自我牺牲的精神、一种敬老爱幼的美德。也正是他的善良征服了恋人的心，赢得了纯真的感情。可以说，覃玉成用艺德和善行拨动了艺术和人生最美好的琴弦，用真善美谱出了人生至高境界里的琴韵。

就像艺术的传承一样，德性也有一个传承和潜移默化的过程。当年在师傅那里聆听的"学艺先从做人起"的肺腑之言，在若干年后，当寄女覃琴陷入困惑和苦闷的时候，他劝慰她"好好做人，好好过日子"，其观念和思想一脉相承。既有言传，更有身教。当暴雨和洪水来临，南门秋师傅"打开大门，以便路人进来躲雨"，沿河一些被洪水淹没了的街坊，都被他请进南门坊，"为他们提供临时食宿以避水患"，这些善行被学艺的覃玉成看在眼里、记在心上。后来战火停歇，覃玉成看到一些难民无家可归，就把他们请进南门坊暂避风雨。这一举动显然是师傅善良之举和人格光辉的"再版"与延续。对人类德性和操守的诗意表现，丰富了作品的内涵，提升了作品的价值。

四

用文学的形式来表现艺术传承以及人的诗意生活和人格魅力，在具体的表达上必然是审美的、诗意的。有学者在分析少鸿的长篇小说《花枝乱颤》时说，它在真实的叙事和看似细碎的生活流中体现出来的是一种冲淡、隽永和深沉，它不是靠浅薄的"噱头"和感官刺激糊弄读者，而是凭借文化的底蕴、干净的语言和文本之间的诗意的张力润滑读者[①]。这一分析同样适合于《抱月行》。《抱月行》以美写美，用情传情，是一部空灵的带有唯美色彩的现实主义小说。在人们对文学艺术的需求日益多元化的今天，任何定于一尊的文学表现和创作手法都是行不通的，只有在继承中变通和创新才会被受众所认可和喜爱。少鸿自20世纪末以矫健的身手步入文学殿堂以来，就不断寻求着艺术的创新和突破，尝试运用多种文学表现形式和手法来反映生活，而无论怎样变化，其创作的底色和基调是厚重的、稳健的，具有感官和思想方面的穿透力与影响力。《抱月行》在对艺术和人生的审美传达中，以民族民间艺术传承活动为载体，在常与变、雅与俗、实与虚中融合笔墨，逼真而夸饰，切实而通脱。

《抱月行》有不少超现实主义的描写。超现实的艺术表达往往能赋予作品一种神异、幻美的色彩，消泯现实的边界，开启想象的空间，以其变形和夸张给人一种无限想象的可能性。作品中白江猪的奇幻影像和神秘传说，鹘鹰的灵性和人性，月琴自鸣的神异之态和通灵之气，特别是大量神奇梦境的描写折射出心灵更多幽暗的光点，这些无不是超现实的艺术表现。这些超现实的描写是符合人物的观察和想象的，就覃玉成来说，在他的感觉世界里，万物似"琴"，一切皆韵，在他的心灵世界里，万物有"灵"，一切含情。这样就可以把常与变、此与彼、真与幻打通。

《抱月行》是一部雅俗共赏的小说，在雅与俗之间找不到分界，雅中有俗，俗中有雅，亦雅亦俗。论其雅，一曲曲优雅的月琴串联起整个故事的转折和人世的悲欢，展示出人物求艺、求美的纯真情怀，以及因琴

---

① 聂茂：《"零过程叙事"的价值指归与精神洁癖者的情感还原——评陶少鸿长篇新作〈花枝乱颤〉》，《理论与创作》2007年第3期，第84~88页。

而生的美好爱情和大美、真爱背后的道德操守。论其俗，有大量地方风俗和习俗的描写，诸多富含生活气息的山歌、民歌铺排。雅中有俗，单就月琴而论，其琴声悠扬婉转、优雅动听，而歌唱的内容往往是极其通俗的唱段或版本，迎合了民众的文化消费心理和审美趣味。俗中有雅，即使是那些民风民俗和山歌俚曲，也极其形象而鲜明地逼近了社会底层的生活情状和人物的本真心理，弥散着一种原生态的淳朴气息，一种世俗的诗意。

在文字表达上，《抱月行》写实与写意相结合，既细腻逼真，又飘逸舒放。作者善于借助多种修辞手法，极尽美饰、夸饰的描写，特别是喜欢运用形象化的比喻，把语言的"丝"和"思"拉长，激发和调动读者的想象力。小说中有许多地方描写月琴声，几乎每一处描写都不相同，作者巧借精妙的比喻，用"雨""珠""小鸟""绸带""雨打芭蕉"等气韵生动的形象来形容美妙的琴音。作者又善于安设意象，特别是贯穿性的具有象征意蕴和丰富内涵的意象，以少胜多，以虚写实，给人以无尽的遐思。比如"月"意象，在作品中比比皆是，对月亮、月光的描写，既是渲染一种诗化的环境和氛围，为衬托人物对音乐的追求制造一个梦幻式的背景；同时"月"作为一种诗性的存在，高悬在人类的头顶，净化和召唤着人的内心，暗喻着一种美好的精神向往；另外，"月"也可以说是天上的"月琴"，弹拨着宇宙的澄明之音和诗意怀抱。小说以《抱月行》为题，显然"月"的意象是指一种生活方式和精神诉求。"月"与"月琴"实则合二为一，体现了"天人合一"的思想和境界。古人云，月琴"中虚外实，天地象也；盘圆柄直，阴阳叙也"（傅玄《琵琶赋》），意即月琴的造型和构成表达了一种天地交融、阴阳和合的观念。再比如小说大量描写了"水"的意象，同样，"水"意象不仅是一种地理环境的描摹，更重要的是为了营造一种空灵的、诗化的人文环境，与天上的"月"相呼应、相融合，天地之间浑然而成一个诗意的村庄，装载着音乐、人的善行和美德；同时"水"的空灵流转、延绵不断还喻指艺术包括音乐的传承，一脉相承，永不枯竭，这样就丰富了作品的题旨和寓意。

第二节　《李自成秘史》：历史语境的
贴近和超越

历史小说怎样处理生活真实和艺术真实的关系，怎样赋予历史话语以新鲜的血液和生动的气韵，怎样用艺术的笔触超越"史"的层面构筑出一个"美"的世界，这是摆在历史小说作家面前一个永恒的课题。方兴未艾而备受读者喜爱的历史小说在创作实践中不断探索和修正着艺术审美观念，虽然当下也出现了像"新历史小说"远离历史的烟火而醉心于纯艺术虚构的现象，但是总的来说，历史小说以其大气、深邃和纯正守住了文学天地的一角。

章弋的长篇历史小说《李自成秘史》① 可以看作是探索中的一部比较成功的作品。有大家姚雪垠的五卷本历史小说《李自成》摆在前面，涉足同一题材，没有足够的艺术胆量是无法下笔的。当然叙述和描写的重心发生了改变，但作为一段完整的历史，作为一个完整的历史人物，要用小说的艺术形式予以再现，同样需要史家胸怀、作家眼量。如果说姚雪垠的《李自成》表现的是农民英雄李自成悲壮、惨烈的一生，那么章弋的《李自成秘史》只是围绕"落日余晖"下李自成的归宿问题展开艺术思考和表达。因为时代语境和主流文化对创作的影响和制约，《李自成》在演绎李自成的悲剧命运时，过多地依赖于对人物阶级关系的理性分析。就这一点来讲，《李自成秘史》回复到错综复杂的历史境遇中，对李自成的命运归宿作了符合历史和符合人性的审美诠释。

一

近年来，史学界根据新的史料对李自成的归宿问题展开了学术讨论

---

① 章弋：《李自成秘史》，湖南人民出版社，2001。

和论证，继而修正了原有的学术结论，形成了新的共识，即认为李自成不是死于九宫山，而是禅隐夹山。《李自成秘史》正是以新的历史研究成果为依据，在充分占有史料的基础上，经过必要的艺术想象和加工，合乎逻辑地演绎了李自成的命运归宿。这种对历史情景的复现，在小说艺术中不是史料的罗列和堆积，也不是繁琐的考证和辨识，而是通过还原人物与具体历史语境的关系，通过把握人物的性格内核和情感流脉来实现的。也就是说，历史小说对特定历史的走近和回归，是在更高的层次上，即超越"史"的静止、单一层面上升到"人"的动态、立体层面来完成的。

历史小说，准确地说，应该是性格历史小说、情感历史小说或命运历史小说。正是在这种文本层次上，《李自成秘史》令人信服地展示了李自成作为一个"历史人物"的性格史、情感史和命运史，从而水到渠成地把李自成定格在"归隐"的悠然钟声里。从所处的环境来看，新朝与旧朝的各路"逼取"，激发了李自成的"退隐"之念；从心灵的欲望来看，帝王之心不灭，自"隐"而"显"以图东山再起，导致了李自成的"隐居"之思；从内心深处的顾念来看，平息战火，安定天下，造福黎民，滋养了李自成"归隐"的思想；从个人生活经历来看，幼年曾出家事佛，尔后人生极尽波折，困厄时自然勾起了李自成"隐逸"的怀抱；如此种种，形成生命的"合力"，推拥着落魄英雄李自成一步一步走向"归隐"的青灯和书卷之中。这不但无损于李自成的形象，反而使李自成这个历史人物显得更加真实可信。

从文学的角度而论，李自成的悲剧命运更契合他所处的历史环境，也更契合他自身的性格逻辑和心灵轨迹。当然战死疆场也是一种命运结局，也许在某种光环中更能彰显人物的高度。但作为历史小说，还得尊重历史，还得依据史实的基本线索。李自成最后禅隐夹山，从表面来看，失却了人生轰轰烈烈的一面，但从内心情感的发展流变来看，同样是千回百转、高潮迭起。一代英雄在谢幕后的内心深处既回响着往日战马的嘶鸣、鼓角的峥嵘，又涌动着逝水滔滔、心绪茫茫的苍凉和感伤、悔恨和无奈。实际上，这样就把李自成这个农民起义英雄的雕像置于幕后，在前台走动的是一个失去了往日之尊的落魄者的形象，而且处处退却和避让，逐渐从险恶江湖隐入一角美如画屏的青山之中。这就更便于展示李自成作为"人"的普通的一面、作为"普通人"的真实的一面，从而摘去层层面纱，解除不必要的包装，使历史小说向着"历史"逼近的同时，也向着"人"的真面貌、真性情逼近。

二

历史小说不是简单的对历史生活的还原，也不是单纯的对人物命运展开描写。历史小说应当"以史为鉴"，在历史的窗口树起一面明镜，让人从中窥见过去的"背影"，也照见今日的"面容"。这也就要求作家在叙述和描写的同时，把理性的思索艺术地熔铸其中。唯其思索，才能把史料和人物复活在鲜明的民族性格和深刻的历史记忆之中；唯其思索，才能融万象于一端，贯古今于一脉，在历史中烛照现实，在现实中体认历史；唯其思索，才能在还原历史的同时又超越历史。白烨在评论二月河创作的《雍正皇帝》时指出，作品"一个是史文融合，另一个是雅俗共赏。……作者是以忠实历史的态度，去全方位地恢复历史和再现历史。作品所描写的生活场景和人物形象极其丰富，有宫闱秘事，也有市井风情，有庙堂权贵，也有江湖奇才，真正是三教九流，五花八门。……我觉得小说在主要人物的塑造和主要情节的安排上表现出一种清醒的历史意识和艺术魅力"①。可见二月河历史题材小说的创作其态度是严肃的。这也就是二月河讲的，历史小说作家要"找到历史与现实之间的脉息，让历史真正活起来，既让读者感到真切、地道，又让读者有所鉴戒和教益"。

可以说，《李自成秘史》在结撰的艺术工程中，蓄积了这种理性的黏合力，这便是无处不在的深深的"反思"。这种反思在小说中体现为两个方面，一方面是着眼于对历史的反思，另一方面是立足于对现实的反思。

---

① 刘学明：《长篇历史小说〈雍正皇帝〉研讨会纪要》，《当代作家》1996 年第 3 期。

从历史层面看，书中人物的反思分别串起了明朝、大顺朝、清朝的历史和现实。范文程，这个"择明主而投之"的大清谋臣，在小说中出场不多，但作者着意安排他几次遁入悯忠寺，实际上就是用这个由明仕清的显赫人物来反思朱明王朝和大清新朝的历史。在朝政兴废、战火频仍的感慨和忧愤中，他每一次走进悯忠寺，都是对正义和良知的叩问，都是对历史和现实更澄澈的打量。思绪所及，从帝王的多疑、守旧到统治者集团上层的权力争夺，从迷信之害到朋党之祸，每一次反思都使他希求抛却尘世烦忧而遁入心灵的空幻。从这个人物的心灵旅程来看，历史和现实的重锤不仅碎裂了生活的版图，也洞穿了灵魂的宇宙。还有何腾蛟之于明朝、顾君恩之于大顺朝，思之所触，都是历史的伤痛和泪痕。更不用说李自成整天都生活在"自责自省"之中。李自成的责省和反思，从另外一个向度总结了历史上农民起义军的惨痛教训。李自成的心灵史，也是农民阶级的奋斗史和血泪史。正是这些人物的历史反思，在碰触具体人事的同时，又上升为对民族和阶级、国家和人民、心灵和现实、前途和命运的思考。

从现实层面看，作者借人物的思索和议论，不仅表达对历史上"此情此景"的看法，而且也寓含对今天的生活境遇、价值观念和伦理道德的思考。比如在具体的历史语境中生发出来的对人与神、官与民、忠与孝、德与能等问题的议论，放在今天仍有很强的现实意义。

三

历史小说的写作比一般小说写作的自由度显然要小。叙史实又不能绝对逼肖于真，讲故事而不能完全虚构，写人物但不能先入为主。这是一种限定，真正地"戴着镣铐跳舞"。以历史作为远景或画框，信马由缰，任意而为，也许堪称绝妙，但不能冠之以"历史小说"。这应该是常识，也是共识。人们对历史小说或历史影视剧的喜爱与偏好，在很大程度上是透过艺术的语言和画面，对历史真实，对现实"远行的背影"，对生活变迁中的人事规律、思想真谛的接近和追索。所以历史小说作家永远面临的一个问题，就是如何处理"实"与"虚"的关系问题。历史小说的钟摆在"实"与"虚"之间的摆动，应当是在科学精神与内心激情之间的摆动。姚雪垠在谈《李自成》的创作体会时说过，"历史小说应当是历史科学和小说艺术的有机结合"，历史小说家既要"深入历史"，又要"跳出历史"。台湾著名历史小说家高阳也说，历史小说应当是"实中求虚，虚中有实"。这些都是对历史小说写作的经验总结和理性概括。《李自成秘史》在处理生活真实和艺术虚构二者的关系上，比较好地把握了分寸，既没有过分的拘泥，又没有刻意的虚夸。在故事的讲叙中遵循着历史事件的真实性，在人物的描绘中顾及人物和历史环境的关系以及人物自身性格发展的逻辑，在历史事件和历史人物的艺术铺设中发掘出超越史实的带有规律性和启示性的人生命题。作者在把握虚实关系的尺度时，大处谨慎，细处放笔，在凸显历史"骨骼"的同时，灌注历史以生动的"血液"和"神韵"。就小说文本的故事层次来看，以"史"的枝干作为依托，生长出"故事"的曲折性和传奇性，虚实掩映，斑斓多姿。故事的开合，涉及明末清初的政治、军事、经济、文化、宗教等。清廷内部对权力的争夺，大清和南明对李自成的逼迫，李自成由联明北拒到对南明王朝失望而渐生退隐之心，李翠微、韩亦兰之间的爱情纠葛……干戈玉帛，恩爱情仇，各种线索交织推进，其中又以李自成的存与亡、进与退为主线。因此悬系人心的并非对史实的铺排和对故事的演绎，而是人物的命运走向和心灵归宿。在很大程度上，人物心灵的线索串起了头绪繁多的故事网结；或者说在尊重史实的前提下，顺应人物心灵发展的必然逻辑虚构出了一些必要的情节和细节。这样"历史标本"和"人物化石"都复活在心灵与情感的河床上，复活在再造的艺术时空之中。加之在故事的讲叙中人文地理、乡俗民情的点缀，更添了一份真实与真切。李自成归隐之地的夹山，坐落在今天的湖南省石门县。沿着人物当年的踪迹，作者状绘了与夹山毗邻的德山、嘉山、笔架城、丝瓜井等名胜地。这一方山水所蕴藏的美丽传说、淳朴民风和文化积淀，既使主人公李自成找到了精神的寓所，又使小说本身具有浓郁的乡土气息。就小说文本的人物层次来看，其人物安设及其性格特征也是虚实相生。一些主要人物当然有史可考，而不少次要人物纯属艺术虚构。主要人物

"实"中有"虚",一方面是历史上真实人物的还原,另一方面又是作者根据历史事件和人物命运结局而作的艺术加工;特别是放在特定的时代背景下,合情合理地写出了人物性格的发展和心灵的流动。虚构的人物起到了烘托主要人物以及增加故事的生动性和传奇性的作用,并以其鲜明的个性和在人物谱系、故事网结中的重要性显示出一种"艺术的真"。

对虚实关系的理解,在历史小说中还体现为对逼真性和超越性关系的把握。形象地、情感地还原历史,这是逼真性;从具象和特定的历史关系、人物关系中生发出某种观念和意蕴,这是超越性。唯其逼真,才是历史的;唯其超越,才是艺术的。《李自成秘史》一书,在处理生活真实与艺术真实的同时,比较好地完成了描写上对历史的贴近与回归,以及深层意义表达上的超越与提升。除上文谈到的对历史与现实的反思使小说有一种内在思致的魅力外,许多地方缘事而生、随机点化的心理活动和理性思考,涉及人的生存、心态、欲念、困惑以及历史兴衰、世事沧桑等,既吸附在逼真的故事场和心理场中,又成为一种超越人事纷争、世事万象的智慧烛照。这种因"实"而"虚"的点染和深化不在多,而在自然,在引人积极思考。

历史小说在选材立意、切入角度、表达方式和叙述风格等方面可以有种种不同,但有一点应当是相通的,也是值得历史小说作家记取的,那就是:历史小说既是对历史的诗意贴近,也是对历史的智性超越。

【作家简介】章弋,本名杨代漳,1946 年出生于湖南桃源,祖籍湖南石门。曾任石门县文联副主席、主席,常德市文联、常德市作协副主席。中国戏剧家协会、中国明史学会会员,湖南省作协、曲协会员。著有长篇小说《眼睛与黄金》《1947 上海黄金风潮案》《李自成秘史》,长篇传记文学《黄埔忠魂——郑洞国传》(与人合作),另有电影《仇中仇》、电视剧《血染金皇后》、戏剧《白喜变奏曲》、曲艺《奇怪的储户》、歌词《湘军颂》等多类作品,共 400 余万字。曾获丁玲文学奖、田汉戏剧文学奖。

第三节　散文集《穿越城头山》：古城
遗址的文学演绎

　　城头山古文化遗址①本身就是一篇"大散文"，在精美的布局和宏大的叙事背后有着深厚的底蕴和无穷的魅力。应该用怎样的姿态和心情去走近、品读并阐释它？当然可以从考古学、历史学、人类学、文化学等多种视角去研判、挖掘其存在的价值，而唯有文学的方式能够赋予这座古城以想象、情感、诗意和灵动飞扬之气。6000年前的先民用勤劳、智慧书写的这篇杰作，在被考古发现、重见天日的欣喜中也催生、呼唤着一种文学的表达。由中共澧县县委宣传部主办、澧县城头山古文化遗址管理处和澧县城头山遗址博物馆承办的"中华城祖，世界稻源"文学征文活动，共收到来自全国各地的散文作品200多篇，经组织专家评审评出一等奖1篇、二等奖5篇、三等奖30篇。我应邀担任评委，亲眼见证了征文活动组织者的高度重视和严谨、热情的工作态度；尤其是澧县宣传部副部长、城头山古文化遗址管理处主任刘勇先生，以一个领导者的识见、胸襟和一个文学追梦者的创作阅历、慧眼与灵性为我们描绘了城头山的过去、现在和未来，使我们得以感知城头山的一砖一石既是历史文化的遗存和符码，又是诗意的寄寓和象征。这就不难想象，为什么会有这样一次关于城头山的文学征文活动，为什么会在征文活动中产生如此多优秀作品；也不难想象，为什么会在推出《人间第一城》《神秘的高岗》等诸多史叙城头山、图说城头山系列书稿之后会出版这样一部关于城头山的文学作品集。

　　这些散文作品尽管在思想的深度和艺术的表达上有参差感，但总体

---

　　① 城头山古文化遗址，位于湖南省常德市澧县，是中国南方史前大溪文化至石家河文化时期的遗址，也是迄今中国唯一发现时代最早、文物最丰富、保护最完整的古城遗址，被誉为"中国最早的城市"。1996年，城头山古文化遗址被批准为全国重点文物保护单位；2001年，被评为"中国20世纪100项考古大发现"之一。

来说，所有的文字叙事和抒情有机地勾勒出一幅幅古色古香的画作，串联起上下几千年的历史记忆，让我们徜徉其间、流连忘返，亦汇聚成一壶壶香醇的老酒，在渐入佳境的品饮中让我们走上回归和怀乡的路途。应该说，这是一次对城头山古城的集体文学表达，每个人走近城头山的角度和方式不同，获得的感受和理解也不完全相同，但都能够透过风雨剥蚀的历史遗存寻觅到一种诗意的存在，尽可能接近和抵达实物的真相与本原，并且在古与今、源与流、常与变、实与虚等辩证关系的追索中具有一种理性的穿透力和较为圆融的艺术表达。对历史文物的文学书写，作为静态存在能够被作者所共同感知的是"史"的一面，即那些被烟尘掩埋等待被发现、被发掘的文化符号，而能赋予历史以生命气息体现作者思想与才华的是对"史"的深度认知、理解和充满灵性的表达；换句话说，对历史的文学化描写首先面对的就是史料，史料进入散文作品当然就是表情达意的材料，这些材料本身是有限的，不能随意添加和附会，却可以深刻领悟、合理想象和多方位挖掘，并予以意境化、审美化的呈现。整体而言，这些作品主要从四个方面提炼材料，即作为文物存在的城头山、作为生命存在的城头山、作为文化存在的城头山和作为诗意存在的城头山。作为文物存在，是写其"真"，即描写那些客观的、本来的存在，如城头山的陶片古钺、断垣废墟、壕沟船桨等，这是散文作品中基本的也是必要的物化层面，是激发想象和深化议论的触媒；作为生命存在，是写其"情"，渲染一种生命的情致和生活的情韵，作者凭借丰富的想象，在规划井然的民居和升腾的稻香、酒香与炊烟中发掘这座古老城市的家园感和浓浓的乡愁；作为文化存在，是写其"气"，表现一种人事生存与传续的气场和气脉，一种穿越人事表象的精神气象与气度，如城镇文化、陶艺文化、稻作文化乃至宗教文化等无不在一种创造性的实践活动中得以彰显和发扬；作为诗意存在，是写其"美"，即描写城头山遗址在带给我们视觉的震撼、生命的体温和文化的想象的同时，还凭借对城头山古城的艺术感受和敏锐发现在审美化的叙说中带给我们一种心灵的愉悦。如此多层次的表现，所有文字的路标引领我们不仅进入一座古老神秘的城池，更是进入一种暗香浮动、活力四射的境界与氛围。

拥有丰富的材料之后，如何布局谋篇，如何剪辑、内化、深化和美化材料，这是显示作者能力和水平的重要方面。这些获奖作品，应该说胜出的理由也主要体现在对材料的驾驭和理解、整合与描写上。可以看出，作者在对材料的处理上主要体现为四种能力。一是构思能力，即寻找恰当的视角和方式组织材料并进行有机安排，使材料内在勾连、浑然一体，并且能够根据主题的需要决定材料的详略取舍。有的作品运用"铺陈法"，即按照游记的写法，移步换景，层层铺展，如余晓英的《走近城头山》重点描写古城墙、古墓群和古稻田，中间穿插了陶窑、环城河、东城门等景观，线索清晰，重点突出，并且把个人的感受和体悟自然而然地融入其中，突出了历史文明所积淀的厚度和所达到的高度。有的作品运用"断面法"，即截取历史遗迹的片段进行集中描写和深入思考，如易炀的《让心灵去远足旅行》由"城头山遗址"邮票上的图案入手，撷取四个方面的远古片段进行描写，探询文物碎片背后深藏的有关文明、阶级、王权乃至国家的深刻含义，笔墨集中，文脉连贯，融知识性和思想性于收放自如的点染、勾画之中。有的作品运用"串珠法"，即用一根主线串联起同一个方面的材料，突出表现某一主题，如王国枚的《我是一粒远古的种子》以"种子"为线索，种子的孕育、成长和传播的历程就是人类文明落地生根、开花结果的进程，独特的角度和主客融合的表达方式使人耳目一新。二是扩展能力，即在对既有材料叙述的同时通过丰富的联想由点到面、由此及彼，有着更宏阔的时空转换和更丰富的意义呈现。有的作品把城头山遗址和整个澧阳平原的历史遗迹，以及长江流域、黄河流域的历史文明联结到一起比较思考，思维活跃跳转，视野开阔宏大；有的作品把城头山古文明的诞生及其传播、影响与现实联系起来，发掘其时代价值和当下意义。如易宗明的《废墟之上》以史为凭展开丰富的想象，把城头山遗址置于澧阳平原发现的近400处史前文化遗址中考量，继而上升到对"中华文明的摇篮"的凝望和咏叹，夹叙夹议，情文并茂，显示了作者思想的活跃和笔墨的老到。王国干的《城头山：一截崴进泥土的苍老岁月》从城墙、民宅、稻田等几个方面入手着重表现人与自然的关系以及人类的智慧、意志品格和创造力，尤其可贵的是由古及今，用现代人的眼光打量历史文明的延续和发展。三是深化能力，即基于对材料的具体感受和理性分析的一种从容、透彻的智性表达，主要是通过议论和抒情的方式把静态的材料意态化、情态化，因而在将作者的思考引向深入、作品的思想导向深刻的同时，也使文本变得灵动而充满意趣和生机。在作者笔下，那些纷繁的材料如同星罗棋布的沟渠和山岳，恰到好处的议论和抒情就是潺潺清泉和纤纤流云，立刻使作品智性充盈、灵性流布。作品立意的高下和思想的轻重也就从这里分辨开来，优秀的作品总是不失时机地对史事和器物进行审美阐发和解读，伴随陶片、稻种、城池和废墟的是饱含情韵和智识的锦词妙句。四是表达能力，即以审美为前提的文学表达。这些作品，作者都是在具体感知或查阅大量文献资料的前提上行文，史料丰富，以史为据；在这个基础上，作者思接千载，沉吟涵泳，抽绎出思想和情感的经纬，织成古朴而又鲜活的文学云锦；然后凭借各自的文学经验和技巧，回到语言层面的诗意表达。

这次征文的出彩之作、一等奖获得作品刘尚慧的《站在古城池的入口》，可以说集合了以上提到的特点，是一篇难得的佳作。在构思立意和对材料的开掘与深化方面，在层次的安排和悬念设置、层层相扣方面，在描写、议论抒情和虚实结合、辩证思考方面，在语言的锤炼、提纯和气势方面，都超出了其他征文作品。不仅如此，作者将自我丰沛的感情映射到描写的风物之中，深切体验和感悟历史的厚重与苍凉、先祖的悲辛与坚韧，从"文明的碎片"和"失落的城池"中捕捉到人类文明史上内心的闪电和命运的风雨。尤其可贵的是，在浓烈的抒情和超验的思考中传达出一些永恒的主题，比如时光、生命、爱情、守候、寻找，一如城头山遗址上空的霞光云影，引发我们更深邃、更辽阔的思绪。可以说，这是一篇史事、情思、智识与美感内在交融的上乘之作。

用文学艺术去唤醒沉睡的城头山，除了散文之外当然还有很多体式，比如诗歌、曲艺、戏剧和影视等。前不久澧县文联副主席、作协主席谭晓春在微信中说最近正在创作一部长诗集，题为《中国最早的城——文明舒卷城头山》，我相信，凭借他多年诗歌创作的丰厚积累、对城头山的了解与热爱以及自觉肩负的责任感和使命感，必定会奉献一部具有宏大叙事主题和非凡气势的鸿篇巨制，从诗化的角度让我们聆听和感悟美丽的城头山。我们期待关于城头山古城遗址的更多文学描写和诗意表达！

第四节　动漫剧《雷锋》：传统道德教育的范本

熊菁菁、熊明导演的26集动漫连续剧《雷锋》，近日由常德华智动漫设计有限责任公司出品。这是一部英雄童话剧，用唯美的画面和富有时代气息的生活故事表现了家喻户晓的一代英雄雷锋和雷锋精神，这在今天重建道德生态的心灵诉求和社会氛围下，有着十分特殊的意义。

半个世纪以来，对雷锋的宣传和文学表现可谓数不胜数，但用动漫的艺术形式演绎与讴歌雷锋，还并不多见。学习雷锋，我们要从少儿抓起。用生动活泼的动漫形式表现雷锋的成长历程和对至善至美的追求，更契合少儿的欣赏喜好和心理特点，能起到潜移默化、润物无声的审美教化作用。正是立足于少儿审美的视觉传达，动漫连续剧《雷锋》精心设计一个又一个平凡而又寓含深意的故事，完整地表现了雷锋的成长过程。这个过程，就是心灵在承担中变得越来越成熟的过程，少年时代的苦难和不幸以及后来遇到的种种挫折，塑造了雷锋内心的坚毅和强大；这个过程，就是爱的孕育、生长和发散、传播的过程，雷锋心中爱的幼苗在淳朴民风、人间真情和美丽自然的滋养、濡染下长成参天大树，继而为这个世界留下人间真爱、大爱的天籁之音和无字之书；这个过程，就是在对世界的感知和对知识的渴求中慢慢学会"做人"的过程，在心灵变得聪慧、敏锐和充盈的同时，雷锋逐渐确立了自己的人生坐标和努力方向；这个过程，就是在生命的旅途中学会不断尝试和不断超越的过程，唯有尝试，才有超越，雷锋在生活历练和实践摸索中成就着自己的梦想和追求。正是表现了雷锋成长的过程，不神化、美化和拔高英雄，我们才能看到英雄丰富的内心世界，感知其生命历程的来龙去脉和精神源流，因而更能理解英雄、走近英雄。显然，动漫剧《雷锋》讲述的成长故事和成长主题，对少年儿童具有启迪和引导作用，能够帮助他们在对英雄成长故事的艺术感知中激励自身的成长，体会人生成长的点滴积累和艰巨性与渐变性，获得激扬心灵的感性力量和理性烛照。

该剧在表现雷锋成长的生命历程中，通过一系列故事时时传导出的艰苦奋斗、勤俭节约、助人为乐等优秀品质，具有时代的昭示意义和训诫作用。在雷锋身上，这些美德已经成为一种观念、一种习惯和一种信念，成为一种"雷锋操守"和"雷锋精神"。正如有的学者指出的，雷锋精神是对雷锋言行事迹所表现出来的先进思想、道德观念和崇高品质的理论概括和总结，是以雷锋名字命名、以雷锋的崇高品质为基本内涵、在实践中不断丰富和发展着、为雷锋传人所敬仰和追求的文化精神①。剧中雷锋那句口头禅"我应该做的"，平淡、平凡的背后是绚丽和崇高，有如电闪雷鸣般振聋发聩、令人深思。动漫剧剪辑、铺排生活中那些蕴含深意的小事和琐事，都是为了艺术地叠加一种精神的高度，涂抹一种思想的亮色，表现一种做人的境界。雷锋精神影响和带动了身边的人，形成了一种精神场域和道德气候。罗国杰等在谈到雷锋精神的道德价值时强调道德需要，认为："道德需要是一种奉献、付出的需要，是把道德行为当成实现自我的需要，是把满足社会、国家和他人的需要融化为自身价值的实现，并能从这种实现中获得快乐。我认为这是人的需要的最高层次，是人这种社会动物在特定社会关系下所形成的特殊的需要。一个高尚的人、有道德的人、脱离了低级趣味的人，只有在为社会、为国家、为人民作出了奉献，他才会感到幸福和快乐，感到满足了自己的这种特殊的需要。"② 可是，在现实生活中这种"道德需要"被许多人忽略了，"雷锋精神"也被人淡忘甚至不屑一顾。面对社会上的不良风气，面对人们的麻木和道德精神的失落，艺术有责任批判、唤醒和警示。今天，在实现"中国梦"的道路上，弘扬、激发和助推"正能量"，艺术责无旁

---

① 罗文章：《雷锋精神的时代意义与永恒价值》，《马克思主义研究》2012 年第 3 期。
② 罗国杰等：《"雷锋精神的时代价值"理论研讨会发言摘要》，《思想理论教育导刊》2003 年第 4 期。

贷。从这个方面说，动漫剧《雷锋》是一部不可多得的思想性、艺术性和观赏性俱佳的优秀作品。这部作品感应、契合了当前社会现实的新诉求、新风尚和新氛围，是一部难得的艺术教材和范本。有学者指出，要像建设生态气候一样建设道德气候。我认为，道德气候的建设和形成，更要从源头上运筹和营造，要从少年儿童的道德教育、道德养成抓起。通过艺术的方式、寓教于乐的方式把道德的神圣之光打进少年儿童的心扉，不失为道德教育与道德养成的一条艺术审美途径。动漫剧《雷锋》就集束了这样一道"道德的强光"，并借助生动感人的故事、和谐动感的画面和催人奋进的音乐投映于少年儿童的心灵世界，必将起到其他教育方式不可替代的作用。今天的动漫世界，益智类、娱乐类作品满天飞，有人甚至断言：动漫只有丢弃"寓教于乐"的教化观念才能更好地赢得市场。作为观赏群体主要是少年儿童的动漫，当然要适应他们的欣赏心理和习惯，满足他们的好奇心、探求欲和愉悦感。但不能一味地用市场效益来衡量动漫作品，我们在追求市场效应的同时更要追求社会效应。动漫剧《雷锋》选择英雄童话作为题材和建构的艺术世界，坚持"寓教于乐"的艺术理念，是值得赞许的。

与表现英雄的成长历程和道德操守相表里，在艺术传达方面，动漫剧《雷锋》在富有时代气息的艺术设计中融入了许多诗性符号、文化元素和思辨色彩，极大地拓展了审美想象空间，丰富了作品的内涵。诸多象征镜头的复现与定格，增添了动漫剧的空灵和幻美，引人遐想，耐人寻味。如"树"的形象，常常被诗意地拉近和放大，青枝绿叶、器宇轩昂的特写形象提升为一种符号和象征，既衬托雷锋精神的高洁和伟岸，又含有"十年树木、百年树人"的道理，表现心灵成长的艰难性和曲折性，同时也昭示雷锋精神如绿色华盖对社会空气的净化，对人们心灵的感召和涤荡。而"小鸟展翅"的镜头，在其反复隐现的背后，象征着人生成长的历程。道具及背景设计极力彰显"红色文化"的磁场和魅力，涌流着一种内在的激情和诗意。如高高飘扬的五星红旗、庄严闪亮的红五星、富有时代感的宣传标语、励志暖心的背景音乐，等等，无不动人心扉、引人向上。对画面细节的处理，包括人物神态、语言、动作及心理活动等方面的表现，富有张力，一方面体现"动画"的特点，细腻、真实，回归人物的内心世界和性格特征，另一方面又强调"漫画"的夸张效果，突出一种理想情怀和浪漫色彩。在普通话语和日常生活中映射出的哲理和辩证思想，使动漫剧摒弃了肤浅、琐细和单纯的娱乐化效果，超越平淡和生活的表象而走向深刻和睿智。如"螺丝钉"的道理在不经意中侃侃道来；求知与做人、学习与实践、平凡与崇高、个人与集体等关系问题，也是在精心设计的故事和画面中得以自然而然的表达。

第五节　刘京仪戏剧作品的美感形态

读罢刘京仪的戏剧作品，我们总会想到两样古色古香的东西：一箫一剑。这自然叫我们忆及晚清诗人龚自珍的诗句："气寒西北何人剑？声满东南几处箫"（《秋心》），"怨去吹箫，狂来说剑，两样销魂味"（《湘月·天风吹我》）。刘京仪的剧作虽没有像龚诗那样反复出现箫与剑的意象，但无处不渗透着箫之气韵、剑之精神。箫，哀艳幽怨，"忆之缠绵"，剑，悲壮崇高，"触之峥嵘"，作者将二者融会贯通，构成一个"箫心剑气"的审美世界，一个充满矛盾而又自成一体的艺术境界，一个民族的理想人格和精神象征。我们用"箫心含蕴，剑气高扬"八个字来概述作者的审美追求及其剧作美感形态，想必是恰当的。下面从四个方面予以分析。

一　题材开掘的深邃美

对生活进行高度抽象化的艺术处理，从而使作品带有一种寓言的美学性质，这是刘京仪剧作在题材开掘上的一个特点。刘剧中的某些作品，从形象入手，经过逼真的提炼和惊人的想象，使美丑善恶典型化、人物形象类型化、矛盾冲突炽热化，进而在具象中抽象，在形象中隐指，达到寓言的审美效果。大型神话歌剧《黄河与月神》，将古代许多散存的神话故事组接成一个神幻奇异的艺术世界。它给人的不是离奇古怪的刺激或者童话般的美好安慰，它昭示的是正义与邪恶、高尚与卑劣的斗争，从而歌颂了造福人类的"伟力"和"圣洁"。而歌剧《昨日的芬芳》虽然取材于现实，但除了女主人公秦矜外，其他人物连姓名也没有，只是一种符号和象征。剧作者的立意不在于塑造一群性格完整的人物，只是为了通过人物构成的生活画面证明一个真理：光明正在并且必将战胜黑暗。经过概括和抽象，作者笔下的题材灌注了一种普遍恒久的意蕴，因而古今的界限消失了，古代题材被赋予了现实意义，现代题材也充满了历史的回声。

对现实生活的表现，融进时代和人生的哲理内涵，这是刘京仪剧作在题材开掘上的另一个特点。时代生活有回旋的暗流，也有激浪的奔涌；人生价值在其实现的过程中有逆境的悲叹，也有顺境的欢歌，更有摆脱逆境而走向平坦的慷慨苍凉。于是才有后来居上时的超越（《后浪》）、秀才落榜时的奋起（《落榜秀才》）、秦矜图圄中的歌吟（《昨日的芬芳》），这些无不闪烁着哲理性的光辉。正如法国诗人博纳富瓦的哲理诗《不完美是一种突破》①所启示的：真正的艺术永远是不完美的。现实生活也是这样，只有由一种不完美打破了旧有的完美的凝固性，艺术或者生活才会得到新的发展。剧作者在对现实生活的表现中，正是抓住了这种"不完美"中的哲理性，努力发掘一种使人生臻于"完美"的力量、梦幻和豪情。

我们看到，在刘剧的题材空间，充满着一种"箫心剑气"的矛盾统一的审美效果。箫心，是忧伤情绪的内化，而这种忧伤的情绪，又来自历史与现实的某些缺陷，来自人自身心灵中的弱点，来自优美的失落和美丽的损毁；剑气，则是崇高精神的外扬，它蕴藏着正义、美德和真理。作者意在借剑气对箫心的穿透，发掘丑恶中的美善、黑暗中的光明、冬天里的春天、记忆中的芬芳。

---

① 〔法〕博纳富瓦：《不完美是一种突破》，《博纳富瓦诗选》，郭宏安、树才译，北岳文艺出版社，2002。

二 女性形象的意蕴美

作者爱写女性，把女性写得缠绵悱恻而又刚烈豪放，写得低回婉转而又诗意盎然。"借脂粉以抒翰墨，托声歌以发性灵"。在女性身上无疑折射了作者的生命、理想和追求，因而带有浓烈深挚的抒情色彩。但作者不是单纯抽取女性身上的诗意，相反她喜欢把女性放在困厄的处境中塑造，放在激烈的心灵冲突中刻画，从而发掘女性形象丰富的意蕴美。

作者常常把女性置于困境中表现，表现她们在生存的困境、事业的困境和爱情的困境中的内心真实与人生走向。这样一方面展示了社会环境给予女性的深刻影响，另一方面也揭示了女性性格的复杂性与多样性。分化就从这里开始，女性被推向两端。一端徘徊伤感，无力自拔，在某种观念的束缚中一任消沉或者红颜自毁；另一端挣脱忧伤，走向新生，在改变人生处境的过程中完成自我心灵的调整和重塑。

作者特别喜欢在情理的激烈冲突中刻画女性形象。情与理在不同时代和不同情境中，具有不同的含义。作者笔下女性形象的情理冲突主要有两种类型：一是在情理冲突中高扬"情感"的旗帜；二是在情理冲突中讴歌"理性"的力量。就前者而言，情已不是汤显祖的"情不知所起"，而是情出有因。但在生活中特别是在历史生活中的女性，这种"情"又不得不受到某种"理"的检验和禁锢。这样就导致了女性内心的困惑和痛苦。冲突的最终结果是，"情"突破"理"的枷锁，使人的合理欲望得到肯定，个性得到张扬。《黄河与月神》中的月神，尽管深爱黄河，但最初也心念"天规"不敢妄动。在情与理的冲突中，情愈转愈深、愈转愈奇，最后为了圣洁的爱情和人类的安宁，月神做出了惊世骇俗的抉择。在历史故事剧《夫人令》中，徐夫人由"礼教攸关不自由"，到挣脱礼教的束缚，和至死钟情于她的妩荣举行"婚礼"，其情如火山爆发，使人不敢逼视。作者这样把握情理就高出了传统戏曲对情理的处理。传统戏曲以追求教化作用为指归，"不关风化体，纵好也徒然"，因而它一方面亮出人物火辣辣的情感，另一方面又往往把人物的情感投入冰冷冷的理念之中，在伦理道德的微笑之下是人性的痛苦呻吟。就第二种类型的情理冲突来看，理已被赋予了新的内涵，成为理性、理智和某种开放的怀抱胸襟，而情则牵涉到个人的利益、命运和喜怒哀乐。在情理冲突中，个人琐碎的欲望纳入理性的广阔视野，使人生由此进入一个庄严崇高的境界。

把女性放在外部困境和内心冲突中表现，就写出了人物性格的丰富性和复杂性，从而摆脱了戏剧创作中的"理想人物模式"，使人物冷峻中存诗意、温柔中含刚厉，呈现出一种"箫剑并存"的复合美。不仅如此，我们如果把作品中的女性形象放在纵式序列上审视，还会发现女性形象的真实美和流动美，并从中看出时代生活的演进和深刻变化。

三 内心观照的悲怆美

刘京仪不是像一般女性作家那样写一种淡淡的忧伤，一种单纯的生命感悟和冲动，她写的是一种积淀着巨大的社会历史内容的忧伤，一种深哀剧痛。她对生活的感受敏锐、细腻，对人生的看法辩证、深刻。在艺术创作中，她不习惯于那种拘谨的描写、琐碎的絮语和苍白的抒情，而是笔力健举、气势汪洋。经历的坎坷，生活的磨砺，锻造了一颗忧愤深广的心灵。"转轴拨弦三两声，未成曲调先有情"。这种情，熔铸了她个人的感受和体验，又超越了她个人的感受和体验，从而浸润扩大为一种悲怆的情调，使人初触之伤痛无极，再触之悲壮昂奋。

难怪作者爱写悲剧。《昨日的芬芳》写美的蒙难，哀感顽艳；《天黛郡主》写崇高的毁灭，悲痛欲绝；《夫人令》写真情的陨落，肠断魂销……作者写悲剧，不是写到悲剧为止，而是多方面揭示悲剧产生的原因，特别是暗示了悲剧背后的光明前景。这样悲剧就不显得神秘，不让人"恐惧和哀怜"，相反使人在悲剧诞生的一瞬看到了回避或者挽救悲剧的出路，并产生一种渴望变革现实处境、变更人自身的强大的"力量和激情"，人因此变得纯净和崇高。

作者善于运用丰富的艺术手段来制造悲怆气氛，归纳起来主要有以下几个特点。一是由喜入哀，愈增其哀；哀乐相生，婉转推进。二是在不协调中写悲怆，在文势跌宕中制造情感高潮。《昨日的芬芳》中"诗和

皮鞭"并举,《夫人令》中"死亡和婚礼"同台,让人触目惊心、神驰
魄动。三是梦境的插入,使幻美中更添哀愁。梦境,在其剧作中是作为
现实的一种美丽的补充,是一种短暂的自我精神安慰。人物往往因情成
梦,因梦生悲。四是系"扣"解"扣",在急转直下中,悲伤骤起,石破
天惊。"扣",在刘京仪的剧作中,不仅制造悬念,使故事曲折,更重要
的是使情感逆转、气氛突变。五是"剑"影森森,"泪"光点点,英雄气
长,儿女情多。剑与泪这两个意象不断闪现,开辟出了壮美与优美互补
并存的审美空间。剑,穿云破雾,正人勘己,成为某种象征,使悲怆的
境界扩大;泪,是人物"箫心"的外化和冷凝,它为我们打开了人物心
灵的秘密,使我们看到人物情感深处的孤独、矛盾和忧伤。

　　总之,作者写悲怆,虽有"凄凄惨惨"之状,但无"冷冷清清"之
迹,虽有"小桥流水"之声,但更多的是"大江东去"之象,婉约中有
豪放,从一管长长的洞箫中吹出铜琶铁板的苍凉,故而梗概多气,铮然
作声。

四　唱词涵构的诗化美

　　刘京仪戏剧作品中的唱词除了具备形象性、动作性、时空性等一般
特点以外,另一个显著的特点就是它的诗意性。我们读她剧本中的唱词,
不仅读出了人物性格的变化和差异,读出了情节的发展和波澜,重要的
是读出了节奏、韵味和意境,读出了情感。

　　唱词的诗化美首先体现在它的形式上。其剧作中的唱词既有古典诗
歌的工整、凝练、含蓄和典雅,也有现代新诗的自由、清新、洒脱和奔
放;既有短句、长句的参差错落,也有联章形式的铺排叠用。体之新旧,
句之长短,声之缓急,皆服从于情感的表达。

　　唱词的诗化美还体现在它的意境上。作者喜欢用色彩忧伤的字词作
为情感的基调,喜欢用典型化的景物作为情感的寄寓,喜欢用排比铺张
的手法增强情感的气势,喜欢用暗喻、象征、对比的方式开辟情感中的
哲理。因而唱词所构筑的意境哀艳中有风骨、蕴藉中有寄兴。

　　从唱词中可以看出作者具有相当深厚的古典诗词的修养,具有兼收

并蓄、融汇出新的艺术胸襟和才能。同时从唱词中我们也进一步体会到"箫心剑气"的高度融合。作者笔下的唱词，既有哀怨，又有刚清；既有舒徐，又有紧张；既有端丽，又有潇洒；既有情思，又有理致。就好像王国维在论述元杂剧时所说的那样："彼但摹写其胸中之感想，与时代之情状，而真挚之理与秀杰之气，时流露于其间。"①

箫心含蕴，剑气高扬，这是刘京仪剧作的美学品格。这种美学品格，是作者心灵与人格的体现，更是我们民族精神与命运的写照。我们古老的民族，在它生存和奋斗的过程中，有过无数的灾难与忧患、不幸与悲伤，同时也有过无数的挣扎和反抗、崛起和希望。一手执箫，一手仗剑，才是我们民族的真实形象。作者用驰骋开阔的审美视野、丰富真实的艺术表现、沉雄深挚的情感力量，诗意盎然地再现了这一形象。作者所高扬的是那种使我们民族生生不息的创造精神、奋斗精神、牺牲精神和乐观精神。箫声万缕断肠时，剑气一道惊魂来。作者在她的艺术世界里，或弄箫开始、舞剑结束，或箫中吹剑、剑中藏箫。箫音袅袅，剑气英英。出发点是箫，着眼点是剑，让人在侧耳听箫之时，怦然心动，猝然情摇，仰望长天，拔剑而歌。

【作家简介】刘京仪，女，湖南临澧人。国家二级编剧。中国戏剧家协会会员，中华诗词学会会员，湖南省作家协会会员。在省级以上刊物发表歌剧、话剧、戏曲、电影等大型剧作 12 部。出版有《刘京仪剧作全集》、长篇电视文学剧本《虎贲》、长篇小说《天不怜幽草》、小说集《清雨》。其剧作多次获文华奖、田汉戏剧奖。

---

① 王国维：《宋元戏曲史》，上海古籍出版社，1998，第 98 页。

第六章

沙鸥翔集

——探索与艺术创新

第一节　李万军富有学术精神的
报告文学写作

　　报告文学兼具新闻性和文学性的特点，文体的探索有更大空间。从创作实践看，有些作品较好地融合了新闻性和文学性的内在质素，具有思想和艺术双重的魅力和感染力。20世纪七八十年代涌现的一批报告文学如《哥德巴赫猜想》《大雁情》《神圣忧思录》等，就在新闻性、写实性的风格中融入诗性描写和理性思考，产生了广泛而深远的影响。近年来，也有不少极富文体特色的优秀报告文学。著名作家徐怀中倾情书写的战争回忆《底色》，被学者认为不同于一般意义上的报告文学，其写法融合了小说、散文、通讯、政论等各种文体，具有"跨文本"的特征①。李万军创作的长篇报告文学《因为信仰——"扶贫楷模"王新法》② 是一部带有文体创新的作品，这种创新体现在文学写作中渗透的学术精神，

---

① 徐刚：《报告文学的现实关切与文体革新——第六届"鲁奖"报告文学获奖作品述评》，《中国现代文学研究丛刊》2015 年第 8 期。
② 李万军：《因为信仰——"扶贫楷模"王新法》，中国国际广播出版社，2017；《时代报告·中国报告文学》2017 年第 10 期。

即作者认真严谨的写作态度、强烈的现实感以及问题意识、扎实的资料准备和思辨眼光与批判精神等。作品客观上呈现出来的学术精神，给"非虚构写作"带来有益的启迪和借鉴。

一　题材的现实性和重要性

作为富有新闻质素的报告文学，理当关注现实，勇敢扮演"时代书记员"和"人民代言人"的角色，以生活中的重要事件或问题作为题材，从而"阐述新思想、新发现"①。这种新闻质素内在契合学术精神。学术需要现实关切，需要具有问题意识和导向意识，需要通过深入研究寻求问题解决的方案或方向，为学科发展和社会现实服务。当前，我们正处在迈向小康社会的关键时期，扶贫攻坚成为重要的主流话题。政府需要面对，学术需要研究，报告文学需要表现。长篇报告文学《因为信仰》选择的就是扶贫这一重大题材，在其选材的新闻敏感性中体现了可贵的学术精神和学术旨趣。

这个题材不仅重大，关乎国计民生，而且还有其特殊性：不是表现我们习见的扶贫模式，那种单位对口、限期完成的扶贫，而是表现一个公安战线的退休干部不远千里从河北省石家庄市自愿来到湖南省石门县薛家村义务扶贫，没有单位指派，没有任务指标，没有轰轰烈烈，只有在其人格力量感召下的扶贫团队，只有全心全意、默默无闻的无私奉献。这个选材不仅重大，有其特殊性，而且还体现了相当的新意：不是一般意义上的物质扶贫和技术扶贫，而是在物质扶贫、技术扶贫的同时给予心志和精神方面的扶贫，即作品中多次表述的"扶贫先扶志"。有些贫困地区，部分人安于现状、不思进取，甚至精神萎靡，自甘其后，等待帮扶。王新法来到薛家村后一再申明："我是带着思想来的，不是带着私欲来的"；"是来给种子的，不是只给大家送白菜的"。这个"种子"就是新思想、新观念和新思维，主要体现为因地制宜谋发展、移风易俗树新风的眼光和谋略，自力更生、奋发图强的精神滋养，尊老爱幼、和谐互

---

① 李朝全：《新世纪报告文学观察：报告文学"写什么"与"怎么写"》，《文艺报》2012年11月14日，第2版。

助的文明示范，让广大村民自强自立、不扶自富的激励和美好愿景。

不仅如此，在扶贫这个大的题材之下，作者攫取不同的观察点，探测到更多的矿藏和亮点，让题材变得更为厚重和丰盈。具体讲，在"扶贫"的话题之下还涉及许多"子问题"，比如扶贫与生态保护，扶贫与地方历史文化资源的利用开发，农村外出务工人员如何为家乡奉献智慧和力量，从农村走向城市的干部职工如何反哺农村，扶贫路上如何团结协作共同发展，扶贫与社会主义新农村建设，等等。这些"子问题"被题材的现实性以及作者的敏锐思考顺理成章地引出来，又恰到好处地丰富和完善了题材，增加了作品的思想内涵。也许这些"子问题"只是作为问题被提出了，也许在追踪问题时还未及细化和深化，但作者的这种问题意识和现实情怀是值得肯定的。正如有的学者指出的，如果说以前的报告文学更多地倚重书写对象的新闻性，那么在全媒体时代，这一文体需要作者更多地开掘客体存在潜在的有意味的信息，并且在这种开掘中坚守主体在场①。《因为信仰》涉及的这些问题正是客体"潜在的有意味的信息"，因为作者的"主体在场"被捕捉和表达；这种"主体在场"正是一个报告文学作家所秉持的社会责任感和担当精神。

现实题材以及带出的众多问题，指向一个关键词：信仰。信仰是"文眼"，统摄并照亮所有的章节和材料，由此生成作品的主题思想。顺着"因为信仰"这个句式，结合作品内容解读，主题则豁然于心。在"因为信仰"的逻辑关系里，阅读者可以根据作品提供的信息推演，比如：因为信仰，就能淡忘名利得失、克服艰难困苦全身心投入自己喜爱的事业；因为信仰，就能成就生命的价值和一个共产党人的无悔追求；因为信仰，中华民族就能实现伟大复兴的光荣梦想。同时，阅读者还可以基于自身的生活阅历和人生追求，在内心深处生成更多的认知和感怀。这也足见作品题旨的时代性、开放性及包容性。

报告文学《因为信仰》的选材及主题思想的凝练升华极为重要。扶贫攻坚和信仰重塑，从物质层面和精神层面切入时代的重大主题和重要

---

① 丁晓原、王晖：《潮平两岸阔：报告文学的宽度与深度》，《文艺报》2017年2月13日，第2版。

话题。党的十八大提出全面建成小康社会的目标，脱贫攻坚是实现该目标的底线任务和标志性指标。习近平总书记多次强调，全面建成小康社会，一个都不能少，一个都不能掉队，关键在贫困的老乡能不能脱贫。到 2020 年实现现行标准下农村贫困人口全部脱贫，是中国共产党做出的庄严承诺，是必须完成的硬任务，没有退路①。在这样一场脱贫攻坚战中，需要许许多多像王新法这样的优秀共产党人，需要王新法身上这种矢志不渝的信仰。王新法在扶贫实践中的种种思考和探索，尤其是他"扶贫先扶志"的立意和自我践行，给扶贫攻坚带来深刻启迪。由此升华的信仰，既带给扶贫攻坚一种精神标杆作用和不竭动力，又延展为生活的信条和准则。一个人要有信仰，一个共产党人更要有信仰。可是在现实生活中，一些人包括一些共产党人丧失了信仰，迷失了方向。因此，无论是放在具体的扶贫攻坚中考量，还是放在复杂的现实生活中审视，信仰的重建、重塑都是一个极为紧迫且艰巨的任务。习近平总书记在文艺工作座谈会上讲话指出："我国作家艺术家应该成为时代风气的先觉者、先行者、先倡者，通过更多有筋骨、有道德、有温度的文艺作品，书写和记录人民的伟大实践、时代的进步要求，彰显信仰之美、崇高之美，弘扬中国精神、凝聚中国力量，鼓舞全国各族人民朝气蓬勃迈向未来。"② 报告文学《因为信仰》在追踪扶贫的重大课题中，叩响信仰之问，塑造信仰之魂，具有重要的现实意义和时代价值。

二　演绎的充分性和深刻性

报告文学的纪实性决定了其必须通过大量真实的材料演绎作品的题旨。从《因为信仰》的材料、材料运用以及内在层次推进等方面看，整个作品紧紧围绕"扶贫"和"信仰"取舍和安排材料。大量真实感人的

---

① 《习近平总书记 17 次主持召开扶贫会议 25 次开展扶贫调研》，http：//cpc. people. com. cn/19th/n1/2017/1017/c414536 - 29592747. html。

② 习近平：《在文艺工作座谈会上的讲话》，http：//news. xinhuanet. com/politics/2015 - 10/14/c_1116825558. htm。

第一手材料，有机串联起王新法扶贫的感人事迹和心灵世界，并聚焦到信仰的高度，烘云托月，有力地完成了主题的表达。撇开作品前两章的铺垫材料不说，作为主体部分的第三、四章，亦即表现王新法从来到薛家村扶贫到因劳累过度不幸离世，铺排了一个接一个富有浓郁生活气息的材料，而且这些材料分层次交织推进，即把物质援助、技术扶贫和思想建设、精神文明建设等有机地衔接起来，五彩缤纷，相互补充和烘托，不断丰富和推进主题。如旅游开发、种植烟叶、养蜂、大兴有机茶业、路桥建设、安全饮水工程，以及殡葬改革、红白喜事规约、关爱老年人和下一代，等等，这些材料具有代表性和典型性，可以说许多地区尤其是山区和少数民族地区的扶贫攻坚大都离不开这些改革项目和着眼点。作者不是浅表地复述故事和机械地运用材料，更不是堆砌或拼凑，而是既带着强烈的情感，又内蕴着敏锐的思维和理性力量。

正如学术文章需要运用多种论证方法，《因为信仰》除用丰富的事件材料表现题旨外，还采用其他方法和手段穿插材料，如灵活运用引用、图片和数字等方面的材料。作品大量引用主人公的书信和自评材料、他人的访谈和评价以及党报党刊等媒体主流话语，既把我们引向主人公丰富的内心世界和感性世界，在那种面对面式的交流中获得贴近感和亲近感，又站在客观公允的角度多方面了解、认识和评价主人公的所作所为和人生追求，让我们获得完整的多维度的印象。文中穿插的极富生活气息的图片，使我们在文字的指引下身临其境，满足一种在场的真实感和体验感。不用说，数字的适时运用，以少概多，具有很强的说服力和感染力。

这些形象生动的材料在服从题材、解答问题的同时，又能草蛇灰线、恰到好处地辐射到题旨或观点上来，即指向信仰的星空和精神高地，体现出作品的深刻性。一部20多万字的报告文学作品，如果没有这样一个聚焦点，或者所有的材料不能很好地指向这样一个中心，将是一盘散沙，或者材料之间首尾不能相顾，也必将陷入有肉无骨、有骨无魂的浅薄和尴尬。在该作品中，作者不仅用众多材料形象地阐释了信仰的本质和对人生、社会的重要性，而且还从多方面贴近、揭示和印证崇高信仰的独特魅力和内在光辉。在王新法身上，坚定的信仰是始终如一的，不论是火热的军旅生涯，还是人生转入低谷，或者扶贫攻坚遭遇千难万险，地位可以变，身份可以变，环境可以变，但信仰不变。这个信仰，就是一腔热血为祖国奉献青春的豪气，一身刚正克己奉公渴望正义公平的胆气，一心为民不畏艰难险阻的凌云志气；就是一个普通人的道德良心和操守，一个军人的优良作风和品质，一个共产党员对党的宗旨和信仰的坚守与践行；就是高尚的理想、永无止境的追求和义无反顾的行进。当然作者笔下的王新法并不是信仰的符号化象征，而是一个具体的人，一个有着悲欢离合喜怒哀乐的人，作者有时把人物放在情感和理性的天平上塑造，揭示其微妙乃至复杂的心理活动，用感性材料和生动的细节还原其作为人的普通的一面、有血有肉的一面，避免了英雄的神化和虚化。

这种信仰不是凭空产生的，也不是孤立的。作品用事实证明：信仰的火炬一直代代相传、彼此映照，跨越时空而不灭。作品描写王新法初到薛家村走访调查时了解到，当年贺龙和他的堂弟贺锦斋等在湘西北一带充满传奇性的革命活动，68位烈士为营救革命战友不敌反动势力舍身跳崖壮烈牺牲，这些史事和传闻的穿插表面上看起来是揭示薛家村及周边地区具有厚重的历史感和革命传统，深层的含义是诠释这种信仰的火种穿越时空，永续延绵。无论居庙堂之高，还是地处偏野，无论战争年代，还是和平时期，信仰如长河之浪花、夜空之星辰，奔流激荡，粲然不熄。包括文中描写的当年下放到薛家村的一对医生夫妻，如何奉献宝贵的青春和医疗技术，回城后又一直惦记乡村生活、眷眷于乡情，都是为了突出信仰的力量和可贵。这些为信仰而活着和舍生忘死的人都是民族的脊梁。如是，王新法心中的信仰就可纳入更大的精神谱系，是夜空中一颗耀眼的星辰，是交响乐中悦耳的音符和章节。

这种思想的深刻性来自作家对现实及问题的认识深度，虽然有时也有较多的主观看法流露，给人满溢之感，但总体来说，是通过对人物故事的叙述和对事件的安排呈现出来的。作为报告文学，无疑要通过形象的刻画、事件的铺叙和文学化的手段来揭示主旨。"无论是虚构还是非虚构文学创作，好的作品大多是那些有着含蓄的、隐喻的作品，那些有着多种意味与多义多解的作品，而不是那些承担了权利责任的作品。"① 在这一点上，《因为信仰》的探索是值得肯定的。

三　结构的严谨性和文学性

《因为信仰》暗合学术文章的结构特点。一般来说，学术文章有前言、结语和主体部分。该作品的"序曲"和"尾声"相当于学术文章的"前言"和"结语"，中间的四章是主体。主体内容从形式结构看，按照时间顺序展开叙述，让读者了解王新法完整的人生经历；从情感结构看，按照"起—伏—起—扬"的内在线索安排材料，给读者一种心理期待和情感震撼；从逻辑结构看，按照先铺叙再直接叙述的方式推进，让读者更好地理解主人公的人生追求和高尚情操。具体就逻辑结构来说，即第一、二章是铺叙，围绕信仰这个关键词探访和叙述主人公的军旅生活和转业到地方后蒙冤维权的艰难历程，直到平反昭雪恢复工作前往千里之外的薛家村扶贫帮困，进入直接叙述。尽管铺叙部分占到作品的三分之一强，显得篇幅过长，但并未离题；不仅没有离题，而且对开掘、升华题旨起到了相当重要的作用。如果没有第一、二章的铺叙，回避主人公人生的大起大落和传奇性，回避特定历史阶段带给主人公的不幸遭遇，作品直接从主人公来到薛家村扶贫写起，就显得平铺直叙、平淡无奇，就不能看到其完整的人生经历和心路历程，就难以领会信仰背后的那份执着和被置之死地而后生的那份喜悦与感动。另外，王新法在蒙冤期间主动助学、帮困的善举为后来到薛家村扶贫奠定了基础，既体现人物的信仰是发自内心、一以贯之的，又在结构上起到渐进的作用，把扶贫的主题推向深入，使得后面王新法南下扶贫的决定和举动不显得突兀，有水到渠成之感。这些都显示出一种严谨的写作风格。

作为报告文学，《因为信仰》在结构安排上又自然体现出一种文学性。从文学的角度看，"序曲"写王新法的葬礼，直接把感情推向高潮，就结构而言，这是一种倒叙的手法，也是文学常用的手法。不仅整个作

---

① 王觅：《报告文学：讲好中国"大故事"——2013年全国报告文学创作会在江苏举行》，《文艺报》2013年10月25日，第1版。

品采用了这种倒叙手法，而且在一些章节里也常采用倒叙或插叙，有意打乱叙述节奏。不过要指出的是，因涉及许多访谈对象，有时叙述身份的转换不是很清晰。就作品整个章节的安排看，也大体符合文学结构中的起承转合，以军旅生活"起"，以转业到公安系统"承"，以蒙冤受屈"转"，以扶贫帮困"合"，且重心在"合"这一部分。这种结构安排，满足了读者的阅读心理和审美期待。为让作品浑然一体，增添更多的文学气息和诗意，整部作品用诗词作为章节之间的衔接和过渡，虽然有些诗词的添加略显生硬，和上下文风格不太协调，影响情感的表达，但从整体的结构艺术看，还是可取的。

作者还借助文学的审美表现，在有序的叙述推进中，通过悬念、伏笔、照应、转折、回叙乃至玄幻等艺术手法，把作品深层次的情感结构表现得波澜起伏、峰回路转。从"序曲"进入正题之后，作品首先表现王新法的军旅生涯，用一连串具有军旅特色的材料多方面呈现主人公的优秀品质，如毅力顽强、敢于创新、重情重义、善解人意、谦虚好学，等，这一切均源自而又指向其崇高的信仰。这样一位久经锻炼的优秀军人，按理说转业到地方后会一帆风顺、大展宏图，可是出乎意料，在法治还不健全的环境里蒙受冤屈达 20 多年；既已人生受挫也许自暴自弃、一蹶不振，可是主人公依然保持军人的英雄情结和公安干警的忠诚担当，秉笔直书，依法维权，终于迎来命运的转机；既已转机，就当保持平和心态，安享退休生活，可是主人公决定南下扶贫，把平反后得到的 64 万元赔偿款全部捐献给薛家村；既已捐款扶贫，就应心安理得，打道回府，可主人公决定留下来，长远规划，帮助薛家村从物质条件到技术革新再到精神提升全方位地扶贫；既已精心筹谋，就可按部就班顺势而进，可天有不测风云，主人公因劳累过度突然病逝在扶贫第一线，薛家村高规格地礼葬；既已生命停歇、魂归青山，让时光慢慢平复薛家村人无尽的思念，可新闻媒体接踵而至，主人公的扶贫事迹传遍大江南北，至今温度不减……真是一转再转，柳暗花明，令读者应接不暇。这种内在起伏跌宕的情感结构，使作品在谨严的形式结构和逻辑结构里有着变幻的节奏和动人的美感力量。

四　表达的真实性和思辨性

王新法的故事是一个真实而感人肺腑的故事，如何在报告文学作品中加以真实而富有艺术感染力的再现，需要作者首先深入生活感知和体认，并化为内心的感动和写作的强烈冲动。作者李万军在公安系统工作，系公安部签约作家，为创作反映王新法光辉事迹的报告文学，深入石门县薛家村，历时近五个月，跑遍了薛家村及周边的山山水水，先后采访四百多人，挖掘丰富的创作素材。为写活王新法的精气神韵，还原一个有血有肉的王新法，李万军还以薛家村为写作基地，多次前往王新法曾工作过的河北石家庄及北京等地，采访王新法的家人、战友和公安同事以及蒙冤维权时的律师和当事人等，了解到王新法生前许多鲜为人知的血泪故事，将扶贫楷模王新法的成长轨迹和心路历程渐次呈现在读者面前。作者深入生活以及访问调查的过程是收集、整理和提炼材料的过程，是探矿者炼石成金的过程，这个过程是艰辛的，也是必要的；唯其如此，才可能接近真实、还原真实并转化为艺术真实。"作家对事件进行采访、调查的过程犹如冶炼，写作的过程需要加入辅助材料，最终的产品不应该是矿石，而应是钢铁。"① 从这个方面讲，报告文学有点像学术论文的写作，需要作者在材料的准备方面付出艰辛劳动，通过提炼、打磨材料并用内在的逻辑关联去接近事物的真相，抵达论题的内核和最真实的部分。正如学术需要创新，需要对材料进行鉴别和价值判断，报告文学也不是简单地罗列材料和客观陈述，需要在写作表达中融入作者的立场、情感和思考，闪烁出智慧和思想的火花。正如李炳银所说，报告文学创作不是真实事件的"搬运工"，从这个房间搬到隔壁房间，而是要融入作家的主观感受，呈现出作家的主观表达。如果没有主观把握，作品只能是呆板僵硬的。作家必须具备选择题材和辨识题材的本领，将其放在大

---

① 王觅：《报告文学：讲好中国"大故事"——2013年全国报告文学创作会在江苏举行》，《文艺报》2013年10月25日，第1版。

环境下审视①。应该说，李万军找到了一个很好的题材入口，在掌握大量第一手材料后，对材料进行了创造性的加工，在运用材料的过程中既有富于学理性的客观呈现，又有带着情感体认的主观表达，同时能将典型人物置放于时代和现实的背景下再现，并上升到信仰的高度，其笔下的真实是具体的、令人信服的真实，是富含生活气息和时代光泽的具有代表性的真实，是融入作者审美情感和文学情怀的艺术真实。

《因为信仰》在真实表达的同时富于思辨性。这种思辨当然不是纯理论的辩证思维，而是一个作家看待事物和世界的辩证眼光和理性思考。作者在大力表现和讴歌王新法的高尚品质和崇高信仰的同时，并未绕开其艰难的人生旅程和曲折经历以及特定时代对其施予的深刻影响，并未回避社会生活中令人触目惊心的种种现象和矛盾。作品第二章"热泪洒盾牌"是最令人痛心、揪心的章节，这一章写王新法从部队转入地方公安系统后，因渴望改变社会治安现状直言上书地方主要领导触怒个别当权者而获罪，从此踏上漫长的申诉维权路，这一事件及过程本身是对当时司法现实的书写。这个章节也可以写得更简略甚或一笔带过，但作者没有这样处理，而是较为完整、细致地记录了事件的起因、曲折过程和最终获得公正对待的结果。这样安排，一方面服从于人物形象的塑造，真实地展示人物的生活经历和内心世界；另一方面如前所述，在结构上有起伏回旋之势，带给读者阅读的震撼和期待；更为重要的是，忠实于历史和现实，寄予了作者深沉的忧思和冷峻的批判意识，体现出一个报告文学作家应有的勇气和胆识，也激发读者关于现实和未来的更多理性思索。我们应当看到，一批优秀的报告文学作家始终抱有的社会独立精神和对国家民族的使命意识，对于社会现实发展的热情和忧患自觉，是这些年来报告文学创作最值得珍惜的内容②。但正如有的学者撰文指出的，近年来社会问题报告锐减、报告文学介入生活的能力明显削弱，"报

---

① 李炳银：《报告文学 30 年的精彩舞蹈——我的 30 年报告文学印象》，《中国艺术报》2008 年 12 月 19 日，第 38 版。

② 李炳银：《报告文学 30 年的精彩舞蹈——我的 30 年报告文学印象》，《中国艺术报》2008 年 12 月 19 日，第 38 版。

告文学对生活的积极参与、对问题的大胆揭露、对现实的勇敢批判与担当，是 20 世纪 80 年代创作屡屡引起社会轰动的重要因素；而新世纪报告文学写作的战斗性、批判性逐渐丧失，在很大程度上造成了报告文学大胆参与生活尤其是现实问题的能力缺失"①。在这样的创作背景下，李万军的《因为信仰》所具有的问题意识和批判精神就显得尤为难得。更为可贵的是，在揭示问题的背后所蕴含的对司法改革的热切渴望，正是当下社会改革的重要内容。这种思辨性还体现在，即使揭示问题、批判现实，也并未走向偏激，而是把握适度，善于发掘生活中的光明和温暖来减轻和冲淡伤痛带给人的压抑。比如维权路上一些好心人给予的理解和热心帮助，案件再审过程中体现出的正义之光，种种来自身边和民间的力量让人感受到希望和对未来的信心。这种思辨和批判精神也正是学术所必需的品格。

本文把长篇报告文学《因为信仰》放在学术和文学的双重视角中考量，并非倡导报告文学的学术化写作，而旨在强调作为带有新闻性的"非虚构文学"，应该在注重文学性的同时用一种学术态度、学术眼光和学术精神来对待写作。当下的文学创作非常活跃，涌现出包括报告文学在内的许多优秀文学作品，但也应该看到，不少人闭门造车，不深入生活，不调查研究，不是用严肃的态度对待创作，有些作家，"人是下去了，但只是走马观花、蜻蜓点水，并没有带着心，并没有动真情"②。在这样的背景下，提倡文学写作的学术精神显得很有必要。可以说，李万军的报告文学写作实践为文学创作提供了有益的借鉴。

【作家简介】李万军，湖南常德人。中国作家协会会员，中国报告文学学会会员，中国散文家学会会员，全国公安作协首届签约作家，湖南

---

① 李朝全：《新世纪报告文学观察：报告文学"写什么"与"怎么写"》，《文艺报》2012年 11 月 14 日，第 2 版。

② 习近平：《在文艺工作座谈会上的讲话》，http：//news. xinhuanet. com/politics/2015 - 10/14/c_1116825558. htm。

文理学院客座教授。发表作品130余万字，散见于《中国作家》《中国报告文学》《啄木鸟》《战士文艺》《解放军报》《人民公安报》等报刊，出版文集《走笔军旅》和长篇报告文学《因为信仰》。作品曾获战士文艺奖、丁玲文学奖、金盾文化工程奖等。

第二节　汪荡平的戏剧创作实践及意义

戏剧，这轮从远古的仪式和歌舞中升起的太阳，以其逐渐升腾的辉煌，照亮了宋元杂剧、明清传奇，照亮了中华民族一双优美的眼睛和一腔古典的情怀。可是近年来，戏剧却被人喻为"夕阳艺术"。在各种艺术多元并存的今天，在大众审美选择日趋多样化的今天，我们谈论的不应该是戏剧的"消亡"，而应该是它的重新"定位"。戏剧的舞台究竟应该搭建在哪里？作为戏剧演出的范本——戏剧文学究竟应该提供怎样的舞台形象、审美空间和戏剧效果？

当"危机"之声四起的时候，许多戏剧作家进行了辛勤的探索。戏曲也好，话剧也好，在一段时期内，以其探索的新锐给戏剧疲软的躯体注入了一丝活力和生机。可惜沸沸扬扬之后仍又陷入沉寂。无疑，戏剧艺术在潮起潮落的现代生活、步履匆匆的现代人面前要探索、要创新。但究竟探索到一个什么样的层次，创新到一个什么样的境界，找寻一个怎样的"点"，把握一个怎样的"度"，这是摆在戏剧作家面前的一个长期的课题。

探索仍在进行。剧作家汪荡平就是探索者行列中的一员。因为探索，他先后几次荣获全国"五个一工程奖"和"戏剧文华奖"；因为探索，他摘取了"国家一级编剧"的桂冠；因为探索，他找到了一个属于他自己的戏剧创作空间。以具有强烈现实感和深厚历史感的"地面"为底座，以具有斑斓的色彩和诗性的光辉的"花朵"为冠巾，在"花朵"和"地面"之间，汪荡平搭起了他的"戏剧舞台"。这是在空灵和实在之间、在诗意和世俗之间、在创新和传统之间、在"高层"和"平俗"① 之间搭起的"戏剧舞台"。汪荡平的创作实践，引发了我们对现代戏剧创作的思考。

一　主题的现实性和超越性

中国的戏剧在经过最初的狂欢之后，逐渐负载起最现实最沉重的主题，亦即不断强化其"高台教化"的功能。作为舞台艺术的戏剧，它所面对的是群体，是在戏剧情境感染之下敞开的心灵，它的实施教化的目的能够最广泛、最有效地被贯彻。封建时代的戏剧，所要宣扬的主要是统治阶级的"理性原则"，是把"群体"纳入某种心理模式和行为模式的思想意识和道德观念。"五四"新文学时期，戏剧传承了这种"教化"功能，但它打出的主题旗号飘扬着新思想和新道德的光辉。此后在阶级矛盾、民族矛盾激烈的岁月，戏剧以其强烈的现实性和战斗性，成为一声声气贯长虹的呐喊，成为宣泄民众情绪的惊雷。

戏剧，作为现实生活高度提炼后的一种"复现"，应该有着鲜明的时代主题。汪荡平的剧本着力描写的就是当代中国的改革现实。黑格尔曾说："艺术中最重要的始终是它的可直接了解性。事实上一切民族都要求艺术中使他们喜悦的东西能够表现出他们自己，因为他们愿意在艺术里感觉到一切都是亲近的、生动的、属于目前生活的。"② 汪荡平的戏剧作品表现的正是这种"目前生活"，这种令我们感到亲切、振奋的现实生活：《桃花汛》托举的是现代农村改革的春天，《青橄榄》品尝的是工厂改革之初苦涩中的欢乐，《世纪风》展示的是生活的十字路口的艰难选择……汪荡平从改革的主渠道切入生活，以江南的山光水色和改革的春风夏雨作为背景，展开对现代人的生存方式、生活观念和喜怒哀乐的描写，从而展示出中国大地上涌动的春潮。这是时代的"主旋律"。它有如戏剧舞台上的一束追光灯，照亮了戏剧舞台也照亮了生活舞台上大写的人生。这是汪荡平戏剧作品主题的第一个层次：现实性。

---

① 汪荡平：《歧路难准托》，《新剧本》1991 年第 5 期。
② 〔德〕黑格尔：《美学》（第一卷），朱光潜译，商务印书馆，1984，第 348 页。

　　汪荡平戏剧作品的主题还有一个更高的层次：超越性。这是以坚实的"大地"为支撑的一种超越，是向着至善至美的"花朵"的一种超越。这种超越表现为对"人"的理性审视和对"真善美"的讴歌。如果说主题的现实性还与作品生成的时代有着密切的政治关联的话，那么主题的超越性就从描写的具体的人事中升腾出一种普遍的意蕴、一种可以超越时空的魅力和价值。历史剧《三备棺》，我们最后看到的是受宫刑而凛然不屈的司马迁用史笔刺绣的八个大字："落落胸怀，灿灿人生！"花鼓戏《桃花汛》，在那条跑运输、奔致富的春风骀荡的河流上，我们听到的是一声发自乡村深处的呼喊："好好做人！"题材只是一个入口，故事只是一种依托，冲突只是一种手段，一切最后都指向大地上"人"的高度，指向人的心灵深处的真善美的花朵。《换亲记》在爱情和婚姻的现代诠释中，亮出的是一面古典的旗帜，上面书写着两个饱经沧桑的大字——"善"和"美"。《三备棺》写悲烈的人生在命运的沉浮中，坚守着"不求虚名求真文"的可贵品格。《世纪风》在两种心灵力量的交锋中，完成了对假丑恶的批判，对真善美的张扬。这曲戏更像一个现代寓言。大夫王富根发明的"心脏治疗仪"，可以治疗心脏病患者，更可以治疗商品经济时代那些堕落的"人心"；而他发明的续代产品"性功能治疗仪"，不仅仅意味着治疗生理上的"性"疾患，更意味着治疗"人性"的冷漠。这种隐含的寓意，使剧本的主题进入一种哲理的层次。

　　这种现实性和超越性的结合，使汪荡平的戏剧文学有了比较丰富、深刻的主题内涵，从而摒弃了主题的单一和苍白。应该说，主题的丰厚和深刻与否是衡量一部剧作轻重、好坏的一个重要方面。已故著名导演黄佐临先生在1962年的"广州会议"上，曾就"怎样才算是一个最理想的剧本"这个问题提出十大要求，把"主题明确"放在首位，继而又强调剧本要"哲理性高"，并解释"哲理"说"不仅指一般的思想性，而是指时代的世界观、人生观，透过作家的心灵，挖到一定的深度"[①]。戏剧家布莱希特也高扬哲理美和文学的哲理化倾向，他认为"科学时代的

---

　　① 黄佐临：《我的写意戏剧观》，中国戏剧出版社，1990。

戏剧能使辩证法成为享受","戏剧变成是哲学家的事"了,"也就是说,戏剧哲学化了"①。古今中外那些经典性的剧本,无一不是从彼时彼地、彼情彼境上升到对"人"的观照——命运的观照、性格的观照和人性的观照,体现出一种人本思想,一种宇宙意识,一种悲天悯人的情怀,一种追古索今的思考,进入"哲理"的层次。那么,汪荡平剧本主题的现实性和超越性,可以说已经开始具备了这种哲理性的内容。

于是,我们就可能这样给现代戏剧的主题进行审美定位,即在现实性和超越性之间,在一般思想和深层意蕴之间,在具体可感和哲理思辨之间。这样,一方面可以让我们充分领略和感受我们生活着的这个时代,目睹我们身边发生的故事,另一方面又可以让我们超越时代、超越时空,获得某种永恒的启迪和昭示。

二 人物的世俗性和诗意性

戏剧作为叙事文学,无疑要把塑造人放在首位。王国维在《宋元戏曲考》中把戏剧定义为"以歌舞演故事"。自古以来,戏剧就是在人与环境、人与人以及人自身的矛盾冲突中塑造人的。生活中那种大忠与大奸、大贤与大愚、大善与大恶、大崇高与大卑鄙在激烈的矛盾冲突中表现得泾渭分明。那么今天,戏剧该怎样表现新的时代、新的环境中的人呢?

汪荡平突破了人物塑造中的类型化、模式化倾向,表现了现代生活中世俗化的人生和诗意化的人生,表现了人生世俗中的诗意和诗意中的世俗,以及世俗和诗意的纠缠和转化。这样,他把传统戏剧中的情理冲突和性格冲突转化为人的生活方式和生活观念的冲突,而更多的是转化为人物内心深处崇高和平庸、正直和邪恶、诗意和世俗的抗争。这种自我人格的较量和情感的回旋,使剧本放弃了外在的矛盾交锋,转而倾全力表现人物内心的冲突。

他的两部获得全国"五个一工程奖"的剧本——《桃花汛》和《世纪风》都着重表现人物在经过激烈的内心冲突之后走向新的人生境界:

---

① 〔德〕布莱希特:《论教育剧》,伍蠡甫、胡经之主编《西方文艺理论名著选编》(下卷),北京大学出版社,1988,第319页。

"桃花汛"不仅带来了农村改革的消息，而且以其亮丽和斑斓照亮了人物过去黯淡的生活；"世纪风"不仅翻开了新的一页，而且以其刚健和清新拂去了人物心灵中的灰尘。《桃花汛》中的虾仔，如何从迷恋牌桌到加入发家致富的行列，作为一个农民怎样在"积习"中战胜自我，这种心理转变过程写得丝丝入微。《世纪风》中的王宁，如何从金钱的欲望中解脱出来，肩负起一种高尚的社会责任，作为一个知识分子怎样在心灵的困惑、矛盾和挣扎中一步一步走向灵魂自救，这种精神历程刻画得波澜起伏。不仅如此，剧作家还把这种"世俗人生"的自我救赎放在"诗意人生"的参照中来写，写出"诗意人生"怎样牵动"世俗人生"的心灵变化。极富时代气息的农村新女性"桃花"，成为虾仔迈向新生活的一缕诱人的亮色；浸透着传统文化意绪的老一辈知识分子王富根，以他的仁厚、慈爱和真诚终于使女儿王宁良心发现，迷途知返。不仅如此，在现代社会中，诗意性的人物也要不断地与内心中的"尘俗"抗衡，使"诗意"更加光辉。

这就是今天的生活。这是一个诗意和世俗并存的时代，这是一个可以从平凡乃至平庸中滋生诗意的时代。仰头，是生活和梦想中的花朵，是高天流云、朗朗明月；俯首，是现代生活的巨轮扬起的灰尘，是坎坎坷坷、坑坑洼洼的地面。每一个人都生活在"花朵"和"地面"之间，感受着诗意的人生，也受制于世俗的生活。汪荡平准确地把握了现代人的生存位置和心理现实，写出了"诗意"和"世俗"之间的冲突，并努力展示出诗意的强悍和郁勃，展示出诗意对人性中弱点的消泯，以及诗意如何从萌芽走向壮大。

由此，我们想到，现代戏剧创作对"人"的表现，应该从传统观念中走出来，超越人物塑造中的类型化和模式化，抛弃那种简单的两壁对垒和两极对抗，而去表现人的丰富性和完整性，表现人的生活中多种色彩的组合、多种因素的渗透、多种力量的互动，表现现代世俗生活中人的灵魂的自我拯救、人的心灵向着诗意的攀登。

三　情感的喜剧性和悲剧性

汪荡平的剧本大多为现实剧，他善于发掘现实生活中的喜剧性因素。

有学者在对喜剧本质的探讨中，将喜剧分为"否定性喜剧"和"肯定性喜剧"①，认为否定性喜剧是以反面人物为描写对象，对丑恶的社会现象进行否定，肯定性喜剧是以正面人物为描写对象，对美好的生活现象进行肯定和歌颂②。这种划分，依据的是过去的喜剧，所以才有反面人物和正面人物之分。按照我们的理解，今天的生活主要是"诗意"和"世俗"两种生活状态和心灵力量的冲突，那么喜剧也要根据这种诗意和世俗的成分来确立。对"世俗人生"进行嘲讽就是否定性喜剧，对"诗意人生"进行讴歌就是肯定性喜剧。这样理解，我们发现汪荡平的戏剧创作兼有否定性喜剧和肯定性喜剧，但以肯定性喜剧为主。

　　《老板何来》可以说是一部否定性喜剧作品。商品经济大潮中的老板何来完全是一个利欲熏心的世俗人物，他的言行令人啼笑皆非。作者对他的嘲讽实际上是对假丑恶的批判。虽然作品展示出的这种社会现象让我们担忧，但本质上给我们的仍是一种"愉快"，因为我们在人物的喜剧性表演中发现，经济改革大潮卷起的泡沫正在被现实击破。汪荡平的肯定性喜剧是在对人生诗意的慢慢展露中完成的，它带给人的也往往是一种欣喜的发现和一种期待的满足。这种喜剧情境中的诗意，不是提纯的，不是凝固的，它是生活的原生态，混合着杂色。《换亲记》《桃花汛》等就是在剧情的发展中逐渐蒸腾出一种喜剧性的诗意效果。伴随着轻松、愉快的笑声，人物心灵中明亮、高尚的一面被推到了前台。

　　但从汪荡平的作品中传出来的绝不仅仅是笑声。他的剧作在喜剧性的愉悦中又往往潜伏着悲剧性的感情。这种悲剧性的感情，不是由命运的莫测、性格的剧烈碰撞或者人生和社会的尖锐冲突造成的，不是那种欲生欲死的深哀巨痛，而是因为愿望受阻、诗意蒙尘或者由于历史的伤痛和人生的忧郁，是现实的滞重、生活的沧桑带来的苦涩。孟广生用"花圈"祭奠那些因改革被精简而一蹶不振的"心死者"（《青橄榄》），"桃花""梅花"在人生进取的路上挂着痛苦的"泪滴"（《桃花汛》），遭遇过挫折的王富根在发明创造的过程中心有余悸（《世纪风》）……

---

　　① 王增浦：《浅论喜剧的本质》，《社会科学评论》1985 年第 3 期。
　　② 周国雄：《中国古典喜剧本质的哲学探讨》，《语文辅导》1987 年第 2 期。

这样，喜中含悲，悲中有喜，更加切近了现实生活的本质。这不同于传统戏剧中的悲喜交加。传统戏剧作品喜欢采用大团圆的结局，用喜剧来消解悲剧，那只不过是一种虚幻的喜剧性安慰，而且重心在悲剧。今天，人们更多地生活在喜剧情境之中，送旧迎新的社会变革，人生价值观念的调整和心灵的重塑，使真正的精神愉悦和生命欢笑成为可能。由此看来现代戏剧创作的重心应放在喜剧性情感的营造方面。但是又要防止走向情感的单一层面，应该在"大悲"或"大喜"的戏剧情感模式后面，以现代生活的丰富性和人的情感的丰富性为依据，表现人类情感的"综合"和"交杂"，在心灵的放松中有收敛，在情感的紧张中有松弛。

四 艺术表达的传统性和现代性

戏剧是一门古色古香的综合艺术，那种悄然流淌的艺术血脉在今天是无法割断的。当然也需要创新，但不应是简单的抛弃。前些年那种戏剧艺术上的探索体现了一种革新精神，但有些剧作家离开传统的根须，遁入天空云朵般的奇思妙想，一味运用荒诞、魔幻、象征等手法，在自我意识的扩张中割断了戏剧舞台和观众之间的心灵感应和交流。

首先应该回到"大地"。戏剧中那些传统的艺术表达，在时间的流转中，已积淀为一个民族的审美方式，不断地满足着大众的审美期待，并成为他们眷恋、回瞻戏剧的一种审美动力。

汪荡平没有放弃这种来自地心深处的引力，他的剧作中遍布着那些古典的艺术表达方式，比如巧合、误会、突转、道具等手段的运用。这样增添了戏剧性，形成了戏剧内在的张力，丰富了人物的思想性格。特别是在构思方面，他借鉴了古典戏剧设"结"的艺术方式。传统戏剧往往有一个外在的情节线，即从设"结"开始，再到藏"结"，最后解"结"。汪荡平的戏剧很少有那种激烈的外部冲突，故而他安设的"结"也主要是一种情感的"结"、心灵的"结"，从而慢慢把内心的冲突引向紧张，然后在火山般的情感释放中达到新的内心平衡。这样的戏就能抓取人的"心"，甚至成为一种勾魂摄魄的无形磁场。

中国戏剧的本质是"诗性"的。清代的吴宽曾用酒来比喻戏曲："生活变成戏曲，就有点米酿成酒的意思。也好比以诗来反映生活的意思，所以说戏曲是剧诗自有道理。"（《笔下竹入神，米酿酒变形》）戏剧的这种诗性，来自它的歌词、对白、戏剧情境等。这种诗性风格历来有"丽藻"和"拙素"之分，或曰"文采派"和"本色派"，但更多的是崇尚那种优美典雅的诗情诗境。汪荡平的剧作也浸润着一种诗意，这种诗意从总的倾向来看，是一种朴素的诗意，甚至俚俗的诗意。他的现代戏，对话与唱词全用方言和俗语，其间又充满情趣和机智，加之他描写的冲突主要是诗意和世俗的冲突，提供的戏剧情境有着浓郁的地方色彩和乡土气息，因而他的剧作的诗意充满本色味和乡土气，可以说是现代的"拙素美"和"本色派"。

同时他也在创新和超越。从体式看，他除创作戏曲外，还有一些大胆的创造，比如他命名的"摇滚音乐剧"，即采用"话剧 + 歌剧"的写法，比较好地表现了现代人丰富的、杂色的、充满动感的思想情绪。从音乐安排看，他除采用宾白和唱词相结合的方式外，还富有创意地安排了主题音乐，渲染强化作品的思想主旨；还有幕间副歌，构成一种整体性音乐布局，成为贯串整个作品的一股情绪潜流；还有歌舞演唱，极富有现代感，对舒缓、程式化的戏曲歌舞是一种突破性的尝试。就时空处理看，他也接受了现代艺术的新的时空观念，比如在空间安排上对戏剧舞台进行分割，安设多个表演区同步表演，这样容纳了更为丰富的现代生活内容。

汪荡平作品的价值和意义主要在于引发我们对现代戏剧创作审美定位的思考。戏剧的表演性、综合性和观赏性，决定了它应该把"舞台"搭建在"花朵"和"地面"之间、"诗意"和"凡尘"之间、"高层"和"平俗"之间；现代戏剧应该追求主题的"现实性"和"超越性"的融合、人物的"世俗性"和"诗意性"的渗透、情感的"喜剧性"和"悲剧性"的交织、艺术表达的"传统性"和"现代性"的互补。只有这样，戏剧才能体现它自身的艺术优势；只有这样，戏剧才能满足大众的多层次的审美需求；只有这样，戏剧才能真正使国民的精神得到提升、民族的情感得到净化。

【作家简介】汪荡平，湖南常德人。国家一级编剧。先后创作发表歌剧、话剧、新编历史戏、现代戏剧作品30余部；创作并拍摄电视连续剧、舞台艺术片5部。其作品数十次荣获中央宣传部、中国文化部、湖南省人民政府及各级地方政府的各种奖励。创作的剧目先后5次晋京演出。

第三节　长篇小说《情中情》的语言特色

语言在文学作品中有着十分重要的地位。"形式即意味，形式建立自己的内容而直接成为本体。语言是本体直接表征。"[1] "文学作品是由语言，而不是由客观事物或情感所组成的。语言在作品中起决定性的作用，它是使表层言语具有意义的深层结构"，"语言结构即本体"[2]。中年作家曾辉在不到十年的时间里完成了三部长篇小说近百万言的创作。从《八月雪》、《财女》到《情中情》，就语言来说，有某种内在气脉的连通，而且越来越显示出某种个性姿态。尽管近年来许多作家强烈追求文体意识，文坛上出现了诸如诗化小说、散文化小说、笔记体小说等文体，但曾辉很有点我行我素的"固执"，他一如既往地在中国传统的小说创作路子上埋头走笔。顺着他的小说语言经络和气韵，我们可以看出赵树理、柳青、周立波等大作家某些生动的影子，当然这些作家已经形成了鲜明的语言风格。我们读曾辉的作品就会发现他的小说语言也在向着某种风格、某种个性发展。特别是当我们读他的长篇小说《情中情》时，就会立刻感受到一种气息的缭绕、一种"油菜花"般的芳香和微醉。这是开在江南水乡的油菜花，散散淡淡的，但极富个性，极具精神，朴实里含

---

① 王岳川：《艺术本体论》，上海三联书店，1994，第29页。
② 王岳川：《艺术本体论》，上海三联书店，1994，第30页。

着诗意，静默里藏着热烈，平淡之中包孕着浑厚之气。

一

分开来说，《情中情》的语言具有四大方面的特点。

（一）语言的个性化追求

长篇小说的成功与否，一个主要的标志就是看它是否塑造了个性鲜明的人物形象。这种个性塑造当然离不开情节组织、事件选择、情境营造等因素，但一个重要的手段便是语言运用。"一个作家能不能算是一个作家，能不能在作家之林中立足，首先决定于他有没有自己的语言，能不能找到一种只属于他自己，和别人迥不相同的语言。"① "小说家的语言的独特处不在他能用别人不用的词，而在别人也用的词里赋以别人想不到的意蕴。"② 曾辉的小说创作追求的就是这种"自己的语言"、富有个性的语言。《情中情》并没有什么曲折的情节、奇险的故事以及大开大合的场景，一切看来都是平平淡淡的，就像生活本身一样，是一种"生活流"的小说。作家刻意追求的是用语言的个性化塑造个性化的人物，在人物心灵矛盾的回旋和人物个性的碰撞之中完成主题的表达。

用人物的语言和动作来刻画人物的性格，这是小说《情中情》达到语言个性化的一个基本手段。小说塑造了二三十个各具性格的人物形象，而且其中不少人物形象具有了某种典型化的意义。在描写人物语言和人物动作时，作家在看似信手拈来的背后，其实是做了一些推敲的。我们归纳一下，发现其中隐含了这样几条重要的艺术原则。

一是比照性原则。同胞姐妹姜静和姜利利一个文静羞怯，一个开朗大方。在爱情上，姜静是由红娘搭桥与华治国相识，姜利利是自由恋爱与祝一忠相处。小说有两段文字描写她们与恋人相见的情景，极具特色。

① 汪曾祺：《年关六赋·序》，《汪曾祺全集》（五），北京师范大学出版社，1998，第109页。
② 汪曾祺：《关于小说的语言》，《汪曾祺全集》（五），北京师范大学出版社，1998，第10页。

华治国来了，姜静躺在门边，明明知道，可是：

> 姜静收回她的思绪，换了个舒适的姿势躺在竹椅上，闭着眼睛，装着睡了。

姜利利与母亲路遇祝一忠：

> 她跟祝一忠递了个眼色，做了个同他回家的手势，回过头对刘月梅说："妈妈，你一个人去吧，我和祝医生回家去。"

两相对照，一个是性如流萤，一个是情如烈火；一个是被动地接受爱，一个是主动地寻找爱；一个是封闭性性格，一个是开放性性格。对爱情是这样，对其他事情也是这样，小说还在家庭矛盾和事业追求上很好地把握了这两个人物性格上的差异，并形之于不同的笔墨。

二是同中求异原则。王拓、孟凡理、姜永顺都算得上是农民改革家、实干家，性格有相似的地方，但又有区别。作家在描写他们的言行时进行了很细微的处理。写王拓，重在写出他的精进开拓；写孟凡理，重在写出他的含情于理；写姜永顺，重在写出他的强中有顺。就是作为对立面人物的易边强和胡昆，他们的说话方式和行为方式也是既相通又不同。

三是情境性原则。人物的言行是随情境而异的，人物性格的复杂性和动态感就是在情境的转换中被充分表现出来的。李木林意志消沉，内心对新上任的乡党委书记王拓极为不满，可是当着王拓的面却说："就是组织上要我退居二线了，我也应该这样。因为我是共产党员！"在有王拓介入的这个特定情境里，李木林表露出来的是经过修饰了的另一面。这样描写就使人物性格立刻生动起来。姜雨湖的性格有一个发展过程，因而在前后不同的生活情境中，他的语言、动作也有明显的不同。"老妈子，你发疯了！一天到黑就是鬼的神的……"这是姜雨湖在小说中的出场语言，简单几句话，就确定了人物性格的基调。"包?！你包坐牢！"家庭矛盾发展到高潮，姜雨湖坚决反对儿子承包煤矿，因而出语强硬。"好生生的一栋房子，没两天工夫就拆成个光秃秃的和尚地……"后来姜雨湖虽然思想仍不通，但内心里还是默许了儿子的行为，他独守老屋场，也独守着寂寞和孤单，因而出语哀伤。这样写，就写出了人物性格的发展和发展的客观依据。

作家用语言的个性化不仅写出了人物的性格、人物性格的多样性和变化性，更重要的是逼近了人物的某些生活观念和心理潜意识，这样在完成政治型的显性主题的同时，也掘进了文化型的隐性主题。叶大妈在重大问题抉择面前说"跟着别人走"；姜家吃饭时"上席总是姜雨湖坐"，而叶大妈"一生从来很少坐到上席"，这种对语言习惯和生活习惯的描写是相当深刻的。这自然让我们联想到"跟跟派"李顺大（《李顺大造屋》），联想到开家庭会不许女人参加的马多寿（《三里湾》），联想到一心想做"三合头瓦屋院长者"的梁三老汉（《创业史》），这背后都有着丰富的文化心理内容。

（二）语言的心理性暗示

《情中情》很少有大段的静态心理描写，但又无处不渗透着人物的心灵秘密和内在情绪。这里，作家用的不是"解剖法"，而是"暗示法"。象征派诗人马拉美有句名言："说出是破坏，暗示才是创造。"这虽是针对诗歌而言，但在小说中也同样有价值。暗示性语言在它的蕴藉之中生发和激活人的想象，扩大审美空间。《情中情》主要从三个方面来暗示人物的心理活动。

一是用情状描写来暗示人的心理活动。王拓初到孟姜村，被一群狗追着咬，几个在园子里劳动的中年女人不但不制止，反而嘻嘻哈哈地笑（"笑道""快笑死""嘻笑着"）。看似无聊，但仔细一想，就觉得大有深意。这些女人常年被山色围困，日子十分单调，特别是贫困又给生活添了许多灰色，精神无所寄托，总想寻些刺激填补生活的空虚、宣泄心中的苦闷。这样看来，在她们的笑声里其实掩抑着沉重得叫人落泪的东西。

小说描写姜雨湖在旧房拆迁时候的情态，于冷静客观之中切入了人物的心底波澜：

今天一见亮，他就起了床，一个人围着屋前屋后转了几圈。一双眼睛连眨也不眨地把前后的檩条、柱头、椽角详详细细地看了一遍。

看起来姜雨湖是慢慢悠悠、不慌不忙，实际上内心里却翻江倒海、刀割棒打。那文字后面藏着的心理漩流就如同水波深处藏着的漩涡一般，读者只能凭想象去贴近和感受。

二是用环境描写暗示人的心理活动。《情中情》将人物活动的时间环境安排在"夏天"。夏天，这是一种巧妙的环境选择。小说反反复复描写夏天里的"燥热"，这燥热的又何止是外部环境，更是一种内部环境，一种人的心灵状态和生活状态。在农村改革走向深入的过程中，农民内心里的躁动不安、徘徊苦闷，人与人之间的矛盾冲突，都通过火辣辣的"夏天"得到了强烈的暗示。其他局部环境描写和风景描写也表现了人的内心真实。

三是用语境描写来暗示人的心理活动。姜静病重，叶大妈要刘月梅和姜利利去"敬神"，嘱她们心诚，多说好话，这时候小说描写了刘月梅与姜利利的不同神态，刘月梅是"静静地听着"，而姜利利则"抿嘴一笑，朝祖母看了一眼，低着头，用脚轻轻地踢开了一个小石子"。前后联系起来，则成为一种语境。一件事情，两种心理。叶大妈的迷信神幻思想在刘月梅那里"静静地"渗透，而在姜利利那里受到嘲笑和踢"小石子"一样的不屑一顾。这可以说是语境里的承续描写，即顺承同一件事情，描写人们各自的反应。同时还有语境里的反差描写。姜雨湖独守老屋场，天黑时分，家家户户灯火通明，欢声笑语；而他的稻场里漆黑一团，无声无息。极大的反差带来的是人物内心深处极大的失落感和痛苦感。另外还有语境里的侧笔描写，即以他人之眼观物，表面不动声色，实则浓缩着巨大的心理内容和情感内容。

（三）语言的象征性表达

象征，使语言摒弃了它的表层语义，从而达成一种"深度化的语境"。《情中情》语言的象征性表达主要有三种形式。

一是意象描写象征。通过一个或多个意象，传达出某种意蕴。在小说中，夜、灯、月、山、雾这些意象反复出现，这就不仅仅是作为客观物象的存在表明人活动的环境，而且包含着多种多样的象征意味。小说开卷描写姜静每天"夜"里发病，这里"夜"象征着生活处境对人的精神重压。接着写叶大妈要陈久发在"夜"里给姜静"收黑"，这里"夜"又象征着封建迷信观念的笼罩。后来写王拓来到孟姜村，在"夜"里召开群众大会，夜空里"吊一盏煤气灯，照得会场通亮通亮"，天空的"月亮是圆的"，这里多个意象的关联，象征着人们对贫困生活的挣脱和对美好生活的热烈憧憬。

二是风俗描写象征。小说中有着大量的风俗描写。风俗，在其地方色彩中保留着传统的生活样态和生活观念，有一种稳定的群体心理意识。《情中情》中的风俗描写，没有搜奇猎异，它的内容是健康的，意义是丰富的，而且往往能从传统的底色中晕染出一些明亮的现代色彩。小说描写姜家"上梁"的风俗，可谓精细，但不觉得繁杂。把这种风俗描写放在农村变革的现实背景下思考，不难发现其中隐含着多种象征，既象征着人们齐心协力建造新的生活，又象征着生活水平正在稳定提高，同时还象征着对"正堪大用"的栋梁之材的渴望和赞美。

三是细节描写象征。小说中的细节描写是随处可见的，它不仅有利于刻画人物形象，逼近生活真实，有些细节还具有象征意义。小说着重描写了姜家"拆屋"这个细节。拆屋，拆掉的又岂止是一个小小的居住空间，它更是一种原有生活方式和生活观念的被打破。在这个被打破的过程中，对于千百年来生于斯长于斯、日出而作日落而息的农民来说，有着几多惶惑和痛苦。看看下面这个细节描写，淡淡几笔，却字字千钧："他最喜欢的藤椅，每晚必须躺一躺的，昨晚也没有躺，很早就上床睡了。但他没睡着。"这是写农民姜雨湖拆屋前的活动情景。如果在这里"拆屋"不是关涉到更深刻的观念性的东西，人又何以会如此不得安宁？

（四）语言的哲理化点染

和曾辉以前的小说相比，《情中情》的哲理性加强了。这种哲理不是

211

高深莫测、玄远幽渺的，也不是从外部硬贴上去的，而是一种大众化的哲理、一种诗意性的哲理，是从内部生发出来的，是情中理、理中情的交融契合。

《情中情》传达哲理的方式主要有两种，即小说人物的哲理抒发和小说叙述人的哲理点化。小说人物的哲理往往是通过激情转换，在独特的内心体验面前因情而生，是诗意中的哲理；小说叙述人的哲理往往是通过情境铺垫，在丰富的生活现象面前有感而发，是哲理中的诗意。

李凤花爱王拓情真意切，但遭到了王拓的理性拒绝。李凤花在痴情之中痛苦地体会到"爱情既是桥又是沟"。简短的一句心理独白，诗句一样留下了许多空白，这空白处便是一种理性的启迪，让人在"桥"与"沟"这一相对立而又相关联的形象中心动神游。同样，姜利利在恋爱时说出的"红灯""绿灯"一类转喻性的语言，也是极富哲理情趣的。

至于叙述人哲理的缘事而发，更是大量存在。当王拓站在高处惊呼孟姜村的"美"时，作家顺情入理地来了这样一段议论语言：

> 是的，一个人对一件事物的评价和认识，不能零星的，或者支离破碎地看，应站在一定的高位上。纵观全局，整体地去看，才能得到比较完整的结论。
>
> 美，往往是从整体而言！

问题不在于这段话包含的哲理如何新颖，而在于这段话印证了一个普通的生活哲理，而且这种哲理与小说中的生活描写和人物塑造发生了一种紧密的内在联系，它既把生活的诗意推向了一种理性高度，又使人物形象中的理性因素得到了丰富和加强。

二

总体来看，长篇小说《情中情》，就语言色彩来说，是朴实的、生动的，充满着乡土气息；就语言表达方式来说，接近于戏剧文学的体式；就语言情感基调来说，是冷静中的热烈、写实中的抒情。

　　《情中情》的语言平易、朴素、大众化。没有华词丽语，没有打乱时空的语言组合，没有突破现代汉语语法规范的出新逞奇，完全是口语、方言的运用。"人习其方言，事肖其本色"，具有一种本色美。在口语、方言的运用中点缀着俗语、歇后语、比喻性语言，使文学语言更加形象和生动。这种语言虽然通俗易懂，但又不是一般意义上的通俗文学的语言。通俗文学如言情、武侠小说在情节的跌宕起伏中，语言也具有一种艳丽或凌厉的刺激作用。《情中情》的语言不追求这种刺激性，它的语言不是指向情节的曲折、故事的离奇和场面的惊险，而是指向人，指向人的性格和心灵、思想和观念，通过性格的矛盾、心灵的冲突和思想观念的纠葛，表现一种严肃而重大的主题。所以《情中情》的语言追求的是朴素中的个性化、平易中的暗示性。即使如前所述，小说中有象征性的语言表达和哲理性的语言点染，但这种象征也不是夸饰变形的，而是朴素的、常见的，其意义是可以明显感知的；哲理也不是幽深难会的，而是普通的、生活化的，其思致是可以通过体物缘情而把握的。《情中情》在语言的朴实之中，还充满着机智和幽默，极合农民的性格特点和生活习惯。农民的豁达俏皮，农村生活中天真朴野的生活气息，泥土上爆发的欢声笑语，都得到了真切的表现。

　　当然，说《情中情》的语言朴实，不是说这种语言只是生活语言的简单复制，没有经过艺术处理，而是说作家在尊重生活语言的表达方式、叙述语调、习惯用法的前提下，经过有意识的审美选择，构成了更高意义上的生活语言的真实。看看这样的人物对话：

　　　　"好啊，天老爷怕俺困瞌睡看不见，还点了一盏大灯啦。"

　　　　"是啊，这盏灯蛮高级哩，照亮了好大的世界呀！"

　　　　"哈哈，只有天老爷狠，一盏灯，哪个角角落落都看得见。"

　　这是姜雨湖和华治国晚上看见月亮后的几句对话。这是生活语言，是经过作家剪辑和处理后的生活语言，它比日常生活语言更空灵，更含有韵味。而且这样的语言放在小说背景中思考，还具有更深刻的含义。

　　小说语言包括人物语言和叙述人语言。《情中情》就这两种语言的构成来说，人物语言多于叙述人语言，有时候，甚至就由人物的对话组成一个一个的场面。这样，性格的塑造，矛盾的展开，情节的推动，在很大程度上就依靠人物的语言。这使我们阅读时常常想到另一种文学样式，即戏剧文学。戏剧文学只有人物的语言，没有叙述人的语言，从这一点上看，《情中情》接近于戏剧文学的语言体式。这并没有给作家带来方便，相反带来了一定的难度。高尔基说："剧本（悲剧和喜剧）是最难运用的一种文学形式，其所以难，是因为剧本要求每个剧中人物用自己的语言和行动来表现自己的特征，而不用作者提示。"① 《情中情》虽不是剧本，但就语言表达的戏剧化倾向来说，它的人物特征主要是通过人物语言个性化来表现的。难就难在这里。《情中情》的人物语言不仅具有个性化，而且还具有动作性和暗示性，许多生活情景和矛盾冲突都是在场景性的人物对话中展开的。当然《情中情》作为长篇小说，也有不少叙述人语言，但这些语言大多比较简练，叙述事件简明扼要，描写景物往往只画其轮廓，议论抒情也只是点到为止。在矛盾冲突紧张激烈的时候，叙述人语言就只是些简短的提示或交代。

　　《情中情》的叙述人语言与人物语言是和谐一致的。小说虽然采用的是传统的第三人称叙事视角，但作家不是居高临下，而是如身临其境，仿佛就生活在农民之中，用农民的语言讲农民的故事。因而叙述人语言与人物语言浑然一体，统一在朴素平易之中。

　　"欲为平易近人诗，下笔情深不自持。"（龚自珍）《情中情》在平易朴素的语言背后有着一种动人的感情力量。曾辉是用大众化的语言表现富有深度的农村生活。他在写作时，首先考虑的肯定不是语言，而是如何将丰富多彩的生活现实提炼之后统摄在重大的时代主题之中。现实迫使他有一种急于表达的愿望。但当真正用语言表达时，他恪守的又是典型的革命现实主义原则，大恨大爱、大悲大喜的感情并不是波浪似的在文字语言的表层起伏和推进，而是藏在客观冷静的叙述语体之中，成为

---

① 〔苏〕高尔基：《论剧本》，《文学论文选》，孟昌、曹葆华译，人民文学出版社，1959，第57页。

一种激情深隐的潜流。表面看去，了无痕迹。但透过小说表现的主题、描写的深度、语言的组合和节奏，我们就能把握作家深挚的情感。作家对农民落后文化心理的讽刺批判，对农村生活中种种丑陋现象的深恶痛绝，对改革年代新人新事的热情讴歌，等等，既被语言遮蔽，又被语言托举。而且在小说中，作家的情感随着生活故事的发展有一个变化的过程，这就是情感的由凝重到热烈。我们从语言节奏的由舒徐到急促，意象选择的由黯淡到明亮，矛盾安排的由分散到集中，就可以大致划出一条情感的内在轨迹。

经过以上的分析和归纳，我们发现曾辉的《情中情》对比他以前的小说，在语言上走向了精细、走向了个性化。但《情中情》的语言还有值得提炼的地方，尤其是人物语言。当然对语言的提炼，有时其实也是对生活的提炼。

三

著名作家汪曾祺认为，小说语言的艺术性与作家的传统文化、地区文化素养有直接的联系，"一个作家对传统文化和某一特定地区的文化了解得愈深切，他的语言便愈有特点。所谓语言有味、无味，其实是说这种语言有没有文化（这跟读书多少没有直接的关系。有人读书甚多，条理清楚，仍然一辈子语言无味）。每一种方言都有特殊的表现力，特殊的美。这种美不是另一种方言所能代替，更不是'普通话'所能代替的。'普通话'是语言的最大公约数，是没有性格的"[①]。曾辉就是一位对传统文化和地方文化了解深切的作家，他的小说语言富有韵味，具有鲜明的地方特色，其长篇小说《情中情》延续了他一贯的个性化语言风格。这种风格是朴素的，如开在江南水乡的"油菜花"，它默默开放，不喧嚣，不炫耀，不与奇花异草争辉；由青青一色到金黄灿烂，它开花，而且结籽，然后等待镰刀的收割和会心的微笑。这种朴素的美，不仅农民能够欣赏，而且每一个亲近大自然的人都能够欣赏。这种美的艺术传达，

---

① 汪曾祺：《林斤澜的矮凳桥》，《汪曾祺全集》（四），北京师范大学出版社，1998，第105～106页。

与作家的生活态度和美学追求是分不开的。

曾辉长期生活在湖南农村，对农村生活相当熟悉。他当过农民、中小学教师和新闻记者。他有着农民的朴实、教师的热情和记者的敏锐。他对农民的生活习俗、生活方式和语言习惯有着体察入微的了解。不仅如此，他还热切地关注着农村生活的发展、农民的心理愿望和命运前途，对乡土和农民怀着一种朴素的感情。曾经有一位评论者说周立波"好像一位忠厚热情、土生土长的农村干部，一位热爱农民、很有学问的乡村小学教员"。用这一段话来形容曾辉，也是很恰当的。曾辉写小说，是按照实有的方式和理想的方式，表现农民的生活状态和心灵状态，从封闭中开辟亮色，从琐细中发掘诗意，从平淡中寄托理想。这些，是他的全部用心之所在。至于语言，他并不刻意追求其诗意和新奇的效果。

对朴素美的追求，是曾辉的一种自觉的美学追求。他曾写过《我爱油菜花》《银花赋》一类的散文，那种对自然美、朴素美的备加赞赏，既是他诗心诗情的流露，也可视为他小说创作的美学宣言。"它不像有些花那么时髦。它不会撒娇，像农民一样，不求打扮，不去故意讨人喜欢。它一生只有一条宗旨：人民至上，全心全意为人民服务。"（《银花赋》）这用来说明他的小说语言和语言的内在审美追求是非常贴切的。

古今中外许多作家都倡导和追求过文学作品的朴素平易。"万事之波澜，文章天然好。"这是龚自珍的创作追求；"朴素，这便是我所希望的比其他一切更要紧的品格。"这是列夫·托尔斯泰的文学主张。鲁迅、赵树理、老舍等作家都一再强调过文学语言的通俗易懂。这些观点在今天看来依然显得十分重要和必要。我们必须面对中国有着一个庞大的农民群体这一客观事实，文学要想真正对他们的生活有所渗透，就必须首先用大众化的语言摒弃文字上的阻隔，这是最起码也是最重要的要求。特别是描写农村生活的作品，更要用生活化的语言表现农民的生活现实，让他们在对自身的反观中更好地推动现实的变革和变革的现实。曾辉步入文坛后，经过多年的文学实践和积累，在语言的运用方面做出了可贵的探索。

第四节　常德丝弦新编曲目唱词的
结构艺术及审美作用

　　文学艺术作品的结构是作者创造性思维的一种审美呈现，既是组织作品的形式因素和艺术手段，又和作品的内容与主题息息相关。甚至可以说，结构既是形式的，又是内容的，既是部分的，又是整体的。清代戏剧家李渔在《结构第一》中说："填词首重音律，而予独先结构。""至于结构二字，则在引商刻羽之先，拈韵抽毫之始。如造屋之赋形，当其精血初凝，胞胎未就，先为制定全形，使点血而具五官百骸之势。""有奇事，方有奇文。未有命题不佳，而能出其锦心、扬为绣口者也。"①李渔所说的结构，就包括作品的主题和人物事件的结构安排这两方面。柏拉图对作品的艺术结构提出了"有机统一"的原则，认为一切个别事物都组成一个独立存在的实际世界，"是一个具有部分的、完备的整个"，"它既是一又是多，既是整个又是部分"，"因为整个是一个整个，部分是整个的部分"②。这种有机统一的思想运用到写作中，就要求"每篇文章的结构应该像一个有生命的东西"，"部分和部分，部分和全体，都要各得其所，完全调和"。柏拉图提出了文章结构布局的两个法则，"头一个法则是统观全体，把和题目有关的纷纭散乱的事项统摄在一个普遍概念下面"，"第二个法则是顺自然的关节，把全体剖析成各个部分"③。常德丝弦新编曲目的唱词能根据"命题"即主题来结撰安排内容，形成一个富有生命气息的有机统一体。英国艺术批评家克莱夫·贝尔说过："就审美的角度来讨论，需要达成共识的只是形式的安排与组合必须按照以特殊的方式感动我们的某些未知的、神秘的规律，艺术家的任务只是这样

---

① 李渔：《闲情偶寄·结构第一》，郭绍虞主编《中国历代文论选》，上海古籍出版社，1979，第296~297页。
② 〔古希腊〕柏拉图：《巴曼尼得斯篇》，陈康译注，商务印书馆，1982，第283~286页。
③ 〔古希腊〕柏拉图：《柏拉图文艺对话集》，朱光潜译，人民文学出版社，2008。

组合和安排形式，务必使它们能够感动我们。"① 研读众多新创曲目唱词后发现，其审美"形式的安排与组合"有外显和内隐两种方式。外显的结构方式在安排人物、事件或场景等方面起到一种勾连作用，带有语法关联的意义；内隐的结构方式在刻画矛盾冲突、渲染感情等方面发挥聚合作用，富有逻辑事理方面的意义。作品从显、隐两个结构层面推进，能够满足欣赏者多方面的审美需求。

一　外显的结构方式及审美作用

常德丝弦新编曲目唱词的外显结构方式主要有并列式结构、递进式结构和转折式结构，这些不同的结构方式带来的审美作用也不尽相同。

（一）并列式结构方式

并列结构方式主要有景物并列、人物并列、时间并列、空间并列和分类并列等方式。

景物并列。通过选取具有代表性的景物，并以相互间构成的补充、映衬和烘托作用来渲染气氛、强化特色，共同完成主题的表达。于沙作词的《常德风景》把代表常德风景的桃花源、夹山寺、柳叶湖、花岩溪并列，从富有人文内涵的景物到纯自然风景，从山寺之美到湖溪风光，分层描写和歌唱，把桃花源的神奇、夹山寺的传奇、柳叶湖和花岩溪的新奇一一铺陈和点染出来，最后以"诗""画"作结，给人留下悠长的韵味和难忘的印象。康健民作词的《春来依然桃花水》是对风景名胜桃花源的两种演绎，一方面"春来依然桃花水"连接起"列祖列宗"、"仙人"和"诗人"，唤起的是"世外仙境无处寻"的缥缈情思；另一方面"春来依然桃花水"连接起"昨天今天"、"姑娘"和"小伙"，表达了"人间仙境此中寻"的欣喜之情。这种并列中隐含着耐人寻味的对比，"世外仙境"和"人间仙境"在并列式的结构中凸显了创造"人间仙境"的豪迈。余致迪作词的《柳叶湖上乌篷船》是两种角度的并列描写：一

---

① 〔英〕克莱夫·贝尔：《艺术》，周金环、马钟元译，中国文联出版社，1984，第153页。

是俯视，"湖风悠悠湖水蓝"带出水中的景物和生机；一是仰视，"柳色青青月儿圆"引发怀古之思和满腹诗情。于是从"流动的风景"和"浪漫的生活"两个层面完成现实生活和诗性生活的完美融合。还有《春暖桃花源》（欧阳振砥作词）、《我爱洞庭莲》（少鸿作词）、《迷人的柳叶湖》（夏劲风作词）、《花岩溪里白鹭来》（胡传经、雷正和作词）等作品在景物的并列描写中体现了时空交错的构思特点，铺展并深化了所描写的景物，从而辐辏到作品的命题和立意上来。

人物并列。那些偏于叙事的作品常常选择具有代表性的人物，既放得开，通过相互间的关联从不同角度延伸扩展作品的思想内容，又收得拢，指向共同的主题表达。黄士元作词的《枕头风》，用三个女人的"枕头风"颇具戏剧色彩地串联起三种不同身份的人：村主任、乡长和副处级干部，将后者放在"权利金钱美色亲情"面前考验，一方面艺术地彰显了基层干部为官清廉的重要性和紧迫性，另一方面又形象地说明为人（官）妻者在党风廉政建设中发挥着特殊的监督作用和教化作用。黄士元作词的《中秋之夜》用桂花、菊、桃花三个女人对丈夫的"抱怨"，表现基层文化干部的敬业精神和奉献精神。人物的符号化、象征化所传达出来的诗意与所要歌颂的人物内在的诗性相表里。三个基层文化干部在文化事业中的种种付出相互补充和烘托，共同丰富和深化主题。杨学仁等人作词的《悄悄话》运用浪漫而又写实的手法，通过四个儿童的"悄悄话"，演绎"爱"的主题，深切地表达了对失学儿童和贫困儿童的关爱之情。

时间并列。时间本来是一种承续关系，但当把时间从自然的流动中有意识地截取出来就有可能构成艺术结构上的并列关系。徐泽鹏作词的《每逢佳节倍思亲》把端午节、中秋节、除夕和大年初一这四个最能体现中国节日气氛的时间节点并列在一起，反复吟唱，并用这些节日的各不相同的风习民俗营造一种特殊而浓烈的氛围，从而表达两岸相思、渴望团圆的主题。山柏等人作词的《新事多》用"从前""如今"这样的反复循环构成一种并列关系，并通过反复循环内部的鲜明对比，表现农村从物质生活到文化生活的巨大变化；其姊妹篇《又唱新事多》（鲁小平作词）同样借用这种构思和结构方式，在与时俱进的现实关切中表现了农村天翻地覆的变化。

空间并列。从空间中选择一些具有地理标志意味的地名或景点进行排列式的描写，唤起人一种空间感以及对现实和历史文化的感知及体认。前面所述"景物并列"也是空间并列，但所指是更大范围内的名胜风景的并举，这里言及的空间并列是指在一个特定区域内的地理名物的并列。水运宪作词的《武陵谣》全是武陵城内地名的两两对举："大西门，那个小西门，湘西那个门户门中门。""丝瓜井，那个四眼井，井中那个有宝水更清。"一路写下来如数家珍，既是地理空间上的指认，更是乡情乡愁和乡心乡韵的寄托与表达。胡传经作词的《街街走》用儿童视角看待城市生活的变迁，选取城市中骅街口、乌龙港和南平岗三个地方进行今昔对比描写，充满发现的喜悦和浓郁的生活气息。

分类并列。按照内容的类别进行排列组合，给人一种清晰而相对完整的印象。徐泽鹏作词的《说唱丝弦》从音乐、曲目和语言等方面介绍常德丝弦，在唱词之间用人物道白连接，层次分明、内容丰富，包含了常德丝弦的源起、传承、音乐特点、曲目代表作、语言风格、产生的重要影响等信息，对观众和听众来说无疑是一次丝弦启蒙和艺术教育。佘致迪作词的《常德是个好地方》从常德的风俗习惯、地理名物和人文精神等方面构思，用"这个地方到底他在哪里？哪里有这么一个好地方？这地方的名字就叫常德，常德是个好地方"把前后几部分衔接起来，极尽渲染、铺排，给人留下鲜明而美好的印象。佘致迪作词的《农大哥如今大变样》采用三段式并列，用"风光好，好风光，农大哥如今大变样""凤凰飞，飞凤凰，农大哥离土不离乡""浪赶浪，浪推浪，农大哥越变越像样"串联起"农大哥"成为农村专业户、进城盘活大市场、时髦的幸福生活的新作为、新面孔，讴歌改革开放带来的时代春风和农村新貌。

从上述的分析可以看出，并列式结构带来的审美作用主要有以下几个方面。其一，审美对象的代表性。并列是一种平行方式。时间、空间、人物以及按照内容归类的种种事物作为审美对象进入歌词，并以并列的方式呈现，就意味着词作者在纷繁复杂的生活中寻找、发现和选择最有代表性的艺术符号，以一当十，从不同侧面和层面共同演绎作品的主题。其二，审美主题的烘托性。在并列关系的结构中，所有的具有代表性的艺术符号相互作用，必然丰富和加强作品主题的表达。在一个三重并列或四重并列的作品中，如果拿掉一个或两个并列的部分则会大大削弱作品的思想内涵。如《常德是个好地方》《农大哥如今大变样》均是三个方面内容的并列，倘若只保留两重并列关系，就不能完整地表现"常德"从物质层面、文化层面到精神层面的特点和魅力，也不能多方面表现"农大哥"在改革大潮中的作为和变化。当然这种并列也有一个限度，并非多多益善，要根据内容、主题和情感表达的需要以及满足观众、听众的审美需求而定。其三，审美情感的浸润性。常德丝弦唱词具有的抒情性和思想性是通过反映生活的广度和深度来确立的。丰富多彩的生活元素经由词作者采用并列结构的方式来安排和组织，一方面会增强歌词的抒情气息和内涵，另一方面会给欣赏者带来情感的浸润和熏陶，使其得到极大的审美享受。如《每逢佳节倍思亲》，在四个传统节日的并列式组合中，反复吟诵，有如深山峡谷的"四叠泉"，浪花飞溅，蔚为大观，强烈地冲击和感染着欣赏者的心灵。

（二）递进式结构方式

与并列式结构不同，递进式结构不追求表现对象的代表性及相互间的渲染烘托效果，不是"万取一收"，而是运用丰富的想象和艺术修辞，发掘表现对象的内涵，是"以一当万"。当然有些作品兼有并列和递进的双重意味，在外在形式的并列中有内在逻辑的跃进和意义的增强。递进结构主要可以归纳为扩展式递进、升华式递进和承接式递进三种方式。

扩展式递进，一般是从具体的人和事出发，在相关性的联想和扩展中写出其普遍性和典型性，见微知著，管中窥豹。《德山有德》（胡传经作词）从常德德山起笔，递进到人生、国家和民族。德山本是一座极其普通的山，历史传说和时代演进赋予其德性和灵气，这正是歌词构思和抒情的触媒与燃点："山有德人有德，天人合一地灵人杰"，"德是国宝国富强，德是家传家业旺，德是人品人高尚，德是民风民和谐"。由此从具体的地理上的德山展开多维思考和布局，掘进人、家族、国家和民族的山峰与宝藏。《花枝俏》（佘致迪作词）从有"全国模范导游员"美称的文花枝，展开对其先人后己、舍生忘死的经历和崇高精神的描写，递进到"践行新的荣辱观，中国女孩树典型"的高度，从"个别"凝练出代表性和典型性。儿童题材作品《金打铁，银打铁》，"打把剪刀送姐姐"是贯穿歌词的抒情线索，由剪出丰收喜庆到剪出美满婚姻，再到剪出"社会主义新农村"，在联想中扩展，在扩展中递进，主题得到丰富和深化。同样是儿童题材作品《虫虫飞》，在天真的想象和浪漫的抒情中，思绪由地方小城和乡村延展到北京天安门广场，于乡野之风、童真之趣中融入了更多更深的内涵。

升华式递进，是指从具象到抽象，通过比拟、隐喻和象征等手法丰富和升华作品的主题内涵和思想境界。具象或者说物象和人类的生命体悟及文化心理存在某种联系，甚至形成某种对应关系，"特别应当指出的是，在这类物象中，有一部分物象与某些事物和感情之间建立了比较牢固的联系，并在人们头脑中形成了比较固定的联想，这种物象就可以成为某种事物或感情的象征"①。这些物象进入文学艺术作品就是意象，具有表情达意的丰富含义。《从从容容不回头》（张志初作词）歌颂辛亥元勋蒋翊武，歌词中的"路"既是指英雄从家乡出走的人生路、求索路，更是指"走向共和路"的胸襟和气度；而"沅芷澧兰香悠悠"既是英雄成长的地理环境，更是"铁肩担当写春秋"的历史芳香和不朽情怀。《未办完的生日宴》（黄士元作词）在转折中递进和升华，"红绿灯前闪着你高大的身影，大道小路刻着你踩下的脚印"，其"身影"和"脚印"已具有象征意义，象征着交通警察在平凡岗位的奉献精神和牺牲精神。《靓靓的武陵》（雅捷作词）由地域的"诗情画意"递进到"历史和文化""人生和国家"；《我爱洞庭莲》（少鸿作词）由洞庭莲的"亭亭玉立"上升到情志和人格的忠贞与高洁；《明月照山河》（钟士英作词）由明月升华出"共和国"的辉煌篇章；《几许桃花梦》（鲁小平作词）由桃花的流

① 赵沛霖：《兴的起源——历史积淀与诗歌艺术》，中国社会科学出版社，1987，第192页。

水往事引发"桃花依旧笑春风"的千古之思和人生感慨。

承接式递进，一般在时间的序列上展开，贯穿着一种纵向对比的思维方式，在过去、今天和未来的时间轴上渗透着发展的眼光。承接式递进往往同时又是一种并列关系的结构方式。《生在潇湘多自豪》（黄士元作词）在列举从古到今潇湘大地诸多俊杰英才之后，递进一层："今人更把那古人超"；在推举"今人"光辉业绩的时候，又递进一层："再展雄风在今朝"。这样层层递进，既历览前贤，又立足当下，给人一种鼓舞和激励作用。《常德人》（水运宪作词）在时间的链条上串联起爷爷、爹爹、儿子和孙子四代人的生活与追求，从爷爷"下河挑担沅江水"到孙子"漂洋过海出远门"，突出了"一代更比一代行"的主题。这里在四代人的并列构思中又含有思想主题方面的递进性。《新事多》《又唱新事多》等作品在对比中递进，通过两两对照，表现农村和农民从物质生活、医疗保障到文化生活、精神生活的巨大变化，对照之中有递进；同时在作品的展望部分又有时间上的递进——"明天的新事更加多"，留给人新的期盼和畅想。

递进式的结构方式带给人的审美作用主要有想象迁延、心理暗示和境界提升。在递进式的构思中，由此及彼的相似联想、类比联想等想象拓展，凭实化虚的多种艺术手法的运用，从点到面、从个别到一般、从普通到典型的推衍和升华，纵横交错的时空视点，等等，都会给人带来丰富的审美心理活动。如上文提到的"德""路""身影""脚印"等艺术意象，在递进式的结构安排中彰显了其多样化或象征性的审美内涵，在这一审美感知和体验的过程中，人的想象力得到激发、心理领悟力和理解力得到强化，并由此极大地提升审美境界。或由自然景象到社会境界，或由外部行为到道德操守，或由个别现象到时代话题，或由历史意识到未来眼光，这些都在递进式的结构中转换和深化着审美境界。更不用说，递进结构中提炼和升华出来的人生追求、生命担当、历史创造、人格诗意等主题，启悟人关于人生与宇宙、历史与现实、个人与社会、存在与诗性、发展与构建等众多话题的无限想象、心理感悟和审美创造。心理学家彼得维夫斯基认为："审美体验是十分多种多样和复杂的。美的体验从对被感知的东西轻微激动开始，到对被见到的事物深刻地激动为止，经历着各种等级。""从一般的满意情盛开始，人可能经过一系列的阶段一直到体验到真正的美的喜悦。"① 这种递进式结构正好带给我们审美心理和审美体验的变化和深化。如果按照文艺美学家胡经之的概括，审美体验是多种心理功能共同活动，而表现出"起兴"（初级直觉）、"神思"（想象）、"兴会"（灵感）几个不同的层面②，那么可以说，递进式结构通过步步蓄势、层层递进，带给我们的恰好是"起兴"、"神思"和"兴会"不同层面的审美感受和审美愉悦，最后在"兴会"中畅神悦志、步入化境。

（三）转折式结构方式

与并列式的平行和递进式的深化不同，转折式结构方式往往是在特殊环境、特殊情境和矛盾冲突中展开叙事，逐渐把故事和剧情推向高潮，制造戏剧化效果。转折式结构，从外在形式看主要有单一转折和多重转折，从内在情境看主要有顺转和逆转，从感情色彩看主要有喜剧化转折和悲剧化转折。

单一转折和多重转折。有的作品只有一层转折，前面极尽铺垫，设置悬念，到最后转折，在高潮中解开悬念、升华主题。如《奇特的录音带》（黄士元作词）、《我们村的退伍兵》（周志华作词）等作品就属于单一转折。更多的是多重转折，一转再转，峰回路转。这在农民剧作家黄士元的作品里体现得尤为明显。《山村喜宴》，山民满怀喜悦心情迎接投资办厂的大老板，可镇党委书记却宣布"劈山毁林不可干""此厂不宜引进山"；当山民感到失望和失落的时候，书记宣讲因地制宜的道理，并设想引进"竹木深加工"项目，"要让那山更翠水更清地更绿天更蓝"，最后在群情振奋中收束。《待挂的金匾》也是这样，由"挂"到"不挂"，到"再挂"，象征荣誉的金匾是党群关系的曲折反映。《瓜中情》用瓜中两次藏金戒指的细节，完成两次转折，摆出了"考场之外有考场，官考民来民考官"的严肃

---

① 〔苏〕彼得维夫斯基主编《普通心理学》，朱智贤等译，人民教育出版社，1981，第119页。
② 胡经之：《文艺美学》，北京大学出版社，1999，第65页。

考卷，也交出了"千两黄金易得，一片民心难求"的完美答卷。

顺转与逆转。顺转是一种理所当然、顺乎人们想象和期待的转折。《我们村的退伍兵》围绕"相亲联姻"大做文章，在众人的猜测和误会中，慢慢抖开"包袱"，合乎情理地转折到退伍兵带领乡民发展生产共同致富的线索和主题上来。《花的童话》（佘致迪作词）写小女孩从摘下栀子花，到扶起花篱笆，这个前后转折是在妈妈春风化雨的教育下的必然结果，是正向转折，由此将主题导向荣辱观和价值观。而逆转是出乎意料的转折，向着事件的反方向发展的转折；这种出乎意料又有其内在的合理性和必然性。《未办完的生日宴》（黄士元作词），开篇交代身为交警的丈夫为妻子过生日，本以为写一曲夫妻恩爱、鸾凤和鸣的生活剧，可并非如此。主人公在为妻子过生日的喜庆时刻奔向交通事故现场，结果不幸以身殉职，剧情突转。这个逆转出乎意料而又合乎情理，交警职业的风险和奉献精神、牺牲精神是其转折的内在依据。同样，《新婚之夜》（黄士元作词）从标题看，以为描写喜庆热闹、美满幸福的洞房花烛夜，结果关键时刻出现"状况"，身为农行营业员的新娘接到客户电话，被告知对方储蓄卡在柜机取款时被吞，在说服亲友和克服心理障碍之后于新婚之夜顶风冒雪为客户开箱取卡。这个转折同样合乎情理，也正是这个转折完成了主题的深化表达。

喜剧化转折和悲剧化转折。法国哲学家、文学家狄德罗在谈论喜剧和悲剧时说："愉快的喜剧，以人类德性上的缺点和可笑方面为主题；严肃的喜剧，以人类的美德和本分为主题；悲剧也有可以以家庭的不幸事件为主题的，以及一向以大众的灾难和大人物的不幸为主题的两种。"[①] 这里，喜剧化转折结构的作品主要是指狄德罗论及的"愉快的喜剧"，而不包含"严肃的喜剧"。喜剧化转折主要是通过运用对比、映衬等艺术手段制造一种喜剧化的情境和氛围，把"人类德性上的缺点和可笑方面"揭示出来，以达到讽刺与批判的审美效果。《当兵的人》（徐泽鹏作词）表现了市场经济背景下某些人唯钱是图、人心不古的现实。作品安排了

---

① 〔法〕狄德罗：《论戏剧艺术》，伍蠡甫主编《西方文论选》（上册），上海译文出版社，1979，第347页。

几次结构上的转折，每一次转折都富有喜剧色彩。当"当兵的人"在冰天雪地帮助客车师傅修好抛锚的汽车，客车师傅在感激之余转变了态度，其前后鲜明的对比以及得到帮助后的醒悟和反思，在喜剧气氛中又上升为严肃主题的表达。悲剧化转折是人生的大变故、大转折，是由乐境进入悲情。显然，上面列举的《未办完的生日宴》等作品呈现为悲剧化转折的结构方式。这种转折结构在渲染氛围、制造感情起伏和高潮的同时，有一种深刻的、动人的审美力量和思想力量。

转折式结构带来的审美作用主要有如下几方面。一是审美期待。无论是哪种形式的结构转折，都会给欣赏者带来期待心理。极力铺垫、渲染，或设置悬念、埋下伏笔，都会给人一种审美预期。单一的结构转折，带给人柳暗花明的豁然之感或飞流直下的畅快之意；一波三折式的多重转折，会激发人的好奇和探究心理。当剧情沿着欣赏者的预期发展和转折，带来的是一种内心得到满足的喜悦和抚慰；而如果朝着与预期相反的方向发展和转折，又会产生一种审美意义上的惊奇和愉悦。二是审美张力。转折其实是一种或多种力量之间作用的结果，包括外在力量之间的抗衡和内在力量之间的交锋，当这种力量尚未达至平衡的时候，就在推动情节发展的同时给欣赏者带来一种审美张力；欣赏者随之生成多种内心体验和情绪，或紧张，或舒缓，或满足，或期待，或欢喜，或忧伤。当转折出现的时候，这种审美张力达到极限，并在新的平衡形成之后趋向缓和与平复。三是审美净化。无论是顺转还是逆转，也无论是喜剧化转折还是悲剧化转折，其转折所营造的情境和情绪，所达至的故事高潮和情感高潮，所彰显的思想内涵和主题深度，必然会引发欣赏者强烈的情绪反应和情感波动，从而在大起大落和大悲大喜中发挥审美净化作用。

二 内隐的结构方式及审美作用

常德丝弦新编曲目的唱词，于外在的结构之下还有潜隐的内在结构。这种内在的结构布局，与外在的结构形式相呼应、相和谐，服从于作品内容和情感的需要，或依据事理的逻辑，或依据感情的发展，或依据主题的表达。外显的结构容易被人感知，满足欣赏者的一般审美需要，方便其从形式结构入手，厘清作品的脉络和线索，理解作品的思想内涵；内隐的结构对欣赏者的审美素养有更高的要求，需要欣赏者由表入里、探源溯流，对作品有更深层、更细微也更艺术的领悟和把握。我们可以把这种内隐的结构方式归纳为三种，即困惑—去惑型结构、矛盾—和解型结构和渲染—深化型结构。

（一）困惑—去惑型结构

这种结构中的"困惑"分为两种情况，一种是"当局者迷，旁观者清"，另一种是"旁观者迷，当局者清"。"当局者迷"，作品会巧妙地安排"旁观者"予以指点、训导和劝慰，解开"当局者"的心结和困惑。《枕头风》《待挂的金匾》《山村喜宴》等作品属于这类结构。《枕头风》的"当局者"是三类基层干部——村主任、乡长和副处级干部，他们困惑于权力、金钱、亲情和美色；"旁观者"是他们明察秋毫、爱憎分明的妻子；妻子的"枕头风"是帮助握有权力的丈夫慢慢解开困惑的一种外力。在《待挂的金匾》中可以说山民和县委书记互为当局者和旁观者，一方面县委书记阻止挂金匾让山民这个"当局者"感到困惑，作为"旁观者"的县委书记细说原委解开了山民心中的疑惑；另一方面县委书记又是"当局者"，山民抬金匾、挂金匾的行为让"当局者"冷静地反思，领悟到过去工作中的失误和失职，从困惑中走出来。《山村喜宴》和《待挂的金匾》有点类似，作为"当局者"的村支书等一行人，欢迎进山办厂的大老板的行为被作为"旁观者"的镇党委书记叫停，镇党委书记用历史教训、科学发展观和"绿水青山"的时代话语解开疑难、破解困局，作为"当局者"的村支书等人因此而欢欣鼓舞。

"旁观者迷"，是指旁观者对当局者的所思所想、所作所为感到困惑不解，通过当局者本人来抖开包袱、解开疑惑。《奇特的录音带》把故事安排在女大学生宿舍，"当局者"是每晚悄悄听收录机的张小兰，同宿舍的同学作为"旁观者"对张小兰的行为感到十分困惑，有种种猜测和议论，最后依靠"当局者"破解谜团。原来张小兰悄悄听收录机是在倾听聋哑父母劳动的喘息声，不忘父母养育恩，立志发奋学习回报父母和社会。《我们村的退伍兵》的"旁观者"是一群乡村女人，作品先渲染"旁观者"的困惑心理和不安情绪，然后由当局者"退伍兵"解开疑团，拨云见日，乾坤朗朗。稍有不同的是《俺书记的办公桌》（诸扬荣作词），只有"当局者"，即县委书记及其办公桌，没有"旁观者"；如果要说有"旁观者"，那就是作品的欣赏者。随着作者的描述和解说，先前让欣赏者（"旁观者"）觉得有几分神秘的"办公桌"慢慢显山露水，这办公桌原来是书记调查研究、勤于学习和思考的一个代名词，是接通地气和民心的一个象征。这个解惑、去惑的过程是发现美、昭示美和讴歌美的过程。

这种"困惑—去惑型"的内在结构，受制于作品内容的表达，由困惑或追寻事物的本真，或叩响真理和真知的大门，或探明事情的原委。解惑、去惑的过程，无论是"他者"的劝导和感化，还是自身心灵的反省和调整，抑或兼有内外多种力量的作用，这个由遮蔽到敞开、由阻塞到畅达的心理过程或事件经历，带给欣赏者豁然洞开的智慧之思和柳暗花明的发现之喜，具有一种审美的"启迪效应"。这种内在结构的安排，不仅是推动情节发展、呈现主题的需要，也帮助欣赏者通过对艺术的感知和领悟，打开生活之窗，聆听真实和真理的声音，和作品中的人物一起解惑、去惑，在艺术共鸣中得到启迪，受到熏陶和感化。不用说，这种诉诸审美活动的解惑、去惑过程，运用巧妙的构思，使欣赏者在领略作品主题的丰富性和深刻性的同时，在如何看待问题、分析问题和解决问题方面获得方法论意义上的审美启迪。

（二）矛盾—和解型结构

这种结构颇有戏剧性。田汉在谈到戏剧题材时说："必须从事件中找出隐藏在它的深处的矛盾，从矛盾的发展中刻画人物性格，塑造出既有共性又有个性的艺术典型。"[①] 戏剧讲究的就是矛盾冲突，常德丝弦作品

---

① 田汉：《题材的处理》，《文艺报》1961 年第 7 期。

除那些纯抒情的作品外，其他作品主要是丝弦戏或丝弦小戏，虽然没有戏剧作品那样激烈紧张而持续的矛盾冲突，但也有矛盾冲突的安排和细腻描写。这种矛盾冲突，既有外在对立面的冲突，又有自我内心的纠结，有时兼有内外矛盾冲突的交织。表现外在的矛盾冲突，主要将人物放在时代语境和具体的生活情境里刻画，表现因观念、认识等方面的差异所导致的冲突；矛盾冲突的和解是在思想受到触动之后观念和认识的调整。在《当兵的人》中矛盾的双方是开车的个体司机和"当兵的人"，个体司机借口天气恶劣要加倍收费，"当兵的人"探望战友的亲人返程时因钱预留不够而被拒乘，冲突一触即发；虽有众乘客为"当兵的人"说好话，但个体司机态度蛮横、寸步不让，"当兵的人"只好顶风冒雪步行回军营，矛盾得以缓和；风雪中客车抛锚，个体司机束手无策，"当兵的人"主动为之修车，矛盾的双方关系发生逆转，个体司机主动示好要给修车费被"当兵的人"拒收；个体司机大受感动，对既有的错误的思想认识进行自我反省。这部作品显然不仅仅是讴歌"当兵的人"热心助人、无私奉献的可贵精神，更是表现两种人生观的对立，金钱面前一个拒载、一个拒收，鲜明的对比切入灵魂的明暗，意在对市场经济社会下的义利观、得失观进行反思，追寻和建构正确的生活坐标和精神支点。受到表演形式和唱词篇幅的限制，这类作品表现矛盾冲突并非剑拔弩张、淋漓尽致，而是适可而止，或借助巧合等偶然因素让事件发生转折、矛盾发生转化，或言行留有分寸，为矛盾的解决留下台阶和空间。《中秋之夜》是三个女人和她们身为基层文化干部的丈夫之间的矛盾冲突，这种冲突既有认识和理性方面的，更带有个人的情绪化色彩，甚至在她们对丈夫公而忘私的埋怨和数落中还带有一丝赞美。正因如此，矛盾的解决也就相对容易。

内心的矛盾冲突是生命个体的一种自我较量和搏斗，其实质主要是情理冲突。人是感性的生命存在，又是社会化的产物，在秩序、规范等种种理性的规约中生存，因而也时刻面临着这种感性与理性的纠结和冲突。狄德罗认为戏剧家"应该是一个哲学家，应该深入自己的内心，看到人的本性，他还必须深刻地熟悉社会上的各种行业，明了他们的作用和负担，哪些是他们的缺点，哪些是他们的优点"①。常德丝弦的词作者是深谙此中道理的。《特别案情》（黄士元作词）中的"特别"，不仅是基层司法所长要面对和处理的案情对象是自己的岳父，更在于司法所长要在自己内心的法庭和天平上进行激烈的矛盾斗争。具体说，这里面临的是私情与公法的冲突，在激烈的思想斗争之后，意识到"人情虽重法如山"，最后依法处理了自己的岳父，维护了法律的尊严。当然作品中还涉及一种力量，即群众的呼声和心愿，对法制和法理的渴望，这也是主人公经过内心斗争完成自我转变的催化剂。这类作品实际上表现了内外交织的矛盾冲突，以内心的矛盾冲突为主。《新婚之夜》等作品也是这样，主人公在经历艰难的自我斗争以及外部的争锋之后，突破内外的束缚，张扬了理性的力量。

这种"矛盾—和解型"的内在结构，带给人的审美体验是"震惊效应"。源于现实和人自身的各种矛盾冲突，愈紧张愈激烈就愈使人"震惊"，既震惊于现实的复杂性和心灵的丰富性与深刻性，也震惊于作者在刻画矛盾冲突时的艺术表现力。在"震惊"的心理体验中，自然会把自己摆放进去，思考自己如何解决面临的类似问题和矛盾，审思、反省自己，进入更深层次的内心体验。同时也会在这种心理状态中滋生一种审美期待，即按照自己的理解和预期去推测矛盾冲突的发展走向和结局。当矛盾趋缓、"和解"达成时，震惊和期待的心理就变为审美愉悦。所以这种隐形结构类型的作品，带给人的审美作用是一系列的情感体验和心理反应，在被激发出来的审美活力中更加深刻地领悟作品的内涵和艺术魅力。

（三）渲染—深化型结构

"渲染—深化型"结构，主要包含了外在结构形式中的并列、递进关系。外在结构中的并列或递进，众多景物、人物或事件相互渲染烘托或深化推进，势必蓄积一种内在的能量，起到突出特色、强化感情和深化

---

① 〔法〕狄德罗：《论戏剧艺术》，伍蠡甫主编《西方文论选》（上册），上海译文出版社，1979，第347～348页。

主题的作用。

那些表现常德本土地理风物的作品，多用列举的方式，以点带面，以少概多。不同景点的选择性描写，同一景点的不同视角的勾画，景点和景点、景物和景物、景观和景观之间构成一种互补互释或互相渲染的关系，综合在一起就是一份色香味俱佳的"拼盘"。"拼盘"的整体意义和内在意义已经远远大于每一个个体的意义。如《常德风景》《柳叶湖上乌篷船》《春来依然桃花水》等作品在诸多景物的呈现、多种角度的描写和诗意化的渲染中展示给我们的是"常德映像"、"柳叶湖风光"和"桃花源情结"，是由外到内的一种个性塑造和精神呈现。

那些表现生活变迁和时代风貌的作品，大多采用对比和排比的方式，相互衬托，层层烘染，在浓烈的艺术氛围中突出思想主题。外在的对比和排比等艺术元素与表达方式，已内化为作品的血脉和气势。《新事多》《又唱新事多》等作品，采用一连串的对比，用"从前""如今"这样两两对照的列举方式，极尽排比和对照，在排比中对照，在对照中排比。当然这种列举也是有限的，"多"也有其代表性。这两部作品本身有一种补充关系，在对时代生活的列举和排比中，让我们看到生活多方面的变化，从居住环境、生产劳动、医疗条件、求学、信息利用、文化生活等方面提炼出今昔的差异性，从而极有说服力和感染力地表现时代主题。

那些表现地方名人名胜、历史文化和民风习俗的作品，也擅长运用这种"渲染—深化型"的内隐结构。或逆波溯流，追寻一方水土的文化背景和文明足迹；或顺流而下，探求融古于今的时代面影和声息；或从可触可观的物质生活到可圈可点的文化品牌；或放大细节，展示地方艺术瑰宝及民风民俗的丰富内涵和魅力。《德眼看天下》（王群作词）从"怀古孤峰塔"到"泛舟朗州城"，再到"漫步桃花源"，独特的人文地理在时空的穿越中洋溢着历史的诗意和现实的芳香，而拢万物于笔端的是其内在的延绵不绝的道德情怀和道德精神，亦即"德眼看天下"的"德"。"德"是文眼，也是线索，是铺展和渲染，也是凝练和升华。《生在潇湘多自豪》（黄士元作词）把古往今来的豪杰名士串联于潇湘大地，群星闪烁，交相辉映。从古代的帝王将相到文人墨客，从科技创新到思想变革，从政治风云到翰墨飘香，在如数家珍的列举中渗透着历史眼光和辩证思维。《说唱丝弦》《常德是个好地方》等作品通过铺陈，多方面地表现了常德的丝弦艺术和地方风物，发掘了相袭相承、相激相荡的艺术精神和诗意情怀。

即使是那些抒情气息浓郁的丝弦作品，也大多化实为虚或由虚而实，虚实相生，在诗化的画面和意境中深化诗意的主题。《靓靓的武陵》《武陵谣》《沅江渔歌》《柳叶湖》《我爱洞庭莲》《明月照山河》《好想丝弦妹》《走常德，听丝弦》等一大批作品，涉及的景物和人物诗化为艺术符号和象征，成为诗歌和水墨画中的意象，彼此勾连映衬，营造出空灵而意味隽永的意境。

"渲染—深化型"结构讲究时空的布局和艺术意境的深化，充满浓烈的抒情意味和哲理意趣，带给我们的是诗意的叠加和延绵的想象，是感官的浸润和情感的激荡，是"走进去"的艺术感受和"走出来"的人生感悟。康德认为，艺术美的心理功能是一种创造的想象力，"所以美的艺术需要想象力、悟性、精神和鉴赏力"[1]。他认为，艺术创作中的想象力具体表现为对象征、类比手法的运用，"这些东西给予想象力机缘，扩张自己于一群类似的表象之上，使人思想富裕，超过文字对于一个概念所能表出的，并且给了一个审美的观念，代替那逻辑的表达"[2]。可以说，"渲染—深化型"结构中诸多形象（意象）的类比、排比和象征表达，激活了人的想象力和创造性思维。这类内在结构的作品，不像"困惑—去惑型"和"矛盾—和解型"的作品，带给欣赏者紧张感、豁然感和释然感，而是浪花飞溅、慢火渐热的亲昵感、微醺感和满足感，具有一种审美的"感染效应"。

---

① 〔德〕康德：《判断力批判》，宗白华译，商务印书馆，1964，第166页。
② 〔德〕康德：《判断力批判》，宗白华译，商务印书馆，1964，第161页。

第七章

渔歌互答

——短论与作家访谈

第一节　"余墨"写春秋

淡淡的墨痕，那么遒劲有力地落在一方洁白的纸上，简洁而丰富，素静而雅致，虽不炫目，却清新可喜。这就是《文谈余墨》的封面构图。这个构图巧妙地勾出了封面底下那 18 万文字的气韵与精神。《文谈余墨》① 是一本评论专著，作者是叶培昌，由安徽文艺出版社出版。叶培昌长期从事文学创作辅导和编辑工作。这本书的付梓面世，是他自 20 世纪 80 年代初以来对某些文学理论、文学现象及作家作品勤奋思索的结果。书中文章共 35 篇，都曾在《文学评论》《文艺报》《中国图书评论》《写作》《求索》《理论与创作》等报刊发表过，有的还获过奖，现按理论篇、评论辑、序跋篇三部分编辑成书，其中以评论的分量为最重。

一

《文谈余墨》所论洋洋洒洒，敏锐而新异，从内容上说，该书主要有以下四个方面的特色。

---

① 叶培昌：《文谈余墨》，安徽文艺出版社，1994。

第一，探讨、评析的文学范围和对象非常广泛，显示了作者学识的广博和功底的雄实。书中所论，跨越时空，古今中外，无所不有；涉及的文学作品，各种体裁皆备；甚至有序言跋语，以及对编辑工作之类问题的探讨。这里既有对理论问题的研究，如《现实主义的真实性、典型化和包容性》；也有对创作问题的思考，如《短篇小说情节刍议》；还有对文学现象的描述，如《且说新写实小说》；更多的是对作家作品的分析，巴尔扎克、海明威、陶渊明、丁玲、韩少功、少鸿、曾辉等作家的作品，均以某种特异的风姿和个性进入作者的视野。理论探讨，能以大量的作品为例，使理论阐释不流于空泛；作品分析，能以丰富的理论为据，使分析过程不显得拘狭。警语妙论，信手拈来，新思奇感，汇聚笔端。其文既观点明晰，又五彩缤纷；既大开大合，又意脉可寻；既论道品文，又钩玄提要；既具有较高的理论学术价值，又对文学创作的具体操作以及对文学作品的欣赏具有一定的指导作用。

第二，大胆发表个人的识见，不落旧论老套，时有新意迸发。文学评论最忌随人脚后、人云亦云。《文谈余墨》锐意开拓，大胆出新，表现出可贵的探索精神以及强烈的责任感和使命感。或是开拓文学研究的新天地，成一家之言；或是在人们落墨最多的地方独出机杼；或是对某些正在发展中的文学现象赋予新的思考。《古代山水诗发展分期初探》一文，把古代山水诗分为五个时期，对各个时期山水诗的美学风范以及形成的原因作了形象而深入的分析，提纲挈领，取证丰富，不仅使人信服，而且令人耳目一新，可以说对古代山水诗的研究是一种开拓性的尝试。历来对陶渊明诗歌的研究著述可谓汗牛充栋，叶培昌在《论陶诗的个性特征》一文中，紧扣一个"真"字，分析了陶诗中真实的自我人格形象、真实自然的艺术境界、现实主义与浪漫主义融合所体现出来的真淳的本色，立论简明，新意迭出。在《巴尔扎克〈驴皮记〉新论》中对"驴皮"的象征意义的开掘，更是精微独到，启人深思。当新时期的报告文学追求全景式、鸟瞰式地反映生活时，作者对其流露出来的非文学化倾向表示了忧虑，写下了《强化报告文学的文学性》一文，这对报告文学的健康发展无疑具有积极意义。

第三，对文学发展态势及新人新作做出积极敏锐的反应，给予热情中肯的分析评价。当代文学的传统的审美意趣、开放的审美眼光以及现代意识和超前意识都得到了鲜明的表现。20 世纪 80 年代末 90 年代初新写实小说刚出现，作者就结合代表性作品，梳理出它的基本特色。作者认为描写对象的本色化、原生化，展开对人的生存方式、生存状态的深长的思考，叙述和描写态度的客观性是新写实小说的主要特征。这些归纳在新写实小说已经定型的今天，仍然耐人寻味。作者对水运宪改革题材的追踪，对少鸿人生主题的开掘，对李永芹女性文学形象的探讨，都较好地把握了他们各自的创作特色和内核。

第四，不仅对名家名作进行了新的评析，而且为地方作家作品倾注了大量笔墨。对名家名作的分析，作者注意选取独特的角度切入，有所发现和创造；同时关注名家的近作新著，咀嚼品味，发为新声。叶培昌特别对地方作家作品给予了关注。作者善于从地方作家的创作中概括出某种个性化的特征。瑶溪诗歌的真诚，谭晓春诗歌的忧郁，高立散文诗蕴蓄灵动的情致，刘京仪戏剧典雅精工的风采，都为作者所把握并作了多维分析。同时，作者对地方作家的创作优势予以充分肯定，对他们在创作中所呈现出来的地方色彩和生活气息表示了赞许。在文学创作的百花园中，地方文学创作永远是一枝生机勃勃而又情趣盎然的花朵，对它的培育和鉴赏，其功绩和意义是显而可见的。

二

《文谈余墨》一书不仅内容比较丰富、深刻，富有特色，而且在审美认识和把握上也呈现出某种带有个性化的追求。

作者在分析文学作品时，擅长运用"历史的方法和美学的方法"，可以看出作者具有较深厚的马列主义文艺理论基础。恩格斯曾用"美学观点"和"历史观点"来分析评价作品，认为这是衡量作品"非常高的、即最高的标准"①。别林斯基也说过："每一部艺术作品一定要在对时代、

---

① 《马克思恩格斯全集》（第29卷），人民出版社，1972，第586页。

对历史的现代性的关系中，在艺术家对社会的关系中，得到考察；对他的生活、性格以及其他等等的考察也常常可以用来解释他的作品。另一方面，也不能忽略掉艺术的美学需要本身。"①叶培昌在文艺批评活动中正是遵循了这样的方法。其作品分析，注重分析其产生的背景，包括历史背景、现实背景和文化背景，并把作家的生活道路和心灵历程联系起来思考，然后在这个基础上挖掘作品所蕴藏的思想意义。有时层层掘进，境界全出；有时辐射思考，韵味皆至。特别是在对近年来地方新作的透视中，将改革主题和人生主题作了深度分析。美学分析的方法，往往因文体不同而有异。作者善于从整体上把握作品的面貌，常将动态考察与静态分析、宏观描述与微观开掘结合，特别是常采用比较的方法。既有不同民族文艺表现手法的比较，也有同一文学体裁在不同时期审美方式上的比较，还有具体作品在立意构思上的比较。作者的审美眼光能从传统中出新，广采博纳，给读者以某些有益的启示。

理性分析与感受抒写相结合，使《文谈余墨》一书既具有一定的理论深度，又具有较强的感染力。这里我要强调的是作者具有相当好的艺术感觉能力。文学批评，是理性的评价和创造，也是心灵和情感的感悟与表达。它需要条分缕析，需要抽象和概括。作者感觉敏锐，感受细微，一切包含着巨大思想容量和感情容量的片段与细节，一切新颖的表现技巧抑或遣词造句，都逃不脱作者的眼睛。作者在细嚼慢品之后，把理性的珠贝和感情的浪花托出水面，让人在心灵的震颤中逼真地感受到原作的艺术氛围和情调。《试论丁玲新时期的散文》一文在学术文章的框架中，装着散文的精灵，它本身就像一篇融叙述与抒写于一炉的怀念性散文。

更值得称赞的是《文谈余墨》的文风。朴素自然、平易随和的评论笔调，使人备感亲切。做惯了编辑的叶培昌，就好像是在与文学作者促膝谈稿，没有语言的刻意雕琢，没有理论术语的生硬堆砌，没有才情的有意卖弄，完全是情真意切、推心置腹的交谈，完全是一种随情适性、

---

① 〔俄〕别林斯基：《别林斯基选集》（第3卷），满涛译，上海译文出版社，1979，第595页。

侃侃而谈的态度。当然文笔并不呆板枯涩，而是灵活多变，有时柔婉恬淡，有时又雄浑奔突，有时深情凝聚，有时又飘逸舒展，能与评论对象的风格与情调相吻合。

弄文学是寂寞的事，弄文学评论更为寂寞。叶培昌积十数年之研究，终于结集成书，这是难能可贵的。没有对文学的深爱，没有对事业的执着，没有甘于寂寞和淡泊名利的洒脱，就不会在文学研究上取得这样令人欣喜的成绩。叶培昌为人沉静敦实、质朴豪爽，甘心领受"寂寞与冷落"，一门心思全用在编辑、创作以及对文学的妙悟和品评上。可以想见，在花开花落、云飞云逝的日子里，他静静地坐在窗前灯下，坐在一种典雅的文学的氛围中，热烈而真诚地用笔墨抒写着智慧的清泉和情感的波涛，抒写着岁月的丰盈和生命的充实。

第二节 跨世纪的文艺盛事

近日，《常德市优秀文艺作品选》[①]（共五卷）由湖南文艺出版社隆重推出，这是我们常德市文艺界的一件盛事。

这套文艺丛书，是一项系统的文化工程。它不仅贯通从1979年以来近20年的时光隧道，而且涵盖了文学艺术的各个门类，从诗歌、散文、小说、戏剧影视到音乐、曲艺、摄影、书法和美术；更为重要的是，它集结了常德市近些年来文艺创作的生力军和主力军，使一批饮誉潇湘乃至具有全国影响的知名文化人和一批颇有实力的文艺工作者带着他们各具特色的作品走到了一起，来了一次20世纪末最具诗意的集体亮相，形成了常德市文艺创作和编纂史上的规模效应。我们呼唤地方的"文化巨人"，呼唤他们的大气之作，也期待着一个星汉灿烂的文艺天空和繁花似锦的文艺春天。这套丛书的出版，标志着常德市的文艺创作已出现了这样一个可供观瞻和流连的颇为壮观的景象。可以说，这样一项文化工程，

---

① 《常德市优秀文艺作品选（一九七九——一九九七）》，湖南文艺出版社，1999。

是与我们诗意盎然的桃花源和气宇轩昂的常德诗墙并存的又一个闪亮的文化景点。

无疑，这套文艺丛书具有浓郁的地方色彩。它是常德市广大文艺工作者穿行在沅澧流域的深情歌唱，是聆听这一方水土的历史、现实和未来而鸣奏出的心灵的回响，是蘸着桃花的斑斓、兰草的芳香、洞庭的波涛和楚人的血脉而谱写出的新时代的篇章。这就必然会打上地方生活的"胎记"，也必然会浸润出湘楚文化的独特神韵和魅力。正如常德市委书记吴定宪在该套丛书"总序"中所说的：反映常德火热的现实生活和保持鲜活的武陵文化特色，是这套丛书的特点。丛书作者大多身处基层，他们从人民群众创作历史的实践活动中收集素材，吸取养分，把握时代的脉搏，使自己的作品具有浓郁的生活气息和鲜明的现实特征。同时，在人物塑造、语言运用和对常德风物风情的描写上，体现了武陵地区独有的文化意蕴①。这样一种具有个性的文学艺术，给我们的阅读带来一种心理上的亲切和认同，一种对故乡山水和人情世态诗意触摸的欣喜和感动。当然在这种地方的色调中，又必然会糅进大千世界的光和影、源和流，使我们从一枝一叶中感受到宇宙众生的万千姿态和文艺园地的姹紫嫣红。

因此，这些精神的产品必将产生巨大的精神力量。这里集合的作品是我们的文艺家带着强烈的使命感和责任心，深入生活，深入改革的大潮，从我们周围的生活中提炼出来的丰富的精神矿藏，高扬的是我们时代的主旋律。所有的作品都是从省级以上公开发表或出版的书刊中选编出来的，是新时期以来常德市文艺界的精品力作。当这种地方文本以其鲜明的本土特色、鲜活的生活气息和饱满的精神面孔成为我们反观自身生活的读本时，将会使我们产生更多的心灵共鸣和情感震颤。

这只是一个文学艺术的阶段性的总结和检阅，入选的作品其艺术水准还参差不齐，但是毕竟开创性地用这样一个序列的优秀之作砌出了20世纪末我们常德的一方文学艺术的台阶。让我们把这方台阶当作起点，

---

① 吴定宪：《常德市优秀文艺作品选·总序》，《常德市优秀文艺作品选（一九七九——九九七）》，湖南文艺出版社，1999，第 2 页。

从这里出发，沿着新世纪的曙光，迈向新的文学艺术的台阶。正如这套丛书的封面构图所昭示我们的——在孤峰塔和笔架城之间，流淌的不仅仅是一条地理上的滔滔沅江，也是一条既体现我们常德特色又灌注我们民族精神的奔腾不息的文学艺术的河流。

第三节　少鸿访谈录

张文刚：少鸿兄好！感谢你多年来每有新作都惠赠于我，我因此得以较为系统地阅读你的作品，还先后为你撰写了几篇评论文章。今天的访谈，我想就你的生活经历、创作旨趣、风格与技巧、爱好与性情等方面提一些问题，你怎么回答都可以，随意一点。首先，我想从你的生活经历谈起。2011 年中国作家协会第八次全国代表大会在北京举行期间，你在接受"幻剑书盟网"记者采访时说自己有乡土情结，认为对于一个作者来说，少年时有在乡下生活的经历是件很好的事情，对人的思想和情感的影响很深刻，以后不管自己做什么，都离不开那些经历，自己的审美观和生活观都会潜移默化地受到那些经历的影响。那么你的生活观和审美观是什么，和乡土、乡村有着怎样内在的精神联系？这种生活观和审美观又是怎样通过乡土题材乃至其他题材创作来体现的？

少鸿：存在决定意识。经历对人的生活观与审美观的影响是不言而喻的。至于你问我的生活观和审美观是什么，我三言两语也说不出来，感觉这是一个看似简单实则复杂的问题，自己也从没有对这样的问题做过自审与梳理。乡村生活于我来说，最大的获益是有了最真切的生命体验，感受到了人与大自然最紧密的联系。站在泥香四溢的土地上，你可以听见万物生长的声音，看到四季轮回变换的色彩，你会感到你与大自然融合在一起，你就是它的一分子；置身乡村生活中，你必须亲手种植庄稼养活自己，并因此而体悟生活之艰难、生命之坚韧。总之一切体验都会让你感到人生既忧伤又美好。这其中就会有审美意识自然天成，它不知不觉地渗入你的心灵中，进而影响到你后来的生活与写作。乡村是艰苦的，却又是诗意的，我想这就是所谓乡土题材吸引我的原因吧。虽然在乡下只待了八年，但那是我的青春期，是我一生中最重要的岁月。我进城几十年了，当过工人、进过大学、做过机关小干部，但无论身份如何变化，还觉得自己是个乡下人，还眷恋着老家那片峡谷中的土地。我写过各种题材的小说，但很大一部分是写乡村生活的，其缘由不光是熟悉那里的世俗人情，我想主要还是因为有种割不断的精神联系吧。故乡永远是你的精神胎盘，无论你走到何处，都有条看不见割不断的脐带与之相连。

张文刚：文学是人学，塑造人、表现人是文学的根本任务，不仅要表现人的社会性、时代性，更要表现人的最内在、最本质的东西，即人性。你无论写作哪类题材，乡土题材、官场题材也好，知识分子题材抑或其他方面的题材也好，你都喜欢在"人性"的描写上用力，刻画人性的复杂性、变化性和深刻性，而抽绎和传导出来的总是温暖而明亮的色调。你也多次在文章或一些文学聚会的场合谈到你在作品中对人性的探求和揭示。我们知道诺贝尔文学奖的审美标准就是作品要具有"理想主义倾向"从而使"人性变得更美好"。可见抓住人性并进行审美的传达，也就意味着在向着文学的更高境界攀登。那么你是怎样理解人性的，又是怎样把人性放在一定的社会历史条件下进行具体的审视和艺术表达的，请结合作品谈谈。

少鸿：写人，洞悉和揭示人性的奥秘，我想这是文学特别是小说最重要的价值所在，也是小说家最需功力的地方吧。这首先需要作家有不同于常人的犀利目光，能看见被庸常生活的迷雾掩盖着的人性的幽暗，并梳理出它与社会生活的隐秘联系。人性的扭曲往往是外在力量与内在缺陷双重作用的结果，正视人性的先天不足与社会的无形摧残是作家不可回避的责任。只有充分地认识人性人情，人类文明才会不断地进步。在这方面，对小说家来说，发现就是创造，展现就是批判，审美就是建设。我曾写过一个叫《门外》的短篇小说，很短，只三四千字，就写一个小公务员，发现机关所有人员都开会去了，却没人通知他，他只能在门外徘徊，便由此而产生了种种纠结焦虑的心理。这是典型的机关身份依附症，是机关这个怪物对人性异化的结果，把它揭示出来自有其文学和社会的意义。后来我在写一部机关干部的长篇小说时，又把这个人物和这个故事嵌进去了。人总是生存在一定的社会环境里，周遭的一切，无论是政治、经济、军事还是人际关系，都会对人性产生重大的影响，无论是什么样的人，无论他的人性有多怪异，他都是社会生活这棵树结下的果子。欲望是人的本质，而写人性就是写社会。

张文刚：在一次书友会上你做了一个讲座，第一次完整地讲述了自己的人生经历，特别是青少年时代遭受的挫折和打击，你讲到过去那段特殊的历史，也讲到你的父亲，包括从政治的角度、道德的角度，以及性格禀赋等方面，既不遮蔽历史的真相，也不为长者讳，同时也不隐瞒自己内心深处的感受，非常真诚，非常坦荡，体现了一种可贵的批判精神。我们读你的小说，同样也能感受到这种批判眼光和批判精神，你能结合作品简要谈谈吗？你认为这种批判意识和批判精神是一个作家所必须具备的吗？

少鸿：有人说，作家是天生的反对派。我理解，就是说作家要有批判眼光与批判精神，对社会有道义担当。我也在那次讲座上说到，作家除了创造艺术境界，还特别热衷于揭示人性与社会生活中的"短板"，只有揭示与修补了这些短板，人类与社会的文明程度才会提高。而作家只有拥有自由的思想与独立的人格，才会具备批判眼光与批判精神。批判其实是建设的前提，是正能量；不批判，人与社会都认识不了自己。一味地歌功颂德与犬儒主义无论对艺术还是对社会都有害无益。批判应当成为作家的天性。我们这一代人的经历决定了我们的批判意识，无论是在现实生活中，还是在艺术创作中，都会自觉不自觉地以批判的眼光审视一切事物。我曾以荒诞魔幻的艺术手法写过一部反映"文革"的中篇小说《梦生子》，写到主人公禄子死后，他的大脑石化了，科学家在他石化大脑的褶皱里，发现了许多他生活年代的报纸社论的残章断句。它揭露了"文革"时代的泛滥政治对人性的扭曲与心灵的戕害，其批判意识与思想锋芒是不言而喻的。当然，并不是每一部作品都要体现批判精神的，这要依据作者写作具体作品时的审美取向而定。

张文刚：有些作家在不断地寻求超越，超越自己，超越他人，比如我们湖南作家韩少功，有学者评论说，其重要性不只在于他是一个重要的作家，而且在于他总是能够不断超越自己与同代人，对流行的观念进行批判与"突围"，而他正是在这样的突围中，走在时代思潮与文学思潮的最前沿，引领一代风气之先。对于你的创作，也有评论者涉及类似问题，撰文指出："少鸿是文学湘军的中坚分子，他也许算不上一位开启潮流的作家，但却是一位在潮流之中能保持独立思考的作家。"我认同这个观点。就我个人所见，你从一开始写作就是沿着现实主义创作的路子在走，一直到今天，虽然也有变化，也在探索，寻求着艺术的创新和突破，有时也尝试用新的创作方法和表现手法反映生活，但总的来说，你创作的风格和路子变化不大。你自己怎样看待和认识这一点？

少鸿：韩少功是我最敬佩的作家之一，在他身上能学到很多东西。至于我自己，由于学养所限，不可能也没想到要冲上文学的潮头。我也没想到要沿着哪种主义的创作路子走。从一开始，我的写作就是随兴而为，抱着一种想怎么写就怎么写、写成怎样就怎样的心态。对于我这样的写作者来说，写作只不过是一种生活乐趣、一种精神自慰，与此同时若能给自己的人生找点意义，那就是额外的收获了。要形成什么样的风格、走什么样的路子，一直没有细想过。我想这是不必想的吧，你的审美情趣自会指引着你的创作，而你的创作实践也会不断地调谐你的审美情趣。管它是什么风格、什么主义，写好作品、写得愉悦就行。

张文刚：20世纪90年代后期，湖南文艺出版社出版了你的长篇小说《梦土》上下卷，我写了一篇评论题为《一个家族繁衍生息的传奇画卷》，发表在《文艺报》，从主题意蕴入手进行分析，归纳出"梦土"的本义、引申义和象征义等，觉得以"梦土"为题，融幻美与现实、飘逸与沉重、直觉与理性于一炉，给人以丰富的感觉和想象。近年你将其修改后交由人民文学出版社出版，题目也改为《大地芬芳》。不知这次修改主要是从哪些方面入手，为什么要做这样的修改？又为何将原题《梦土》更名为《大地芬芳》？

少鸿：噢，这个问题我在《大地芬芳》的后记里提到了。原作《梦土》是十五年前写的，分上下两卷，长达七十万字，下卷枝蔓过多，有些芜杂，不够精练。再加上自己对农民与土地的关系的认识有了深化，便有了修改的想法。修改后的《大地芬芳》不仅故事更集中，人物的命运有了延伸与改变，主题也得到了升华。比如原来的结尾，是年逾百岁的主人公为阻拦毁田建窑的拖拉机而身亡，现稿人物结局不变，但改作为建宾馆而毁田，而开发商正是主人公刚离休却又当上了董事长的孙子。总之修改过后的小说更紧凑更精致更好看，也更令人深省了吧。至于书名，觉得《梦土》还是有些生僻，所以改为《大地芬芳》，这个名字也很贴切。《大地芬芳》这部小说是我最看重的，也是我最重要的小说。写这部小说是我多年的心愿，能够写成现在这样子，已经够令自己欣慰了。

张文刚：20 世纪 80 年代中期，你的带有超现实意味的中篇小说《梦生子》发表后，引起了文坛的关注，此后，你写作并发表了一批数量可观的寓言体小说，如《美足》《人羽》《梦非梦》《卦非卦》等，用符号化的人物塑造表达关于美、爱、自由等永恒主题以及哲理意蕴。显然，你的寓言体小说吸收了中国古代寓言的艺术营养，也受到了法国新寓言小说的影响，还广泛借鉴了西方现代派特别是魔幻现实主义、超现实主义、荒诞派的某些表达方式和技巧。为什么在那一时段，你专注于这种体式和风格的小说创作？而后来为何又不再创作此类作品了呢？

少鸿：我想是反映了我的审美情趣的变化吧。曾经有一段时间，我对西方的各种文艺思潮特别是现代派的文学手法很感兴趣，同时又喜欢对社会与人性做一些形而上的思考，有所感悟，就忍不住写了一批所谓寓言体小说。在那些小说里，人物大多是标签式的，有的甚至连名字都懒得取，就叫他 1 或者 2（当然同时也是一种隐喻），他们只是传达作者意念的工具，而不在乎他是否能成为艺术形象。那类小说还有个特点，就是表面上看来天马行空、极端的超脱现实，但它的思想锋芒却是直指心灵与现实的。它既可以深入地探究人类的任何困境，又可以回避掉许多现实的顾虑，获得某种相对的表达自由。象征、隐喻与暗讽，是那类小说最显著的艺术特征。后来随着年龄增长，自己可能变得更现实了吧，就放弃了此种类型小说的创作了。

张文刚：你曾在一篇文章中称自己是个沉默寡言不善交际的人，喜静；有朋友在回忆文章中也提到了这一点，说你话不多，甚至显得有些忧郁。据多年来我和你的交往，感觉你为人稳重、沉静，待人接物极为温和、宽厚和谦逊，交流时话语不多，即使在大会上发言你也并不夸饰，显得平实。这种性格和气质对于一个作家来说也许是一件好事，因为他可以更多地生活在自己的内心世界里，敏于观察，放飞想象，应物感怀，激发创作的灵性和逸兴，而忧郁的情怀更是文学创作的一种不竭的原动力。你说是这样吗？

少鸿：也许是这样吧。人总需要一个口子来释放自己的思想情感。不过我想也因人而异，性情开朗的人或许在创作中比我这类人更放得开，更挥洒自如。性格即命运，我的忧郁寡言与我的所经所历有关。与志趣相同的朋友私下相处，我还有话说，一遇公共场合，我一般就不想说话了。而且在内心里，老对别人说的话不以为然，这也导致自己越发不想开口。刚才我说过了，写作对我来说，是一种精神自慰，同时也是一种释放、一种宣泄，当然，更是一种表达。我喜欢"作家用作品说话"这句话。我一听人要我发言或写创作谈就感到头痛。作家作家，坐在家写就是了，在作品之外，有什么好说的呢，说了也于作品无补。

张文刚：在一篇创作谈中，你说小说契机是自己写作的原动力与内驱力，只有它出现了，才会写小说，才能写小说，认为最容易成功的小说契机还是来源于写作者的亲身经历，同时还提到经典阅读、强烈的情感和敏锐的洞察力都可以生发小说契机。我很赞同你的这个观点。现在不少写手，或基于市场效益，或基于个人功名，没有创作的"契机"，没有触发点和兴奋点，硬着头皮写，洋洋洒洒，结果写出来的东西社会价值和文学价值不大。我想，不单小说创作需要契机，任何一种文艺门类的创作都应该有"契机"。那么小说契机和其他文体的写作契机其来源和生成有何异同呢？我们是否可以创造或寻找这种创作契机？

少鸿：我想写作契机的出现还是依文体的不同而不同吧。小说契机降临时，必有人物在作者脑子里活起来，并隐约可见故事前行的方向，而诗歌的契机则是诗意的灵光乍现。实际上，写作契机何时出现，是个玄妙的事，没人能猜得透。在那篇文章里，我其实也只是说了小说契机的几种可能性。以我自己的写作实践来看，它是寻找不来的，我们只有等待。就像爱情，可遇不可求。

张文刚：《梦土》之后，你开始将注意力转移到长篇小说，你说过这样的话："随着年龄增大和阅历增多，中短篇已经容纳不下我对整个世界、人生的把握。写长篇就要求一个作家有一个大局观，就像在战场上，作家是一个指挥官，将自己所有的感悟有机地融合到一块。当然，艺术形式本无高下之分，如果能把短篇写好，也是很不容易的。"恰巧我在你的博客中看到了你转引的韩少功发在《文艺报》的《"小感觉"与"大体验"》一文，在该文中作者认为长篇小说作为一种特殊的体裁，应该承担体系性的感受或思考，它不是短篇的放大，而是一个人对社会或人生问题做的"大体检"，不是"小感觉"；而眼下，在实际写作中，长篇小说似乎变成了短篇小说的拉长与累积，变成了超大号的、肥胖型的"小感觉"。你怎样看待韩少功的这一观点？我读过你的中篇小说《九三年的早稻》，你把自然时序的展开和生命的成长、成熟交织在一起，富有浓郁的生活气息，也很有内涵，可以说是一部"浓缩的长篇"。那么套用"大体验"和"小感觉"的说法，你如何给中篇小说定位呢？

少鸿：我很认同韩少功的观点，这是经验之谈，也是真知灼见，所以一看到这篇文章，就把它转载在我的博客上了。打一个不太确切的比方吧，长篇小说如摄影中的大广角，要有大画面、宽视野，又要有清晰的局部与细节，而短篇小说，则如同微距拍摄特写，只要有主体就行了，是可以虚化甚至忽略掉背景的。把只够写短篇小说的材料写成长篇小说，无非是往里面填充多余的事物与文字，肯定呈现出虚胖的状态。这种小说肯定不讨读者喜欢，谁会愿意吃注水肉呢？中篇小说介乎长篇小说与短篇小说之间，是一种比较好讲故事的文体。它不像短篇那样受篇幅束缚，可以从容地叙述一个完整的故事，又不必如长篇小说那样面面俱到，需要展开多条线索与庞大的场面。可你要我比照少功的"大体验"与"小感觉"，也用三个字来给中篇小说定位，我一时还想不起来。

张文刚：小说必定有故事，莫言就说他是讲故事的人。你的小说故事往往层层铺垫、悬念迭起、前后勾连，很吸引人，但你在谈到对小说的理解时说，小说不仅仅是讲故事，作家也不仅仅是讲故事的人，小说仅有故事是不行的，它还必须是一个有意味的故事。请问"有意味的故事"意味着什么？怎样才能使故事有"意味"？

少鸿：我读理论书不多，文艺理论素养先天不足，写小说是跟着感觉走，一般很少对文学创作进行理性思考。但有时被杂志要求写创作谈，便只好被动地来一番理性思维。我把小说创作定义为"叙述有意味的故事"，就是在给《鸭绿江》杂志的一篇创作谈里提出来的。"有意味的故事"意味着故事不是一个单纯的因果关系和逻辑事件，它还包含着思想意蕴、发散着人生况味、弥漫着艺术神韵，令人回味，令人遐想，进而产生审美愉悦。至于怎样才能使故事有意味，我想也要因题材而异吧，具体作品具体对待。总的来说，要沿着你的审美意图走，在构思故事以及诉诸文字的同时，就要考虑到如何使它弥散出独特的意味来。

张文刚：这些年，你爱上了摄影，在你的博客里贴有大量的风景照，尤以自然山水风景居多，构图巧妙，风格清新，耐人寻味。你有一组照片就题为《对岸黄花》，拍摄的是河流对岸大片大片浮金跃翠、生意盎然的油菜花，立足点是喧嚣的城市。这个"对岸"在我理解就是另一个世界，就是相对于城市而言的乡土、乡情，这对你来说，我想不仅仅是生活中的一点点小情趣、小感觉和小点缀，而是含有深意，是你关于乡土的"影像创作"，是你"乡土情结"的一种直观构图和诗意呈现。作为作家，文学中的表现手法和技巧是否对你的摄影有所启发和帮助？还有，你摄影中喜欢抓拍那些天真烂漫让人忘却烦恼和忧愁的孩童，在这种童心、童趣的背后，是否也含有你对生活和文学的某种理解和期待？另外，不少照片之侧有你的游记文字和随笔感悟，你是否打算近期出一本图文并茂的散文之类的书籍？

少鸿：你对于"对岸"的诠释合乎我意。实际上，不光每幅作品、每篇小说、每个回忆、每个他者是我们的对岸，世间所有事物，都是我们的对岸，我们每天都在世间与心中跋涉，妄图抵达，却总是难以如愿。或者终于抵达，却发现不是我们想象中的境界。于是我们只能隔岸相望，形成一种对应的审美关系。摄影就是一种观望、一种审美，于我来说，纯属爱好与兴趣。文学与摄影同为审美的艺术方式，自然有许多相通之处，写作者搞摄影，会有许多融会贯通的地方。摄影带给我许多文学之外的乐趣，但我并没有像你所说出本图文并茂的散文摄影集的打算。摄影是我人生的补充，走到哪拍到哪，能拍出什么片子就是什么片子，喜欢就行，别的并不重要。

张文刚：你曾经获得过多种文学奖项，如首届湖南省文学艺术奖、湖南省青年文学奖、湖南省"五个一工程"长篇小说奖、首届毛泽东文学奖、丁玲文学奖等。你的长篇小说《梦土》曾入围第五届茅盾文学奖终评，这是不容易的，可见你创作上的实力和潜力。现在圈内对茅盾文学奖的评奖也颇多非议，不知道你怎样看待茅盾文学奖？就获奖来说，在创作上你有什么目标和追求吗？

少鸿：茅盾文学奖的获奖作品中，有我喜欢的《芙蓉镇》《尘埃落定》《白鹿原》等好作品，但也有好多作品连看一眼的欲望都没有。对于看重的人来说，茅盾文学奖是目前国内最重要的奖项，而对于不看重的人而言，它已经不值一谈。我个人的感觉，它似乎已经变成了一个奖作家而非奖作品的奖项了。就获奖来说，我既无目标也无追求，倘若它自行飞来，我也会接纳，但决不作无妄之想。如果以获奖为目的来写作，那是件很可笑也很愚蠢的事。

附录

张文刚长篇小说《幻变》评论

面对世界的变幻

——破解寓言体小说《幻变》

涂　途

一

2013 年 5 月 17～20 日，太湖文化论坛在浙江杭州举办了第二届年会，会议的主题是"加强国际合作，建设生态文明"。来自世界五大洲 23 个国家的 500 余位政治家、自然科学家、社会科学家和各界知名人士出席会议，围绕当前全球共同面临的生态文明问题，进行了多种形式的对话和交流，共商生态文明建设大计。我为论坛提交了一篇《生态美学与生态文明建设》的发言，会后经过补充和改写，以题为《论生态美学和生态美》的论文，发表在《文艺理论与批评》2013 年第 5 期。前不久，收到张文刚教授寄来的新著《幻变》①，书中的"内容简介"写道："这是一部带有童话色彩的寓言体小说"，"表达了对自然生态和人类社会的思考"。这样重大的主题，以及引人入胜、不睹不快的创新体裁，不能

---

① 张文刚：《幻变》，长江文艺出版社，2013。

不引起我的极大关注和兴趣，于是带着好奇和疑问翻开了这本长篇小说。

小说共分 10 章 51 节，主角是"蜗城"中的蜗牛（又称"蜗师"）和白鸽。小说开篇的《雪恋》，以蜗牛与白鸽的浪漫恋情揭开序幕。中间经历了许多风风雨雨，如黑鸽的插手、父母的偏见以及相互的误解等；直到白鸽与黑鸽结合又离异后，蜗牛和白鸽重归于好，在"七夕"那天成亲。结局圆满，有情人终成眷属，皆大欢喜。当然，围绕蜗牛与白鸽还有一个因种种原因异变而来的蜗牛群体，他们组织了一个"蜗协"，互帮互助，造福人类。给我的第一印象是，恋爱的故事并不新奇、曲折，甚至有点平淡，可蕴藏的深意和哲理却不能不久久回味和探寻。

二

尤其让我感到意外和惊喜的是，小说中通过蜗莲（她与蜗树相恋）的倾诉表达出来的对"生态"的认识，竟与我的基本观点大体相似、不谋而合，只是大同中略有小异。她对蜗师说："人类现在不是正大谈特谈一个时髦的词汇吗？那就是生态。生态，有自然生态，还有社会生态、文化生态、心灵生态，等等。我们这些变为蜗牛的生灵，都是生态失衡的牺牲品。但我相信，既然人类认识到了生态的重要性，那么一切都会慢慢好起来的。如果我们都加入到改善生态环境的行列中来，总有一天，我们就会回归原有的生活和快乐。"这一段对"生态"的感慨，寓意深沉，拨开和点明了《幻变》的主题。

我在给太湖文化论坛提交的发言稿和《论生态美学和生态美》的文章中，都曾提到"生态文明应当涵盖和包括自然生态、社会生态和人文（文化）生态文明"。"从目前对'生态'的理解来看，理论界一般都局限于'人'（或'人类社会'）与'自然界'的相互关系上（而实践的应用上早就超越了这个界限）。而我认为，对'生态'的视野应当更开阔，即包容几类不同领域和层面的'生态'，其中既有'自然生态''社会生态'，还应有'人文（文化）生态'。这样，生态文明建设便关系到以尊重和遵循自然界、人类社会和人文（文化）创造的客观规律为基本准则，强调自然空间、社会环境和人文条件的相互依存、互相促进，生态平衡、协调发展。"只是我没有提"心灵生态"，因为"心灵"似乎与"自然"、"社会"和"人文"（"文化"）难于平行和对应。

然而，当读完《幻变》全书后，我才有所领悟：所谓"心灵生态"，也许可以理解为是一种精神、思想或内心的"生态"。它代表和寄寓的是生灵生态，或异类思维、换位思维的"生态观"，这也可以属于"生态"的大理念。从整个宇宙大环境生态的视野来审视，生灵的差异不应成为"不平等"的根基，因为互相依存、相互影响，互补共生，保持合理的、平衡的生态环境关系，才能使自然和社会一起发展。正如小说中所褒扬的那样："蜗牛笑着说：'在我的眼里，人也好，鸟也好，我们蜗牛也好，一切有生命的，都应得到善待，都要相互珍重，相互爱护。'"关注另类和异类生灵的真实"心灵"，目前虽然还不能完全从严格的科学意义上得到实现和验证，可的确是人类面临的重大课题。

这从根本上说是类似于西方18世纪启蒙主义的"自然的平等"思想，《幻变》中最后描写的蜗牛们都"幻变"成为人类的一员，正说明这个深层的道理。在这一群特异的生灵发生"幻变"的那一刻，小说借人类的声音表达了这个道理："蜗牛和白鸽变为人，这并不奇怪。他们本来就是我们人类的一份子，是我们人类的好朋友、好邻居。站着，不一定是人；跪着甚至在地上爬行，只要他们行善扬德和造福人类，就是我们人类的缩影，就是我们人类本身。"要改变自然生态、社会生态和人文（文化）生态，要从改变心灵生态入手。否则，说不定哪一天，人类也将会变为"蜗牛"。

在我看来，现代社会的"生态"理念，理应超越以往单单以动植物、生物或人类为"绝对主体"的局限，而扩大到客观世界"一切存在物""各类客观事物"的"生存状态"与周围环境之间的关系。因为自然界、人类社会以及人类创造的物质产品和精神产品，在维护生态平衡中都是重要的、平衡的。只有从它们相互的"环环相扣的关系"中，才能保持稳定的"生存状态"。因此，"生态"的大理念理所当然应该广泛地被适用于自然、社会与人文（文化）的各个领域。从而，生态文明也就应当涵盖相互依存和互相影响的自然生态、社会生态和人文（文化）生态（包括"心灵生态"）；它关注和调控的重点是自然、社会和人文生态的互通、互动、互补、互惠的关系。

《幻变》中的最后一章（第 10 章），特意浓墨重彩地描述了蜗莲举办的一个摄影展，它以"和谐"为主题，分为 4 个展区，分别题为"大美不言""人景共生""心心相印""和乐有为"，用充满浓郁的生活气息的画面，反映了自然生态的和谐、人与自然的和谐、人与人的和谐以及人与社会的和谐。这是一幅美妙的广袤生态画卷，同时也寄托了对生态走向的美好心愿和诗意向往。

三

社会主义生态文明建设，将生态学因素列为塑造未来环境的中心地位，并使它与其他各种因素融为一体。这样，生态文明建设就应当既有应对当前严重生态危机的、急迫的、需要解决的整治措施，又有根本的、长远的、科学的未来预测和远景。无论是"人类中心主义"还是"自然中心主义"，都是片面的、形而上学的观点。因此，除了尊重自然、顺应自然、保护自然，按客观规律认识自然、利用自然、改造自然，更要注重社会生态和人文（文化）生态（包括"心灵生态"）的建设和发展，这样才能从源头上扭转各类生态环境的恶化，创造出持续地改善和发展的自然环境、社会环境和人文环境，使理想的、和谐的社会人人幸福，那样才能建成人类真正的、共同的美丽家园。

不能忘记恩格斯在《自然辩证法》中说过的话："经过长期的、往往是痛苦的经验，经过对历史材料的比较和研究，我们也渐渐学会了认清我们的生产活动的间接的、较远的社会影响，因而我们也就有可能去控制和调节这些影响。但是要实行这种调节，仅仅有认识还是不够的。为此需要对我们的直到目前为止的生产方式，以及同这种生产方式一起对我们现今的整个社会制度实行完全的变革。"① 我个人仍然认为，目前世

---

① 《马克思恩格斯选集》（第 4 卷），人民出版社，1997，第 385 页。

界的突变、剧变、灾变和"幻变"的最终根源，主要在于资本全球化加快了生态危机的转移和扩散，生态殖民主义、生态霸权主义和生态帝国主义造成愈来愈严重的对生态美的摧残和破坏。在"生产方式""社会制度"的变革中，才能根本扭转和消除各种类型的生态危机和人类未来的厄运。

《幻变》中的黑鸽这一象征，虽然是个配角，是个带有市场经济时代特征的"第三者"形象，却是典型的、对包括"心灵生态"在内的"自然生态""社会生态""人文（文化）生态"造成撕裂、破坏和摧残的幕后罪魁祸首。白鸽一度受到黑鸽的外貌、风度和财富的诱惑，结果受骗上当，幸亏及时醒悟，不然一定堕入深渊、不堪设想。这也在某种程度上再次说明："绿色革命"不可能超越和替代"制度革命""红色革命"，否则便可能走向另一种类型的"乌托邦"；只有从根本上变革不合理的生产方式和社会制度，改变资本、金钱和利润的统治地位，改造"无所不能""无所不可""无所不做"的"绝对资本主体意识"，才能在全球层面上彻底地解决人类社会、自然环境、生态平衡等愈来愈尖锐的问题，也才能达到全人类未来的、科学的、理想的自然生态、社会生态和人文（文化）生态高度协调一致、和谐发展的生态美学境界。《幻变》中没有交代黑鸽最终的下场，但他（它）与"蜗协"群体的格格不入和对立，倒是确定和不言而喻的。

总之，单纯而又朴实的爱情，深邃而又丰富的哲理，现实而又长远的寓意，这就是我对寓言体小说《幻变》的浅薄"破解""破读"。一知半解、一孔之见，不妥之处，敬请作者和读者多多批评指教。

原载《云梦学刊》2014 年第 3 期

【作者简介】涂途，本名涂武生，中国艺术研究院研究员，《文艺理论与批评》原主编。

持守·凝思·希冀

——长篇寓言体小说《幻变》的生态意蕴

田　皓

张文刚先生的新著《幻变》是一部带有童话色彩的寓言体小说，作品以生态日趋恶化的现实为背景，用跌宕起伏的情节、丰富的想象和诗意的语言，传递了超越族属、地位和美丑的爱情观，既充满浪漫气息和乌托邦想象，又隐含深沉忧患与理性拷问，作品对自然神性的守护、对现代性的反思以及对人类自我拯救可能之展望，包含着浓郁的生态意蕴。

一　守护：自然世界之神性

自然是宇宙的一部分，天造地设，不以人的意志为转移；自然内部又是一个有机整体，日升月降、星移斗转、四时交替，动静交错，声色共在。生态整体主义认为，世界是一个由人—社会—自然构成的复合生态系统，人与自然是一体化的，人类只是生态整体中的一个组成部分；自然具有内在的价值，生态系统中的各种存在物，对于维护整个生态系统的稳定、完整、有序具有价值和意义；不同物种之间形成价值关系，它们互为客体，互为目的和手段，互相满足和牵制；人的尺度不是价值评价的最终根据，人在某种意义上要服从自然的尺度①。生态伦理观念的出现，为人类正确认识自身、善待自然提供了新的视角，这种视角为恢复自然在整个生态系统中的地位、复活自然神性提供了理论资源。《幻变》对自然世界的描写方式和书写姿态，表现了对自然的崇敬与热爱，对自然神性的精心守护，暗合了生态伦理立场。

首先，作者摒弃了动植物工具论和资源论的传统思维模式，选择弱小的动植物为主人公，从生命角度抒写动植物的尊严与高贵，流露出对

① 李培超：《自然的伦理尊严》，江西人民出版社，2001，第141～142页。

生命价值的尊重与敬畏。"人自成为人的那一天起，就不断以道德律对抗自然律，以精神的力量对抗生命的力量，因而长期以来人与这个世界的其他动、植物的生命活动常常是对立分裂的。"① 所以，海明威《老人与海》中的马林鱼，是人征服的对象，格林童话《白蛇》中的白蛇，是人表达意志的符号替身，动物作为"群落中的善"的内在价值被遮蔽，它们的生活情状、情感世界在文本中被悬置。阿尔贝特·史怀泽说："善是保存和促进生命，恶是阻碍和毁灭生命。"② 《幻变》将动植物作为故事叙述的主体，置于叙事的前台，故事的发生、发展以动植物为中心和线索，作者以欣赏和赞美的笔调书写它们独特精彩的生命，描写它们喜怒哀乐的多重情感，发掘它们的美好情怀，赞美它们的崇高精神，张扬了其存在的独特价值和意义。作品中的动植物个性鲜明：蜗师智慧勇敢，白鸽聪明伶俐，灰鸽正直侠义，蜗树真诚善良，蜗莲热情爽朗。它们具有团结协作精神：蜗牛们成立协会，相互帮助、相互鼓励；鸽族成立慈善机构，扶贫济困、共渡难关。它们怀有超越种族的奉献精神：黑鸽利用鸽族善飞行、辨方向的特点成立"大宇飞鸽信息公司"，传递资讯，服务社会；白鸽用神奇的"羽笛"化解人间的纷扰和苦闷。它们拥有侠肝义胆、大无畏的牺牲精神：地震发生时，蜗师带领众蜗牛"赶到地震中心苇城，和人们一道救灾"；月城潮水决堤后，蜗师和鸽群不顾自身安危，用智慧营救被卷进潮水的人们。动植物在喜悦与忧愁、快乐与悲愤、失落与憧憬的生命历程中，舒展个性，展示美丽，它们生命的绽放，既充盈了自己的生活，也丰富了世界的肌体，更涤荡着人类的灵魂。由此不难看出，小说对动植物生命和价值的关注是平视的，抛弃了人类高高在上轻视动植物的傲慢姿态，颠覆了以人为中心的绝对尺度下对动植物进行的价值判断，确认了动植物在生态整体系统中的存在意义，构建了自然世界的平等、温馨与和谐。

其次，着力书写自然世界的瑰丽与神奇，自然生命涌动的生态之美

---

① 李培超：《自然的伦理尊严》，江西人民出版社，2001，第94页。
② 〔法〕阿尔贝特·史怀泽：《敬畏生命》，陈泽环译，上海社会科学院出版社，1992，第19页。

畅然笔间。自然之物各有其美，它们的美建立在自身自由存在的基础之上，在于其内在活性生命力的粲然绽放，在于这种活性生命力的保持和粲然绽放与它们所处的环境的生态性一致。生机美、和谐美是自然生态美的具体表征。作者将描写的笔触伸入技术理性较少抵达的大自然，诗意地寄情山水生灵，将自然现象化为自由的生命，使之闪耀着神性的光泽，跃动着诗意的音符。小说描绘了一幅幅清新别致的田园风景画："田野里一派青翠葱绿，水稻正在灌浆，稻穗悄悄低下了头，红艳艳的荷花像火苗从青青的荷掌中蹿出来，那些鱼塘、湖泊犹如明镜映照着飞鸟、蓝天和白云。"① 生命的萌动和不断成长呈现出一种积极向上的生机美，这种自然生命的生机推动着万物，使大自然充满活力，给人以美的享受和向上的力量。自然生机之美不仅彰显了内在价值，还为人类生存提供了物质保障、活动空间和精神源泉。"河滩上，繁茂的绿草中点缀着一些素净的野花，几茎青青的苇叶亲密地站在那里，穿着花衣的蝴蝶到处翻找着大自然的秘密，还有几条老牛悠闲地站在河边，一只白鹭立在宽大的牛背上卖弄着自己优雅的姿势和洁白的羽毛。"② 大自然和谐安详，生命各安其所，秩序井然，万物的和谐构筑了一个活色生香的自足世界。小说中的自然正如格里芬所说："世界的形象既不是一个有待挖掘的资源库，也不是一个避之不及的荒原，而是一个有待照料、关心、收获和爱护的大花园。"③ 在自然世界越来越被技术与文明祛魅的今天，作者怀揣着对大自然的尊重与热爱之情，凸显自然的内在生命力，将自然世界共创的和谐交融的温暖场景呈现于读者面前，构建了一个唯美浪漫、通透灵动、诗意纯净的大自然，回答了对自然本相的追问，流露出对大自然的诗意向往，这种向往，也是人类对精神家园的走近和守望，附丽着浓烈的后现代色彩。

---

① 张文刚：《幻变》，长江文艺出版社，2013，第58页。
② 张文刚：《幻变》，长江文艺出版社，2013，第49页。
③ 〔美〕大卫·雷·格里芬：《后现代科学——科学魅力的再现》，马季方译，中央编译出版社，1998，第133页。

二 反思：现代性之后效

人类的工业文明与科技飞速发展，构成了现代性的主导性成果。安东尼·吉登斯在《现代性后果》一书中说："在现代性条件下，工业主义构成了人类与自然之间相互发生作用的主轴线。在大多数前现代文化中，甚至在那些强大文明中，人类也多半把自己看成是自然的延续。他们的生活与自然界的波动和变化联系在一起：人们从自然资源中获取食物的能力，庄稼的丰收与歉收，畜牧繁殖的多寡，以及自然灾害的冲击，等等。由科学与技术的联盟所构筑起来的现代工业，却以过去世世代代所不能想象的方式改变着自然界。"① 的确如此，自西方启蒙运动以来，人们对世界开始了重新认识，科学战胜愚昧，理性精神和自由意志以绝对的统治地位进行着对自然世界的祛魅，人自由而无畏地创造、最大限度地发挥着本质力量，自然仅仅成为人类改造和利用的对象。现代技术的突进，带来生产力的解放和发展，带来物质的充裕和人类社会的繁荣，但同时也使"自然失去了所有使人类精神可以感受到亲情的任何特性和可遵循的任何规范。人类生命变得异化和自主了"②。科技神话所裹挟的对人类生存的威胁接连显现：自然灾害频发，部分物种异化和灭绝，正应了恩格斯所说的，我们与自然界的战斗取得了胜利，"对于每一次这样的胜利，自然界都报复了我们"③，人类赖以生存的生态环境日趋恶化，自然与人的对峙越来越白热化。

面对日益严峻的生态灾难，《幻变》对现代性进行了深刻反思，主要表现在三个方面。其一，以物种变异批判非理性的现代化造成的生态灾难。现代化使人们告别茹毛饮血、刀耕火种的蛮荒时代，摆脱黑暗与贫苦，实现发展与进步的梦想，人们的物质财富极大丰富，活动空间不断扩大，由此人们也越来越自信地认为，人是自然界的主人，自然世界是

---

① 〔英〕安东尼·吉登斯：《现代性的后果》，田禾译，译林出版社，2000，第53页。
② 〔美〕大卫·雷·格里芬：《科学的返魅》，马季方译，《理性与启蒙——后现代经典文选》，东方出版社，2004，第606页。
③ 《马克思恩格斯全集》（第20卷），人民出版社，1965，第519页。

人可以任意征服改造的对象，人类实践活动的出发点和归宿是人的利益。但事实并非如此，人与自然世界同处于生态整体之中，人与自然万物互为条件、相互依存，一种物质的膨胀必定会侵占其他物质的空间，导致其他物质的减少和消亡。所以，不断发展的现代化在取得一次次的成果后也越来越暴露了自身的缺陷：以牺牲自然、破坏生态为发展条件，过度占用自然资源，造成资源枯竭、生态失衡。《幻变》从生态整体角度出发，以敏锐的眼光发现了现代性背后的黑洞，对非理性的现代化进行了深刻批判。小说没有直接描写某一生态灾难事件，也没有着力铺叙现代工业的繁荣和城市尘嚣日上向自然的掘进，而是将故事安排在生态灾难已经发生的物种变异的背景下，以细腻的笔触描写变异后动植物生存的艰辛和心灵的苦痛。在除旧迎新的大年夜，蜗师感叹"家家痛饮团圆酒，世人欢笑我孤独"[1]，将人类的"欢笑"与动植物的"孤独"形成对比，在对比中完成批判——非理性的人类发展是建立在其他物种的痛苦之上的，人类欢笑的背后是其他物种的心灵痛楚。在城市的改造和扩建中，"周围的樟树兄弟一个一个被砍倒了，我听到了一阵一阵撕心裂肺的声音，可惜这声音人类听不到"[2]。小说借动植物之口道出了人类在现代化发展中的盲目和恣意妄为，将批判的矛头直指人类对"无所不能"的现代化的虚妄自信。这种批判让我们更加清醒地认识工业化与科技的优势和弊端，有利于引领人们朝着既发展自身又与自然和谐相处的可持续之路前行。

其二，对现代性引入的"新的风险景象"的疏离和抗拒。安东尼·吉登斯曾指出："粗略一看，我们今天所面对的生态危险似乎与前现代时期所遭遇的自然灾害相类似。然而，一比较差异就非常明显了。生态威胁是社会地组织起来的知识的结果，是通过工业主义对物质世界的影响而得以构筑起来的。它们就是我所说的由于现代性的到来而引入的一种新的风险景象。"[3] 对现代性引入的"新的风险景象"，小说表现出一种理性的疏离和抗拒。这种疏离首先表现在对集中反映现代性成果的都市

---

① 张文刚：《幻变》，长江文艺出版社，2013，第13页。
② 张文刚：《幻变》，长江文艺出版社，2013，第22页。
③ 〔英〕安东尼·吉登斯：《现代性的后果》，田禾译，译林出版社，2000，第96页。

的描写及其惜墨，并且以一种俯视和远观的姿态，冷静审视，与对乡村、天空、高山、大海等的泼墨描画形成对比来凸显。小说没有对都市觥筹交错生活的描写，也没有对都市繁华热闹场面的刻画，而是将笔力放在对现代性渗透较弱的乡村和自然世界的描写上，赞美白云"翩然的姿态、豁达的胸怀、超凡脱俗的境界"①，欣赏"千奇百怪，五光十色"② 的大海，以一种自然美景涤荡、净化心灵后的喜悦、激动和感恩，抵制都市文明对人的精神的束缚和压抑。其次，这种疏离还表现在对"新的风险景象"描写的省略和艺术处理上。小说写到生态灾难地震，但对地震带来的恐怖场景有意跳过，将镜头对准积极参与救灾的动植物，以它们善良、勇敢的行为，消除灾难带给人的恐怖和阴影。描写对象和重点的选择，表明了作者鲜明的立场。对"新的风险景象"的抗拒主要表现在对都市"物"的厌倦与抛弃。在作者的眼里，"一汪扇形的湖水，水质浑浊，湖面上漂浮着一些白色垃圾……四周都是高大的建筑群，靠东面还有几幢楼房正在封顶。在高楼的包抄和威压下，公园更加显得小家子气和衰败不堪了"③。本应充满生机的公园在"物"的威逼下走向落寞和衰败，这一描写呈现了现代化胜利后的自然走向自身反面的可怕后果，隐含着对现代性的高度警惕。"四周密布的楼房像火柴盒，像搭建的积木玩具；街道仿佛是一棵参天大树的枝枝桠桠，潮水一样的车子像虫子在枝桠间慢慢爬行，而人似乎是静止的叶子。"④ 现代化抽空压扁了都市和人的血肉，科技理性的骨架搭建的是一具空无所有的窄逼的"火柴盒"，物质性的景观充塞都市，人也变成了"静止"的缺少血肉的物质，喻示了都市生活中"物"对于人及其生存空间的占领和主宰，这些都市的物质景观既是外在的他者，同时又以主体身份吞噬着人的自然本性。小说对现代性"物"的批判没有长篇叙写和高谈阔论，是以对都市简洁的客观描写为表现形式的，其理性和深刻给读者留下思索空间。

---

① 张文刚：《幻变》，长江文艺出版社，2013，第 106 页。
② 张文刚：《幻变》，长江文艺出版社，2013，第 110 页。
③ 张文刚：《幻变》，长江文艺出版社，2013，第 32 页。
④ 张文刚：《幻变》，长江文艺出版社，2013，第 112 页。

其三，以动植物健康积极的精神状态，批判颓丧与失落的人类精神，寻找精神还乡之途。马克思曾说："在我们这个时代，每一种事物好像都包含有自己的反面。我们看到……技术的胜利，似乎是以道德的败坏为代价换来的。随着人类日益控制自然，个人却似乎愈益成为别人的奴隶或自身卑劣行为的奴隶。甚至科学的纯洁光辉仿佛也只能在愚昧无知的黑暗背景上闪耀。我们的一切发现和进步，似乎结果是使物质力量具有理智生命，而人的生命则化为愚钝的物质力量。"① 马尔库塞也认为，技术的解放力量带来了物的工具化，转而成为解放的桎梏，使人工具化，成为心灵空虚的单向度的人②。现代文明的畸形发展，给部分人带来物质消费快感的同时，也带来了不可避免的人性的阴影，自私、冷漠、仇恨，远离自然的人们在丧失自由本性的时候也面临着愈加深重的心态失衡、人性沉沦。小说没有直接写人，讲述的是一群被迫改变族类属性、异变为弱小者的动植物的故事，对人的内在精神颓废与溃败的批判，是在表现动植物在生命异化的境遇中与命运抗争、在异族鄙视的目光下挺直脊梁、在其他生灵遭受灾难时舍身相助所展示出的顽强意志、磊落情怀和大无畏精神的参照和衬托下完成的，使读者在对比中反观、在反观中反省，为主体精神失落的人们指明了精神突围的出口。

三 展望：人类自我拯救之可能

亚理斯多德（通常译为亚里士多德）说："诗人的职责不在于描述已发生的事，而在于描述可能发生的事，即按照可然律或必然律可能发生的事。"③ 生态危机不仅仅是由于自然界本身而向人类发出的失衡讯号，更是由于人类活动而导致的人与自然之间出现的严重裂痕。从生态的角度审读《幻变》，它不仅让我们看到了现代化导致的生态失衡的可怕后果，更让我们对人的理智、对世界的健康充满信心。《幻变》对狭隘的人类中心主义进行批判，对人的非理性进行无情鞭挞，但并没有从事物的

---

① 《马克思恩格斯选集》（第1卷），人民出版社，1965，第775页。
② 〔美〕赫伯特·马尔库塞：《单向度的人》，刘继译，上海译文出版社，2006。
③ 〔古希腊〕亚理斯多德：《诗学》，罗念生译，人民文学出版社，1962，第28页。

一端走向另一端，从而否定人的意志，将人视为自然物的奴隶，而是点燃了我们还自然世界之秩序、走向人与自然和谐之可能的希望，为人类自我拯救提供了思索方向。

《幻变》中，作者运用丰富的想象设计的"感应服饰"，探索了一条科技与文化结合的通道，打开了一扇科技与优秀文化融合的窗子，以"感应服饰"的灵验和热销，说明现代科学技术与优秀文化结合的美好前景。但是，"感应服饰"毕竟只是"提供一种文化信息，一种观念引导，一种选择的可能性，还需要人用自身的文化素养、价值观和道德观去迎合与碰撞，感性与理性相结合，然后做出抉择和处置"①，因为在任何时候，"都是人的心性和智慧起决定性的作用"②。那么，如何让人在关键时候做出正确选择呢？文学艺术是有效的途径之一。蜗师为净化社会环境、和谐人际关系，著书立说，通过艺术的方式感染人、教育人，提升人的文明素养和道德操守，只有人的素质提升了，人与自然的紧张关系才有可能缓解。小说结尾，由鸽子变为蜗牛的蜗师回到了"甚至比原来更美好"的生活，有力地证实了生态恢复的可能，更让我们看到了人类用理智节制心灵长河的涌动，"不让心灵之潮漫溢而出"③ 的能力。《幻变》展示的人与生态紧张对峙局面的和解，为人类走出生态困境提供了一条路径——用技术与文化的合力化解生态矛盾。

降低物质欲望，充盈内心，保持内心的空明澄澈。阿尔贝特·史怀泽说："我们文化的灾难在于，它的物质发展过分地超过了它的精神发展。它们之间的平衡被破坏了"④，"在不可缺少强有力的精神文化的地方，我们则荒废了它"⑤。生态失衡在很大程度上是精神失衡导致的。人的幸福感除了物质和物理的外部尺度，还有属于精神与心理领域的内部

---

① 张文刚：《幻变》，长江文艺出版社，2013，第 141 页。
② 张文刚：《幻变》，长江文艺出版社，2013，第 141 页。
③ 张文刚：《幻变》，长江文艺出版社，2013，第 115 页。
④ 〔法〕阿尔贝特·史怀泽：《敬畏生命》，陈泽环译，上海社会科学院出版社，1992，第 44 页。
⑤ 〔法〕阿尔贝特·史怀泽：《敬畏生命》，陈泽环译，上海社会科学院出版社，1992，第 47 页。

尺度，这是人不同于其他生物的优越之处，也是困难之处。在一个物质极度繁盛的消费时代，人类要秉持简单生活的理念，控制对物质的占有欲望，减少对自然物质的依赖，用信仰的力量、内在精神的充实消减对外在物欲的追求，以精神能量的提升替代物质能量的流通，用内心的宁静抵挡外在的喧嚣，以内在的热情抵御世俗的寒流，坚守用正直、善良、自信、自尊、热情、忠诚、崇高构建的精神领地，保有精神世界的丰富与高贵，通过精神的重建握手自然。《幻变》通过物质生活简朴、精神世界富足的蜗师形象的塑造，为人类化解生态危机树起了一面精神大旗。蜗师忠贞于爱情，友爱于朋友，位卑不自卑，具有远大的理想、百折不挠的意志、舍生忘死的英雄主义气概，它在物质的滔滔洪流中高举起的精神火炬，足以暗淡披戴着商品与金钱的华裳粉墨登场的主儿们的光辉，为人类维护精神的平衡、情感的丰富、心灵的纯洁、信仰的纯真点亮灯火。小说在描写"蜗牛协会"成立时，其章程中制定的"义务"，与其说是动植物界协会的义务，不如说是人类共建人与自然和谐家园的义务，表达了作者重建丰满圆融、空明澄澈的人类精神世界的美好希冀和坚定信心，这种希冀与信心确证了人的本质力量，对人的理性充满期待，为摆脱精神危机指出了可行之径——怀揣美好理想，重拾价值理念。

原载《创作与评论》2014 年第 10 期

【作者简介】　田皓，湖南文理学院文史学院教授，《武陵学刊》副主编。

生存的忧患与诗化的审美

——评长篇寓言体小说《幻变》

李　琳

在文学评论园地里辛勤耕耘，同时在散文与诗歌创作方面也成果颇丰的张文刚先生，又推出了他的小说新著《幻变》。这是一部表面上写动植物幻变，实际上书写当代知识分子心灵困境的寓言体小说。作者以一位学者的良知与敏锐嗅觉，关注当前社会中的种种生态危机，用富有诗意而含蓄隽永的语言，为读者讲述了一个集虚幻与现实、信仰与回归于一体的爱情童话，从而引发关于人类与自然万物的种种思考，小说具有浓厚的生态意识与哲理意味。

一　生态女性主义视角中的自然与女性

生态女性主义产生于 20 世纪 70 年代，融生态伦理与女性主义于一炉，宣扬"人与自然平等、男性与女性平等，反对人类对自然和女性的异化"①。《幻变》中的男女主人公感情和谐，热爱大自然，与他人相处融洽，在他们身上，寄托了作者主张两性平等、向往人类与自然和谐共处的生态女性主义思想。

小说开篇第 1 章《雪恋》，由鸽子蜕变成蜗牛的蜗师爱上了一只小白鸽，他在宣纸上写下"小白鸽，我爱你"的誓言，然后把宣纸系在气球上，在漫天飞雪中表达了自己的爱。因为在他眼中，"白鸽和美丽的雪花交融在一起，是那么纯洁、活泼，充满灵性，神圣不可冒犯"。"他选择这样一个下雪的日子向小鸽子示爱，正适合他对爱情的理解与表达"②。大自然的美景和两性间平等的爱，正是男主人公蜗师所梦寐以求的。但是，当蜗师的爱情得不到别人的理解（蜗树好意的劝解、白鸽父亲的阻挠等）时，他开始怀疑自己是否能带给白鸽真正的幸福，眼见白鸽与黑鸽结合，蜗师深陷痛苦之中。直到后来白鸽与黑鸽婚后生活不幸福而分手，蜗师才幡然醒悟，他对已离婚的白鸽没有丝毫的嫌弃，而是一如既往地爱着她，两个不同族类但心灵相通的有情人，经历了种种曲折后终于共结连理。婚后，蜗师与白鸽团结其他族类，为保护自然生态做了大量的工作，最后他们终于又开始了新的蜕变——变为人类。

从小说故事情节来看，《幻变》中男主人公蜗师对女主人公白鸽的感

---

① 〔美〕卡伦·J. 沃伦：《女性主义的力量与承诺》，《环境伦理》1990 年第 2 期，第 20 页。
② 张文刚：《幻变》，长江文艺出版社，2013，第 3 页。

情，是把白鸽当成能与他平等生活的精神伴侣："（白鸽）使我有了生活下去的勇气和信心，使我尝到了爱情的甜蜜。"① 这明显不同于传统父权社会男性对女性的征服与占有。波伏娃说："在男人看来，没有什么比从未属于过任何人的东西更值得向往的了，所以征服仿佛是惟一的、绝对的事情。"② 正因为如此，女性长期以来都得不到男性的尊重。而生态女性主义一个非常重要的特征，就是主张男女平等，反对男性对女性的占有与控制，并以此分析和说明人与自然的关系。因为女性与男性相比，她们对地位和权力的欲望相对较弱，她们更关注自己的生存环境与自然万物。她们反对人类对自然的征服与掠夺，就正如她们反对男性对女性的占有与压迫一样。《幻变》中白鸽之所以离开外表帅气、事业有成的黑鸽，是因为黑鸽对她只是一种占有，而且占有之后就不会再珍惜，这是白鸽所不能容忍的，就正如她不能容忍人类对自然万物的占有与践踏一样。她最后选择了和蜗师相伴终老，因为蜗师把她当成一个精神上完全平等的知己，即使她和黑鸽结婚，失去了所谓最为男人看重的贞洁，蜗师也丝毫不以为意。可以说，蜗师这个人物形象的塑造，将中国几千年来的男权社会踩到了脚下，在这里，男性对女性的爱慕与敬重，可以无视世俗的眼光，可以无视传统的习俗，这个故事寄托了作者生态女性主义两性融溶共存的理想。

《幻变》还借蜗师与周围其他人的和谐关系，体现了构筑健康人际关系的重要性，这与生态女性主义不仅主张男性与女性之间的平等和谐，还大力倡导人与人之间相互关爱的宗旨相契合。蜗师将一些具有相似经历的蜗牛组织起来，成立蜗协，其中就有由樟树蜕变成蜗牛的蜗树，有由荷花蜕变成蜗牛的蜗莲，还有由青蛙蜕变成蜗牛的蜗青、由鱼儿蜕变为蜗牛的蜗鱼等，他们之间相互关爱、团结互助、联系紧密。与蜗协中同类的交往使蜗师摆脱了因蜕变为异类而带来的失意与迷茫，并逐步从个人狭小的、虚幻的世界中走出，意识到自己的社会责任，找到了自己的社会定位。蜗协成员们在地震中积极参与救灾，蜗师与白鸽们在潮水

---

① 张文刚：《幻变》，长江文艺出版社，2013，第13页。
② 〔法〕西蒙娜·德·波伏娃：《第二性》，陶铁柱译，中国书籍出版社，2004，第142页。

决堤时救助人类，白鸽救助摔伤的老人，还有蜗师和白鸽共同设计的"感应服饰"等，都为净化社会风气、和谐人际关系做出了积极的努力。小说正是借这个故事说明了亲密无间的友谊对一个人成长的影响，人类只有相互关爱，才能战胜一切困难，顽强生存下来。

生态女性主义的核心理念是打破人类中心意识，建立人类与自然的亲密关系，这在《幻变》中处处得以体现。作者借蜗师之口说："在我的眼里，人也好，鸟也好，我们蜗牛也好，一切有生命的，都应得到善待，都要相互尊重，相互爱护。"① 蜗师号召蜗协的朋友们要相互帮助，融入社会，融入自然，保护环境，同时也号召大家要和弱小者交朋友，帮助他们走出困境，战胜孤独、彷徨和苦闷。蜗师的愿望是"随着人类居住环境的改善和生活水平的提高，在生活的每一个场所、每一个角落，都会充满阳光和朝气，都会充满舒坦和欢笑，那时候，不仅所有的生灵都会各安其位、各得其乐，而且就是我们这些变成了蜗牛的生物也会回到原有的生活中去，甚至比原有的生活更美好"②。由于蜗牛们和白鸽对人类环境生态和心灵生态改善做出的诸多贡献，他们终于实现了自己的愿望——变为人类。这个故事提示了人类只有与大自然和谐共处，才能从自然中获得快乐与幸福；如果人类继续以自我为中心，对大自然进行肆无忌惮的掠夺，等待人类的只有大自然的报复与人性的异化。

二　自然成为寄托复杂情感的精神家园

故乡往往是与自然景物紧密相连的，在众多的关于乡情的文学作品中，无不抒发了对大自然的眷恋，对童年嬉戏之所的怀恋。著名美学家宗白华先生曾经热情地吟道："天上的繁星，人间的儿童。慈母的爱，大自然的爱，俱是一般的深宏无尽呀！"③ 故乡总是与优美的景致、情感的寄托、美好的童年、温暖的亲情相对应，故乡总是与心灵回归联系在一起，特别是当一个人徘徊、迷茫、疲惫、痛苦之时，他便更渴望跳出现

---

① 张文刚：《幻变》，长江文艺出版社，2013，第5页。
② 张文刚：《幻变》，长江文艺出版社，2013，第41页。
③ 宗白华：《宗白华全集》（第1卷），安徽教育出版社，1994，第348页。

实纷扰，回归故乡，回归自我，而此时，故乡便成了和谐、宁静而又富有生命力的心灵安居之地。

《幻变》主人公蜗师的故乡桥村，便是这样一处稻谷吐翠、荷花飘香的世外桃源，在这样宁静、淡泊而富有诗意美的大自然中，"他的心灵和灵魂似乎冲出那一身束缚他的'铠甲'而自由地飞翔"。所以当蜗师身处"街道拥挤、车轮滚滚、忙碌烦躁"的现代化都市时，当他苦闷、压抑、孤独时，"他是多么向往家乡的生活，多么想回归到父母的怀抱，重新开始童年无忧无虑的生活啊"。小说中，作者是这样用诗一般的语言动情地描写蜗师故乡的大自然美景的："入夜，月光铺在门前，蛙鸣潮水似的漫上来。蜗师牵着白鸽来到禾场，举头望月。月儿仿佛一枚精致漂亮的玩具，挂在头上，似乎伸手可得。几颗调皮的星星，东一颗，西一颗，捉迷藏般地眨着眼睛。萤火虫刚从月亮上借光回来，拖着疲倦的身子，摇摇晃晃，明明灭灭，在地面上低低地飞行。"① 在这里，故乡的一草一木，是童年和大自然的相亲相依，已经成为主人公蜗师复杂情感的寄托。

但现代城市的繁荣以及人类文明进步的取得往往是以自然生态的破坏为代价的，蜗师大学毕业后居住的城市——荷城也不能幸免。小说中多次描写人类对大自然的粗暴入侵："一群人拿着图纸，指手画脚，说是要拆掉老城区，建商业区，街道也要扩建，所有的樟树都要砍掉。""推土机来了，说是要把池塘填平，建筑高楼……不由分说，也没有人倾听我们说话，轰隆隆的机器声淹没了我们内心的呐喊。"② 这种野蛮的破坏使荷城发生了质的变化，原本波光潋滟、风荷飘香的荷城变成了拥挤、嘈杂的蜗城："现代生活的理念和旨趣改变了城市的布局和模样，也改变了人们的生活观念和生活空间。高楼大厦如雨后春笋，一栋栋、一片片拔地而起，城市周围的土地也如同青青桑叶被不断蚕食与分割，城市中大片的水域也被填平，建起了高楼。"③ 对自然的过度开发使人类失去了自己的精神家园，人类的精神层面开始异化。《幻变》写自然万物的精神

---

① 张文刚：《幻变》，长江文艺出版社，2013，第94页。
② 张文刚：《幻变》，长江文艺出版社，2013，第33页。
③ 张文刚：《幻变》，长江文艺出版社，2013，第13页。

状态由于生态的失衡而失衡了：鸽子变成了蜗牛，樟树、荷花、青蛙等也变成了蜗牛！蜗师是这样阐述自己变成蜗牛的主要原因的："我凭借自己的努力，虽然做出了一点成绩，能够聊以自慰，但生活得并不顺心。工作劳累，竞争激烈，生活清贫，心理压抑，生性敏感，变为蜗牛是迟早的事情。"① 作为大学教师的蜗师本是一只聪明伶俐、勤奋好学、众人交口称赞的美丽的鸽子，一觉醒来竟变成了一只丑陋的蜗牛，而环境恶化所带来的精神压抑是变异的主要原因。变为蜗牛之后的蜗师，自卑、孤独，连过春节都不敢回到自己的故乡，因为他不敢面对故乡的兄弟姐妹，不敢面对生他养他的父母双亲。但故乡怎么会嫌弃自己养育出来的儿子呢？当蜗师和白鸽双双回到故乡桥村时，受到了亲人们的热情欢迎，他们这才发现，故乡永远是他们的心灵栖息之地，大自然永远是他们的精神源泉："我们本是大自然的孩子，我们要回到源头，回到起点，回到我们自己。"②

《幻变》中的自然环境不仅仅是故事发生的背景，更是主人公心灵的净化之所。"我是谁，我从哪里来，到哪里去？"《幻变》倾力描写蜗师和白鸽对乡村故乡的眷恋之情，写他们婚后郊游、看海、听潮，还在第九章用一整个章节的篇幅写他们看山、听泉、山居，把他们对大自然的痴迷描绘得淋漓尽致："山脚的一线溪水，浅瘦蜿蜒，清澈如碧，仿佛两山夹缝里投下的一缕天光。白鸽异常兴奋，跳跃着来到溪边，把羽毛伸进溪水里，享受着旅途劳顿中的舒坦和清凉。蜗师也急急地跟了上去，选择溪水中的一块石头蹲下，艳羡地看着白鸽踏浪逐水、顾盼生姿。"③ 毋庸置疑，蜗师和白鸽对大自然的热爱，是他们对都市文明的困惑、质疑与厌倦而引起的本能回归，"他们对自然的某种绿色崇拜，不仅仅是补救自己的生存环境，更重要的是，补救自己的精神内伤"④。所以即使是蜕变为人类后，蜗师和白鸽还是决定远离都市、定居故乡，在大自然的美

① 张文刚：《幻变》，长江文艺出版社，2013，第15页。
② 张文刚：《幻变》，长江文艺出版社，2013，第96页。
③ 张文刚：《幻变》，长江文艺出版社，2013，第123页。
④ 韩少功：《遥远的自然》，《大自然与大生命》，百花文艺出版社，2003，第5页。

景相伴中白头终老。可以说，故乡及其自然景物，已经成为蜗师和白鸽梦寐以求的灵魂圣土与精神家园。

三　生存忧患的寓言式表达

海德格尔曾说："人不是自然存在的主人，而是自然界的看护者。"①从 19 世纪开始，在社会意识形态领域，就已萦绕着对人类过度开发自然的忧患与焦虑，恩格斯就曾表达过这种焦虑："我们不要过分陶醉于我们人类对自然界的胜利，对于每一次这样的胜利，自然界都对我们进行报复。"②《幻变》是一部寓言式的作品，它的寓言特色表现在以动植物变形的荒诞手法，通过不同族类动物之间的爱情纠葛，对乡村、城市进行了多面描画，表达了对纯真平等爱情与构建和谐共存生态乌托邦的渴望，同时也剖析了人们在城市化进程中所承受的分裂与焦虑。

《幻变》作为一部爱情童话，认为爱情应以心灵契合为基础，可以忽略金钱、地位、外貌甚至种族、类属。其实在现实生活中，爱情在多数人眼里是受各种条件约束的，特别是随着现代社会经济的发展与社会的转型，金钱、地位与美丑在爱情婚姻中仍然占据了极为重要的位置。2010 年全国婚恋观调查中关于女性择偶的调查显示，除感情因素外，女性更重视男性的经济实力、工作能力，而男性更注重女性的容貌外表。《幻变》中的男女主人公，一个丑陋清贫，一个美丽高雅，但丑陋清贫的蜗师并没有因此气馁，或者自我贬低，在小说开篇就勇敢地向白鸽表白了自己的感情。在外貌和社会地位如此悬殊的爱情当中，他表现得不卑不亢，因为他相信爱是心灵契合的产物，真爱能超越一切，是平等的、相互信任的。后来虽然由于黑鸽的出现以及白鸽父亲的阻挠，蜗师与白鸽之间发生了一些误会，白鸽嫁给了黑鸽，但蜗师对白鸽的爱并没有随着时间、境况的变化而变化，他对白鸽真诚、纯洁、坚贞的爱，支撑他

---

① 转引自韩璞庚《超越人类中心主义——海德格尔哲学的启示》，《江苏社会科学》1995 年第 3 期，第 71～75 页。
② 《马克思恩格斯全集》（第 39 卷），人民出版社，1972，第 63 页。

一直等到白鸽离婚后重回到他身边，从而使爱情升华到了更高的境界。小说对男女主人公不食人间烟火式爱情的描写，实际上是作者对现实生活中过分强调金钱、地位与外貌的爱情观的批判，小说中"有钱就变坏"的黑鸽，是现实生活中某些人真实的写照，也表现了作者对那种纯粹以金钱为基础、缺乏共同志趣爱好、缺乏心灵契合的婚姻的唾弃。

《幻变》以动物的角度叙述，以动物寄托爱憎，借蜗牛、白鸽等自然界中的生命现象，以寓言化的文体方式，抒发了对弱小者生命的同情以及对自然万物的敬畏之心。一只丑陋的蜗牛竟然爱上了漂亮的小白鸽，这简直是现实版的"癞蛤蟆想吃天鹅肉"。但丑陋的蜗牛原本也是一只自由飞翔的美丽鸽子，只是由于生态环境的恶化和巨大的精神压力，才变成一只背负重担、缓慢爬行的蜗牛。但即使是最为卑贱的蜗牛，也和人一样，有着自己的理想，有着自己对幸福生活的向往，也是不可忽视的。小说中蜗牛协会的所有成员，他们自立、自强，渴望实现自己的价值，其中有学识渊博的蜗师，他聪明勤奋，对感情专一，有社会责任心，虽说有时也敏感怯弱、不够自信，但最终战胜了自己，赢得了爱情和事业的成功；有心胸开阔的蜗树，他原本是一棵伟岸的大树，却因人类的乱砍滥伐，被迫变成蜗牛才得以侥幸逃生，面对人类肆无忌惮的破坏，他以慈爱之心加以回报；有热情爽朗的蜗莲，她由荷花变成，人类摧毁了她的生存之地，她仍然对生活充满向往……还有鸽族中善良聪慧、同情弱者的白鸽，看重友情、正直仗义的灰鸽等。这些卑微的生命都有着现代化生存状态下的人类所欠缺的美好品质，他们促使人们去热爱生命、尊重生命、保护自然，挽救日益严峻与恶化的生存环境，从而达成对灵魂与生存的双重救赎。

《幻变》还通过各种动植物变成蜗牛的寓言化描写，揭示了生态危机不仅发生在自然领域、社会领域，同时也会发生在精神领域。作者借写动植物的变异，将笔触伸到了现代人的生存现状以及芸芸众生的烦恼人生上，深刻地揭示出人在现代社会中的重重压力与异化，是现代人生存处境的鲜明写照。现代社会中的人们为生计奔波、为竞争劳累，在碌碌无为的生存中耗尽了所有的锐气，茁壮的生命变得疲惫不堪。男主人公蜗师就是这样一个生性敏感、生活清贫而又压力重重的知识分子形象，生存环境的日益恶化、拥挤的人群、嘈杂的车流，再加上精神家园的缺失，使他终于由鸽子变成了蜗牛。作者选择变成蜗牛而非其他动物显然具有莫大的讽刺意蕴：蜗牛背上的重负正如人精神上的重负。"人类铸造自己的文明，归根到底是为灵魂寻找安乐之乡。"① 但在人类创造的物质文明面前，人类反而失去了应有的自由与自信。在这里，《幻变》将人的异化提升到精神层面上来思考，人越来越成为自然的主宰，却也越来越严重地被自然所惩罚，过分掠夺与摧毁大自然将使人们日益远离精神家园，从而导致人格的不完整与自我的异化，由此，《幻变》对现代社会文明的消极后果作了彻底的否定和拒绝。小说男女主人公最后变成人类，回归自然，寓示人类只有坚定信仰，回归大自然，才能得到人性的复归，才可以拯救自己。

"尽管我们的科学和文化驯服了自然荒野，但我们仍然是流浪者，不知道如何评价大自然的价值。"② 当人类亲手破坏了自己生存的家园时，人与自然的对立和冲突，就直接威胁到了人类的生存和发展。《幻变》以动植物幻变的寓言，对现代社会发展潜在的生态危机提出了预警，小说构建了一个充满浪漫与唯美气息的生态乌托邦，表现了人类在自然、人性与文化发展中的独特思考与信仰，体现了作者强烈的社会干预意识和忧患意识。

原载《武陵学刊》2015 年第 4 期

【作者简介】李琳，湘潭大学文学与新闻学院教授，博士，硕士生导师。

---

① 徐葆耕：《西方文学：心灵的历史》，清华大学出版社，2002，第 205 页。
② 〔美〕霍尔姆斯·罗尔斯顿：《环境伦理学》，杨通进译，中国社会科学院出版社，2000，第 466 页。

生态的变迁与生命的幻变

——《幻变》的结构主义解读

粟 超

　　《幻变》是一部充满诗意抒情和浪漫想象的小说，它围绕蜗师和白鸽曲折的爱情展开，书写了二者突破身份高低、相貌美丑、族属差异等限制终成眷属的完满爱情，单纯地把《幻变》解读为爱情故事不足以显示出其内蕴的深刻性与象征的丰富性，正如作者张文刚所说："我写作这部叙事作品时，里面必然会有一些理性和思辨的东西，同时也会浸润着较多抒情色彩。当然，这些都得融化到文学形象和故事情节中去。在写作中，我更看重文学形象、寓意、抒情性以及文字的美感。"① 透过爱情这层面纱，我们可以清晰地看到作者对生态环境的认识、对人类社会的思考。如果爱情是这部小说的表层结构，那么生态意识则是它的深层结构。本文将文本分为表层的爱情故事和深层的生态意识两个层面，分析文本中的二元对立，并运用格雷马斯的行动元模型试着分析小说中的主角蜗师和白鸽在追求爱情的过程中扮演的不同角色以及作家对自然生态及人类社会的洞察。

一　物与物的对立统一：冲破族属差异的心灵契合

　　爱情是古往今来的文学作品永恒的主题，才子佳人的佳话让无数世人歆羡神往，棒打鸳鸯的悲情亦使人唏嘘不已，总之，爱情的悲欢离合道不尽说不完，但总有一种力量一直激发着不计其数的痴男怨女冲破重重藩篱奔向自由爱情。《幻变》的男女主人公分别名为蜗师、白鸽，它们来自不同的种族，前者是一只行动迟缓、其貌不扬的蜗牛，后者是翱翔天际、举止优雅的鸽子，小说娓娓道出了它们从相爱到分离到再度重逢的刻骨铭心的爱情。开篇之际，作者描写了蜗师充满浪漫与温情的雪中

---

　　① 张文刚：《幻变》，长江文艺出版社，2013，第 146 页。

求爱的情景，让人期待蜗师和白鸽的爱情能开花结果，可考验接踵而至。第一个考验来自白鸽的姐妹，它们一致觉得蜗师配不上白鸽，为白鸽深感惋惜，因此想借机试探蜗师的品质。面对考验，蜗师表现得尽善尽美，获得了白鸽众姐妹的认可。不过，这并不代表考验结束，它还得接受白鸽父母的"检阅"。白鸽向父母吐露了心声，得到了妈妈的支持，却在爸爸那里遭遇了打击。相亲对象黑鸽的出现无疑是白鸽与蜗师爱情中最大的绊脚石，黑鸽相貌堂堂、器宇轩昂、年少有为，与白鸽可谓天造地设的一对儿。随着白鸽与黑鸽的交往越来越深，白鸽与蜗师的误会也越来越多，最终在诸多因素的作用下与蜗师分道扬镳，遂与黑鸽结为连理。然而，故事到此并未结束。白鸽的不幸婚姻和蜗师的"除却巫山不是云"的坚守使它们再度相逢、终成眷属，婚后，一起饱览祖国大好河山，开店创业，积德行善，在表彰大会现场变身为人形。

通过对文本的梳理，我们可以从蜗师与白鸽的爱情中归纳出这样一个行动元模型（见图1）：主体——蜗师，客体——白鸽，辅助者——白鸽妈妈、蜗莲，反对者——黑鸽、白鸽爸爸、蜗树，发送者——蜗师，接受者——白鸽。

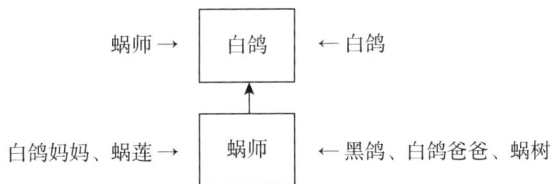

图1 《幻变》的行动元模型

如图1所示，在二者的爱情中，蜗师是主体兼动作的发出者，它向白鸽表白自己的一片真心，白鸽兼具客体与接受者的双重身份，蜗师与白鸽的爱情得到了白鸽妈妈以及蜗师的朋友蜗莲的支持，他们成为二者爱情中当之无愧的辅助者。与辅助者相比，反对者一方势力十分强大，包括黑鸽、白鸽爸爸及蜗树。短暂出现的灰鸽等也曾是蜗师和白鸽爱情中的反对者，其出场时间极短，随着蜗师顺利通过考验，灰鸽的身份由反对者转换为辅助者，灰鸽的辅助者功能在小说的后半部分体现得尤为明显。反对者中的白鸽爸爸、蜗树等都是基于对蜗师与白鸽外形的巨大差距否定了二者的感情，可以说，族属的不同、相貌的差距成为他者眼中蜗师与白鸽之间难以逾越的鸿沟。最终，作为反对者的黑鸽赢得了白鸽的爱，与白鸽结为夫妻。在这组行动元模型中，反对者的力量远大于辅助者的力量，尤其是黑鸽，它对蜗师带来的阻力可谓巨大无比，无论从族属，还是从相貌、事业等外在条件来看，蜗师都是黑鸽的手下败将，但最终蜗师和白鸽冲破了来自反对者的阻碍，喜结连理，它们能够获得爱情不是依靠外力的帮助，而是通过自身的执着追求，这更能体现出二者爱情的来之不易。这个行动元模型仅仅是对小说的前半部分即白鸽与蜗师由相爱到分手随后与黑鸽结婚的分析，未能概括出小说的后半部分白鸽与黑鸽离婚继而与蜗师重聚的过程。小说后半部分叙述的蜗师与白鸽获得爱情的过程是一个不断打破对立、抵达统一的过程。蜗师与白鸽来自不同的族属，二者的族属差异是它们间的一大对立，白鸽与黑鸽的结合在很大程度上缘于二者同属鸽族，相应地，蜗师与白鸽在爱情中遭遇的障碍则是因为二者不同的族属来源，冲破族属差异的阻碍成为它们爱情的必经之路。蜗师与白鸽自始至终都力图规避族属差异而寻求心灵上的完美契合，最终一起变身为"人"，实现了身份的终极统一。外在美丑的对立是蜗师与白鸽间的第二个对立因素，作为外在条件优胜方的白鸽自知蜗师在外形上无法与它相配，"我喜欢的对象出身寒微、身材矮小、相貌丑陋"，这是它向妈妈描述蜗师的话语，紧接着又补充道"但忠厚善良，聪明稳重，学识渊博"①，比起浮华的外表，白鸽更看重蜗师的内在品质。蜗师和白鸽的朋友均质疑过二者在容貌上的不相匹配，作为当事者的白鸽和蜗师断然不在乎外貌的差异，奋不顾身地追求属于自己的爱情，由此看出蜗师与白鸽相爱不是外貌的相互吸引而是内在心灵的共鸣和指引。可以说，族属的差异和相貌的美丑曾是横亘在蜗师和白鸽面前的两大鸿沟，它们所做的一切努力都是为了消弭这两大壁垒，一旦两者被移除，蜗师与白鸽的爱情自然水到渠成。

蜗师与白鸽的恋爱经历了比较复杂的过程，用托多罗夫的理论来解

---

① 张文刚：《幻变》，长江文艺出版社，2013，第10页。

读它们的爱情，能恰到好处地发现其爱情经历的矛盾和转折。最初，蜗师与白鸽两情相悦，二者的关系处于一个平衡状态。接着，黑鸽的出现干扰了它们的关系，黑鸽与白鸽结合则在意味着蜗师与白鸽关系失衡的同时也意味着黑鸽与白鸽关系的平衡。最后，白鸽与黑鸽离异，这是黑鸽与白鸽关系不平衡状态的表现；白鸽与黑鸽离异后与蜗师再燃爱火并最终结婚，蜗师与白鸽的平衡关系得以恢复。通过这种平衡—不平衡—新的平衡的叙事结构，我们可以发现，与一般的爱情小说不同，这部小说书写的爱的追求与争斗的故事不是发生在同一物种之内，而是发生在不同的物种之间。这就使得在故事的表层结构上，较之一般的爱情小说，这部小说的主体追求客体的历程更为艰难，客体对待主体的追求时的态度也更趋复杂。而在故事的深层结构上，作者通过对分属不同物种的蜗师与白鸽的平衡—不平衡—新的平衡的关系的叙述，传达出一种突破习惯性的事物的定义和归类的藩篱，将世界上万事万物放在同一水平线上平等审视的思想。这样一种思想，不仅对于物与物的相处十分有利，而且对于人与物的和谐相处也极为重要。

许多爱情小说往往通过设置男女双方身份地位、外貌、财富等的巨大悬殊来表现他们冲破阻碍终成眷属的艰苦卓绝，《幻变》中的蜗师和白鸽亦是如此，作者将蜗牛和鸽子人格化，赋予它们以人的情感，使它们成为具有人类性格和思想的言说主体，独具匠心地将蜗师与白鸽安排在不同的族属无疑增加了它们在争取爱情中所遭遇的阻力，因此它们如愿以偿结为伴侣时给读者带来的喜悦感也就愈加强烈。

二　城市建设与生态环境的对立：人与自然关系的深层考量

如果说对蜗师与白鸽的平衡—不平衡—新的平衡的关系的叙述构成了这部小说的表层结构，那么，对人与物的对立统一关系的叙述则生成了这部小说的深层结构。作者在小说的《后记》中写道："写着写着，觉得有点意思，就想能不能加点矛盾冲突，在纯抒情之外表达更多的内涵呢？这样才开始了有意识的创作。"在我看来，作者所谓"有意识"主要是指生态意识，即他在文本中传达出的对人类与自然关系的思考以及对人类社会的关注，这种意识贯穿行文始终，构成了文本的深层结构。

小说讲述的故事发生在"蜗城"。"蜗城"曾叫作"荷城"，荷城风景绝佳，城中之人豁达宽容、相亲相爱，其被称为"蜗城"缘于一些事物一夜之间变为蜗牛。在高楼大厦如雨后春笋般拔地而起时，城市中的大片水域被填平当作建筑用地，昔日的水塘不复存在，阵阵荷香、声声蛙鸣、缕缕清风、点点萤火亦消失殆尽，拥挤的街道、滚滚的车流、嘈杂的声响、行色匆匆的路人成为城市生活的注脚。人的心性和性格难免不受环境的影响，与人类共生的其他物种同样受到了环境的干扰，发生了变异，荷城中的一些生物陆续变成蜗牛也就是情理中的事情。

"荷城"变"蜗城"是城市建设中人类向大自然无节制地索取资源最终自食其果的写照，从中我们可以看出，作为自然界内在规律的"物的尺度"与人类的无限需求即"人的尺度"是人类社会实践中存在的两个对立性的尺度。人与自然界的对立体现为人的主体性和自然的客体性、人的主动性与自然的被动性的对立。人类在自身发展的同时势必影响自然界的自然状态，甚至破坏自然界的状态，而自然界又会试图恢复到它的本初状态，这就必然会否定人的所作所为，可以说人类与自然的关系总是处于一个作用与反作用并存的动态过程之中。城市建设以不可抑制的速度发展，人类肆意侵占土地，随着土地被占用被征收，一部分人不得不告别故居，开始寻找新的家园，而生活在那片土地上的其他物种的命运如何呢？作者以他的博爱之心关照树木、小昆虫、小动物，书写了它们在家园被毁时的种种遭际。由蜗师、蜗树、蜗鱼、蜗莲等组成的"蜗协"成员并不是真正的蜗牛，它们均是由其他物种因为种种原因无可奈何地变成的。蜗师本是一只鸽子，由于环境导致心性的改变一觉醒来变成了蜗牛；蜗树原是老城区的一棵樟树，城市建设拆掉了老城，砍掉了树木，它万不得已变为蜗牛来保全自己；蜗莲、蜗鱼、蜗青也是在赖以生存的池塘将要被人类填平之际相约变成了蜗牛。城市的快速发展不仅挤压了人类的生存空间，就连路边的树，池里的荷花、游鱼也不可避免地受到影响，对比人类，这种影响往往是致命的。由此，我们可以看到，生态破坏成为文明发展过程中的衍生物，人类建设过程中带来的巨大破坏远非建设成果所能弥补。作为依靠自然生存与发展的人类，只有意识到人与自然是一个和谐统一的整体，平等地对待自然界的其他物种，人与自然才能和谐相处，社会才能持续发展。小说并未直接书写生态破坏给人类带来的影响，而是将笔触延伸到渺小得极易被忽视的物种身上，从细微之处着眼重新审视人类与自然的关系更能体现出作者的悲悯之心。与蜗树、蜗鱼、蜗莲的幻变不同，蜗师的幻变更多地缘于其自身，"我凭借自己的努力，虽然做出了一点成绩，能够聊以自慰，但生活得并不顺心。工作劳累，竞争激烈，生活清贫，心理压抑，生性敏感，变为蜗牛是迟早的事情"[①]。现代文明在给人类带来空前丰富的物质财富时，无情地压抑了人类的灵魂和精神。如果说蜗树等动植物的幻变是自然生态遭受破坏所致，那么蜗师的幻变则是精神变异的结果。作者不仅关注自然生态的破坏给社会带来的显而易见的变化，而且洞见到人文生态的健康与否对个体生命的影响，自然生态与人文生态构成了作者生态意识缺一不可的两个方面。莫尔特曼曾说："生命体系联系人类社会及周遭的自然，如果生命体系中产生了自然体系死亡的危机，那么必然产生整个体系的危机、生命看法的危机、生命行为的危机以及基本价值和信念的危机。和（外在）森林的死亡相对应的是（内在）精神疾病的散播，和水污染相对应的是许多大都会居民的生命虚无感。"[②] 如果说其他物种的幻变起因于自然体系的破坏，那么蜗师的幻变则是与之关联的基本价值和信念出现了危机，自然体系作为整个生命体系的基础，有着牵一发而动全身的无可比拟的重要性。作为一则生态寓言，小说试图让我们从其他物种的幻变中得到某些警示，既意识到自然生态的重要性，同时又关注社会生态问题。

"万物之灵长"的身份所带来的优越感让人类对自然界颐指气使，这种人类中心主义的思想无疑是生态遭受破坏的根本原因所在。在生命受到威胁时，变身为蜗牛成为微小物种自救的唯一方式。深入探究，我们可以发现变身为蜗牛的象征意义即作者依托蜗牛的形象展开的对于生态

---

① 张文刚：《幻变》，长江文艺出版社，2013，第15页。
② 杨通进等主编《现代文明的生态转向》，重庆出版社，2007，第229页。

和人类社会的反思。首先，蜗牛其貌不扬、卑微渺小，然而它小小的身躯蕴藏着顽强的生命力，以至于其他物种在遭遇劫难时只有通过变身蜗牛才能继续存活，这种外在形象的渺小与内在生命力的强大所形成的鲜明对比，似乎喻指那些在看似脆弱的外表下实则拥有巨大能量的物种，提醒人类不可小觑自然界中的任何一种生命形态，呼唤对生命的敬畏之心。其次，蜗牛整天背着重重的壳缓慢爬行，它的壳就是它的家，它与自己的家可谓生死相依。蜗牛虽小却能安放身心，人类具有强大的智能，竟无力守护自己的家园，将两者进行对比更能体现出人类的生存状况和作者的忧患意识。再次，蜗牛始终贴地爬行，谦卑的姿势使它们更显露本色，更是它们自己，人类虽然可以建筑摩天大厦，可以乘坐飞机俯瞰大地，但这种对高度和速度的过分追求极有可能把人类推入深渊。小说写道："人类真了不起，真了不起！你看，城市的高楼，高吧？美吧？可为了追求炫目，追求富丽堂皇，焰火比高楼还高，还美！如同焰火，生活中有很多高的、美的东西，弄得不好，转瞬就陷落了、凋残了。这究竟是幸，还是不幸？"① 可以说，这经由蜗师之口说出来的一席话振聋发聩，它似乎在告诫人们对任何东西的追求都应适可而止，过分地追求将适得其反。蜗牛既是自然生态破坏的承受者，也是人文社会扭曲的承受者，由其他物种幻变为蜗牛曾给它们带来了极大的困扰，但也为它们不断淬炼自我精神提供了机会。一旦它们以蜗牛的视角来观察世界，生存的意义和价值就会显得愈加清晰明了，人类社会存在的诸多问题也在这种观照中被提出、被发现，这正是文本作为一则生态寓言带给我们的反思所在。小说中的蜗牛形象似乎在传达这样一种理念，那就是只有脚踏实地才能拥有平和安宁的生活，而这种品质恰好是现代人极度缺乏的。

三 物与人的合一：诗意栖居的生态重建

这部小说之所以叫《幻变》，是因为在这部小说中物种发生了两次奇幻的变化。一方面，自然界的一些物种受到都市现代文明的侵袭，幻变

---

① 张文刚：《幻变》，长江文艺出版社，2013，第15页。

为蜗牛；另一方面，作为"自本自根"的独立的生命体，蜗牛等自然界的物种又充满着灵性与活力，拥有一种沟通万物的神秘的力量，这种神秘的力量促成了蜗牛向"人"的幻变。自然空间与都市社会空间的这种相互对抗、相互沟通生成的物与人的对立与合一，既使这部小说中的空间成为异化与反异化的冲突和对抗之所，也使这部小说的意蕴更为复杂、更具张力。

在小说中，蜗师、白鸽等融入人类社会经历了一个十分漫长的过程。最初，人类对蜗牛的态度极不友善。蜗牛给白鸽照相时，一少年恶意将墨水洒在白鸽的身上；蜗师与蜗莲散步时，人们将其当作异类指指点点。而究其根本，人类对蜗牛等的排斥缘于二者不同的族属来源。人类自视为世界中心、万物灵长，因此对诸如蜗牛般渺小的物种不屑一顾，甚至敌视它们的存在，而事实上，蜗牛等自然界的物种不仅像人类一样具有独立的生命意识，而且有着许多都市人所缺失的道德意识与敏锐的感觉能力。小说中写到路人对一位老者摔倒熟视无睹，而白鸽热心救助，作者将白鸽与人类置于鲜明的对比中，在极尽书写白鸽友善的同时批判了都市人的冷漠。从白鸽救助老人开始，它与蜗牛就为进入人类社会而不断努力，出售有着特异功能的"感应服饰"则是它们最有创见性的举动。白鸽开店并非仅仅为了挣钱，它更宏大的理想是通过出售具有心灵感应功能的服饰弘扬社会正气，倡导社会和谐。在白鸽及蜗协成员的共同努力下，"感应服饰"被越来越多的人购买，社会也因此愈加友善和睦。白鸽与蜗师以慈爱之心关怀他人，低调行善，以一己之力帮助遭受灾难的人们，它们的义举被人类认可，受到了人类的褒扬，最终在表彰大会现场幻变为人形，真正成为人类社会的一员，融入了人类社会。

蜗牛的两次幻变既与自然生态有关，也与人文生态有关。由此可以看出，自然生态和人文生态构成了作者笔下的双重世界，任何一者的失衡都会引起灾难，只有两者完美统一才能促进事物朝好的方向发展。白鸽与蜗师幻变为人，有着三个不容忽视的原因。首先，二者在婚后游历祖国大好河山，饱览天下胜景，在郊游、看海、登山、听泉、山居的过程中获得了美妙的视觉体验和丰富的内心感受，得到了大自然无私的熏陶。其次，它们在参与人类社会的过程中加深了对自我的认识，强化了对自身的认同感，获得了内在的满足。最重要的，它们凭借自身努力改善了社会风气，造福了人类也成全了自身。如果说第一次幻变是因为自然生态的破坏，那么第二次幻变则是由于人文生态的重建；如果说第一次幻变是向更加渺小的物种的转变，那么第二次幻变则让其他生物彻底成为人类社会的一员；如果说第一次幻变更多的是让我们正视人类对自然界造成的伤害，那么第二次幻变则为人类社会如何更好地发展指明了一条出路。可以说它们的幻变是自然、自我、社会共同作用的结果。自然之景是外在对它们的陶冶，认识自我、造福社会则是内在精神的完善，外在与内在的结合孕育了新的生命。幻变的过程也是一个救赎继而重生的过程，它既是对蜗师等获得新生的书写，也是对人类美好未来的展望。在一定程度上，人类生活的世界可以看作是人化的自然界，即社会是人与自然界内在统一的外部表现。生态问题不光出现在自然界，人类社会同样面临着生态问题。在当下社会，人情冷漠、信任缺失、尔虞我诈等无疑是社会面临的生态灾难，它直接摧残的是人类的精神和心灵。作者寓言式地道出人类社会的种种弊端，认为只有妥善地处理好人与自然、人与人、人与社会的关系才能解决我们面临的棘手难题，让我们得到新生。作品中的蜗师曾是人文生态破坏的受害者，最终成为人文生态重建的获益者，这或许是作者对社会的一种积极的期望，即人与自然由对立走向合一，人在社会生态场中自我审视和修炼，这不仅是现代人克服生命异化的需要，也是现代人"诗意栖居"的需要。

作为一则生态寓言，《幻变》所蕴含的内容无比丰富，浪漫爱情与生态关怀并行不悖地统一于文本，作者不仅指出了社会中存在的问题，还试图提供解决这些问题的方法，那就是自然与社会并重，个人与社会融合，只有不偏废任何一方，我们才能触摸到美好明天。

原载《武陵学刊》2014 年第 2 期

【作者简介】粟超，武汉大学文学院硕士研究生毕业。

后　记

　　"洞庭湖生态经济区建设与发展湖南省协同创新中心"设立有"人文洞庭"平台，该平台下设"文艺创作与评论研究所"，我担任所长。近两年我和本校一批文艺爱好者、研究者一道围绕洞庭湖思考、立意和写作，推出了一系列成果。

　　我对洞庭湖区的作家作品和文学现象多有关注。我记得最早为地方作家作品写作评论是在20世纪80年代中后期，此后一直没有间断。尤其是进入21世纪以来，洞庭湖畔的文艺创作更加活跃，在佳作频出的同时，也呈现出一些独具特色和风格的文艺创作现象，对此我都给予了及时的梳理、概括和分析。在文学评论中我追求诗化风格，从自己对作品的艺术感受和艺术感悟出发，对评论对象做细致深入和多维度的分析评价，并将其放在作家的创作图谱和地方文学创作的谱系乃至湖湘文学创作的格局中确立其位置和创作价值，并将作家创作风格的形成和作品审美品格的生成置于特定的历史文化背景下考察，既勾勒作家作品的个性特征和地域特色，又把对个体作家作品的研究上升到对文艺现象、创作态势和审美观念的观照与思考，立意于激励、引导作家创作和地域创作风气的健康发展。因而我的评论文章也深得湖畔文艺圈的认可和喜爱。

　　自2000年起，我担任学术期刊《武陵学刊》执行主编，至今近20年，这个"为人做嫁衣"的岗位，让我不仅收获了诸多办刊方面的荣誉，而且也不断丰富和深化了自己的学术研究。我在关注地方文艺创作的同时，对文艺鉴赏和中国新诗研究倾注了极大的热情。另外，我对城市文化也有所涉猎。回想起来，自己的学术研究及取得的点滴成绩都离不开许多师友的鼓励与帮助。

值此新作出版之际，心存感念和感激。感谢"洞庭湖生态经济区建设与发展湖南省协同创新中心"主任谷正气教授、"人文洞庭"平台负责人魏饴教授和湖南文理学院校长龙献忠教授的大力支持！感谢湖南文理学院科研院院长佘丹清教授和《武陵学刊》同人田皓、张群喜、沈红宇等老师给予的关心和寄予的厚望！感谢社会科学文献出版社经济管理分社恽薇社长、高雁副社长和颜林柯、郭锡超等责任编辑付出的辛勤劳动！

张文刚

2018 年 10 月 28 日于白马湖畔

图书在版编目（CIP）数据

洞庭波涌写华章：改革开放 40 年洞庭湖畔作家作品
论/张文刚著. -- 北京：社会科学文献出版社，
2018.12

ISBN 978 - 7 - 5201 - 3833 - 8

Ⅰ.①洞… Ⅱ.①张… Ⅲ.①中国文学 - 当代文学 -
文学评论 Ⅳ.①I206.7

中国版本图书馆 CIP 数据核字（2018）第 256637 号

洞庭波涌写华章
——改革开放 40 年洞庭湖畔作家作品论

著　　者/张文刚

出 版 人/谢寿光
项目统筹/恽　薇　高　雁
责任编辑/颜林柯　郭锡超

出　　版/社会科学文献出版社·经济与管理分社（010）59367226
　　　　　地址：北京市北三环中路甲 29 号院华龙大厦　邮编：100029
　　　　　网址：www.ssap.com.cn
发　　行/市场营销中心（010）59367081　59367083
印　　装/天津千鹤文化传播有限公司

规　　格/开　本：787mm × 1092mm　1/16
　　　　　印　张：18　字　数：265 千字
版　　次/2018 年 12 月第 1 版　2018 年 12 月第 1 次印刷
书　　号/ISBN 978 - 7 - 5201 - 3833 - 8
定　　价/89.00 元

本书如有印装质量问题，请与读者服务中心（010 - 59367028）联系

▲ 版权所有 翻印必究